PETRA GABRIEL
Der Ketzer und das Mädchen

ATEMBERAUBEND Konstanz im Herbst 1414: Fürsten und Gelehrte, Ritter und Bischöfe, Handwerker, Diebe und Dirnen strömen in die Stadt zum großen Konzil. Die Versammlung soll die schreckliche Zeit der drei Päpste beenden und die Kirche reformieren. Auf der Suche nach jungen Mädchen und Buben für die Betten und Dienstbotenquartiere der Reichen kommt der Gelbe Hans nach Rorgenwies, er will das Mädchen Ennlin sowie seinen kleinen Bruder kaufen. Die beiden fliehen nach Konstanz. In ihrer Verzweiflung schließen sie sich zunächst der Kinderbande um den Lächelnden Ott an, der sich sofort in Ennlin verliebt.

Bei einer Pfisterin, bei der Ennlin schließlich Lohn und Brot findet, lernt sie einen Mann kennen, der sie tief beeindruckt – Jan Hus, den Ketzer aus Böhmen, der sich vor der Konzilsversammlung für seine Thesen zur Reform der Kirche rechtfertigen soll. Fassungslos muss sie miterleben, wie Hus zum Spielball widerstreitender Interessen wird. Und auch sie selbst fürchtet bald um Leib und Leben ...

Geeignet für Jugendliche ab 12 Jahren
Mit einem umfangreichen Anhang zu Handel und Wandel in Konstanz zur Zeit des Konzils: *Vom Essen, Trinken und Pfaffen und Adelsleut.*

Petra Gabriel, Spross einer rheinisch-schwäbischen Verbindung, ist in Friedrichshafen am Bodensee aufgewachsen und über Irland, München und Norddeutschland schließlich in Südbaden angekommen. In dieser Zeit absolvierte sie Ausbildungen in den verschiedensten Berufen wie Übersetzerin und Hotelkauffrau sowie ein Volontariat. Danach war sie rund 15 Jahre Redakteurin beim Südkurier. 2001 erschien mit »Zeit des Lavendels« ihr erster Roman. Seit 2004 ist sie freischaffende Autorin, seit 2006 verbringt sie einen Teil des Jahres in Berlin. Sie ist verheiratet und hat zwei Kinder. Bisher sind sechs historische Romane von Petra Gabriel erschienen, ein Mystery-Roman, zudem mehrere Krimis.
www.petra-gabriel.de

PETRA GABRIEL

Der Ketzer und das Mädchen

Historischer Roman

Gefördert durch einen Zuschuss der Stadt Konstanz.

Besuchen Sie uns im Internet:
www.gmeiner-verlag.de

© 2014 – Gmeiner-Verlag GmbH
Im Ehnried 5, 88605 Meßkirch
Telefon 0 75 75 / 20 95-0
info@gmeiner-verlag.de
Alle Rechte vorbehalten
1. Auflage 2014

Lektorat: Claudia Senghaas, Kirchardt
Herstellung: Julia Franze
Umschlaggestaltung: U.O.R.G. Lutz Eberle, Stuttgart
unter Verwendung eines Bildes von: © msdnv - Fotolia.com sowie http://
commons.wikimedia.org/wiki/File:Follower_of_the_Boucicaut_Master_(French,_active_about_1390_-_1430)_-_The_Annunciation_-_Google_Art_Project.jpg
Druck: GGP Media GmbH, Pößneck
Printed in Germany
ISBN 978-3-8392-1494-7

Für Elke und Imke,
mit denen ich gern Geschichten mache

Kapitel eins:

- Der Gelbe Hans -

BIS ZUM ERSTEN HAHNENSCHREI konnte es nicht mehr lang dauern. Ennlin war vollständig angezogen. Aus Furcht, zu verschlafen, hatte sie die ganze Nacht kein Auge zugetan. Sie fuhr unter der Decke mit den Händen über ihren Körper, als könne sie die Erinnerung an die tastenden Finger der Hexe damit abstreifen.

Der Mann wurde der Gelbe Hans genannt. Ennlin vermutete, dass seine Hautfarbe der Grund dafür war. Das Gelb war sogar bis ins Weiß seiner Augen gekrochen. Der löchrige schwarze Mantel schlackerte ihm um den dürren Leib. Er sah aus wie eine Vogelscheuche. Eklig. Ebenso abstoßend wie die alte Vettel in ihrem speckigen Gewand, die ihm auf Schritt und Tritt hinterher wuselte, gebeugt und in sich verknotet wie eine der Alraunenwurzeln, von denen die Frauen sagten, sie wüchsen am besten unter einem Galgen. Aus einer Warze an ihrem Kinn sprossen borstige Haare, die giftigen kleinen Augen unter den dicken Brauen waren meist zusammengekniffen. Sie war bestimmt eine Hexe. Bei jedem Wort des Mannes hatte sie heftig genickt, den zahnlosen Mund zu einem Grinsen verzogen. Fast immer tropfte ihr dabei ein Speichelfaden aus dem Mundwinkel.

Der Gelbe Hans reiste mit der Hexe durch den Hegau und kaufte den Armen ihre Kinder ab. Manche verschwanden auch einfach, nachdem das Pärchen durch ihr Dorf gezogen war.

Und nun suchte er in Glashütten und Heudorf nach Kindern, die er mitnehmen konnte. Heimlich, hinter dem Rücken des Grafen von Nellenburg.

Gestern war er in ihrem Weiler angekommen. Selbst vor einem Wallfahrtsort wie Rorgenwies machte er nicht Halt. Er ging immer zu den bitterarmen Familien, die ihre Kinder verkaufen mussten, weil sie nicht mehr alle Mäuler stopfen konnten. Der Verwalter des Herrn steckte mit dem Gelben Hans unter einer Decke. Er bekam sein Teil vom Handel ab. Er meldete die verschwundenen Kinder der Eigenleute des Grafen einfach als tot. Viele Kinder starben schon vor ihrem fünften Lebensjahr. Der Herr von Nellenburg würde keinen Verdacht schöpfen, er kannte nicht alle Leute persönlich, die zu seinem Besitz gehörten. Dafür hatte er ja den Verwalter.

»Stell dich nicht so an«, hatte der Gelbe Hans sie angezischt und ihr den sauer-schalen Geruch eines gewohnheitsmäßigen Zechers ins Gesicht geblasen. Er stank widerlich nach Urin und altem Schweiß. Ennlin hatte den Würgreiz gerade noch so unterdrückt. »Ich kaufe doch nicht die Katze im Sack«, hatte er noch gemurmelt, begleitet von einem weiteren Schwall seines fauligen Atems. »Mach sofort den Mund auf. Wenn du nicht gefügig bist, nehme ich nur deinen Bruder.«

Das hatte sie nicht zulassen können. Jakob ganz allein bei diesen Leuten! Bei diesem Gedanken drehte es Ennlin erneut den Magen um.

Auf ein Zeichen des Mannes hin hatte die Vettel sie plötzlich auf das Lager geworfen, das sie mit ihren Geschwistern teilte. Und ehe sie es sich versah, obwohl sie strampelte und sich dagegen gewehrt hatte, war sie ihr mit den gichtigen Klauen unter den Rock gefahren und hatte an Stellen herumgefingert, die Ennlin noch nicht einmal zu benennen wusste.

Weil man nicht darüber sprach. Der Vater hatte mit unglücklichen Augen zugesehen und die Alte gewähren lassen. Als die Hexe wieder von ihr abließ, hatte sie zufrieden gekichert, etwas von »noch ganz« gemurmelt.

Wenn doch nur die Mutter noch gelebt hätte! Dann wäre alles anders. Die Mutter hätte sie beschützt.

Jakob murmelte etwas im Schlaf. Das tat er oft. Ennlin rüttelte sanft an seiner Schulter. »Jakob, wach auf«, raunte sie. »Wir müssen fort.«

Der Fünfjährige drehte sich auf die andere Seite.

»Jakob, bitte, du musst aufwachen!«

Er drehte sich zurück.

»Scht, Jakob!«

Ennlin hatte kurz Angst, der Zischlaut könnte auch Nele, Feigel und Gudrun aufgeweckt haben, doch sie rührten sich nicht. Die Kleinen lagen dicht aneinander geschmiegt auf dem Lager aus Strohsäcken unter einem gemeinsamen, aus alten Kleidern zusammengenähten Flickenteppich. Ennlin als Älteste hatte ihre eigene Decke. Sie dachte kurz darüber nach, ob sie sie mitnehmen sollte, entschied sich aber dagegen. Zu viel zu tragen, das behinderte sie bei der Flucht. Und sie mussten schnell sein. Ein Blick zur Bettstatt des Vaters und der Stiefmutter zeigte ihr, dass auch sie tief schliefen.

Der Vater hatte seine neue Frau bald nach dem Tod der Mutter im Kindbett ins Haus geholt. Er war mit dem schreienden Neugeborenen nicht zurechtgekommen. Und die Neue, kaum älter als sie selbst, hatte Jakob tatsächlich durchgebracht. Das war nicht selbstverständlich. Doch für Ennlin würde sie immer die Fremde bleiben. Sie war nicht böse. Nur ausgelaugt. Ihre Kraft reichte gerade so für die Feldarbeit und die eigene, inzwischen dreiköpfige Brut.

Der Bruder rührte sich. »Jakob, wach auf!«, flüsterte sie ihm erneut ins Ohr.

Der Junge rieb sich die Augen. »Was isn? Lass mich schlafen!« Sein borstiges dunkelblondes Haar stand in alle Himmelsrichtungen ab. Er hatte den widerspenstigen Schopf des Vaters. Und dessen blaue Augen.

»Jakob, wir müssen fort. Sofort. Denk an den Gelben Hans, er kommt uns nach Sonnenaufgang holen.«

»Wo isser? Isser da? Wo, wo isser? Ennlin, ich hab Angst.«

»Psst Jakob.« Sie streichelte den Bruder sanft. Was für ein Dreikäsehoch er doch noch war. Trotz seiner fünf Jahre. Jakob war anders als andere Kinder. Er war ein Träumer, immer mit den Gedanken in einer anderen Welt. Sie musste ihn an Mutters statt beschützen. Sie würde ihn beschützen. »Komm, sei leise. Sonst wecken wir die anderen.« Ennlin stand auf.

Jakob krabbelte folgsam hinterher. »Holt er die anderen denn nicht?«

»Nein, die anderen sind noch zu klein. Die holt er nicht. Die können ja noch nichts.«

Jakob nickte.

Das Mondlicht schien in die Hütte, als Ennlin langsam die Holztür öffnete, damit sie auch ja nicht knarrte, und fiel auf die Gesichter der Erwachsenen. Diese rührten sich noch immer nicht. Sie waren völlig erschöpft von der Landarbeit – wie sie selbst auch. Ehe sie sich um das ihnen überlassene winzige Stück Land kümmern konnten, mussten sie alle auf den Äckern und Wiesen des Grafen buckeln, auch die Kleinsten, sobald sie nicht mehr an der Brust der Mutter hingen, sondern selbstständig laufen konnten. Der Verwalter des Grafen Eberhard von Nellenburg trieb sie gnadenlos an. Der Nellenburger war der Herr über sie alle, er konnte mit seinen

Eigenleuten machen, was er wollte. Sie schlagen, sie verkaufen, egal. Aber meist war er gerecht. Nur der Verwalter war böse. Er hatte Vergnügen daran, die Leute zu schinden. Jeder wusste, dass er den Grafen betrog, immer mal wieder Korn, ein Huhn oder ein gutes Stück Fleisch für sich abzweigte. Doch keiner sagte etwas aus Furcht, er könne Rache nehmen.

Draußen atmete Ennlin erleichtert auf. Der Anfang war geschafft.

»Linnie, wohin gehen wir? Wir ham doch nix zu essen.«

»Mach dir keine Sorgen Jakob, ich hab' schon was eingepackt. Gestern, ganz heimlich. Da hinten unter dem Hollerbusch liegen zwei Bündel mit deinen und meinen Sachen. Da ist auch Brot drin und der Wasserschlauch. Auf dem Weg gibt es einen alten Brunnen, da können wir ihn füllen. Meinst du, du kannst deine Sachen tragen?«

»Ich bin doch kein Hosenpisser mehr. Ich bin schon stark.« Er reckte ihr seinen Arm entgegen. »Da, fass mal an. Ich hab' gestern auf dem Reutehof ganz allein die Ochsen vom Grafen versorgt.«

Ennlin musste lachen. »Nein, bist kein Hosenpisser mehr, sondern ein tapferer Junge. Aber jetzt komm. Wir müssen weit weg sein, ehe es hell wird.«

»Sonst finden uns der böse Mann und seine Frau und tun uns weh«, flüsterte Jakob.

»Ja, sonst finden sie uns«, erwiderte Ennlin sanft.

»Aber wo geh'n wir denn hin?«

»Ich denk mir so, erst mal auf die Tudoburg. Da können wir uns verstecken.«

Hennslin von Heudorf hatte ihr vor Jahren schon von der Burg erzählt. Ennlin dachte kurz daran, wie er sie neulich in die Büsche gezogen hatte, als er mit seinem Onkel, dem

Herrn Hans und dessen Sohn Wilhelm ins Dorf gesprengt kam. Hennslin hatte sie bedrängt, von ihr gefordert, sich mit ihm an der Burg zu treffen. Sonst werde er beim Verwalter dafür sorgen, dass es dem Vater schlecht erging. Oben auf der Tudoburg hatte er ihr dann feuchte Küsse auf den Mund geschmatzt, ihr ein schönes Gewand versprochen und geschworen, er werde sie nach Konstanz bringen. Dort würden derzeit fleißige Dienstmägde gesucht. Denn es sollte eine große Versammlung mit vielen wichtigen Leuten geben: Priestern, Bischöfen, Kardinälen und vielen weltlichen Herren von Stand wie Grafen und Herzögen. Dabei gehe es auch um so große Dinge wie den künftigen Papst.

Dann hatte er versucht, ihr an die Brust zu fassen.

Sie hatte sich nach Leibeskräften gewehrt, hörte seine Worte noch immer: »Wirst schon sehen, was du davon hast. Dich krieg ich noch.«

Das würde sie zu verhindern wissen. Hennslin war nicht der Schlaueste und außerdem dick und plump in seinen Bewegungen. Trotzdem bildete er sich etwas auf seine Herkunft ein. Er dachte wie die anderen jungen Herren, die glaubten, sie könnten sich jedes Bauernmädchen nehmen, das sie zu fassen bekamen. Doch Ennlin von Rorgenwies würde er nicht kriegen. Sie konnte viel schneller rennen als er.

Ennlin wusste sowieso nicht so recht, was die Leute am Küssen fanden. Nun, sie würde schon noch herausfinden, was es damit auf sich hatte. Und mit dem, über das die Leute nur hinter vorgehaltener Hand sprachen. Dabei taten es die Tiere doch auch. Sie hatte es oft genug gesehen. Ob alle dabei so seltsame Geräusche machten wie der Vater und die Stiefmutter?

»Linnie! Nich auf die Tudoburg! Da geh ich nich hin! Da sind Geister!«, unterbrach Jakob ihre Gedanken.

»Psst, willst wohl, dass alle Welt uns hört?« Sie zerrte ihn hinter sich her.

»Linnie! Da oben ist der Blutacker, da haben sie die ganzen Leute umgebracht, die in dem Dorf da wohnten. Die heißen – ich weiß nicht mehr ...«

»Juden, Jakob. Sie heißen Juden. Das ist ganz lang her. Auf dem Hardberg sind keine mehr.«

»Sind sie wohl! Die Leute sagen, die Toten finden keine Ruhe. Es wurden schon Lichter da oben gesehen. Und das Wiibli, das die Kinder holt, soll dort umgehen. Raubritter gibt es da außerdem. Wenn es Nacht wird, preschen sie mit ihren Geisterpferden über die Burgmatte und hauen und stechen aufeinander ein, als wären sie nicht schon tot«, flüsterte er.

»Jakob, sei nicht dumm. Da oben sind keine Geister. In der Geistermühle in Glashütten, in der Vater manchmal aushelfen muss, sind auch keine Geister, obwohl sie so heißt. Und auf der Burg ebenfalls nicht. Ich weiß das, ich war da schon mal. Da ist niemand, nur der Wind streicht durch die Bäume.«

»Du warst da schon mal?« Er schaute sie mit großen Augen an. »War das immer dann, wenn du wieder verschwunden bist? Du *musst* Geister gesehen haben, kannst es mir ruhig sagen. Wieso warst du da?«

»Später. Komm jetzt, wir müssen fort. Bald geht die Sonne auf und es wird Tag. Auf der Burg spielen wir Burgherr und Burgfräulein.«

»Und ich bin ein Ritter?«

Trotz ihrer inneren Anspannung musste Ennlin erneut lachen. »Dann bist du ein Ritter.«

»Ich hab aber mein Holzschwert liegenlassen, dann geh ich noch mal zurück!«

»Jakob, nein! Wir machen dir ein neues, ein viel schöneres! Jetzt komm endlich, trödle nicht so.«

Ennlin sog die klare Nachtluft ein. Nicht mehr lang, und der Herbst würde in den Winter übergehen. Sie konnte die Kälte schon riechen. Dann fasste sie ihren kleinen Bruder fest bei der Hand.

»Au, du tust mir weh«, nörgelte der.

Ennlin streichelte ihm über den Kopf. Jakob schüttelte die Hand ab. Sie nahm es ihm nicht übel. Er wollte erwachsen wirken und stark. Sie und er – von jetzt an hatten sie nur noch einander.

Mit Schaudern dachte sie daran, was sich die Leute hinter vorgehaltener Hand von den Kindern erzählten, die dem Gelben Hans und seiner Frau in die Hände gefallen waren: Die kleinen Jungen wurden verstümmelt. Und dann schickte der Gelbe Hans die Kinder zum Betteln. Je schrecklicher ein Kind aussah, je Mitleid erregender es wirkte, desto lieber gaben die Leute. Denn dann hatten sie das Gefühl, etwas besonders Gutes getan zu haben. Die Mädchen wurden verkauft. Meist an Hurenhäuser. Oder an einen Herrn, der eine Dienstmagd suchte. Das beinhaltete oft auch gewisse Dienste für die männlichen Mitglieder eines Haushalts.

Es war eine schlimme Zeit. Das sagte auch der Pfarrer der Wallfahrtskirche Unserer Lieben Frau. Er wetterte gegen die Ketzer und drohte bei der Sonntagspredigt mit der Hölle und ewigen Qualen im Fegefeuer. Die Leute hatten bei diesem Sermon immer furchtsam zur Madonna geschielt. Sie konnte Wunder bewirken. Die Madonna war mächtig. So ein feines Gnadenbild, das sogar schon Lahme geheilt hatte, gab es nirgendwo sonst in der Umgebung. Höchstens noch im großen Münster zu Konstanz. Es gab auch jedes Jahr eine

Wallfahrt. Seit sie hier wundertätiges Wasser gefunden hatten, das Augen-, Ohren- und Halskrankheiten heilte, kamen immer mehr Pilger zur Jungfrau von Rorgenwies.

Aber auch das Wasser würde Jakob nicht mehr helfen können, wenn er dem Gelben Hans in die Hände fiel.

Sie würden schon irgendwie durchkommen. Die verlassene Burg war für die erste Zeit ein gutes Versteck. Im Wald fanden sich sicher noch einige späte Beeren, die letzten Pilze, Bucheckern. Ein Brunnen war auch in der Nähe. Im kommenden Winter waren sie geschützt, konnten sich ein Feuer machen. Es gab genügend Holz in der Umgebung. Und zugiger als in der Hütte des Vaters war es dort auch nicht. Vielleicht hatten sie Glück und es gelang ihnen, einen Vogel zu fangen, einen Dachs oder einen Hasen. Ennlin wusste, wie man Fallen baute. Das hatte sie dem Vater abgeschaut. Natürlich durften die einfachen Leute nicht jagen. Und auch keine Fallen bauen. Die Jagd war das alleinige Vorrecht der Herren. Doch wenn der Hunger im Magen tobte, zerrte und biss, wenn ein Mann zuschauen musste, wie seine Kinder immer hohlwangiger wurden, dann verblasste die Angst vor der Strafe. Man durfte sich eben nicht erwischen lassen.

Jakob und sie durften sich auch nicht erwischen lassen.

Der Verwalter würde toben, wenn er entdeckte, dass sie weg waren, weil ihm nun sein Gewinn entging. Der Gelbe Hans würde ganz sicher ebenfalls nach ihnen suchen.

Kapitel zwei:
- Von Räubern und Rittern -

BRUDER UND SCHWESTER SCHLUGEN DEN WEG NACH HONSTETTEN EIN. Von dort aus ging es noch ein Stück weiter in Richtung Eckartsbrunn, bis – nicht weit entfernt von einem verwahrlosten Brunnen – ein schmaler Pfad in den dichten Wald abzweigte. An dem Brunnen hatten einst auch die Leute ihr Wasser geschöpft, die hier gelebt hatten. Ennlin füllte die Schweinsblase auf, die ihnen als Wasserschlauch diente.

Sie kamen nur mühsam voran. Obwohl es längst hell geworden war, stolperten sie im Halbdunkel unter den Bäumen über Wurzeln und Unterholz. Manchmal konnten sie den Weg kaum erkennen, er war stellenweise fast völlig überwachsen. Nur wenige Menschen wagten sich hierher, obwohl hier viel trockenes Knüppelholz zu finden war. Sie fürchteten sich vor den Geistern der Burg.

Nach etwa zwei Stunden erreichten sie die Stelle, an der der Pfad über einen Graben hinweg in die lang hingestreckte Vorburg führte. Diese war von einer mächtigen, mit Efeu bewachsenen Ringmauer umgeben.

Die Geschwister passierten halb verfallene Mauerreste und eingestürzte Wände. Ein Teil der Ställe stand noch, die Grundrisse einer Schmiede und eines Backhauses waren zu erkennen. Hier sollten einst die Juden gelebt haben. Während der Pestjahre hatte es Verfolgungen gegeben. Das wusste Ennlin vom Vater. Da hatte man sie alle umgebracht.

Jakobs kleine Hand schob sich in die der Schwester. Ennlin drückte beruhigend. »Musst dich wirklich nicht fürchten. Hier lebt niemand mehr. Der Verwalter der Leute, denen die

Burg gehört, und die Dienstboten sind längst fort. Es ist auch nicht mehr weit. Gleich geht's noch durch eine Schlucht, und dann sind wir auch schon fast bei der eigentlichen Burg. Die steht oben, direkt auf der Kante des Berges. Es ist schön da. Ich kenne eine Stelle, von der aus man ganz weit übers Land schauen kann. Außerdem weiß ich, wie wir in die Burg reinkommen.«

Bald darauf hatten sie ihr Ziel erreicht. Jakob schaute sie entsetzt an, Ennlin zog ihn mit sich. »Bleib jetzt dicht bei mir. Der Regen hat alles aufgeweicht«, befahl sie dem Bruder. »Musst am besten nah an der Mauer gehen, damit du nicht ausrutschst oder stolperst. Hier gibt es immer Mauerstücke oder Abfall, den die Leute früher in den Zwischenraum von Burg und Burgmauer geworfen haben. Man sieht es nur nicht, weil alles so überwachsen ist.«

Auch sie hielt sich eng an die säuberlich behauenen und fensterlos aufgemauerten Steine und vergewisserte sich immer wieder, dass Jakob direkt hinter ihr blieb. Sie wollte zu einer kleinen versteckten Pforte im hinteren Teil der Hauptburg.

Ab und an kamen sie an Öffnungen in der äußeren Ringmauer vorbei. Manchmal waren auch einfach Mauersteine ins Tal gestürzt, tief diesen steilen Felsen hinab, auf dem die Burg stand. Dann hatten sie einen freien Blick über bewaldete Täler. Ennlin fragte sich nicht zum ersten Mal, wie viele Wachleute hier gestanden, in die Weite gespäht und die Gegend nach herannahenden Feinden abgesucht haben mochten, als hier noch Menschen gelebt hatten.

Viel lieber war ihr aber die Vorstellung, dass die Tochter des Burgherrn sich hinter der Burg mit ihrem Liebsten getroffen haben könnte. Immer wieder hatte sie sich in deren Rolle geträumt. Unverzichtbarer Bestandteil dieses Traumes war ein blonder, gut gewachsener Jüngling, ein Ritter in glänzender Rüstung auf einem weißen Pferd und so tapfer, dass alle Welt ihn bewunderte. Der hatte sich ihr zu Füßen geworfen und ihr ewige Liebe geschworen. Doch darüber hinaus gingen ihre Träume nicht. Kein Ritter würde die Tochter eines Unfreien zum Weib nehmen.

Schließlich hatten sie es geschafft. Ennlin atmete erleichtert auf. Die kleine Pforte wollte sich zunächst nicht öffnen lassen. Sie stemmte sich mit aller Macht dagegen. Da gab die Tür knarzend nach, die Geschwister schlüpften hindurch und kamen in einen kleinen düsteren Raum. Ennlin vermutete, dass es die ehemalige Wächterstube war.

»Bleib stehen«, befahl sie ihrem Bruder. Sie tastete sich vor zur nächsten Ecke. Dort lag ein Stapel Holz, das sie bei früheren Besuchen in der Umgebung der Burg gesammelt hatte, daneben trockenes Stroh und Heu. Ennlin schichtete etwas Holz auf, holte sich eine Handvoll von dem Heu, legte es darauf und kramte Feuerstein, Feuereisen und Zunder aus dem kleinen Beutel an ihrem Gürtel. Sie konnte hören, wie Jakob erleichtert aufatmete, als endlich die Flammen aus dem trockenen Gras züngelten und das Feuer die Umgebung erhellte.

Das Zimmer war leer bis auf eine Kiste, in der Ennlin zwei Decken, eine Schale und Becher versteckt hatte. Alles stammte aus der Burg. Die ehemaligen Bewohner mussten hastig aufgebrochen sein, denn sie hatten noch manch Brauchbares zurückgelassen, das jetzt, von Spinnweben und Staub bedeckt, in diesem alten Gemäuer vor sich hindämmerte und den Mäusen als Nest diente.

Im flackernden Schein der Flammen tauchte auch ein Ständer aus dem Dämmerlicht auf. Daran hingen einige getrocknete Sträußchen aus Kräutern, die auf der Burgmatte und im Wald wuchsen und die sie gesammelt hatte.

Ennlin sah sich um. Ja, es war besser, sie blieben vorläufig hier. Hier waren sie sicher, die Spukgeschichten würden ungebetene Besucher fernhalten. Außerdem boten die dicken Mauern vor den Bären Schutz. Und vor den Wölfen, die durch die Wälder streiften und besonders in Winternächten so schauerlich heulten, dass man wirklich glauben konnte, in der alten Burg hausten Geister. Sie hatte aber noch nie einen Spuk erlebt. Hier raschelten nur die Ratten und die Mäuse in ihren Löchern.

Immer, wenn sie traurig gewesen war, wenn sie das Gefühl gehabt hatte, der drängenden Enge der kleinen Hütte des Vaters entfliehen zu müssen, war sie hierher gegangen. Und mehr als einmal war sie für ihr Verschwinden verprügelt worden. Doch das machte ihr nichts aus. In dieser Burg fühlte sie sich inzwischen fast zu Hause.

Sie öffnete ihr Bündel, reichte Jakob einen Kanten Brot. Dann gab sie ihm den Wasserschlauch. Der Junge trank gierig. Ennlin hatte ebenfalls großen Durst. Sie konnten sich später aus dem Brunnen neues Wasser holen, nachts, damit sie nicht entdeckt wurden. Nun mussten sie sich ohnehin erst einmal ausruhen. Nur ein wenig. Später würden sie sich daran machen, weitere Vorräte zu sammeln, damit sie durch den Winter kamen.

Ennlin holte zwei alte Decken aus dem Kasten und legte sie auf den Boden neben dem Feuer. Es prasselte gemütlich. Sie lehnte sich gegen die Wand, Jakob schmiegte sich an sie. Beide dämmerten weg.

Sie schrak hoch, weil Jakob sie schüttelte »Linnie, wach

auf! Die Geister sind da!« Der Bruder flüsterte. Doch die Angst, die er fühlte, war trotzdem gut herauszuhören.

Tatsächlich, da waren Stimmen! »Wart hier. Rühr dich nicht von der Stelle«, raunte sie ihm zu.

In der Burg war es dämmrig. Ennlin musste aufpassen, wohin sie trat, um nicht in eines der Löcher auf dem Boden zu geraten und sich womöglich noch den Fuß zu verstauchen. Sie war schon in den Rittersaal eingebogen, als sie begriff, dass es sich um männliche Stimmen handelte. Sie erstarrte. Flammen malten dunkle Schemen an die nackten Wände. Für einen Moment glaubte Ennlin, tatsächlich Geister zu erblicken. Doch beim zweiten Hinschauen erkannte sie, es waren Menschen, denen das flackernde Feuer im Kamin das Aussehen von Dämonen verlieh. Sie hatte Hans von Heudorf gesehen. Und auch den Grafen von Nellenburg.

Sie schaute sich gehetzt um. Sie brauchte ein Versteck! Da, die Fensternische! Zurück zur Tür war es weiter. Sie musste es wagen. Vorsichtig setzte sie einen Fuß vor den anderen. Schließlich hatte sie es geschafft. Doch die Nische war klein und verbarg ihren Körper kaum.

»Das muss aufhören, Ritter Hans. Unsere Bruderschaft vom Sankt Jörgenschild sollte nicht vor allen als eine Vereinigung von Wegelagerern dastehen. Nein, sagt nichts. Ich weiß, dass nicht nur der Herr von Hewen in seiner ehemaligen Burg die Beute aus Raubzügen versteckt«, sagte da der Graf.

»Ihr müsst gerade reden«, gab Hans von Heudorf zurück. Wer hat denn immer wieder Wegezoll von den Handelsleuten verlangt, die in die Stadt strömen?«

»Und wer hat den König überzeugt und das Konzil nach

Konstanz gebracht?«, fuhr Eberhard von Nellenburg auf. »Ihr zieht schließlich auch Euren Vorteil daraus.«

»Tut nicht so selbstlos. Ihr spechtet wohl auf die Landgrafschaft im Hegau und Madach«, spottete der Heudorfer. »Eine, von der keiner so recht weiß, wo sie anfängt und wo sie endet. Und das kostet unseren neuen römisch-deutschen König Sigismund nicht viel. Wie ich vernahm, stehen die Nellenburger nun also plötzlich nicht mehr ganz so treu zu Friedrich mit den leeren Taschen, sondern helfen unter der Hand jetzt Sigismund gegen das Haus Habsburg.«

Die braunen Augen des hageren Grafen von Nellenburg sprühten. Seine Schwerthand zuckte. An den mahlenden Kiefern im streng wirkenden Gesicht mit den hohen Wangenknochen war zu erkennen, wie sehr ihn die Bemerkung des Herrn von Heudorf getroffen hatte. »Jetzt ist nicht die Zeit für Sticheleien. Und glaubt ja nicht, dass ich dies aus Feigheit sage, das könnte Euch schlecht bekommen«, herrschte er ihn an und strich sich unwillkürlich über eine lange Narbe auf seiner rechten Wange.

Sie sieht aus, als stamme sie vom Schwertstreich eines Gegners, fand Ennlin.

»Bei einem Hauen und Stechen unter den schwäbischen Rittern verlieren alle«, fügte der Graf sodann ruhiger hinzu. »Wartet nur, bis der König nach Konstanz kommt. Er ist bekannt dafür, dass er an die denkt, die ihm gut dienen. Wie Ihr sehr wohl wisst, liegt Sigismund viel am Gelingen des Konzils.«

Sie jedenfalls wollte lieber nicht mit dem Schwert Bekanntschaft machen, dachte Ennlin und drückte sich noch weiter in den Schatten der Nische.

Hans von Heudorf, einen Kopf kleiner als der Graf, strich

über sein bereits schütter werdendes rotblondes Haar und verzog den Mund zu einem schmallippigen Lächeln. »Das Konzil! Bin gespannt, was daraus wird. Hab ja meine Zweifel, dass wir am Ende nur noch einen Papst haben anstatt drei. Es dürfte Sigismund nicht gefallen haben, dieses Bündnis von Papst Johannes XXIII. mit Eurem früheren Freund Friedrich von Habsburg. Aber Freundschaften und Bündnisse kommen und gehen wie Päpste und Könige, nicht wahr? Und schon so mancher, der einmal als Sieger vom Schlachtfeld ging, hat am Ende den Kampf verloren. Nun, wir stecken alle mit drin. Ich hoffe nur, wir haben mit dem König nicht aufs falsche Pferd gesetzt.«

»Haltet Euch zurück, Heudorfer. Es ist besser, Ihr redet nicht weiter, das könnte Euch noch als Hochverrat ausgelegt werden. Seid friedlich. Wir stehen beide auf derselben Seite. Haben beide das Ohr des Königs. Und nun lasst uns die Angelegenheit besprechen, deretwegen wir hier zusammengekommen sind. Wie können wir diesem Gierhals Jörg vom End Einhalt gebieten? Seine Plünderungen und die Wegelagerei müssen ein Ende haben. Die Schaffhauser haben sich schon wieder über den raffgierigen Junker beschwert. Sie drohen, überhaupt keine Waren mehr nach Konstanz durchzulassen, wenn wir ihm nicht das Handwerk legen. Er hat erneut ein Handelsschiff aufgebracht, das über den See wollte. Soll es am Ende heißen, die schwäbische Ritterschaft des Sankt Jörgenschildes sei nicht in der Lage, die Sicherheit auf dem Land und auf dem Bodensee zu gewährleisten? Wie stehen wir denn dann da? Wo steckt eigentlich der Ritter Heinrich von Hewen? Ich hatte ihn ebenfalls herbeordert. Er muss die Beute aus seinen Raubzügen endlich von hier fortschaffen. Das ist kein sicheres Versteck. Gilt die

Order eines Hauptmanns der Ritter des Sankt Jörgenschildes nichts mehr?«

»Wer soll was hier herausschaffen?« Der Ritter, der den Saal betrat, war ein noch junger Mann. Er trug wie die anderen einen Überwurf mit dem Wappen des Ritterbundes über dem Kettenhemd und wirkte angriffslustig. Der letzte Satz schien ihm sauer aufgestoßen zu sein. Ennlin war dankbar dafür. Denn in seiner Erregung verschwendete der Ankömmling keinen Blick auf die Nische.

»Ah, der Herr von Hewen. Endlich. Ihr schaltet und waltet schlecht auf dieser Burg«, empfing ihn der Graf von Nellenburg ungerührt. »Lasst mich offen sprechen. Die Tudoburg ist zu einem rechten Räubernest geworden. Wie soll man uns glauben, dass wir dem Junker vom End das Handwerk legen können, wenn es uns noch nicht einmal gelingt, in unseren eigenen Reihen Ordnung zu halten? Wenigstens bis zum Ende des Konzils. Denkt an den Schutzbund, den wir mit den Konstanzern geschlossen haben. Sie entlohnen uns gut für den Dienst unseres Schwertarmes.«

Heinrich von Hewen lachte dröhnend, sodass sein nicht unerheblicher Wanst dabei gehörig durchgeschüttelt wurde. Doch es klang nicht ganz echt. Dann schnaubte er, räusperte sich, spuckte aus und wischte mit dem Ärmel über seine rot geäderte Nase.

Sieht aus wie eine Hegaurübe, diese Nase, dachte Ennlin in ihrer Nische und hätte trotz der Gefahr, in der sie schwebte, beinahe gekichert.

»Hier wagt sich niemand her«, dröhnte der Herr von Hewen. »Wegen der Gespenster. Doch ob Graf oder nicht, Hauptmann hin oder her – niemand sagt mir auf meiner eigenen Burg, was ich zu tun und zu lassen habe. Und wenn wir schon dabei sind, offen zu sprechen, Nellenburger: Ihr seid bezüglich des Eigentums anderer ebenfalls kein Kind von Traurigkeit. Außerdem – was sollte es uns nützen, dass Ihr das Konzil nach Konstanz gebracht habt, wenn wir nicht auch für uns dabei etwas herausschlagen können?«

»Haltet Euch zurück, von Hewen. Und Ihr, Heudorfer, solltet Eurem Älteren, dem Wilhelm, bezüglich seiner Unternehmungen ein wenig die Flügel stutzen. Zumindest vorläufig. Sonst müssen wir ihm am Ende noch die Aufnahme in die Ritterschaft des Sankt Jörgenschildes verweigern.«

»Wie könnt Ihr es wagen, Euch hier so aufzuspielen! Von Nellenburg, das werden wir uns nicht gefallen lassen«, schnaubte Hans von Heudorf.

Heinrich von Hewen mischte sich ein, die Auseinandersetzung der beiden war ihm augenscheinlich nun auch wieder nicht recht. »Gemach, die Herren. Hier geht es doch um Jörg vom End. Ihm muss in der Tat Einhalt geboten werden. Und sei es nur, um uns diese lästige Laus aus dem Pelz zu schaffen. Er nimmt sich viel von dem, was auch in unseren Schatullen landen könnte. Und ich mag es nicht, wenn einer in meinem Beritt wildert.«

Ennlin bewegte sich leicht und stieß mit dem Fuß an eine Tonscherbe, die sie vorher nicht gesehen hatte.

»Ich muss mir von einem Grünschnabel wie Euch nicht sagen lassen, wer recht hat und wer nicht…«, setzte der von Heudorf an.

Eberhard von Nellenburg neigte den Kopf und hob dann die Hand. »Schweigt kurz still, Heudorfer. Ich glaube, außer uns ist noch jemand im Raum.«

Ennlin hielt die Luft an und versuchte, sich unsichtbar zu

machen. »Hilf mir, Mutter Maria voll der Gnaden«, betete sie stumm.

»Ich lasse mir nicht über den Mund fahren. Das war das Knacken der Scheite im Kamin«, widersprach Hans von Heudorf.

»Nein, ich meine auch, dass da eine Art Scheppern war. Ich werde mich mal umschauen. Wir können keine Lauscher brauchen, die am Ende noch etwas über dieses Treffen herausposaunen«, meinte nun auch Heinrich von Hewen.

Ennlins Gedanken arbeiteten fieberhaft. Wenn sie nicht schnellstens einen Fluchtweg fand, wurde sie entdeckt. Die Herren würden nicht lang fackeln, wenn es darum ging, eine lästige Mitwisserin loszuwerden. Es blieb nur ein Ausweg, sie musste schnellstens aus der Tür.

Doch da wurde sie auch schon am Arm gepackt. »Schaut, meine Herren, wen haben wir denn da? Eine Maus in meiner Burg. Solches Wild jag ich doch gern! Lass dich anschauen, Mädchen.« Von Hewen zerrte sie ans Kaminfeuer.

Ennlin wollte sich dem Griff entwinden, doch es gelang ihr nicht.

»Reißt ihr nicht den Arm aus«, spottete Hans von Heudorf. »Zumindest nicht, bevor sie geredet hat. Viel wichtiger ist es nämlich, herauszufinden, wo sie so plötzlich herkommt. Wieso belauschst du uns? Für wen spielst du die Zuträgerin?«

Eberhard von Nellenburg hob die Hand. »Moment, Mädchen, dich kenn ich doch. Bist du nicht Agnes, die Dienstmagd? Ich dachte, du hilfst jetzt am Reutehof aus? Was machst du hier? Lasst sie los, von Hewen, sie wird uns schon nicht weglaufen. Meine Leute achten ihren Herrn. Nun, Mädchen, sprich.«

Ennlin fühlte, wie die harte Männerhand sie losließ, und überlegte fieberhaft, was sie tun sollte. Sie musste hier fort, ehe die Herren noch merkten, dass Jakob auch in der Burg war. Erst einmal Zeit gewinnen.

»Ich kam aus Zufall hierher, um Kräuter auf der Burgmatte zu sammeln. Hier gibt es viele Pflanzen, die heilen«, begann sie zaghaft. »Da hörte ich Stimmen und wollte nachschauen.«

»Hast also keine Angst vor den Geistern?« Heinrich von Hewen lachte scheppernd.

»Nein, Herr«, antwortete sie möglichst bescheiden und machte einen tiefen Knicks.

Eberhard von Nellenburg beobachtete sie aufmerksam. »So bist du also erst seit gerade eben hier?«

»Ja, durchlauchtigster Herr. Aber ich bin nicht Agnes. Das war meine Mutter.«

»Und wie geht es ihr? War ein flinkes Mädchen. Hast recht, jetzt, wo ich dich so anschaue, das kann auch nicht sein. Agnes würde heute älter aussehen.«

»Meine Mutter ist tot, Herr. Sie starb im Kindbett, als mein Bruder Jakob geboren wurde.«

Ennlin konnte sehen, dass Eberhard von Nellenburg betroffen war. Wieso das? Was hatte ein hoher Herr wie er mit ihrer Mutter zu schaffen? Doch dieser Gedanke wurde sogleich abgelöst von einem anderen. Wie kam sie nur hier heraus?

»Soso, Ihr kennt also ihre Mutter, Herr von Nellenburg«, meinte Heinrich von Hewen gedehnt. »Wenn sie so ansehnlich war wie dieses Mädchen ... Aber ich denke, wir können sie nicht laufen lassen. Die Gefahr ist zu groß, dass sie doch etwas gehört hat. Wir sollten sicherstellen, dass sie nichts mehr erzählen kann. Auf eine mehr oder weniger kommt es Euch in Anbetracht der Umstände wohl nicht an.« Von Hewen griff unter seinen Umhang und zückte ein Messer.

Eberhard von Nellenburg fuhr herum. Das lenkte die Aufmerksamkeit der Herren für einen Moment von Ennlin ab. Sie nutzte die Gelegenheit und rannte.

Kapitel drei:
- Ein Papst zieht ein -

STÄNDIG STRÖMTE NEUES VOLK NACH KONSTANZ. Viele Herren von Stand hatten schon ihre Wappen an die Türen ihrer Unterkünfte geschlagen: hohe Geistliche, berühmte Gelehrte, Ritter, Fürsten und solche, die vorgaben, welche zu sein. Die eigentlichen Besitzer des Hauses konnten sehen, wo sie blieben. Und die Dienstboten sowieso. In der Stadt wussten sie bald nicht mehr, wohin mit all den Menschen. Dabei wurden noch viel mehr Teilnehmer zum großen Konzil erwartet: aus Italien, Frankreich, England, Polen, Spanien, Armenien und von Gott weiß woher. Sogar eine Gesandtschaft des Kaisers aus Konstantinopel hatte sich angekündigt, Ketzer aus Griechenland und Mohren aus einem Land mit dem Namen Äthiopien. Benedikt wusste nicht genau, was ein Mohr war. Ein Mensch mit dunkler Haut hatte man ihm gesagt. Bisher hatte er noch keinen gesehen. Er konnte sich all die Gegenden und Länder, die ihm die Mutter genannt hatte, sowieso nicht merken.

In ihrem Schlepptau hatten die Gäste allerlei Gelichter in die Stadt gebracht: Diebe, Räuber und solche wie die beiden kleinen Taschendiebe da vorn. Benedikt beobachtete nicht ohne Schadenfreude, wie ein reicher Pfeffersack durch geschickte Finger um einen prall gefüllten Beutel erleichtert wurde. Der Mann merkte nichts. Er war abgelenkt, denn zehn Schritte weiter gab es mal wieder Händel. Ah, jetzt fuhren die Büttel dazwischen. Bald musste der Papst in die Stadt einreiten, da galt es, Ordnung zu halten.

Viele geistliche Herren waren dem Heiligen Vater bereits früh morgens an diesem Sonntag Sankt Simon und Judas bis nach Stadelhofen entgegengezogen, um ihn in die Stadt zu geleiten: sämtliche Prälaten, der Abt auf der Reichenau, der von Kreuzlingen, von Petershausen, alle Domherren, die Chorherren von Sankt Stephan, die Pfaffen von Sankt Johann und Sankt Paul. Benedikts Kopf schwirrte schon von all den Menschen, den Namen und dem ganzen Pomp. Dabei würden die hochrangigen Kirchenfürsten erst noch kommen.

Benedikt interessierte sich ohnehin eher für anderes. Er wusste, er sollte die drei Huren in den bunten Kleidern nicht so anstarren, die vor ihm hergingen. Aber er konnte einfach nicht verhindern, dass es ihn drängte, nach einem dieser drallen Hintern zu greifen, die da unter dem Stoff so verlockend vor ihm hin und her wogten. Es mit ihnen zu treiben, war eine Todsünde, sagte der Leutepriester. Dabei hatte er selbst eine Kebse. Liederliche Weiber nannte die Mutter sie. Aber nur nach außen hin. Insgeheim pflegte die Pfisterin mit den Konstanzer Huren rege Geschäftsbeziehungen. Insbesondere mit einer, die sich Constanzia nannte. Die Männer schwärmten von ihr. Aber sie ließ nur Leute von Stand in ihr Haus.

Benedikt war hinter die Bekanntschaft gekommen, weil die Mutter ihn manchmal schickte, wenn Constanzia wieder ausgefallene Spezereien geordert hatte. Er fragte sich, wozu sie diese in solchen Mengen benötigte. Wahrscheinlich bekamen die Freier sie vorgesetzt. Der Menge nach zu urteilen, die Benedikt zu schleppen hatte, mussten das ziemlich viele sein. Diese … Sache schien hungrig zu machen. Vielleicht hieß die Gegend von Stadelhofen jenseits des Emmishofer Tors, in der die meisten Hurenhäuser lagen, ja aus gutem Grund das Süße Viertel.

Constanzias Haus lag allerdings nicht dort, sondern gut erreichbar in einem sehr bürgerlichen Viertel in der Nähe des Markplatzes. Benedikt hatte keine Ahnung, wie es ihr gelungen war, die Erlaubnis zu bekommen, sich dort niederzulassen. Sie musste über gute Beziehungen verfügen.

Er hatte schwören müssen, niemandem von diesen Botengängen zu erzählen. »Ich bin eine Wittib, dein Onkel ist der Bürgermeister von Meersburg. Wir müssen auf uns halten«, hatte ihm Fida immer wieder eingebläut. »Aber wir müssen auch schauen, wo wir bleiben, damit ich dich und deine Geschwister durchbringen und deinen Bruder ins Kloster Reichenau einkaufen kann. Deine Schwester ist zudem bald im heiratsfähigen Alter, sie braucht eine Mitgift«, hatte Fida ihrem Ältesten klar gemacht. Anna, seine Schwester, war nervig, fand Benedikt. Sie war gerade in Meersburg. Angeblich brauchte sie Luftveränderung. Benedikt schnaubte. Wer's glaubte. Der Onkel hatte einen Mann für sie. Zum Heiraten war Anna noch zu jung, aber die beiden sollten sich einmal unverbindlich kennenlernen.

Insgeheim war Benedikt zutiefst beeindruckt von seiner tüchtigen Mutter. Er hatte einen Riesenrespekt vor ihr. Die Pfisterin hatte nach dem frühen Tod des Vaters dessen Geschäfte übernommen und führte sie mit energischer Hand. Fida besaß Getreidemühlen, war aber auch Inhaberin einer

Backstube, die jedoch ein Meister für sie betrieb. Die Mutter war eine geachtete Frau, ihr Wort galt etwas, selbst unter den Männern der Bäcker- und der Müllerzunft. Alle fürchteten ihre spitze Zunge. »Denk dran, ich muss mich auf dich verlassen können. Du bist jetzt der Mann im Haus«, sagte die Mutter oft. Aber das meinte sie nicht so. Was zu entscheiden war, entschied die Pfisterin allein. Ohne ihren Sohn zu fragen. Und das, obwohl er gar nicht schlecht lesen und schreiben konnte und jeden Morgen um sechs Uhr neben ihr im Kontor zu erscheinen hatte.

Er sollte lernen, die Bücher zu führen und auch sonst alles, was mit den Geschäften zusammenhing.

Dummerweise war er kein besonders guter Rechner, sein Kopf arbeitete da eher langsam, was die Mutter oft ärgerte. Diese konnte in Windeseile herausfinden, wie viele Schillinge oder Pfennige den Wert eines Rheinischen Gulden ergaben, oder was sie für einen alten oder einen neuen Blaphart bekam. Kaum war die nächste Liste da, auf der stand, wie viel Gewicht und Gehalt an Silber und Gold eine gute Münze haben sollte, da kannte sie diese auch schon auswendig. Und dann waren da noch die ganzen fremden Münzen, zum Beispiel aus Ungarn, oder das Gold aus Mailand. Ihm reichte es schon, wenn er sich das gebräuchlichste Geld merken konnte.

Aber das würde ihm heute keinen Kummer machen, denn an diesem Tag hatte sie ihm ausnahmsweise einmal freigegeben.

Benedikt schaute wieder auf die drei verführerischen Hintern und fühlte, wie sich an seinem Unterleib etwas zu regen begann. Ob er mal bei Constanzia nachfragen sollte? Nein, die würde ihn nicht nehmen.

Er hatte sie überhaupt nur einmal zu Gesicht bekommen.

Üblicherweise endeten seine Botengänge am Hintereingang des Frauenhauses, wo ein Diener ihm die Waren abnahm. Doch eines Tages hatte sie ihn zu sich gebeten. Der Blick ihrer mandelförmigen grauen Augen war ihm durch und durch gegangen. Seitdem träumte er davon, neben ihr zu liegen, in diese üppige Haarpracht zu greifen, von der sich alle erzählten. Als er sie gesehen hatte, waren die Haare sittsam unter einem Tuch verborgen gewesen, das sie kunstvoll um Kopf, Hals und Nacken geschlungen hatte, sodass nur noch das Gesicht frei blieb. Es war ein Tuch in der Farbe ihrer Augen, was diese noch mehr zur Geltung brachte. Sie hatte etwas, das er nicht verstand. Etwas geheimnisvoll Zurückhaltendes und gleichzeitig so Verlockendes, dass ihm das Blut in den Ohren rauschte. Er hätte sich noch immer ohrfeigen können, dass er bei ihrem Anblick errötet war.

Sie sollte sich gut mit dem Grafen Eberhard von Nellenburg stehen, hatte er gehört. Der war ein Berater des Königs und hatte nicht nur das Konzil, sondern auch die schöne Constanzia in die Stadt gebracht. Vielleicht machte es den Konstanzer Ratsherren deshalb nichts aus, dass niemand wusste, wie sie wirklich hieß und woher sie kam. Sie ließen sie unbehelligt gewähren, während die Leute sich das Maul über sie zerrissen.

Benedikt seufzte. Nein, mit jemandem wie ihm gab sie sich sicher nicht ab. Das konnte er sich aus dem Kopf schlagen. Vielleicht, wenn er einmal selbst die Geschäfte der Familie führte und reich war. Aber das konnte noch Jahre dauern, bis die Mutter ihm diese Verantwortung übertrug.

Benedikt schaute sich um. Die Reliquienhändler machten gute Geschäfte. Die Mutter weigerte sich im Gegensatz zu vielen anderen jedoch, Knochensplitter zu kaufen. »Alles

Mumpitz«, fand sie. Allerdings hatte sie einige für Constanzia erstanden und diese wunderbar in Gold fassen lassen. Als kleine Gefälligkeit sozusagen.

Solche Reliquien sollten vor dem schwarzen Tod schützen. Das behauptete auch der Leutepriester. Benedikt war sich nicht sicher, ob das stimmte. Beim letzten Ausbruch der Krankheit waren viele elendiglich verreckt, sogar solche, die fromm waren und täglich zu irgendwelchen Heiligen beteten. Das war zwar schon mehr als ein Menschenalter her, der Schrecken steckte den Menschen jedoch noch immer in den Knochen. Er selbst konnte sich nicht daran erinnern.

Andererseits, wenn der Priester das sagte! Und es konnte ja nichts schaden, sicherzugehen. Wenn sich die Mutter schon weigerte, vielleicht sollte er ein ganz kleines Knöchelchen einer Heiligen erwerben. Wenn wieder die Pest kam, und niemand im Haus daran starb, würde sie schön schauen, wenn er ihr die Reliquie zeigte, und ihn als Retter der Familie endlich wertschätzen wie er es seiner Meinung nach verdiente. Dann wäre er wirklich der Mann im Haus. Am besten wäre natürlich ein Finger der Katharina von Siena. Es hieß, ihr Körper verwese nicht. Sie hatte die Pestkranken gepflegt und sollte sehr tugendhaft gewesen sein. Solch ein Finger konnte ihn womöglich auch vor sündigen Gedanken bewahren. Doch so etwas gab es bei den fliegenden Händlern nicht zu kaufen, nur die Knochen von unbekannteren Heiligen. Die wertvolleren Stücke boten sie den Reichen direkt an.

»Eine Probe Stroh aus dem Stall von Bethlehem, eine Probe Stroh. Echt wie pures Gold!«, brüllte ein Händler neben ihm. Benedikt zückte seinen Beutel und wog ihn nachdenklich in der Hand. Das würde dann wohl auch pures Gold kosten. Doch so was hatte er nicht im Sack, nur einige silberne

Pfennige und ein paar Heller. Seinen größten Schatz, einen goldenen Rheinischen Gulden, hatte er sorgsam unter seiner Bettstatt versteckt.

Benedikt steckte den Beutel wieder unter seinen Rock zurück. Sein Magen knurrte. Er war schon lang auf den Beinen, es musste inzwischen fast Mittag sein. Ob er zu einer der Garküchen gehen sollte, die sich zwischen Stephanskirche und Hofhalde eingerichtet hatten? Dort gab es das beste Angebot. Sein Blick wanderte suchend über die Stände von Handwerkern, Kaufleuten und Geldwechslern hinweg. Viele waren wegen des Konzils in die Stadt geströmt. Sie waren einfach überall, entlang der Stadtmauer, auf dem oberen Münsterhof, auf dem Kirchhof der Barfüßer, in den Kreuzgängen der Klöster. Sie kamen aus aller Herren Länder, um die vornehmen Herren zu versorgen und ihnen ihre Schillinge abzuknöpfen. Auch die Mutter versprach sich vom Konzil gute Geschäfte. Sie hatte sich sogar vorgenommen, die Bekanntschaft von Cosimo Medici zu suchen. Der berühmte Florentiner Kaufmann war der Bankier von Papst Johannes und schwamm in Gold, wie es hieß.

Ein Windstoß trieb Benedikt einen herrlichen Duft um die Nase. Sein Magen meldete sich erneut. Ah, da hinten war eine fahrende Garküche. Es roch herrlich nach gegrillten Hühnerkeulen. Wieder betastete er seinen Beutel. Nein, zu wenig. Er musste seine paar Münzen zusammenhalten. Er ging weiter in Richtung Kreuzlinger Tor. Von dort aus sollte der Papst einreiten.

Die ganze Straße, die ganze Stadt war festlich geschmückt in Erwartung des Heiligen Vaters, der sich Johannes XXIII. nannte. Überall wehten bunte Wimpel im Wind, Girlanden zierten die Häuser. Die Nacht sollte der Papst im Kloster Kreuzlingen geschlafen haben. In Konstanz war für sein Unterkommen fürstlich vorgesorgt worden. Eine Vorhut hatte den Hut des Papstes schon vor geraumer Zeit ans Haus zum Helffand auf den Platten genagelt.

Die Wohnstatt, die der Papst für sich und sein Gefolge mit Beschlag hatte belegen lassen, reichte bis hinüber zum Haus zum Ballen. Benedikt fragte sich, ob es von Nächstenliebe kündete, wenn einer so viel Raum für sich in Anspruch nahm, während andere sich wegen der vielen Gäste in den eigenen Wänden kaum noch drehen und wenden konnten und ins letzte Eck zurückgedrängt worden waren. Der Pfisterin und ihrer Familie war das bisher erspart geblieben.

Ah, da hinten war auch schon das Kreuzlinger Tor. Jetzt musste er sich einen guten Platz sichern. Was für ein Gedränge und Geschiebe! Jemand stieß ihn von hinten an. Benedikt schaute sich um, konnte den Übeltäter jedoch nicht entdecken. Es wurden immer mehr Leute. Ein Dreikäsehoch schob sich vor ihn.

»He! Das ist mein Platz!« Benedikt drängte ihn zur Seite und erwartete schon, zurückgestoßen zu werden. Doch der Knirps sah ihn nur ausdruckslos an, wandte sich ab und verschwand im Gedränge.

Der Reliquienhändler hatte ihn beobachtet, war ihm gefolgt und näherte sich ihm. »Nu, willst was für dein Seelenheil tun, Jungchen? Hab ganz günstige Knöchelchen. Aber so wie du aussiehst, ist das zu schäbig für dich – bist du nicht der ... Junge der Pfisterin? Hätte da eine schöne Hand von einem berühmten Heiligen. Ist sogar die rechte, die Schwurhand, was Seltenes also. Eine bessere Hand bekommt das Herrlein nirgends. Außerdem ganz, mit allen Knochen, sogar mit Stammbaum und Urkunde.«

»Der Heilige Vater, der Heilige Vater!«, schrie eine Frau. Die Menschen, die hinter Benedikt standen, drängten sich nach vorn, zwischen ihn und den Händler. Er wäre beinahe gefallen und fluchte. Doch das enthob ihn glücklicherweise einer Antwort auf das Kaufangebot. Er schaute in Richtung Kreuzlinger Tor und versuchte nun seinerseits, nach vorn zu kommen. Er schaffte es bis in die zweite Reihe.

Die Stadtsoldaten trieben die Menschen vor ihm mit Knüppeln zurück. »Platz da, Platz für den Heiligen Vater!« Benedikt bekam einen Fußtritt ab. Er fuhr die Ellbogen aus.

Das Gemurmel der Menschenstimmen wurde lauter, Ah- und Oh-Rufe ertönten aus Richtung des Kreuzlinger Tors. Benedikt hob die Hand vor die Augen und wurde im selben Moment ebenfalls von den Schergen des Rats rüde zur Seite und weiter nach hinten geschoben: »Mach Platz für den Papst, Junge, aus dem Weg!«

Da die hinter ihm Stehenden jedoch nicht geneigt waren, ihren Platz einfach so aufzugeben, wurde Benedikt gegen sie gequetscht und bekam fast keine Luft mehr. Seine Nase war jetzt in den mächtigen Rücken eines Bauern gedrückt, der durch das Hin- und Hergeschiebe vor ihn geraten war.

Doch auch Benedikt gedachte nicht, so einfach aufzugeben. Er boxte und rempelte sich wieder weiter nach vorn, auch auf die Gefahr hin, den Ellenbogen eines Mannes oder den Fluch eines Weibes mit auf den Weg zu bekommen, dem er auf den Fuß getreten war. Endlich stand er wieder in der zweiten Reihe.

»Platz hier, Platz für den Heiligen Vater!«, erschallte der Ruf erneut, dieses Mal aus der Gegenrichtung. Benedikt sah nur das große Kreuz, das der Empfangsprozession vorausgetragen wurde. Als die beiden Züge dann aufeinanderstießen, gab es einiges Durcheinander. Benedikt konnte nicht recht erkennen, was da geschah. Offenbar vereinigten sich die beiden Züge und strebten gemeinsam dem Konstanzer Münster zu.

Er reckte den Hals und sah einen Priester auf einem Pferd, der ein goldenes Kreuz auf einer langen Stange trug. Ihm folgten neun weiße Rösser, alle mit Überwürfen aus rotem Tuch, die von prächtig gewandeten Dienern geführt wurden. Acht der Rösser trugen verschnürte Säcke, das Reisegepäck des Heiligen Vaters. Was da wohl drin sein mochte? Es war für Benedikt unvorstellbar, dass ein Mann allein so viel Gepäck benötigen sollte. Das neunte Ross trug etwas Viereckiges unter dem roten Tuch. Es musste fest sein, denn es standen sogar zwei silberne Kerzenständer mit brennenden Kerzen darauf. Dieses Pferd hatte eine kleine Glocke am Hals.

Da kam ein Windstoß auf, und eine silberne und goldene Lade blitzte unter dem roten Tuch hervor. Benedikt hatte von der Lade gehört, darin sollte sich das Heilige Sakrament befinden.

Nach dem Ross mit der Lade kam ein Mann auf einem mächtigen Rappen. Der hielt eine Michelstange in der Hand, die er auf dem Widerrist seines Pferdes aufgesetzt hatte. Und auf dieser Stange war eine Art kegelförmiges Zelt aus gelbrot gestreiftem Tuch angebracht, fast so groß wie das Pferd. Oben hatte das Zelt einen goldenen Knopf. Und auf dem Knopf stand ein goldener Engel, der ein Kreuz in der Hand hielt.

Benedikt staunte, wurde aber gleich darauf abgelenkt. Denn nun kamen die Kardinäle in ihren langen roten Mänteln, alle auf prächtigen Rössern. Und alle trugen sie rote Kappen und darüber breite rote Hüte auf dem Kopf. Was hatte die Mutter noch erzählt? Wenn die Kardinäle ritten, dann hatten sie immer ihre roten Hüte auf. Wenn sie jedoch zu Fuß gingen, dann genügten die Mäntel und die Kappen.

Benedikt kniff die Augen zusammen. Er wusste nicht, ob es das Aufblitzen der Sonnenstrahlen auf dem Edelmetall der Lade war, das ihn blendete, oder die massige Gestalt in dem prachtvollen weißen Messgewand auf dem weißen Ross, die nun folgte. Das Pferd war ebenfalls mit einem weißen Messgewand angetan. Ja, das musste der Heilige Vater sein. Die kleinen Äuglein in dem feisten Gesicht sahen aufmerksam auf die Wartenden, denen er mit seiner juwelenberingten rechten Hand zuwinkte. Die Menschen jubelten ihm entgegen und fielen auf die Knie, wenn er an ihnen vorüberzog.

Auch Benedikt sank zu Boden und faltete die Hände. Sogar das Ross dieses Heiligen Vaters war gekleidet wie ein Pfarrer, dachte er dabei. Und der Heilige Vater hatte etwas von einer Kröte. Gleich darauf verbot er sich diese Gedanken. Doch es half nichts. Der Papst erinnerte ihn an einen dieser Frösche, die die Mutter neulich für eine stolze Summe hatte taufen lassen, um sie später der Kräuterfrau zu geben. Diese sollte damit und mit ihren Heilkräutern einen Trank gegen den quälenden Husten der Schwester brauen.

Direkt vor Benedikt geriet der Zug für einige Momente ins Stocken. Er schaute hoch. Vier Männer hielten ein goldenes Tuch wie einen Baldachin über Johannes XXIII. Er erkannte Heinrich Schulter, den Stadtamman Heinrich Ehinger, Hanns Hagen, den Vogt und Heinrich von Ulm, den Bürgermeister. Ihre Gesichter spiegelten wieder, was sie dachten. Es war schon etwas ganz Besonderes, so nah am Heiligen Vater zu sein, und das hatte sie eine Stange Geld gekostet, auch wenn's nur einer von Dreien war, die sich Papst nannten. Benedikts

Mutter hatte dem Bürgermeister sogar mit Geld aushelfen müssen.

Benedikt reckte den Hals so lang er konnte. Man hörte hinter vorgehaltener Hand ja allerlei von diesem Papst. Ein Hurenbock sollte er sein, ein Säufer und Prasser und gleichzeitig ein ungerechter und strenger Mann. Die Römer, seine eigenen Leute, hatten ihn verjagt, die Bürger von Bologna auch.

Und dann kursierte da noch diese andere Geschichte in der Stadt. Benedikt gluckste in sich hinein. Selbst die streng gläubige Mutter hatte sich ein Lachen nicht ganz verkneifen können, als sie sie dem Kaufmann Muntprat erzählt hatte. Glücklicherweise hatte sie nicht bemerkt, dass er lauschte. Nach außen hin gab sich die Pfisterin nämlich als überzeugte Anhängerin dieses italienischen Papstes. Ihre Gründe dafür waren jedoch weniger in der Überzeugung zu suchen, er sei der geeignetste der drei amtierenden Päpste, sondern handfester Natur. Zumal sie von den anderen beiden so gut wie nichts wusste. Für sie zählte nur eins: Zusammen mit König Sigismund hatte Johannes XXIII. das Konzil nach Konstanz und damit wunderbare Aussichten auf gute Geschäfte in die Stadt geholt.

Die Geschichte hatte die Stadt lang vor dem Papst erreicht, bereits im September – oder war es schon der Oktober gewesen? Jedenfalls zu der Zeit, als das Gerücht die Runde gemacht hatte, dass Papst Johannes XXIII. nach Konstanz aufgebrochen sei. Benedikt gluckste wieder in sich hinein. Irgendwo bei dem Klösterle am Arlberg, da war sein Wagen umgekippt. Und der Heilige Vater war zappelnd und schimpfend wie ein großer Käfer im Schnee unter dem Wagen gelegen. Als ihn dann seine Schranzen gefragt hatten: ›Heiliger Vater, ist Ihnen etwas geschehen?‹ sollte er geantwortet haben ›Ich lieg hier im Namen des Teufels.‹

An diesem Punkt der Erzählung hatte die Pfisterin zu Muntprat gesagt: »Der Teufel, den er meinte, das war wohl dieser Ketzer, Jan Hus, der Magister aus Böhmen. Der Allmächtige schütze unsere Stadt vor Leuten wie ihm.« Benedikt fand das Verhalten seiner Mutter bemerkenswert. Sie war keine, die schnell Angst bekam. Aber vor diesem Jan Hus, diesem Ketzer, schien sie sich zu fürchten. Ob er wohl Hörner hatte oder einen Klumpfuß wie der Satan?

Der Papst sah jedenfalls nicht aus, wie er sich einen solchen Herrn vorgestellt hatte. Der feiste Mann ritt nicht aufrecht und würdevoll daher, sondern schien sich förmlich in sein prächtiges Gewand verkriechen zu wollen. Diese verweichlichten Südländer waren eben nichts gewohnt. Gut, es war ein kalter Tag für Ende Oktober, aber so kalt auch wieder nicht. Das starke Ross des Papstes hatte sogar Schaum auf den Flanken, es ging schwer. Kein Wunder bei dem Gewicht, das es zu tragen hatte.

Benedikt taten die Knie weh. Warum ging es denn nicht weiter? Ah, endlich. Gleich darauf war der Heilige Vater an ihm vorbei.

Er stand auf und klopfte sich den Straßendreck von den Beinkleidern. Die Mutter würde ärgerlich sein, wenn sie das sah. Auch seine neuen Schuhe, nach der Mode mit langen Spitzen gefertigt, waren völlig verdreckt. Benedikt seufzte. Das gab nachher eine Abreibung. Aber vielleicht hatte die Mutter ja anderes zu tun, jetzt, wo der Papst in der Stadt war, als auf die Kleidung ihres Ältesten zu achten.

Wieder wurde er angerempelt. Er sah zur Seite und blickte direkt in die hellbraunen Augen eines Mädchens. Sie hatten die Farbe von angelaufenen Kupfermünzen. Die tief stehende Spätherbstsonne zauberte gelbe Lichter hinein. Sie blinzelte. Benedikt schätzte, dass sie etwa in seinem Alter sein musste, vielleicht ein Jahr jünger. Er starrte sie an, völlig hingerissen. Sie war nicht wirklich schön, mit all dem Dreck, den verfilzten dunkelblonden Haaren und dieser schmutzstrarrenden Decke um die Schultern. Sie war schmal, bestimmt zwei Köpfe kleiner als er. Und ihr Mund war viel zu groß. Wirklich schöne Frauen hatten einen Kirschmund zu haben und keine geröteten Wangen, sondern eine bleiche, ebenmäßige Haut. Wie Constanzia. Doch in ihren leicht schräg gestellten Augen lag etwas, ein Leuchten, das er so noch nie gesehen hatte.

Gleich darauf schalt er sich einen Narren. Das Leuchten hatte allein die Sonne bewirkt. Sie war eine Bettlerin, eine von zahllosen, die in diesen Tagen in die Stadt strömten, weil sie sich von all den Kirchenmännern, Händlern, Fürsten und Rittern gute Einnahmen versprach. Vermutlich verkaufte sie sich selbst. Viele Mädchen taten das. Das war ein leichterer Verdienst, als sich abzurackern mit eigener Hände Arbeit. Er wusste, dass die meisten dieser Huren hofften, sich für die Dauer des Konzils einen reichen Galan zu angeln und in dieser Zeit für die kommenden schlechten Tage vorzusorgen. Ob er sie sich kaufen sollte?

Nein, so etwas kam nicht infrage bei den paar Schillingen in seinem Beutel, selbst wenn er sie billig haben konnte. Seine Mutter hatte ihn eindringlich vor solchen Weibern gewarnt. Äußerlicher Dreck färbt ab nach innen, hatte sie gesagt. Falls sie keine Käufliche war, würde sie ihn bestimmt gleich um Almosen bitten.

Doch es war seine Hand, die sich wie von selbst ausstreckte. Als ihm das bewusst wurde, ließ er sie wieder sinken.

Er fühlte sich linkisch, benahm sich wie ein tumber Tor und hasste sich dafür. Wahrscheinlich glühte der Pickel auf seiner Nase mal wieder feuerrot. Er konnte darauf herumdrücken so viel er wollte, das blöde Ding kam immer wieder. Der Bruder und die Schwester machten sich deswegen schon über ihn lustig. Die Mutter hatte gesagt, Pickel seien normal für einen jungen Mann in seinem Alter. Da sei er nicht allein. Sie würden mit der Zeit schon weggehen. Benedikt hoffte inbrünstig, dass sie recht behielt. Außerdem hatte keiner seiner Altersgenossen so viele davon im Gesicht wie er. Ständig blühten neue auf, egal, wie viel Salbe und Cremen er auch darauf verteilte. Ansonsten, fand Benedikt, sah er eigentlich nicht schlecht aus. Gute Zähne, einen dichten dunklen Lockenschopf, gerade Beine und breite Schultern. Mancher gestandene Mann ließ sich Schultern und Brust aufpolstern, um ebenso eindrucksvoll daher zu kommen. Gut, die Augenbrauen waren etwas dick und borstig. Aber dafür hatte er recht lange Wimpern, das ließ seine blauen Augen größer erscheinen. Das war nicht schlecht. Auch wenn der Bruder immer behauptete, er habe ein Gesicht wie ein Mädchen. Allerdings ein pickeliges. Aber nicht mehr lang! Der erste Bartflaum bildete sich schon. Und aus dem blöden Stimmbruch war er endlich heraus. Herrje, war das ein Gequietsche gewesen, wenn ihm die Stimme ausrutschte.

Es war schon ein Kreuz mit dem Erwachsenwerden. Einerseits sollte man vernünftig sein, andererseits behandelte ihn die Mutter wie ein Kind.

»Verzeiht, Herr«, sagte das Mädchen, schlug die Augen nieder und errötete. Das konnte er selbst durch die Dreckschlieren auf ihren Wangen erkennen. Hatte sie etwa geweint? Ihm wurde klar: Sie war ebenso schüchtern wie er selbst!

Benedikt hätte sie am liebsten umarmt. Angesichts der Verlegenheit des Mädchens kam er sich männlich und stark vor.

Da fühlte er eine Hand an seinem Gürtel. Er sah nach unten. Es war ihre. Doch ehe er danach greifen konnte, war sie auch schon weg, wie ein Geist zwischen den Menschen verschwunden. Er tastete nach seinem Beutel, den er sicherheitshalber vorn unter den Rock geschoben und mit einem Bändel am Gürtel befestigt hatte. Doch wo er sein sollte, baumelte nur noch das Bändel.

Benedikt schaute sich hektisch um. Nein, sie war nirgends mehr. Verfluchte Brut. Die Mutter hatte recht, wenn sie ihn vor den leichten Mädchen warnte. Er hatte sich wieder einmal von schönen Augen einfangen lassen. Die Mutter würde ihm eine gehörige Kopfnuss verpassen.

Was sollte er tun? Heim? Nein, besser er ging jetzt nicht gleich heim. Er musste sich erst einmal eine gute Ausrede zurechtlegen. Bis dahin konnte er genauso gut weiter zuschauen, was dieser Papst in der Stadt trieb. Dann hatte er wenigstens etwas zu erzählen. Seine Mutter liebte Klatsch und Tratsch, eine gute Geschichte würde sie vielleicht gnädiger stimmen. Sein Magen knurrte erneut. Benedikt beschloss, das nicht zu beachten. Und irgendwo in seinem Hinterkopf schauten ihn zwei hellbraune Augen an und eine sanfte Mädchenstimme sagte: »Verzeiht, Herr.«

Die Mutter. Sie musste hier irgendwo sein. Den Einzug des Papstes hatte sie sich nicht entgehen lassen wollen. Er wollte ihr jetzt keinesfalls begegnen. Sie würde sofort merken, dass etwas nicht stimmte.

Benedikt mischte sich unter die Menschen, die der Prozession folgten, noch immer unschlüssig, was er jetzt tun sollte. Er war schließlich noch niemals bestohlen worden.

Ziel des prächtigen Zuges war der Untere Hof beim großen Münster auf dem Hügel. Nicht allen gelang es, schnell noch durch die Mauer zu schlüpfen, die das Gotteshaus schützte. Doch Benedikt war jung und schlank, er konnte sich gerade noch so hindurchschlängeln. Allerdings war auch im Unteren Hof das Gedränge groß. So ahnte er mehr als er sah, wie die hohen Herren dort von ihren Rössern stiegen und würdevoll ins Münster zu unserer Lieben Frau schritten.

Für die einfachen Leute wie Benedikt war in der Kathedrale kein Platz mehr. Ihnen blieb nur, draußen zu warten, sich die Beine in den Bauch zu stehen und währenddessen dem Te Deum Laudamus zu lauschen, das nicht lang darauf aus dem Münster zu ihnen herausschallte.

Da sah Benedikt, dass Diener das Ross des Papstes fortführten. Ah, es sollte wohl vom Unteren auf den Oberen Hof gebracht werden. Er marschierte hinterher. Er hatte schon immer ein so wunderbares Pferd haben wollen. Doch die Mutter weigerte sich, Pferde anzuschaffen. »Wir haben es nicht nötig, zu protzen. Das erweckt nur Neid und Missgunst«, hatte sie ihm erklärt. Wenn sie einmal fort musste, mietete sie eines. Und so hatte Benedikt mehr schlecht als recht reiten gelernt und musste sich meist auf Schusters Rappen beschränken.

Der Kämmerer des Papstes und sein Torhüter ergriffen das Ross am Zügel und sagten den Dienern, es sei ihre Sache, sich darum zu kümmern. Doch da stürmte ein anderer Mann auf sie zu, und Benedikt erkannte die Stimme des Konstanzer Bürgermeisters Heinrich von Ulm. Sie wurde immer lauter. Er klang wütend. Auch dessen älterer Sohn war da. Benedikt konnte diesen Georg nicht leiden. Ständig strolchte er mit den anderen Laffen durch die Stadt, hielt sich für etwas Besseres, wähnte sich sogar gleichgestellt zu Wilhelm, Hennslin und Bilgeri von Heudorf. Das waren wirkliche Herrensöhne, allerdings auch ziemliche Kotzbrocken, die glaubten, sie könnten sich gegenüber den einfachen Leuten alles erlauben. Aber die Väter kamen trotzdem zu seiner Mutter, um sich Geld zu borgen.

Der Knecht des Bürgermeisters zerrte nun seinerseits am Zügel des päpstlichen Rosses. Das Pferd zu versorgen sei seine Sache, brüllte Heinrich von Ulm jetzt mit zornrotem Gesicht. Denn er sei hier der Bürgermeister. Am Ende gaben die anderen nach. Und so marschierten der Schultheiß und sein Sohn mit stolzgeschwellter Brust mit dem Ross des Papstes davon.

Plötzlich läuteten überall die Glocken. Das war das Zeichen, dass innen im Münster die Vesper abgehalten wurde. Benedikt machte, dass er wieder auf den Unteren Hof kam. Und dann schwangen die Türen des großen Gotteshauses auf. Der Papst, das wusste Benedikt von seiner Mutter, würde jedoch nicht mehr hier erscheinen, sondern durch die Sankt-Margarethen-Kapelle zu Fuß in die Pfalz gehen. Bei solch hohen Gästen wurde nichts dem Zufall überlassen. Und es war auch wichtig, dass sich die Herren nicht mehr als nötig dem gemeinen Volk aussetzen mussten.

Benedikt dachte an den Kampf um das Pferd des Papstes und feixte.

Die Kardinäle indessen stiegen wieder auf ihre Rösser. Vermutlich ritten sie zurück in die jeweiligen Herbergen. Und das Volk jubelte.

Ob er jetzt heimgehen sollte? Beim Gedanken daran, was die Mutter sagen würde, wenn er ihr beichtete, dass er seiner Barschaft verlustig gegangen war, wurde Benedikt erneut mulmig. Aber die Geschichte über das Gerangel um das Ross des Heiligen Vaters würde ihr sicherlich gefallen. Das war eine gute Geschichte. Und die Mutter war trotz allem eben nur eine Frau, sie liebte Klatsch, dachte er mit der Selbstgerechtigkeit eines jungen Mannes, der glaubte, die Welt und das Leben für sich geordnet zu haben.

Andererseits: Die Mutter hatte eine harte Hand. Fast wie ein Mann. Er beschloss, noch ein wenig durch die Stadt zu streunen. Vielleicht war sie nicht mehr ganz so zornig, nachdem sie sich eine Weile um ihn geängstigt hatte.

Benedikts Gedanken kehrten zu den leuchtend kupferbraunen Augen dieser Diebin zurück. Was nun? Sollte er den Diebstahl anzeigen? Seine Mutter würde das wollen. Und auch der Rat hatte Anschläge verteilen lassen, auf denen stand, die Bürger sollten jeden Verstoß gegen die Gesetze und die öffentliche Ordnung sofort melden. Doch wenn er das tat, dann wurde sie womöglich eingesperrt. Nein, er stellte sich lieber nicht vor, was sie dann mit ihr machten. Er wollte nicht, dass ihr etwas Schlimmes geschah – und konnte sich selbst nicht erklären, warum.

Aus der Stimmung des Augenblicks heraus entschied er, sie zu suchen. Vielleicht bekam er ja irgendwie seinen Beutel zurück.

Kapitel vier
- Der Lächelnde Ott -

»Wo warst du so lang, Linnie? Ich hab furchtbar großen Hunger. Und mir ist kalt. Warum konnten wir nicht in der Burg bleiben? Da hatten wir ein Feuer.« Jakob drückte sich weiter in die Hausecke.

»Das ging nicht, das habe ich dir schon erklärt. Da waren Leute.«

»Was für Leute? Ich glaub das nicht, das waren bestimmt Geister.«

»Ach, Jakob, du bist ein Kindskopf. Nein, keine Geister. Das waren hohe Herren. Wegelagerer. Ich glaube, die haben die Beute von ihren Raubzügen in der Burg versteckt. Deshalb konnten wir nicht bleiben. Die kommen bestimmt wieder.«

»Meinst du wirklich, das waren Raubritter? So wie der Jörg vom End, von dem sie alle reden?«

»Ja, Jakob das meine ich.«

»Das will ich auch einmal werden, Raubritter. Dann sind wir reich.«

»Jakob, du kannst das zwar spielen, aber du kannst kein richtiger Ritter werden. Wir sind Kinder eines unfreien Bauern, wir dürfen eigentlich noch nicht einmal gehen, wohin wir wollen. Unsereiner hängen sie auf, wenn wir stehlen oder Reisende ausplündern. Die Ritter kommen meistens davon. Bete lieber, dass uns der Graf von Nellenburg nicht erwischt.« Ennlin brach ab. Sie dachte an den gestohlenen Beutel, den sie unter ihrem Umhang versteckt hatte. Aber was hätte sie tun sollen? Sie konnte doch nicht zuschauen, wie ihr kleiner Bruder verhungerte. Und der Lächelnde Ott, der rothaarige Anführer der Straßenkinder, denen sie sich angeschlossen hatten, würde sie nur weiter in dem alten Schuppen außerhalb der Stadtmauern dulden, wenn sie auch etwas zum gemeinsamen Unterhalt der Gruppe beitrug. Das hatte er ihr unmissverständlich klargemacht. Es gehörten sieben Kinder und Jugendliche dazu, zwei Mädchen, der Rest Jungs. Der Kleinste war drei. Der Lächelnde Ott war der Älteste. Er wusste aber selbst nicht genau, wie alt er war, vermutlich nicht viel älter als sie selbst. Ennlin musste nicht lang fragen, warum er diesen Beinamen trug. Egal, was er sagte, sein Gesicht zeigte immer dieselbe unbewegte, lächelnde Fratze. Jemanden, der so fürchterlich und gleichzeitig auch irgendwie mitleiderregend aussah wie er, hatte sie noch niemals gesehen.

Jakob und sie waren aus Zufall auf Ott und seine Kinderbande gestoßen. Ott hatte sie bestehlen wollen. Sie! Das musste man sich mal vorstellen. Er hatte ihr das Bündel entwendet, es aus ihren Händen gezerrt, schrecklich, gefährlich, mit seiner lächelnden Grimasse. Sie hatte dagestanden wie erstarrt und ihn gewähren lassen, während er darin wühlte, und still geweint.

Plötzlich hatte er aufgesehen, ihren letzten Kanten Brot in der Hand. Und Verstehen lag in diesen hellblauen Augen. Das eingefrorene Lächeln blieb, doch die Augen erzählten eine andere Geschichte. »Wo kommt ihr her?«, hatte er mühsam gefragt. Der zu einem ewigen Lächeln verdammte Mund machte ihm das Sprechen schwer.

Während Ennlin noch immer die Tränen übers Gesicht strömten, hatte sie ohne groß nachzudenken vom Gelben Hans berichtet. Von ihrer Flucht, von der Hoffnung, in Konstanz Lohn und Brot für sich und den Bruder zu finden.

Als sie den Gelben Hans erwähnte, waren seine Augen groß geworden, sein Blick hart.

Ennlin hatte sich sofort vor ihren Bruder gestellt, befürchtet, dass er gleich ein Messer zücken und sie ermorden würde. Vielleicht gehörte er ja zur Bande des Gelben Hans.

Und ein wenig, ein ganz klein wenig, hatte sich daraufhin das Gesicht zu etwas verzogen, das wirklich ein Lächeln sein konnte, zumindest vermutete sie das. Dann hatte er gesagt: »Musst dich nicht fürchten vor mir. Hast selbst nichts. Hier, nimm dein Bündel zurück. Kannst mit mir kommen, wir sind mehrere. Werden schon einen Weg finden, wie ihr beide überlebt. Die Leute nennen mich den Lächenden Ott. Musst wirklich keine Angst haben, auch wenn ich so aussehe.«

So waren Jakob und sie mit ihm gegangen. Ängstlich, was er mit ihnen tun könnte, und gleichzeitig voller Hoffnung. Aber Ennlin wusste, sie hatten ohnehin keine Wahl.

Das Lager der Bande lag eine halbe Stunde Fußmarsch außerhalb der Stadtmauern. Und am Abend dann, im Schein des Feuers, während die Flammen mit den Schatten auf seinem Gesicht tanzten und es aussehen ließen, als sei er eine Ausgeburt der Hölle, da hatte er ihr erzählt, wie er zum Lächelnden Ott geworden war: Als er etwa so alt gewesen war wie Jakob jetzt, hatten ihn der Gelbe Hans und diese Vettel, die ständig bei ihm war, mit Süßigkeiten vom Hof der Eltern gelockt, wie ein Paket verschnürt und einfach auf ihren Karren geladen. Stroh darüber – niemand hatte den wehrlosen kleinen Jungen bemerkt. Und dann hatten sie das Messer genommen und ihn ins Gesicht geschnitten. Immer wieder. So werde er mehr Almosen einbringen, hatte der Gelbe Hans ihm erklärt. Falls er das jetzt überlebe.

Er war vor Schmerzen schließlich ohnmächtig geworden.

Aber er hatte überlebt. Doch von da an hatte er keine Gewalt mehr über seinen Gesichtsausdruck gehabt. Und das bedeutete, er konnte niemals wieder Vater oder Mutter unter die Augen treten. Sie würden sich zu Tode schämen für einen Sohn mit einer Fratze wie dieser.

Als er älter gewesen war, hatte er aus der Gefangenschaft fliehen können. Die Kinder, die der Gelbe Hans für sich zum Betteln schickte, wurden tagsüber sorgfältig bewacht und nachts in einem verfallenen Haus vor den Stadtmauern eingeschlossen. Anfangs hatte er sich auch nicht getraut wegzulaufen. Zumal der Gelbe Hans gedroht hatte, ihm dann die Beine zu brechen. Der sagte so etwas nicht einfach, er tat es. Das wusste jeder der Jungen, die er sich als Diebe hielt. Dann, einige Jahre später, hatte er es einfach nicht mehr ausgehalten und begonnen, seine Flucht vorzubereiten. Er hatte sich ein Messer besorgt und in der Erde unter seinem Strohsack vergraben. Nicht zu tief, damit er schnell herankam. Anschließend hatte er gewartet. Er wusste, früher oder später würde einer der Bewacher betrunken genug sein und vergessen, die Kette vorzulegen. Und so war es gekommen.

Er hatte bisher vier Leute getötet, die der Gelbe Hans ausgeschickt hatte, um ihn wieder einzufangen. In jedem Jahr seitdem einen Mann aus dessen Bande. Inzwischen ließ der Gelbe Hans ihn in Ruhe, obwohl er sich das eigentlich nicht leisten konnte, wollte er den Respekt nicht verlieren, den er als König der Konstanzer Bettler und Diebe genoss. Jeder zitterte vor ihm. Bis auf den Lächelnden Ott. Der bot ihm die Stirn. Der Gelbe Hans und seine Leute wussten inzwischen, dass sie dem Lächelnden Ott besser nicht zu nahe kamen.

So war er also ein Mörder. Ennlin floss trotzdem fast das Herz über vor Mitleid. Sie legte ihm die Hand auf den Arm.

Da hatte er sie angesehen, mit dieser tiefen Trauer im Blick, und gesagt: Weil sie ebenfalls ein Opfer des Gelben Hans sei, werde er ihr helfen. Und er hatte geschworen, ihr niemals etwas anzutun. Auch Jakob nicht.

Ennlin wusste ganz tief in ihrem Inneren, dass er diesen Schwur halten würde. Denn der Lächelnde Ott war ein guter Mensch, obwohl er raubte und mordete. Auch Verbrecher konnten gute Menschen sein. Und Pfaffen abgrundtief schlecht. In der Welt gab es nicht nur Schwarz und Weiß, sondern viel, viel dazwischen. Es war nicht einfach, sich zurechtzufinden.

Nein, er war trotz all seiner zur Schau getragenen Stärke auch nur ein Geschundener, bestimmt nicht böse.

Am dritten Tag hatte er sie beiseite genommen. »Musst auch was für die Gemeinschaft tun. Jeder muss was beitragen. Du bist neu hier, kennst dich nicht gut aus. Da ist es schwer mit dem Stehlen, die besten Orte sind verteilt. Die anderen Banden mögen es nicht gern, wenn man in ihrem Revier wildert. Wenn sie dich erwischen, kannst du von Glück sagen, wenn sie dich nur verprügeln. Aber du bist sowieso keine geübte Taschendiebin. Es dauert, bis man die richtige Fingerfertigkeit gelernt hat. Wenn du magst, kannst du, statt zu stehlen, meine Braut sein und für mich sorgen. Dann wird dir niemand etwas anhaben können, nur über meine Leiche, das schwöre ich.«

Ennlin hatte eine ziemlich gute Vorstellung davon, was er mit dem Wort ›Braut‹ meinte. Sie hatte ja den Schmerz und die Einsamkeit gesehen, die hinter dem harten Ausdruck seiner Augen lauerten. Doch sie konnte es nicht. Aber sie brauchten den Schutz einer Gemeinschaft, ein Dach über dem Kopf, und sei es noch so löchrig. Der Winter war nicht mehr fern.

Also hatte sie diesen gut gekleideten jungen Mann bestohlen. Der hatte bestimmt ein Zuhause, sah aus wie ein reiches Jüngelchen mit seinen blauen Beinkleidern und den spitzen Schuhen. Er brauchte die paar Schillinge nicht, sagte sie sich immer wieder. Dennoch schämte sie sich zutiefst. Nun war sie eine Diebin.

Die Stimme ihres Bruders holte sie in die Gegenwart zurück. »Soll ich mich hier an die Ecke setzen und betteln? Ich kann das, Ennlin. Bestimmt. Und Ott hat gesagt, wir müssen was mitbringen, wenn wir zurückkommen.«

»Ach, Jakob. Nein, das musst du nicht. Wir gehen zurück zu Ott, ich regle das schon mit ihm.« Sie konnte dem Bruder nicht in die Augen schauen. Wie sollte sie ihm auch sagen, dass sie gestohlen hatte. »Wir dürfen uns nicht einfach irgendwo hinstellen«, fuhr sie nach einer Pause fort. »Das hat Ott gesagt. Und auch, dass wir erst zu den anderen dürfen, wenn es dunkel wird, sonst schleicht uns womöglich noch wer nach, ein Büttel oder so, ohne dass wir das merken, und wir verraten das Versteck am Ende noch. So lang müssen wir durchhalten. Vielleicht schickt der Herrgott uns auch etwas für den Magen. Irgendwo muss er hier ja sein. Denk nicht, dass die so ein Konzil abhalten können, ohne dass der Herrgott hier irgendwo ist und darüber wacht, dass sie es auch richtig machen. Glaub nicht, dass es ihm gefällt, dass sich drei Päpste um seine Stellvertreterschaft raufen.« Ennlin zog Jakob hinter sich her. Sie war so müde. Und ebenfalls sehr hungrig.

Niemand beachtete das abgerissene Mädchen mit dem Jungen im Schlepptau. Es gab viele wie sie. Sie sah sich um. Zwei ebenso ärmlich gekleidete Gestalten eilten an ihnen vorbei. »Mach schon. Ist heut wieder Speisung vom Kardinal im Haus zum Stauf, weißt schon, der, wo bei diesem Domherrn

Albrecht von Beutelsbach wohnt. Schnell, sonst sin die Panit weg.« Die beiden eilten weiter.

Ennlin war plötzlich hellwach. »Panit, Brote zur Armenspeisung! Hast du das gehört? Lauf, wir müssen hinterher. Da gibt es etwas zu essen. Vielleicht können wir da auch was ergattern.« Sie schickte ein Stoßgebet zum Himmel.

Als sie beim Haus zum Stauf ankamen, hatte sich bereits eine lange Schlange auf der Gasse davor gebildet, armselige Gestalten, Greise, Kinder, Frauen jeden Alters mit hohlwangigen Gesichtern und toten Augen. Ganz hinten konnte sie einen Mann in einem Sessel sehen. Neben ihm standen Frauen, die Brot und mit etwas billigem Wein vermischtes Wasser ausgaben und mit Kellen etwas aus einem Kessel schöpften. Vielleicht einen guten nahrhaften Brei? Oder eine Suppe, womöglich mit Fleisch drin? Ennlin lief der Speichel im Mund zusammen. »Wer ist das?«, entfuhr es ihr.

Eine junge Frau drehte sich um. Sie hatte einen Säugling an der Brust. An ihrem Rockzipfel hing ein kleiner Junge von etwa zwei Jahren. »Das ist der Herr Albrecht von Beutelsbach. Er ist lahm vor lauter Gliederreißen. Deswegen lässt er sich immer mit dem Sessel heraustragen, wenn Speisung ist. Jeden Montag und Dienstag.« Sie schaute an den beiden herunter. »Wo kommt ihr denn her? Hab euch hier noch nie gesehen. Wo ist euer Becher? Oder eure Schale?«

Ennlin sah die Frau hilflos an. Ihr Herz sank. »So was haben wir nicht.« Und dann kamen ihr die Tränen.

»Halt mal.« Die Frau nahm den Säugling von der Brust und reichte ihn Ennlin, fasste in ihren Beutel und zog eine Holzschale hervor. »Hier, das ist die von dem Kleinen. Er kann bei mir mitessen.«

»Der Herr möge es Euch vergelten«, flüsterte Ennlin.

»Bist wohl wirklich fremd hier? Dass du eine Bettlerin anredest, als wäre sie eine Dame von Stand.«

Ennlin nickte. »Und dieser Herr von Buttelsee ...«

»Beutelsbach. Ist Chorherr vom Dom. Nein, der bewacht bloß alles. Damit auch ja niemand zu viel bekommt. Die Armenspeis kommt von einem Fürsten de Brogny. Hab mir den Namen gut gemerkt, obwohl der fremdländisch klingt, damit ich täglich für ihn beten kann. Auch wenn er meine Gebete fürs Seelenheil wohl nicht braucht. Aber sonst kann ich ja nichts geben. Der ist nämlich ein ganz wichtiger geistlicher Herr. Ich glaub, er ist sogar ein Kardinal, Kardinal Ostiensis nennen ihn manche. Er ist so was wie der Oberste vom Konzil. Ist schon im August hier angekommen. Die Leute sagen, er ist der oberste Kanzler des Heiligen Römischen Stuhls. Der kann es sich wohl erlauben, Leute wie uns zu versorgen.«

Und dann waren auch sie an der Reihe. Ennlin und Jakob machten sich über den dampfenden Hirsebrei her, tunkten immer wieder ein Stück Brot hinein und löffelten ihn auf diese Weise aus. In ihren Mägen breitete sich wohlige Wärme aus. Am Schluss wischten sie den Napf mit dem letzten Stück Brot ganz sauber aus. Ennlin brachte die kleine Schüssel zu der freundlichen Frau zurück. Sie dankte ihr noch einmal herzlich. Dann ging sie zu ihrem Bruder zurück, der draußen vor der Hofmauer auf sie wartete.

»Ach, ist das nicht das Mädchen von der Tudoburg?« Ennlin fuhr herum. Und sah sich direkt Hennslin von Heudorf gegenüber. Der griente über sein ganzes feistes Gesicht, seine dünnen blonden Haare hingen ihm ungekämmt und fettig ins Gesicht. Er kniff seine kleinen Äuglein noch weiter zusammen. »Ich sagte doch, dass ich dich noch kriege. Mein Oheim hat mir erzählt, wo er dich getroffen hat. Du kommst jetzt mit.«

»Was willst du mit der?«, krähte ein Junge, der vielleicht sieben Jahre alt sein musste.

»Sei still, Bilgeri, das verstehst du noch nicht«, fuhr ihm ein Älterer über den Mund, der jetzt zu ihnen aufgeschlossen hatte und in dem Ennlin Wilhelm von Heudorf erkannte. Dieser musterte sie von oben bis unten. Ihr wurde heiß und kalt zugleich. »Hm. Ich wüsste auch was mit dir anzufangen. Doch zuerst stecken wir dich in den Waschzuber. Obwohl, für eine wie dich tut es auch der See. Ist zwar etwas kalt um diese Jahreszeit, aber wir werden dich danach schon aufwärmen, während deine Kleider trocknen. Komm, Hennslin, lass uns gehen und sie kräftig tunken. Das wird ein Spaß.« Er packte Ennlin am Arm.

Diese erholte sich langsam von ihrem Schrecken, die Erstarrung löste sich. Sie schaute mit weit aufgerissenen Augen um sich. Niemand schien sich um ihre Lage zu scheren oder sie überhaupt zu bemerken. Was sollte sie tun? Ihr Blick fiel auf den Chorherrn. Der würde doch sicherlich nicht gutheißen, was die Heudorfer mit ihr vorhatten. Sie begann, Zeter und Mordio zu schreien. »Hilfe!, Mörder! Helft mir, edler Herr von Buchtelbach. Hilfe, edler Herr.« Da fiel ihr ein, wie er richtig hieß: »Edler Herr von Beutelsbach, helft einer armen Jungfer! Hilfe!«

»Halt die Klappe«, raunte der dicke Hennslin. Wilhelm packte sie und legte ihr die Hand über den Mund.

»Lass sie los! Lass sofort meine Schwester los«, meldete sich in diesem Moment eine Jungenstimme.

»Ach, da ist ja auch der Gernegroß von Bruder«, feixte Bilgeri und griff sich Jakob. Kurz darauf lagen die beiden balgend im Matsch. Bilgeri von Heudorf war der Ältere und stärker. Doch Jakob wehrte sich nach Leibeskräften.

Ennlin biss Wilhelm von Heudorf in die Hand. Der schrie auf, nahm die Hand weg und hielt ihr gleich darauf sein Messer an die Kehle. »Wenn du nicht sofort still bist, muss dein Bruder dran glauben.«

»Lauf, Jakob, lauf!«, schrie Ennlin und trat dem Sohn des königlichen Rates Hans von Heudorf so heftig sie konnte gegen das Schienbein. Messer hin oder her. Der ließ die Waffe sinken, fasste sich stattdessen ans Schienbein und hüpfte mit schmerzverzerrter Miene auf dem anderen Fuß auf und ab. »Das wirst du mir büßen«, drohte er immer wieder.

»Was ist denn hier los?«, ein weiterer junger Mann hatte sich zur Gruppe gesellt. Ennlin kannte ihn nicht. »Kann ich helfen?«

Das kurze Aufflackern der Hoffnung wurde sofort erstickt.

»Hilf mir, diese Furie und ihren Bruder festzuhalten, wir haben ein Hühnchen mit ihnen zu rupfen, Fridolin von Schwartzach«, erklärte Wilhelm von Heudorf.

»Hennslin von Heudorf, helft mir«, flehte Ennlin. Doch Hennslin stand nur mit betretenem Gesicht daneben und sah so aus, als wisse er nicht, was er tun sollte.

Von ihm war keine Hilfe zu erwarten, erkannte Ennlin. »Hilfe, Mörder, Diebe, Räuber«, schrie sie lauthals, während sie versuchte, ihren Bruder aus der Umklammerung von Bilgeri von Heudorf zu befreien. Sie verpasste dem Jungen einen Tritt in den Hintern, der jüngste der Heudorfer jaulte auf und ließ Jakob los. Sie riss ihren Bruder hoch. Da wurde sie selbst ein weiteres Mal am Arm gepackt. Der, den die anderen Fridolin nannten, hatte nach ihr gegriffen. Doch plötzlich stolperte er und segelte in voller Länge zu Boden.

»So was tut man nicht. Auch nicht mit armen Frauen«, sagte eine weitere Stimme. Ennlin erkannte den jungen Mann, dem sie vorhin die Börse gestohlen hatte. Ihr Herz sackte nach unten. Sie schämte sich in Grund und Boden. Ausgerechnet er stellte nun ihrem Widersacher ein Bein.

Sie packte Jakob an der Hand und rannte, was das Zeug hielt.

Sie hörte noch, wie von Schwartzach sagte: »Das wirst du mir büßen, Benedikt. Wart nur, bis mein Vater hier Bürgermeister ist, dann wird er deiner Mutter das Leben schwer ...«

Mehr verstand Ennlin nicht. Sie war nur darauf bedacht, mit Jakob möglichst schnell zwischen den Menschen unterzutauchen, die sich auf der Gasse drängten und ebenfalls auf eine warme Mahlzeit hofften. Und so sah sie nicht, wie Benedikt und Fridolin einander einen erbitterten Kampf lieferten.

Benedikt kam noch einmal mit einem blauen Auge davon. Denn ehe die Heudorfer eingreifen und ihrem Freund zu Hilfe eilen konnten, fuhr der Chorherr dazwischen, der nun endlich auch auf den Tumult aufmerksam geworden war. Dieser sorgte dafür, dass ein blutender Benedikt mit einem dicken Veilchen und einem zerrissenen Rock von einem Diener umgehend bei der Pfisterin abgeliefert wurde. Ein Benedikt, bei dem die Schimpftiraden der Mutter beim einen Ohr hinein- und zum anderen wieder hinausgingen. Denn vor seinem inneren Auge sah er nur die verängstigten, weit aufgerissenen hellbraunen Augen dieses Mädchens.

Der Hinkende Georg fluchte leise vor sich hin. Da würde er wohl für heute nichts haben von der Armenspeisung. Er hatte die Szene um Ennlin und ihren Bruder vom Hoftor des Hauses zum Stauf aus beobachtet. Der Gelbe Hans würde ihm das Fell gerben, wenn er nicht sofort zu ihm ging und ihm sagte, dass er das Mädchen und den Jungen gesehen hatte. Er erinnerte sich noch gut, wie der König der Konstanzer Bettler getobt hatte, als er vom Verschwinden der beiden erzählte. »Ich werd sie kriegen, diese Tochter einer läufigen Hündin, das schwöre ich! Ich wette, sie kommt nach Konstanz, sie hat ihren Bruder an den Hacken, den sie durchbringen muss.« Die ledrige Haut, die sich gelb über die hervorstehenden Wangenknochen spannte, hatte sich sogar etwas gerötet. So außer sich hatten sie ihren Anführer noch nie gesehen. Georg begriff noch immer nicht, was an diesem Mädchen sein sollte, das sie so wichtig machte. Sie war noch nicht einmal sonderlich ansehnlich. Zumindest seiner Meinung nach. Und Rotzlöffel wie den Kleinen gab es genug, auch wenn der Bedarf an Dienern für die Kirchenmänner nur schwer zu decken zu sein schien.

Georg erinnerte sich an das gefährliche Glitzern in den gelben Augen und bekam eine Gänsehaut. »Wenn ich mitbekomme, dass mir einer von euch nicht sofort Bescheid sagt, wenn ihr sie seht, dem ziehe ich persönlich die Haut ab«, hatte er gedroht.

Georg schaute ein letztes Mal bedauernd zu dem Breikessel, aus dem es verführerisch duftete. Dann hinkte er dem Mädchen und ihrem Bruder hinterher. Er würde schon herausfinden, wo sie steckte.

Die Pfisterin hatte nur wenig Zeit, um sich mit diesem Unglücksraben von Sohn zu beschäftigen, denn Lütfried Muntprat, der Kaufmann, klopfte an. Fida mochte ihn, obwohl die Familie zugewandert war. Es hieß, sie stamme ursprünglich aus dem Lombardischen. Außerdem hatte er ihr schon oft unter die Arme gegriffen. Er war wie sie selbst auch an der Ravensburger Handelsgesellschaft beteiligt, das verband. Muntprat galt zudem als einer der reichsten Männer in der Region. Und er hatte weitreichende Handelsverbindungen. Der Kaufmann konnte beschaffen, was niemand sonst herbekam. Das Handelsnetz der Gesellschaft, teils mit eigenen Geldanlegern oder Kontoren, teils nur mit Geschäftsverbindungen, zog sich von Italien nach Spanien ins Roussillon hin zu den Rhonelandschaften sowie nach den Niederlanden. In Deutschland war die Gesellschaft in Köln, Mainz, Frankfurt, Nürnberg, Nördlingen, Ulm und Memmingen vertreten, dazu kamen Wien, Ofen und Linz. Die Heimat aber blieb Oberschwaben mit Ravensburg als Hauptsitz sowie Vertretungen in den übrigen Reichs- und Landesstädten wie Überlingen, Isny, Wangen, Kempten, Konstanz und anderen. Der Gewinn aus den Geschäften wurde nach der Auszahlung an die Partner meist wieder in den Handel investiert. Zudem hatte sich ein ansehnliches Vermögen in Form von Leibrenten, Pfründen oder Grundbesitz angesammelt.

Die älteste Muntprat-Tochter hatte sich mit Rudolf Mötteli verehelicht, einem Geschäftspartner sowie Bürger und Ratsherrn in Sankt Gallen. Muntprat selbst nutzte diese Verbindung, um im Thurgau und im Sankt Gallischen Wil Grundbesitz zu erwerben.

Insgeheim hegte Fida den Traum, dass ihr Benedikt sich vielleicht mit Muntprats jüngerer Tochter Walpurga anfreunden könnte, und die Familien so noch enger zusammenkamen. Das wäre eine feine Partie, und auch für die um vier Jahre ältere Walpurga wäre es nicht schlecht. Mal abgesehen davon, dass sie trotz einer ansehnlichen Mitgift langsam in

Gefahr geriet, eine alte Jungfer zu werden. Fida selbst kam schließlich auch aus einer angesehenen Familie.

Nun, man würde sehen, was sich ergab. Für heute war klar, Muntprat wollte etwas von ihr. Das Gesicht des Handelsherrn war hochrot, er schwitzte trotz des feuchtkalten Novemberwetters. Offenbar war er schnell gelaufen und befand sich sichtlich in Nöten. Die Wittib Fida müsse unbedingt in die Bresche springen, schnaufte er. Demnächst, nämlich viel früher als gedacht, werde dieser Magister aus Böhmen mit seinen Begleitern in Konstanz eintreffen, er habe Nachricht erhalten. Jeder sei bisher davon ausgegangen, dass Hus erst im Gefolge des Königs in der Stadt einreiten werde, und nun habe der Rat kein Quartier vorbereitet. Deshalb müsse die Pfisterin ihn und seine Leute bei sich aufnehmen, bis sich etwas anderes gefunden habe. Er sei in dieser Sache der Bote des Rats, der sich natürlich nicht selbst für diesen Ketzer einsetzen konnte. Auch der Graf von Nellenburg unterstütze diesen Vorschlag.

Fida wehrte sich entsetzt. Sie wollte keinen im Haus haben, den sie einen Ketzer nannten. Womöglich verdarb er ihre Kinder und brachte sie in Verruf. Am Ende wurde sie selbst noch exkommuniziert. »Habt Ihr denn nicht gehört, was der Papst gesagt hat, als er die Mauern und Türme unserer Stadt sah: So sieht eine Falle aus, in der man Füchse fängt.«

Muntprat wiegelte ab. »Macht Euch keine Sorgen, Frau Fida, unser König Sigismund in ureigenster Person hat dem Hus freies Geleit zugesichert. Das täte er nicht, wenn es wirklich so schlimm um ihn stünde. Wahrscheinlich wird er ohnehin gleich widerrufen, wenn er merkt, dass es ernst für ihn wird. Und das wird es. Seine Gegner aus Böhmen fordern, ihn festzusetzen und hochnotpeinlich zu verhören. Aber Ihr kennt das ja. Alle tun sich wichtig, es entsteht viel Wind und am Ende pfeift nur ein gehöriger Furz heraus.«

Die Pfisterin musste unwillkürlich lachen. Und sie wollte es sich ja auch nicht mit ihm verderben. Eine Hand wusch die andere. »Also ich weiß nicht ...«, begann sie zögernd.

»Hus hat Geld, er kann sicher gut zahlen«, beschwor Muntprat sie. »Die Leute sagen, er hat auf dem Weg nach Konstanz viel gepredigt. Überall haben die Menschen für ihn gesammelt. Dazu hat er noch wohlhabende Freunde und Unterstützer. Dieser Magister aus Prag ist eine reiche Gans, die sich sicherlich gut rupfen lässt.« Bei diesen Worten lachte er keckernd.

Fida schaute ihn fragend an.

»Ja wisst Ihr das denn nicht, Pfisterin? Hus heißt übersetzt nichts anderes als ›Gans‹. Sagt selbst, wir können doch nicht zulassen, dass sich ein bekannter Mann wie er auf der Straße einrichten muss. Wie stehen wir dann nach außen da? Ketzer hin oder her. Hus hat immerhin an der Prager Universität gelehrt. Wenn Ihr mich fragt, dann passiert Folgendes: Sie werden diesen Wyclif, auf den er sich immer beruft, zu einem Ketzer erklären und seine Schriften verbrennen. Es muss ja schließlich ein Zeichen gesetzt werden, das ist klar. Dann wird der Herr Magister Hus schon vernünftig, schwört seinen gotteslästerlichen Thesen ab, und alles ist wieder im Lot. Er wird sich künftighin hüten, gegen das Kirchenrecht zu wettern. Wo kämen wir auch hin, wenn das jeder täte.«

Fida schaute noch immer zweifelnd. Da warf sich Muntprat in die Brust und machte ein Versprechen, das sie überzeugte: »Falls der Magister nicht selbst zahlen kann, nehme ich das auf meine Kappe. Mein Wort drauf. Soweit ich von Eberhard von Nellenburg weiß, zahlt der Papst für das

Unterkommen seiner Richter zwei Rheinische Gulden im Monat. Dabei schlafen zwei in einem Bett. Das werdet Ihr auch bekommen. Gut, sie erhalten noch Tisch, Laken, Kissen, Federbett, Tiegel und Häfen dazu, sowie zweimal im Monat frische Wäsche. Doch das fiele bei einem Haushalt wie dem Euren mit drei Kindern und Dienstboten doch gar nicht weiter ins Gewicht. Was sagt Ihr dazu? Schlagt ein. Es soll Euer Schaden nicht sein.«

»Hand drauf«, erwiderte Fida. »Wollt Ihr auf den Handel noch etwas trinken, ein Glas Wein vielleicht?« Ihre Stimme klang nicht wirklich einladend.

»Muss weiter«, erwiderte der Kaufmann, nickte und stapfte erleichtert los. An der Haustür hielt er noch einmal inne. »Das wird Euch die Stadt nicht vergessen, Pfisterin. Werde Euch bei der nächsten Tuchlieferung einen besonders feinen Stoff zu einem besonders günstigen Preis zurücklegen.«

Benedikt hatte sich zu diesem Zeitpunkt längst von seinem Lauscherposten verzogen. Deshalb war er überrascht, als die Mutter ihm befahl, seine Siebensachen zusammenzusuchen und zu den Dienstboten zu ziehen, weil sie Einquartierung bekommen würden. Er murrte, gab aber schnell klein bei, als die Pfisterin ihm energisch erklärte, es sei nun einmal so, sie stehe beim Rat im Wort, und wenn er Sperenzchen mache, werde sie ihn gleich zusammen mit dem Bruder ins Kloster Reichenau verfrachten.

Zu diesem Zeitpunkt bereute Fida ihre Zusage an Muntprat insgeheim bereits wieder, denn dem Mann aus Prag eilten üble Nachrichten voraus. Nicht nur, dass er ein Gebannter war, ausgestoßen aus der Gemeinschaft der Gläubigen. Offenbar brachte er seine ketzerischen Thesen trotzdem unters unvernünftige Volk, wo er ging und stand, und das noch nicht einmal auf Latein, wie es sich für einen Gelehrten gehörte, sondern auf Tschechisch und Deutsch. Dazu war er von einer großen Entourage umgeben.

Das Wort ›Entourage‹ bedeutete so etwas wie Reisebegleiter. Es gehörte zu jenen, die Fida sich in der letzten Zeit angeeignet hatte. Als Konstanzer Handelsfrau war man schließlich nicht irgendwer, sondern musste den angereisten Gästen aus aller Herren Länder zeigen, dass die wichtigen Familien der Stadt nicht hinterwäldlerisch lebten, sondern sich durchaus weltläufig zu benehmen wussten. Und da waren einige Brocken des vornehmen Französisch nun mal unabdingbar. Im Übrigen hielt es die Pfisterin mit den Zahlen. Das war die Sprache, die sie am besten verstand.

Zu ihrer eigenen Überraschung änderte sie auch diese Haltung, jedoch erst einige Tage, nachdem der Magister aus Böhmen und seine Entourage am 3. November in ihr Haus gekommen waren. Und das lag nicht an den zu erwartenden Einnahmen. Anfangs war sie einfach nur vergrätzt. Eine ganze Kavalkade machte sich in ihrem Haus an der Sankt Paulsgasse breit. Auch zwei der vom König bestellten Schutzherren, Johann von Chlum und dessen Onkel Heinrich, genannt Latzembock, nahmen bei ihr Quartier, ebenso ein Herr von Reinstein, offenbar ein Freund dieses Hus und natürlich die Bediensteten der Herren. Wenzel von Duba, der dritte der Schutzherren, zog eine andere Unterkunft vor.

Die Gäste kehrten das Unterste zuoberst, brachten den ganzen Haushalt durcheinander, machten Lärm und kamen dauernd mit neuen Ansprüchen. Fida notierte sich alles genau, auch das, was zu Bruch ging. Aber selbst der Gedanke an die saftige Rechnung, die sie nach der Abreise der Herren vorzulegen gedachte, war ihr anfangs kein rechter Trost.

Denn kaum angekommen, begann dieser Magister zu predigen. In ihrem Haus! Hinz und Kunz verlangten nun, zu dem Böhmen vorgelassen zu werden, allerlei Leute, darunter auch einiges Gesindel, umlagerten das Haus, weil sie den berühmten Mann sehen wollten. Und was er so alles predigte! Insgeheim fand die Pfisterin manches nicht so unvernünftig. Mehr noch. Je öfter sie den Magister predigen hörte, umso besser gefiel er ihr und das, was er sagte. Er wetterte gegen die Prasserei und Hurerei unter den Dienern der Kirche. Fand, dass ein Armer, der anständig lebte, ein besserer Christ war als diese verweltlichten Priester, denen es nur darum ging, möglichst viel Geld zu scheffeln. Er selbst lebte vorbildlich, aß mäßig, war immer freundlich und bescheiden. Ja, sie begann sogar, ihn zu mögen. Doch das mit den Predigten in ihrem Haus, das musste aufhören. Schnellstens. Bevor sie noch selbst in den Ruf geriet, eine Ketzerin zu sein.

Energisch sprach sie bei Hus vor. Er könne seinen Sermon doch an einem anderen Ort von sich geben, forderte sie.

Hus weigerte sich indessen, vorläufig überhaupt, das Haus zu verlassen. Der König habe ihm zwar freies Geleit versprochen. Doch den Geleitbrief selbst habe er noch nicht. Der Herr von Duba sei König Sigismund schon entgegengeritten, um das Dokument in Empfang zu nehmen. So lang bleibe er, wo er sei.

Fidas Ängste wurden noch geschürt, als sie erfuhr, dass etwa zeitgleich mit Magister Hus und seiner Gefolgschaft die offizielle Delegation aus Prag in der Stadt eingetroffen war. Und dass die Herren um Bischof Johann von Leitomischl, darunter zahlreiche Adelige und die erbittertsten akademischen Feinde des Jan Hus, nun Himmel und Hölle in Bewegung setzten, um die Vernichtung ihres Hausgastes in die

Wege zu leiten. Die Franzosen um Gerson, den Kanzler der Universität Paris, und dieser Kardinal d'Ailly sollten schon beim Papst vorstellig geworden sein und ihn bestürmt haben, den Böhmen festzusetzen.

Meister Richental, ein Mann mit den besten Verbindungen, hatte ihr bei einem Besuch davon erzählt. Er musste es wissen, weil er doch plante, eine Chronik dieses Konzils zu schreiben, von dem die Menschheit noch in Jahrhunderten sprechen würde, wie er ihr immer wieder versicherte.

»Wenn Ihr mich fragt, Pfisterin«, hatte Richental mit sorgenumwölkter Stirn erklärt, »werden hier in unserer friedlichen Stadt noch die Scheiterhaufen rauchen, so wie die böhmischen Herren und noch andere gegen Johannes Hus geifern und giften. Seine Gegner, und davon hat er viele, nicht nur unter den Böhmen, hetzen von einem hohen Herrn zum anderen und schlagen an den Kirchentüren Plakate an, auf denen sie ihn als einen hartnäckigen Ketzer bezeichnen. Ihr wisst, Pfisterin, was das Wort *hartnäckig* bedeutet? Es heißt, sie halten ihn für unverbesserlich und wollen ihn brennen sehen. Ich denke, es war ein schlechter Einfall von ihm, nach Konstanz zu reisen, ehe er den Geleitbrief von König Sigismund tatsächlich in Händen hielt. Könnt Ihr mir vielleicht sagen, was dahinter steckt, warum er sich derart in Gefahr begab? Wer kann schon Königen trauen?«

Fida fand in Anbetracht dieser Nachrichten auch, dass das ein schlechter Einfall gewesen war. Über die Gründe wusste sie jedoch nichts zu sagen, so sehr Meister Richental auch in sie drang. Sie wagte noch nicht einmal, ihre größte Befürchtung in Worte zu kleiden, aus Angst, das Unheil auch noch heraufzubeschwören. Was, wenn sie den Hus tatsächlich auf den Scheiterhaufen schickten und er ihr Haus und alle seine

Bewohner gleich mit in den Strudel des Untergangs zog? Hieß es nicht, wer einem Gebannten Unterkunft gewährte, sei selbst aus der Kirche ausgestoßen? Und überhaupt, wer nannte sein Pferd schon Grabstyn? Schon allein so ein Name brachte Unglück. Sie musste den Jüngsten bitten, für sie zu beten. Er war zwar noch klein, gerade zehn Jahre alt, aber als Novize im Kloster Reichenau aufgenommen. Er hatte sicherlich einen besseren Kontakt zum Allmächtigen und konnte ihm erklären, dass sie das alles ja nicht freiwillig tat.

Fidas Sorgen wurden noch größer, als der Herr von Duba mit dem Geleitbrief in der Hand in die Kammer des Magisters stürmte. Gleich darauf fanden sich auch die anderen Schutzherren dort ein. Danach drangen laute Stimmen aus der Kammer. Fida konnte nicht alles verstehen, doch wenn sie die erregte Unterhaltung richtig deutete, gefiel den böhmischen Herren an dem Geleitbrief des Königs einiges nicht.

Kurz darauf sah sie die Schutzherren ihres Hausgastes mit besorgten Mienen aus dem Haus stürzen und machte sich ihrerseits eiligst auf zu Meister Richental. Er konnte ihr vielleicht sagen, was hier los war.

Der begrüßte sie überrascht und erklärte, er werde sogleich losgehen und sich erkundigen.

Fida wartete in seinem Haus voller Ungeduld. Sie hatte das Gefühl, dass eine Ewigkeit vergangen war, als er schnaufend wieder zurückkehrte.

»Die Schutzherren haben beim Papst vorgesprochen. Der soll sehr besorgt gewirkt haben, hat mir einer seiner Bediensteten verraten. Hat aber versichert, Hus könne unbesorgt sein. Der Papst halte es für das Beste, die Angelegenheit in aller Stille beizulegen. Macht Euch also keine Sorgen, Pfisterin. Wahrscheinlich wird Euer Gast demnächst abreisen. Sagt es gibt da ein Gerücht, der Magister habe versteckt unter Heu in einem Karren fliehen wollen? Stimmt das?«

»Davon weiß ich nichts«, antwortete Fida.

Meister Richental sah nicht so aus, als glaube er ihr. Dennoch sagte er: »Nun, dann ist ja alles gut.«

Fida eilte erleichtert heim. Sie überlegte, dass sie noch schnell ihre Unkosten zusammenrechnen musste. Nicht, dass der Hus und seine Entourage bei Nacht und Nebel abreisten und sie ihr Geld niemals sah. Nun würde alles gut. Meister Richental hatte es gesagt.

Doch das Gegenteil war der Fall. Als sie in ihrem Haus eintraf, fand sie einen Boten des Bischofs von Konstanz vor. Er habe eine Botschaft für den Böhmen, erklärte dieser mit finsterem Gesicht. Und ihr könne er nur raten, ihrem Gast gut zuzureden. Ob sie ihn denn nicht wenigstens dazu bewegen könne, mit dem Predigen aufzuhören? In ihrem eigenen Interesse.

Der Pfisterin schwante Übles. Sie ging mit der Botschaft zur Kammer des Magisters. Er schrieb gerade etwas, war ganz in Gedanken vertieft, nickte nur, als sie das Schreiben auf den Tisch legte, und beugte sich wieder über seine Notizen. »Magister …«, hob sie an. Hus beachtete sie überhaupt nicht. Fida war sich noch nicht einmal sicher, ob er sie überhaupt gehört hatte.

Sie zögerte noch einen Moment, fragte sich, ob sie ihn erneut ansprechen sollte, entschied sich aber dann doch dagegen und begab sich in die Wäschekammer. Es war Zeit, die Laken auszuwechseln. Als sie gerade mit Leintüchern und Tischwäsche im Arm ein weiteres Mal anklopfen und eintreten wollte, hörte sie wieder laute Stimmen. Ah, das mussten die Herren von Chlum sein. Aber warum dieser aufgeregte

Ton? Sie legte ihr Ohr an die Tür. Das war nicht vornehm, aber was sollte sie tun? Sie musste wissen, was los war.

Ihr sank das Herz, als sie die ärgerliche Stimme des Magisters vernahm. Der erklärte gerade, er werde keinesfalls heimlichtun. Der Bischof von Konstanz könne sich seine Verwarnungen sparen, er wisse selbst, dass er ein Gebannter sei. Doch das sei alles nur ein Irrtum. Er erkenne den Bann nicht an und werde die Messe lesen, so lang Gott es ihm erlaube. Er sei sich gewiss, sobald er die Gelegenheit gehabt habe, vor dem großen Plenum der Konzilsversammlung seine Sache zu vertreten, werde der Bann sofort aufgehoben. Dann sagte er einen Satz, der lang in Fida nachschwang: »Die Gans ist noch nicht gebraten und fürchtet sich auch nicht, gebraten zu werden.«

Die Pfisterin schlich sich leise davon, nicht, dass sie noch beim Lauschen erwischt wurde.

Danach hatte Fida immer öfter nachts böse Träume.

Kapitel fünf

- Die Entführung -

DIE KINDERBANDE DES LÄCHELNDEN OTT war schon lang vor Morgengrauen auf den Beinen. Heute gab es viel zu holen. Es hatte sich wie ein Lauffeuer herumgesprochen, dass Papst Johannes XXIII. am Sonntag vor Martini zur siebten Morgenstunde mit seinen 15 Kardinälen, 23 Erzbischöfen, 38 Bischöfen, sämtlichen Äbten der Region, fremden Prälaten und den Pfaffen, alle in prächtigem Ornat und mit den Sakramenten, zum ersten Mal im Münster unserer Lieben Frau zu einem Gespräch zusammenkommen wollte. Das würde viel Volk anlocken, und sie mussten sich gute Plätze sichern.

Wie ein Feldherr war Ott vor seinen Leuten gestanden und hatte ihnen immer wieder eingeschärft, sich nur ja nicht von anderen vertreiben zu lassen. Sie hatten zwar keine angestammten Plätze, dafür einen anderen Vorteil: Die Kinder der Bande waren geschickt. Und schneller als die zum großen Teil verkrüppelten erwachsenen Bettler und Diebe. Gut, Gefahr gab es immer. Alles im Leben war nun mal mit ihr verbunden. Sie sollten sich ein Beispiel an Ennlin nehmen, sagte Ott immer wieder. Die Münzen, die sie gebracht hatte, enthoben die Bande für eine Weile ihrer drängendsten Sorgen.

Ennlin war bei diesen Worten heiß und kalt geworden. Wenn der Lächelnde Ott sie immer so hervorhob, würden die anderen am Ende noch annehmen, dass sie seine neue Favoritin war. Sie musste oft an den jungen Mann denken, dem sie den Beutel vom Gürtel abgeschnitten und der sie dennoch vor der Zudringlichkeit dieser adeligen Laffen gerettet hatte. Diese würden aber bestimmt nicht lockerlassen. Der Lächelnde Ott hatte versucht, sie zu beruhigen, als sie ihm davon erzählte. »Du bist nun eine von uns. Wir beschützen dich und deinen Bruder«, hatte er ein weiteres Mal großspurig erklärt.

Ennlin war sich nicht so sicher, ob er das auch wirklich konnte. Sie schämte sich in Grund und Boden, weil sie erneut stehlen sollte. Doch das, oder … Nein, das konnte sie einfach nicht. Nur noch dieses eine Mal. Dann würde sie losziehen und sich eine Stelle als Dienstmagd suchen. Das war nicht einfach, denn ohne Jakob ging sie nirgendwo hin – und zwei Dienstboten auf einmal wurden sicherlich nicht überall gebraucht.

So stand sie da, mit Jakob an der Hand, und wartete auf eine günstige Gelegenheit.

Es war tatsächlich jede Menge Volk vor dem Konstanzer Münster zusammengeströmt. Dazu allerlei Spielleute, Gaukler und Possenreißer. Wo sonst bekam man so viele prächtig gewandete und reiche Fürsten auf einmal zu sehen? Solch eine Versammlung, das war schon was. Die fand nur alle 100 Jahre einmal statt. Wenn überhaupt. Davon konnten die Leute noch ihren Kindern und Kindeskindern erzählen.

Die große Glocke des Münsters begann zu läuten. Da, da kamen sie, vereint in einer prunkvollen Prozession. Beim dritten Glockenschlag schwang das Münsterportal auf. Die meisten der hohen Herren würdigten die Gaffer keines Blickes, als sie einer nach dem andern mit stolz erhobenem Haupt und herablassender Miene ins Gotteshaus einzogen, auch die nicht, die hier zu Hause waren wie der Abt von Kreuzlingen mit seinen Mönchen und Pfaffen, der Abt von Petershausen und seine Leute und der Abt zu den Schotten. Selbst die Konstanzer Domherren, die Kapläne des Konstanzer Münsters, die Chorherren und Kapläne von Sankt Johann, sowie der Pfarrer zu Sankt Paul blickten starr nach vorn in den Kirchenraum. Obwohl sie doch eigentlich wissen mussten, wie es in ihrem Münster aussah. Sie scheinen vor lauter Wichtigkeit ihre Schäflein nicht mehr zu kennen, dachte Ennlin.

Die Menschen stierten ihrerseits und staunten, manche knieten nieder und bekreuzigten sich. Andere versuchten, sich nach vorn zu drängeln, um das Gewand eines der Kirchenfürsten zu berühren. Das sollte Glück bringen. Viele hielten Bittschriften in den Händen und streckten sie den Vorüberziehenden flehentlich entgegen. Die Schreiber der Stadt hatten gute Geschäfte gemacht. »Herr, ich bin Vater von zehn Kindern, die Ernte war schlecht, ich bitte um einige Schillinge, damit ich meine Familie durch den Winter bringen kann.« So oder so ähnlich lauteten die Texte.

Doch die wenigsten Schreiben fanden einen Empfänger. Büttel versperrten den Bittstellern den Weg, prügelten mit ihren Stöcken auf die Schaulustigen ein, um sie zurückzudrängen. Die Menschen murrten, es wurde immer unruhiger, Flüche waren zu hören.

Bevor sich das Portal schloss, warf einer der Diener des Papstes noch ein paar Münzen in die Menge. Die Leute stürzten sich auf die Almosen. Es entstand ein großes Gewühl. Als sich das Knäuel aus miteinander ringenden, übereinander liegenden Leibern endlich aufgelöst hatte, lagen Verletzte auf dem Boden, stöhnten, rappelten sich auf und hinkten davon.

Die Patrizier und die bessergestellten Konstanzer Bürger rührten keinen Finger, um zu helfen. Sie standen dabei, zogen besorgte Gesichter und tuschelten miteinander. Sie befürchteten weitere Unruhen. Wo sollte das noch enden? Das war ja noch nicht einmal die eigentliche Eröffnung des Konzils, sondern nur so etwas wie eine Generalprobe. Denn König Sigismund sollte erst in einigen Tagen eintreffen. Bis die eigentlichen Sessionen begannen, gab es im Münster auch noch einiges umzubauen. Damit die dreischiffige Basilika den Strom der Teilnehmer aus aller Herren Länder fassen konnte und wenigstens die edelsten unter ihnen einen Sitzplatz bekamen, würden die Zimmerleute tribünenartige Holzbänke zusammenzimmern und einbauen.

Obwohl einige der Enttäuschten sich nach dem Einzug der Konzilsteilnehmer ins Münster bereits wieder davongemacht hatten, war der Platz vor dem Gotteshaus noch immer schwarz von Menschen. Die Händler und die fahrenden Garküchen brachten sich in Stellung. Die hohen Herren mussten ja auch wieder aus dem Münster heraus. Später sollte es zudem noch eine Kreuz-Prozession der versammelten Geistlichkeit geben. Bis dahin versuchten Händler und Garköche mit den Schaulustigen ins Geschäft zu kommen. Die Händler veranstalteten ein Höllenspektakel, einer krakeelte noch lauter als der andere, um auf sich aufmerksam zu machen. Einer hatte sogar einen Affen dabei, um die Leute anzulocken. Ein anderer einen sprechenden Raben. Der krächzte unentwegt: »Hierher, hierher.«

Jakob, Ennlin und ihre neuen Freunde hielten sich den Weisungen Otts gemäß südlich, in Richtung der Häuser, in denen die geistlichen Herren lebten oder untergekommen waren. Dort, wo viele Gottesmänner lebten, da gab es auch mehr Almosen. Denn gerade diese Herren hatten viel zu büßen, das wusste jeder. Und so einiges zu stehlen fand sich auch.

Die Sonne hatte sich inzwischen über den Horizont geschoben, kämpfte sich durch den feuchten Novembernebel, der vom See her aufstieg, und tauchte Menschen und Häuser in ein leicht rötlich gefärbtes Licht.

Plötzlich rissen die Schwaden auseinander und gaben das Himmelsblau frei. Ein Murmeln erhob sich aus der Menge, die Schaulustigen bekreuzigten sich. Gott selbst sandte die Strahlen, um dem Konzil seinen Segen zu erteilen. Das war sicher. Der Christenheit würde es gelingen, die Spaltung zu überwinden.

Ah, jetzt wurden wieder die Glocken geläutet. Da würden sie bald alle wieder herauskommen und ihre Prozession antreten. Es war die übliche Strecke: zunächst durch die Kapelle Sankt Margarethen, dann bei der Pfalz auf den Oberen Hof, anschließend den Oberen Hof hinab, zu der großen Tür hinaus, um das Zeughaus herum und auf den Unteren Hof zu der Tür, die in den Kreuzgang führte. Weiter ging es dann zum Taufstein und danach in den Chor. Der Lächelnde Ott hatte ihnen diesen Ablauf immer und immer wieder eingehämmert.

Ennlin nahm Jakobs Hand fester. Sie beschloss, zu warten, bis der Zug an ihr vorüber war, und sich dann unter die Leute zu mischen, die sich der Prozession anschließen würden. Vielleicht konnte sie mit der einen oder anderen Bürgerin einige Worte wechseln, herausfinden, wo sie für sich und ihren Bruder Unterkunft und Arbeit fand. Hoffentlich machte der Lächelnde Ott keine Schwierigkeiten, wenn sie die Bande verlassen würde.

»Sie kommen!«, rief eine Frau. Ennlin schreckte aus ihren Gedanken auf. Sie konnte die Sänger des Papstes schon lauthals jubilieren hören, als die Türen des Münsterportals aufschwangen. Der Klang ihres Liedes brach sich an den Mauern, wurde bis zum See getragen und flog weiter bis ans andere Ufer.

Da wurden die prächtigen Kerzenhalter der Zünfte hochgehalten, es folgten die Theologen, die Vertreter der drei Bettelorden je zwei und zwei mit den Messgewändern und den Reliquien.

»Schau, das sind auch die Auditores des Papstes. Werden

wohl auch nicht besser Recht sprechen als unsere, bloß weil sie zur Rota des Konzils gehören«, meinte ein Mann.

Ennlin wurde heiß und kalt. Ob sie einmal vor einem solchen Richter stehen würde, ob man ihr ihre Schlechtigkeit ansah?

Die Auditores achteten überhaupt nicht auf sie. Sie zogen würdevolle Gesichter, während sie ebenfalls nebeneinander dahinschritten, gefolgt von den geistlichen Gelehrten, den Kaplänen mit ihren Überröcken und Reliquien sowie den Mönchen mit ihren Chorkappen.

Jetzt erst kamen die Bischöfe, Erzbischöfe, Kardinäle und Patriarchen. Sie trugen alle weiße Überröcke und weiße Mitren aus geschlagenem Tuch, aber völlig ohne Silber und Gold oder Edelsteine. Vor jedem Erzbischof ging ein Knecht mit einem Stecken, an dem die Insignien seines Herrn befestigt waren. Bei den Kardinälen und Patriarchen war das ebenso. Und jedem folgte ein Priester, der ihm hinten das Gewand hochhob, um es vor dem Straßendreck zu schützen.

Viele der wichtigen Leute und wohlhabenden Konstanzer Bürger, die vorhin so ungerührt zugesehen hatten, wie sich die Armen wegen einiger Münzen die Köpfe blutig schlugen, formierten sich nun zu einem Zug, um sich hinten in die Prozession einzureihen.

»Boaah«, erklärte Jakob mit weit aufgerissenen Augen. Auf seinem Gesicht machte sich eine Mischung aus Verzückung und Erstaunen breit. »Ich werd' auch mal so was«, flüsterte er dann im Brustton der Überzeugung.

Ennlin lächelte ihm zu. Sie ersparte es sich, ihm erneut zu sagen, dass er Bauer werden und schließlich mit tiefen Furchen in der sonnengegerbten Haut, mit schwieligen Händen und einem vom Hacken, Jäten und Ernten auf den Äckern des Grafen gekrümmten Rücken sterben würde. Vielleicht konnte er Mönch werden, ja. Wenn der Graf es erlaubte. Wenn es hochkam, sogar Abt. Aber keiner dieser Kirchenfürsten. Das waren Leute von Stand mit reichen Familien. Und mehr als einem war das Amt gekauft worden. Das war nicht seine Zukunft.

Falls Jakob und sie überhaupt so etwas wie eine Zukunft hatten. Auch wenn der Lächelnde Ott geschworen hatte, sie zu beschützen – der Gelbe Hans war keiner, der sich sein Eigentum durch die Finger schlüpfen ließ.

Ennlin schüttelte sich. Angst brachte sie nicht weiter, sondern zerstörte nur diesen Augenblick, an den sie sich als alte Frau erinnern, von dem sie mit leuchtenden Augen erzählen konnte, von dem die Geschichtsschreiber in den Klöstern noch in Jahrhunderten berichten würden. Es war ein erhabener Moment.

Wieder erhoben die Sänger des Papstes ihre Stimmen und priesen jubelnd den Allmächtigen.

Die Menschen ließen sich davon mitreißen, fielen auf die Knie, gaben ihre Sorgen und Nöte dem Klang der Stimmen mit, der sie fort von ihnen in den Himmel trug und zu Füßen des Herrgotts niederlegte, während der vorüber zog, auf dem so viele Hoffnungen ruhten: der Papst.

»Schau, das goldene Tuch über ihm, das haben wir Konstanzer ihm geschenkt«, hörte Ennlin eine Frau neben sich raunen. Dann stand die Nachbarin auf, strich ihr Kleid glatt, wartete, bis die reicheren und wichtigeren Leute vorbei waren, die ebenfalls an der Prozession teilnehmen wollten, und die Frauen kamen, die den Schluss des Zuges bildeten. Dort reihte sie sich ein.

»Komm, wir müssen los«, sagte Ennlin, noch ganz benommen von all der Pracht.

Da rempelte jemand sie rüde an und stieß sie zur Seite. Die kleine Hand Jakobs wurde aus ihrer gerissen.

Der Junge heulte auf. »Linnie!!!! Linnie, hilf mir! Lin…« Seine Stimme brach ab. Sie fuhr herum und sah den Bruder leblos in den Armen eines Mannes hängen, der eilends davonhinkte. Eine dicke Frau, die ihr bekannt vorkam, wieselte hinterher.

»Hab ich dich«, sagte eine Männerstimme, bei der es ihr kalt den Rücken hinunter lief. Der Gelbe Hans! Er hatte sie gefunden! »Mir entkommt keine. Bringt sie weg.«

Ennlin fühlte, wie er sie am Ärmel packte.

Ihr Herz setzte einen Schlag aus, dann kam Leben in sie. Jakob! Sie hatten Jakob! Sie riss sich los und pfiff durch vier Finger, dreimal lang, dreimal kurz, den geheimen Pfiff der Bande des Lächelnden Ott, nur anzuwenden in höchster Not. Anschließend begann sie zu schreien so laut sie konnte, während sie versuchte, dem Hinkenden hinterher zu kommen, der Jakob hatte. »Hilfe, Diebe, Räuber, Mörder! Feuer! Da hinten ist ein Feuer!«

Die Menschen, die sich schon zerstreuen wollten, wieder heimgehen in ihre Häuser, hielten inne. »Feuer? Wo?«, rief ein Mann. Das war die größte Angst aller, dass irgendwo ein Brand ausbrechen könnte. Etwas Schrecklicheres gab es kaum. Schon viele hatten so Hab und Gut und ihr Zuhause verloren.

»Hier, hier«, schrie Ennlin und pfiff noch einmal. Immer mehr Menschen schauten sich um. Jemand hielt sie am Gewand fest, Ennlin zerrte nach Leibeskräften. Ihr rechter Ärmel riss.

Der Gelbe Hans war so überrascht von der Heftigkeit ihrer Gegenwehr, dass er für einige Augenblicke fassungslos auf das Stück Stoff in seiner Hand starrte. Jedoch nicht lang. »Fangt sie, Leute, einen Rheinischen Gulden für den, der sie mir bringt.«

Ennlin rannte. Jakob! Sie musste Jakob befreien. »Lasst meinen Bruder los«, brüllte sie im Laufen. Sie stolperte und raffte ihren Rock, sodass ihre nackten Füße und die schmalen Fesseln zu sehen waren. Eine Frau, an der Ennlin vorübereilte, ohne sie überhaupt wahrzunehmen, schüttelte missbilligend den Kopf.

Hinter ihr waren jetzt laute Kinderstimmen zu hören, ein Schmerzensruf des Gelben Hans, zornige Männerstimmen. Ennlin hatte keine Zeit, darauf zu achten. Sie lief in die Richtung, in die der Hinkende und die alte Vettel mit Jakob verschwunden waren.

Wo waren sie? Sie konnte sie nicht sehen! Sie mussten in eine Seitenstraße eingebogen sein. »Jakob, Jakob! Wo bist du?«

Constanzia hielt sich die Hand vor die Augen. »Was ist hier los?« Sie betupfte die Nase mit dem Seidentuch und zwinkerte der Pfisterin zu, die krampfhaft so tat, als kenne sie sie nicht.

»Feuer, ich habe jemanden *Feuer* rufen hören«, sagte eine der vier Frauen in Constanzias Begleitung, an dem auffälligen gestreiften Kleid mit dem etwas mehr als halsfreien Ausschnitt eindeutig als Hure zu erkennen.

»Aber seht nur, da kämpfen Leute. Die Büttel kommen schon«, meinte eine zweite, ein dralles Bauernmädchen mit roten Wangen, das ein kariertes Kleid trug.

»Los Leute, weg hier«, schrie der Lächelnde Ott.

Der Gelbe Hans begann, mit den Bütteln zu disputieren. Dann zückte er eine Börse und drückte ihnen verstohlen einige Münzen in die Hand. Sofort wurden die Gesichter der Wachleute freundlicher.

»Ich rieche kein Feuer«, meinte der Earl of Warwick. »Aber ich denke, meine Schöne, es ist wohl besser, ich bringe Euch von hier fort. Dieser Pöbel ist widerlich.«

Constanzia lächelte dem mittelgroßen Ritter an ihrer Seite strahlend zu. Ihr Galan war vornehm gekleidet und, wie es seinem Stand entsprach, in den Farben seines Hauses, Gelb und Rot. An den gerafften Ärmeln seines Rocks und auf seiner Brust prangte das Wappen der alten hochadligen englischen Familie, der er entstammte, ein goldener Balken teilte den roten Grund in zwei Hälften, in denen jeweils drei goldene Lazaruskreuze prangten.

Erneut betupfte sie mit dem mit Rosenwasser besprengten Tuch ihre Nase. Dieser Mann war eine wunderbare Eroberung, auch wenn er sich derzeit noch inkognito in der Stadt aufhielt. Er nannte sich Rick von Kyson und gab sich als Vorhut im Dienste des Earls aus, gesandt, um das Quartier vorzubereiten. Der Earl würde erst im neuen Jahr offiziell als Leiter der Gesandtschaft des Königs von England in die Stadt einziehen. Aber natürlich wusste jeder, wer der Mann an ihrer Seite war, obwohl alle geflissentlich so taten, als hätten sie keine Ahnung.

Das Schönste: Er hatte darauf bestanden, sie ganz für sich zu haben. Besser konnte es nicht laufen. Sie sah den Neid in den Blicken der anderen Frauen.

Constanzia neigte den Kopf zur Seite und schaute neckisch zu ihm auf. Richard de Beauchamp, 13. Earl of Warwick, lächelte sie wohlwollend an. Diese schöne Hure hatte es ihm angetan. Selbst für ihn, den Leiter der englischen Delegation, war es nicht einfach gewesen, sie für sich zu erobern. Er hatte jedoch auf Exklusivität bei der Schönen bestanden. Das hatte ihn einiges gekostet. Zum Beispiel dieses grüne elegante Gewand aus Seide, das sie unter dem rot-gelben Umhang trug. Er wusste, sie hatte die Farben mit Bedacht gewählt. So tat sie jedem kund, wem sie zurzeit gehörte.

Bei Constanzia wurde ein Mann nur auf Empfehlung eingelassen. Alles war sauber. Bei ihr konnte man deshalb hoffen, sich nicht eine der unangenehmen Krankheiten zu holen, die der Venusdienst so oft mit sich brachte. Auch die anderen freien Frauen in ihrem Haus sahen gesund und proper aus. Nicht wie die gemeinen Huren, die die Männer auf der Straße anzulocken versuchten. Constanzia hielt ihre Mädchen streng, aber gut, es gab keinen Frauenwirt. Verließ eine das Haus, dann konnte sie sich ihre Neuzugänge unter den Schönsten ihres Gewerbes aussuchen. Und alle waren ordentlich angemeldet. Was Constanzia eine Menge gekostet haben musste, denn der Konstanzer Rat sah die fremde Konkurrenz zu den städtischen Frauenhäusern nicht allzu gern, duldete sie jedoch.

Sie selbst hatte die Statur und Haltung einer Frau von Stand, mit weißer Haut, dem schmalen, herzförmigen Gesicht, dem kleinen, kirschförmigen Mund, den mandelförmigen grauen Augen, die so unschuldig schauen konnten und gleichzeitig so hochmütig, und dem sorgsam hochgesteckten rotbraunen Haar unter dem Tuch. Wenn sie ihn so ansah, ähnelte sie einer schnurrenden Katze. Sie würde ihm noch manch vergnügliche Stunde bescheren, denn sie war sogar recht gebildet, konnte ein wenig lesen, sehr gut rechnen, wie er bereits festgestellt hatte, besaß einen wachen, wendigen Verstand und eine ausgesprochen angenehme Stimme.

Es war alles in allem ein sehr befriedigendes Arrangement. Schade, dass sie sich in absehbarer Zeit voneinander verabschieden mussten. Er hatte in der Heimat dringende Geschäfte zu erledigen und hoffte, es dauerte nicht allzu lang, die Angelegenheit mit diesen Ketzern und den drei Päpsten zu regeln. Der Krieg mit Frankreich würde nicht warten.

Andererseits konnte er sich ja überlegen, ob er sie mit nach England nahm. Er könnte sie als seine Geliebte irgendwo in einem Dorf in seiner Heimat unterbringen oder sie mit einem seiner Dienstleute verheiraten, damit sie auch nach außen hin abgesichert, aber immer für ihn greifbar war. Doch dann musste er herausfinden, wo diese Frau genau herkam. Der Nellenburger hatte nur gesagt, sie stamme aus einem Dorf, das auf seinem Besitz lag. So, wie die Dinge lagen, hatte ihm das genügt.

Falls er sie jedoch mitnahm, war das anders. Er war nicht bereit, die Katze im Sack zu kaufen und sich womöglich Ärger mit dem Grafen einzuhandeln. Warwick war über das Alter hinaus, in dem er sich seine Handlungen von seinen Begierden diktieren ließ. Die Zukunft wird es weisen, dachte er.

Bis dahin gab es noch vieles an ihr zu erforschen. Sie war immer wieder für eine Überraschung gut, und er hasste es, sich zu langweilen. Einmal war sie sanft und zärtlich wie eine Frühlingsbrise, dann wieder störrisch und leidenschaftlich wie eine der wilden Frauen aus dem schottischen Hochland. Sie war zudem eine Gespielin, um die ihn viele der hohen Herren beneideten, die derzeit in der Stadt weilten. Das würde ihn aber nicht daran hindern, sich hin und wieder auch mit einer ihrer Frauen zu vergnügen.

Der Earl sah sich um. Inzwischen hatten sich die Menschen zerstreut. Die Büttel führten den Hageren mit dem gelben Gesicht ab. Da hatte die Handsalbe also nicht weitergeholfen.

»Mich würde interessieren, was das für ein Mädchen war«, erklärte Richard de Beauchamp gedankenverloren.

Constanzia sah ihn aufmerksam an. »Gefiel sie Euch, Herr?«, fragte sie mühsam auf Latein, der Sprache des Konzils. Sie verstand sie inzwischen schon gut, hielt es aber für besser, das nicht zu zeigen. Die Männer mochten keine schlauen Frauen.

Er lachte. »Nun, ich fand sie ganz hübsch. Nein, das ist der falsche Ausdruck. Sie hat so etwas. Vermutlich dürfte sie recht anziehend sein, wenn einmal der ganze Dreck von ihr abgekratzt und sie anständig gekleidet ist."

Die schöne Constanzia blickte gedankenverloren in die Richtung, in der Ennlin verschwunden war. Warwick verstand etwas von Frauen, so viel war klar. Er hatte Geschmack. Das bewies schon seine Beziehung zu ihr. Vielleicht sollte sie nach dem Mädchen suchen lassen und es ihm zuführen. Und vielleicht tat sie der Kleinen damit sogar etwas Gutes. Die hatte ausgesehen, als benötige sie dringend eine sichere Bleibe.

Auch wenn Constanzia das nicht zu erkennen gegeben hatte, sie kannte den Gelben und seine Männer. Sie machten hin und wieder Geschäfte miteinander. Insgeheim natürlich. Er schien mit dem Mädchen ein Hühnchen zu rupfen zu haben. Wenn sie in seine Finger geriet, wäre sie bald verdorben, nicht mehr zu gebrauchen für ein gehobenes Frauenhaus wie das ihre. Ah, jetzt führten sie ihn ab. Seine Männer hatten sich bereits verkrümelt. Nun, er würde bald freikommen, er kam immer frei. Seine Börse war gut gefüllt, und er wusste, wer in dieser Stadt welche Leiche im Keller hatte. Sie mochte den Mann nicht, solche Gefühle würden aber niemals Einfluss auf ihre Geschäfte haben. Wenn sie es recht bedachte, es würde ihr Vergnügen bereiten, dem Gelben Hans heimlich ein Schnippchen zu schlagen und ihm die Dirne vor der Nase wegzuschnappen.

Eine ärgerliche Frauenstimme erregte ihre Aufmerksamkeit. Die Pfisterin! Ah, sie musste sie unbedingt fragen, ob der Stoff endlich eingetroffen war, den sie bestellt hatte. Doch jetzt war nicht der rechte Augenblick. Fida hatte ihren Ältesten, Benedikt, am Rock gefasst und stritt sich mit ihm. Sie besah sich den jungen Mann wohlgefällig. 15, vielleicht 16 mochte er sein, noch feucht hinter den Ohren. Aber mit den schlanken Beinen, dem knackigen Hintern, den breiten Schultern und den starken Armen eines Mannes. Dazu das Gesicht eines Engels. Aber er hatte es faustdick hinter den Ohren. Das sah man an dem unternehmungslustigen Funkeln in seinen blauen Augen. Vielleicht sollte sie seiner Mutter anbieten, ihn von einer ihrer Frauen in die Geheimnisse der Liebe einführen zu lassen? Das war allemal besser, als wenn er zu einer der Straßenhuren ging. Leider konnte sie das nicht selbst tun, sie hatte den Vertrag mit dem Earl. Und den wollte sie keinesfalls aufs Spiel setzen.

Constanzia erkannte an Benedikts verstockter Miene, dass er mit den Vorhaltungen seiner Mutter nicht einverstanden war. Er riss sich von ihrer Hand los, die ihn am Ärmel gefasst hatte. Dann rannte er in dieselbe Richtung, in die auch das Mädchen verschwunden war. Noch einer, der sich in die Kleine verguckt hatte? Das versprach, wirklich interessant zu werden.

Constanzia schaute zu dem Mann an ihrer Seite auf. »Lasst uns gehen, Erlaucht. – Habt recht, der Pöbel ist widerlich. Kann Gestank nicht gut ertragen«, erklärte sie in holprigem Latein und führte erneut ihr parfümiertes Seidentuch an die Nase.

Warwick feixte über ihr geziertes Benehmen, das zeigte, dass sie nicht von Kind an in den guten Sitten ausgebildet worden war. Eine wahre Frau von Stand beschwerte sich nicht über so etwas Profanes wie Gestank. Sie ignorierte ihn. Nun, wenn man ihre Herkunft bedachte, hatte sie sich dennoch gut gemacht.

Constanzia schaute noch einmal zu ihrem englischen Earl hoch, voller Stolz auf ihre Eroberung. Er sah nachdenklich aus. Hatte er etwa schon begonnen, sich mit ihr zu langweilen? Dagegen musste sie sofort etwas unternehmen. Nun war es beschlossen. Sie würde sich sofort nach diesem seltsamen Mädchen mit den Kupferaugen erkundigen.

Kapitel sechs

- Ennlins Recken -

BENEDIKT RANNTE, WAS SEINE BEINE HERGABEN, immer in die Richtung, in der die Entführer mit dem Jungen und das seltsame Mädchen verschwunden waren. Bald begann er zu keuchen. Die Worte der Mutter klangen in ihm nach. »Was willst du mit dieser kleinen Hure? Schau sie dir an, sie ist noch nicht einmal ansehnlich, sondern völlig verdreckt, und dann die Lumpen, die sie trägt!«, hatte sie gezetert. Selbst wenn Zeit dafür gewesen wäre, Benedikt hätte noch nicht einmal gewusst, was er antworten sollte. Er stürmte um die Straßenecke, an der er sie zuletzt gesehen hatte

Mit den Beinen gerieten auch seine Gedanken in Bewegung. Es stimmte, was die Mutter sagte. Dieses Mädchen war nicht schön, und sie hatte ihn zudem bestohlen. Ihre Nase war zu aufmüpfig nach oben gereckt. Der Mund war viel zu groß, die Lippen zu breit. Die Haare ungewaschen und verfilzt. Sie sah nicht aus, als komme sie aus der Region, auch nicht aus dem Welschland. Eher wie eine, die aus dem Norden stammte, eine Engländerin vielleicht. Denn ihre Haut war durchsichtig, sie hatte Sommersprossen. Zumindest, soweit er das unter dem Dreck erkennen konnte. Schön an ihr waren eigentlich nur die wunderbar geschwungenen Augenbrauen, für die so manche reiche Dame viel gegeben hätte. Sie waren nicht so dick und borstig wie seine. Und wenn sie dann noch eine davon spöttisch hochzog, brachte das bestimmt so manches Herz zum Schmelzen.

Vielleicht war es das? Dieser besondere Ausdruck. Oder ihre wunderbar schmalen Fesseln, die ihn unwiderstehlich dünkten. Wie gern hätte er ihre kleinen Füße in die Hand genommen, seine Finger über ihre Haut, die Fesseln hinauf und immer weiter nach oben gleiten lassen …

Da bekam er von hinten einen so kräftigen Stoß, dass er Mühe hatte, nicht zu stürzen. »Was willst du von ihr?«, brüllte eine Stimme, ebenso wie die seine noch nicht lang dem Stimmbruch entwachsen. »Bleib sofort stehen, sonst ziehe ich dir eins über!«

»Lass mich in Ruhe, später, keine Zeit! Sie braucht Hilfe«, keuchte Benedikt und wandte sich mit erhobenen Fäusten dem Angreifer zu, der ebenso außer Puste war wie er selbst und wild einen mit Nägeln bewehrten Knüppel schwang. Ihm stockte der Atem beim Anblick dieser verzerrten lächelnden Fratze. Das musste ein Teufel aus der Hölle sein, hoffentlich einer von den unwichtigeren, nicht ganz so mächtigen unter den Gefolgsleuten des Herrn der Finsternis. Benedikts Herz setzte einen Schlag aus. Er schlug das Kreuz und machte das Zeichen gegen den bösen Blick. »Vade retro, Satanas!«

Das Gesicht verzerrte sich nur etwas, dann lachte der Teufel mit den fuchsroten Haaren. Es klang bitter. »Dein Latein nutzt dir auch nichts. Wehe, du tust ihr etwas an, dann wirst du lernen, was für ein Satan ich sein kann.«

Das Mädchen! Auch er wollte das Mädchen? Er musste sie vor all diesen Ausgeburten der Hölle beschützen. Benedikt wandte sich um und rannte weiter. Teufel hin oder her. Sie musste gerettet werden. Ihm war, als hinge sein Leben davon ab, dass ihr nichts geschah.

Das Echo von Schritten hinter ihm wurde von den Hauswänden zurückgeworfen. Benedikt lief schneller. Doch der Teufel, der womöglich gar kein richtiger war, sondern wahrscheinlich nur ein unwichtiger Dämon, weil ihn weder das Kreuzzeichen noch seine lateinische Beschwörung beeindruckt hatten, rannte jetzt an seiner Seite. Er schielte im Laufen zu ihm hinüber. Wenigstens schwang er jetzt den Knüppel nicht mehr.

»Sie haben einen kleinen Jungen entführt, da ist sie hinterher«, presste er stattdessen zwischen den Zähnen hervor.

»Hab ich gesehen, das ist ihr Bruder Jakob«, japste der Dämon. »Sie gehört mir.«

Wieder sah Benedikt zu seinem unerwünschten Begleiter hinüber. Dämonen konnten bekanntlich fliegen. Doch der da flog nicht, bewegte sich ganz normal wie ein Mensch. »Später«, keuchte Benedikt. »Erst sie retten.«

Zu weiteren Worten reichte seine Luft nicht mehr. Sein Brustkorb brannte, er hatte höllisches Seitenstechen. Aber er versuchte, es auszublenden. Erst die Entführung dieses kleinen Jungen, der ihr viel zu bedeuten schien, dann dieser Unhold, der ihr auf den Fersen war! Und wenn er es mit der ganzen Welt und dieser Ausgeburt der Hölle aufnehmen musste, er würde nicht zulassen, dass ihr jemand etwas antat.

Der Dämon schien nichts gegen seinen Vorschlag einzuwenden zu haben. Er nickte nur und hielt sich mühelos an Benedikts Seite. Im Gegenteil, er lief sogar noch schneller. Benedikt sammelte alle Kräfte, damit er nicht ins Hintertreffen geriet. »Wohin?«, schnaufte er.

Plötzlich bog eine massige Gestalt um eine Hausecke. Sie hatte ein Schwert gezogen und stellte sich ihnen in den Weg. »Lasst sie in Ruhe!«, brüllte das Wesen. »Sie gehört mir!«

Benedikt und der Lächelnde hatten zu viel Schwung, sie konnten Hennslin von Heudorf nicht mehr ausweichen. Das Schwert riss Benedikt den Ärmel auf, er stürzte zu Boden. Der Dämon stieß einen Schmerzensschrei aus. Und auch der Dicke fiel. Gemeinsam saßen alle im Dreck und wussten nicht, wie ihnen geschehen war.

»Au«, sagte der Dicke, und sein feistes Gesicht verzog sich, als wolle er gleich weinen. Er schielte nach seinem Schwert, das durch den Zusammenprall einige Fuß von ihm weggeschleudert worden war.

»Wage es!«, fauchte der Dämon.

Der Dicke bekreuzigte sich entsetzt.

Benedikt erhob sich als Erster. Dieser blöde Fettwanst. Jetzt hatten sie das Mädchen endgültig aus den Augen verloren. Er hätte ihn umbringen können. Doch er kam nicht vom Fleck. Der Lächelnde hatte ihn am Bein gepackt und hangelte sich an ihm hoch.

Der Dicke wälzte sich herum, bis er es geschafft hatte, auf alle Viere zu kommen, dann rappelte er sich keuchend auf.

Sein Gesicht war hochrot. »Scheiße, verfluchte«, erklärte er schließlich, fiepend vor Atemnot, in die fassungslosen Gesichter der beiden anderen jungen Männer hinein.

Die nickten und rangen ebenfalls nach Atem.

Benedikt fasste sich als Erster. Noch jemand, der dieser seltsamen Diebin helfen wollte? War sie womöglich eine Hexe, die einen Mann nur einmal anzuschauen brauchte, und schon war er ihr verfallen? So etwas sollte es geben. Und der Junge mit der Fratze? Ein Dämon war er sicher nicht. Dämonen fielen nicht in den Straßendreck.

»Sie haben ihren Bruder«, keuchte der Lächelnde Ott.

»Hab es gesehen. Sie gehört mir«, erklärte der Dicke. »Ich bin der mit dem höchsten Rang. Hennslin, Hennslin von Heudorf. Mein Oheim ist ein Berater des Königs. Und das Mädchen ist eine Unfreie, sie gehört Graf Eberhard von Nellenburg. Der hat sie mir versprochen.«

»Und ich bin der König der Kloaken. Man nennt mich den Lächelnden Ott«, erklärte der Grimassenmann. »Das Mädchen und ihr Bruder gehören zu meiner Bande.«

»Und mir hat sie den Beutel gestohlen«, sagte Benedikt, als gebe ihm das jedes Recht auf sie. »Mein Name ist Benedikt. Ich bin der Sohn der Pfisterin.«

Die jungen Männer starrten sich an. »Vielleicht sollten wir später klären, wem sie gehört«, meinte der Lächelnde Ott schließlich.

»Und sie fragen«, ergänzte Benedikt.

»Sie hat nichts dabei zu sagen«, fuhr der Dicke auf.

»Aber jetzt müssen wir sie erst einmal suchen«, befand Ott.

»Und ihren Bruder«, fügte Benedikt hinzu.

»Wo könnten sie hingelaufen sein?«, fragte Hennslin.

»Ich weiß, wer ihren Bruder entführt hat«, sagte der Lächelnde Ott.

Doch keiner der beiden anderen ging darauf ein.

»Schluss. Wir klären das alles später. Sie ist in diese Richtung, das habe ich noch gesehen.« Hennslin von Heudorf stapfte los, ohne sich darum zu kümmern, ob ihm die beiden anderen folgten.

»Versuch ja nicht, mich loszuwerden«, sagte der Lächelnde Ott. »Ich habe einen Knüppel und bin mit Sicherheit schneller als du, Speckschwarte. Ob Neffe eines Beraters oder nicht.«

Benedikt hörte einen Pruster und sah, wie der Dicke sein Schwert wieder in die Scheide steckte.

Seite an Seite rannten sie weiter.

Keiner der drei scherte sich darum, wie sie auf die Vorübergehenden wirken mochten. Ein dicker junger Mann, dem der Schweiß in Strömen übers hochrote Gesicht lief, der Kleidung nach von Stand. Ein zweiter, ebenfalls recht ausgepumpt, mit gehetztem Blick, in dem einige Benedikt, den Sohn der Pfisterin aus der Gasse bei Sankt Paul, erkannten. Und zwischen ihnen ein Wesen in etwa ähnlichem Alter mit der Statur eines Mannes und einem Gesicht wie eine Ausgeburt der Hölle.

Die jungen Männer mussten nicht lang laufen. Ennlin saß eine Ecke weiter im Straßendreck und wimmerte. »Ich hab sie verloren.« Sie schluchzte auf, ihre Nase lief, doch das scherte sie nicht. »Ich hab sie verloren«, murmelte sie immer wieder.

»Ich weiß, wer Jakob entführt hat«, erklärte der Lächelnde Ott ein weiteres Mal. »Und so wahr ich hier steh, bei allem, was mir heilig ist, ich schwöre, ich werd dir helfen, ihn zu finden. Es war einer der Bande des Gelben Hans. Ich werd nicht zulassen, dass er mit Jakob macht, was mit mir geschehen ist. Bei meinem Leben.«

Ennlins Augen schwammen noch immer in Tränen, doch es war auch ein wenig Hoffnung in ihren Blick zurückgekehrt. »Ott, was sollen wir nur tun?«

»Wir werden deinen Bruder finden«, bestätigte Hennslin von Heudorf schnaufend.

Ennlins Augen wurden groß. »Der Neffe des Heudorfers! Wo kommt Ihr denn her, Herr Hennslin?«

»Ich habe alles gesehen. Ich war auch vor dem Münster. Hinein ist unsereins ja nicht gekommen, nur die wichtigen Leute. Mein Onkel hat versucht, noch einen Platz für mich zu finden, nun, er hat es nicht geschafft. Und das war wohl ein Glück. So habe ich alles beobachten können. Und ich habe auch gesehen, wie diese beiden hier«, er wies auf den Lächelnden Ott und Benedikt, »hinter dir her sind, Ennlin. Da dachte ich mir so, die wollen dir vielleicht etwas Übles antun und ich sollte ihnen den Weg abschneiden. Was mir ja auch gelungen ist.« Er wischte sich den Schweiß aus dem Gesicht. »Übrigens, das neulich, du weißt schon, bei der Armenspeisung. Ich wollte das nicht.«

»Pha, gelogen«, wütete Benedikt. »Aufgehalten habt Ihr uns. Ohne Euch hätten wir den Hinkenden und die alte Vettel vielleicht erwischt.«

Ennlin schüttelte den Kopf. »Wie ich die Dinge sehe, hättet ihr das nicht. Ich war vor euch und habe sie auch aus den Augen verloren.«

»Ich sagte es doch bereits mehrmals, ich weiß, wo wir Jakob finden«, erklärte der Lächelnde Ott. »Gräm dich nicht. Ich werd ihn befreien.«

»*Ich* werde ihn befreien«, sagte Hennslin von Heudorf und zog sein Schwert.

»*Ich* werde ihn befreien«, widersprach Benedikt.

Ennlin lächelte den drei jungen Männern durch die Tränen zu, zog die Nase hoch und wischte sich das Gesicht mit dem Ärmel ab. »Danke. So hab ich dann drei Ritter?«

Drei Köpfe, ein blonder, ein dunkler und ein fuchsroter, nickten.

»So, jetzt gehen wir aber«, meinte der Lächelnde Ott anschließend zu Ennlin.

Benedikt schüttelte energisch den Kopf. »Nein, bei euch ist sie nicht sicher.«

Ott warf sich in die Brust. »Willst du damit sagen, ich kann sie nicht beschützen?«

»*Ich* werde sie beschützen«, verkündete Hennslin von Heudorf und schwenkte seine Waffe.

»Das kommt überhaupt nicht infrage. Wo willst du mit ihr hin? In dein Bett vielleicht?«, giftete Benedikt.

Hennslin wurde feuerrot. »Mein Oheim ist der Berater des Königs, und solange er in Konstanz ist …«

»Ach, und wo ist dieser feine König? Ich sehe weit und breit keinen«, schimpfte Ott. »Ihr verfluchten Herrchen seid doch alle gleich …«

»Und wohin will sie unser Held hier bringen? Du bist doch der Sohn der Pfisterin, oder?«, grummelte Hennslin zurück.

Benedikt runzelte die Stirn. Darüber hatte er noch nicht genau nachgedacht. »Zu meiner Mutter, also, das geht nicht, wir haben das Haus voll«, begann er zögernd.

»Seht ihr«, triumphierte Ott, »bei mir ist sie sicher.«

»Und wie war das eben mit Jakob, den hast du auch nicht beschützen können«, fauchte Benedikt, der zu einem Entschluss gekommen war. »Ich werde sie zu Constanzia bringen.«

»Zu dieser Hure?«, fragte Hennslin entrüstet.

Benedikt lachte. »Tu nicht so ehrwürdig. Dein Vater besucht ihr Haus, ebenso der Graf Eberhard von Nellenburg. Da wäre sie gut aufgehoben. An Constanzia wagt sich so schnell niemand.«

»Wie wäre es, wenn ich auch mal gefragt würde, wo ich hin will«, meldete sich Ennlin zu Wort. »Keiner von euch hat ein Recht an mir.«

Drei Köpfe wandten sich ihr zu. Ott fragte als Erster. »Und was willst du?«, erkundigte er sich rau.

Ennlin zögerte.

»Bei Constanzia bekommst du ein Bad, schöne Kleider, etwas Gutes zu essen und ein feines Bett. Wenn ich sie darum bitte, wird sie das gewisslich tun«, lockte Benedikt, der sich dessen allerdings keineswegs sicher war.

Bad, Kleider, Bett – das waren Worte aus einer anderen Welt. Ennlin wischte sich noch einmal mit dem Ärmel über das verweinte Gesicht, schnaubte und erklärte dann: »Ich geh zu Constanzia.«

Damit war die Entscheidung gefallen.

»Und ich werde vor dem Haus wachen«, sagte Hennslin.

»Ich ebenfalls«, meldete sich Benedikt.

»Ich auch«, meinte Ott sofort. »Meine Leute suchen derweil nach Jakob.«

»Meine auch«, sagte Hennslin. »Ich werde meinem Oheim davon erzählen. Der weiß bestimmt Rat.«

Benedikt sagte nichts. Er hatte keine Leute, die er schicken konnte. Hoffentlich wies Constanzia sie nicht ab.

Kapitel sieben
- Constanzia -

DIE KÖNIGIN DER KONSTANZER HUREN betrachtete das verdreckte Mädchen. Ein hübscher Happen, das sah man trotz ihres erbärmlichen Zustandes. Sie hielt sich gerade, senkte keinesfalls gottergeben den Blick und zog die Schultern hoch, wie es andere Bittsteller zu tun pflegten. Constanzia mochte diese Form der Demutshaltung nicht. Es kam ihr sowieso nicht in den Sinn, Ennlin von ihrer Hintertür fortzuschicken, an die Benedikt sicherheitshalber geklopft hatte. Im Gegenteil, das Erscheinen des Mädchens im Schlepptau des jungen Mannes war für sie ein Geschenk des Himmels. Ob sie noch Jungfrau war? Vermutlich, da war diese gewisse Unschuld im Blick, die nur eine Frau bei einer anderen zu erkennen vermochte. Demnächst würden der Earl und Eberhard von Nellenburg eintreffen. Sie freute sich schon auf die Überraschung, wenn sie ihnen das Mädchen zuführte.

Die Herren nutzten ihr Haus gern, um in angenehmer Umgebung ungestört dies und jenes miteinander zu besprechen. Derzeit kamen sie fast täglich. Doch nicht nur sie, Gregorio Vespucci von der Medici-Bank gehörte ebenfalls zu dieser Herrenrunde sowie ein Kardinal und ein Graf aus der einflussreichen Familie der Orsini. Sie sollten Geld wie Heu haben. Außerdem schaute Nicolaus von Künsegg immer mal wieder vorbei, der Komtur des Deutschen Ordens für die Mainau, Schwaben, den Breisgau und das Elsass. Dominus Johannes Tacherie aus der Picardie, einer der französischen Gelehrten von der Pariser Universität, wollte morgen dazu stoßen zusammen mit Graf Hugo von Montfort, Großprior des Sankt Johanns-Ordens. Auch Kardinal Jean de Brogny, der Kanzler des Papstes, kam hin und wieder, wenn es seine Pflichten erlaubten. Das schien heute der Fall zu sein. Allerdings traf er immer erst lang nach Anbruch der Nacht ein – und wollte dann gleich in die Federn. Mit einer ganz bestimmten jungen Dame namens Brunhilde. Sie sah genau so aus, wie man sich eine Walküre vorstellte: groß, blond und stark. Dem Kanzler des Papstes gefiel das. Brunhilde musste ihn immer herumkommandieren und mit der Peitsche durchs Zimmer treiben.

Auch die Besuche des päpstlichen Kanzlers hatte sie im Übrigen dem Nellenburger zu verdanken. Constanzia schmunzelte in sich hinein. Eigentlich war Jean de Brogny der Sohn eines Bauern. Er hatte sich hochgedient, alle neben sich klein gehalten, dabei viele über den Tisch gezogen und verraten und war dabei sehr, sehr reich geworden. Das hatte er seiner Lieblingshure in einer weinseligen Stunde erzählt. Im Bett redeten Männer vieles, von dem sie hinterher nichts mehr wissen wollten. Nun, für den Sprössling eines Bauern hatte er es tatsächlich zu etwas gebracht. Gut, der Vater war wohlhabend gewesen, damit hatte er den Fuß in die Tür bekommen.

Aber er war eben auch ein Mann. Männern konnte so etwas gelingen, Frauen nicht. Selbst wenn sie aus einer reichen Familie stammten und den Schleier nahmen. Die konnten höchstens Märtyrerinnen werden und wurden dann selig gesprochen. Oder gar heilig. Danach wurden ihre Knochen verkauft. Sie selbst bevorzugte einen angenehmeren Weg, einen, der zu Lebzeiten den Erwerb eines ansehnlichen Vermögens versprach. Mit den nötigen Mitteln konnte man sich dann immer noch den Ablass der Sünden erkaufen.

In ihrem Haus tagten die Nationes in sehr viel zwangloserem Rahmen als bei den öffentlich anberaumten Zusammenkünften. Egal, ob Deutsche, Franzosen, Italiener oder Engländer, am Ende, wenn sie genug geredet, gezecht und gegessen hatten, landete jeder im Bett mit einem der Mädchen. Da waren sie alle gleich. Nur die Spanier fehlten noch.

Constanzia vermutete, dass es heute wieder einmal um diesen Magister aus Böhmen ging, über den sich zurzeit alle die Mäuler zerrissen. Der Mann hatte jedenfalls eine Gabe: Er ließ niemanden kalt. Mit einem klaren Wort des Papstes war in dieser Sache nicht zu rechnen, das wusste sie. Der hielt alle hin, weil er in dieser Angelegenheit nicht ohne den König entscheiden wollte. Vermutlich war er sich nicht sicher, wie Sigismund zu diesem Ketzer stand. Natürlich hoffte Johannes, Papst zu bleiben und seine beiden Konkurrenten aus dem Feld schlagen zu können. Da er den Heiligen Stuhl derzeit jedoch höchstens mit einer seiner feisten Arschbacken besetzte, war es nicht gut für ihn, es sich mit einflussreichen Leuten wie den Kardinälen oder gar dem König zu verscherzen.

Constanzia interessierten die Spitzfindigkeiten, mit denen sich die Gelehrten aus aller Herren Länder und die Kirchenfürsten in dieser Angelegenheit beharkten, nicht im Mindesten. Ob der Wein im Abendmahl wirklich das Blut Christi war oder nur dafür stand? Oder das Brot eben eine Backware blieb oder durch die Wandlung als Leib Christi anzusehen sei? Auf solche Haarspaltereien kamen nur Männer. Es interessierte zudem auch die nicht, die nach außen hin so eifrig gegen Ketzerei wetterten. Sobald sie unter sich waren, lästerten sie über die Dummheit der anderen. Diese Leute hielten alle außer sich selbst für unfähig, sich eine eigene Meinung zu bilden. Wer als gewöhnlicher Bürger dennoch eine hatte, tat besser, sie für sich zu behalten. Für die falsche Antwort auf solche Fragen konnte ein Mensch heutzutage auf den Scheiterhaufen geschickt werden. Dabei hatte so mancher Gegner des Böhmen im vertrauten Kreis viel ketzerischere Thesen geäußert als dieser Jan Hus.

Constanzia war tief religiös, glaubte an die Sünde und die Hölle und hatte schreckliche Angst davor, in den Qualen des Fegefeuers zu brennen. Aber war nicht auch Maria Magdalena eine Hure gewesen? Und hatte Jesus Christus sie nicht trotzdem geliebt? Was scherte es sie, ob Jesus zwei Naturen hatte, eine menschliche und eine göttliche. Und ob die in Jesus Christus nun auf ewig vereint waren oder nicht.

Sie fand die Vorstellung nicht ganz ohne Reiz, der Sohn Gottes könnte Gefühle wie ein ganz normaler Mann gehabt haben. Doch so etwas sprach man nicht aus. Niemals.

Hauptsache war sowieso, er und die Mutter Maria halfen, wenn sie zu ihnen betete, was jeden Tag mehrmals der Fall war. Auch eine Hure konnte ein anständiger Mensch sein. Der Allmächtige sah und wusste alles. Also wohl auch das.

Insgeheim imponierte ihr der Magister aus Böhmen, der so unverfroren in der Stadt aufgetaucht war und sich auf dem Weg hierhin auch nicht gescheute hatte, mit Mehlpapp an jede freie Tür Bekanntmachungen zu kleistern, in denen er verkündete: »*Jeder, der ihm einen Irrtum oder eine Ketzerei vorwerfen will, wird aufgefordert, sich ihm auf dem Konzil zu stellen.*« Und das sogar in drei Sprachen, auf Latein, auf Tschechisch und auf Deutsch. Der

Mann konnte wenigstens so reden, dass die Menschen ihn verstanden. Constanzia hatte insgeheim die Vermutung, dass die hohen Herren und die Gelehrten das besonders fuchste, weil sie spürten: Die Leute wollten nicht mehr dumm bleiben. Ihnen gefiel, dass sie endlich auch einmal mitreden konnten.

Constanzia hielt das Vorgehen des Magisters für ziemlich verwegen. Doch sie hatte eine Schwäche für Draufgänger. Sie hatte selbst ebenfalls eine gewisse waghalsige Veranlagung, die sie immer wieder zügeln musste, um nicht Ungemach heraufzubeschwören. Inzwischen gab es so viele Huren in der Stadt wie Kiesel am See. Es waren auch schöne Frauen darunter. Schönheit allein allerdings reichte nicht, um die verwöhnten Herren zufriedenzustellen. Das musste ihr jedoch gelingen. Sie hing in allem vom Wohlwollen reicher Gönner ab wie dem englischen Earl oder dem Grafen von Nellenburg.

Ah, es klopfte an der Vordertür, dann hörte sie eine Männerstimme und Schritte. Der Earl! Sie hätte seine Stimme unter Tausenden erkannt. Dann konnte es auch nicht mehr lang dauern, bis der Graf eintraf. Constanzia rief nach ihrer Zofe, sie musste sich herrichten. »Rosalie, Rosalie, wo steckst du?«

Eine junge Frau, etwa in Ennlins Alter, kam angerannt. »Herrin, Ihr habt gerufen?«

Constanzia führte ihr parfümiertes Taschentuch zur Nase und wies auf Ennlin. »Steckt sie in einen Zuber mit heißem Wasser und schrubbt sie ab. Danach sucht ihr eines von meinen alten Gewändern heraus. Du weißt schon, von denen, die in der grünen Truhe liegen.«

Dann wandte sie sich wieder Benedikt und Ennlin zu. Sie

lächelte dem jungen Mann zu, der sehr erleichtert wirkte. Auch aus der Nähe gefiel er ihr ausnehmend gut. »Sorg dich nicht um deine kleine Freundin«, erklärte sie. »Bei mir ist sie in Sicherheit. Ich werde schauen, was ich tun kann, um ihr zu helfen und ihren kleinen Bruder wiederzufinden.«

»Ich glaube, der Gelbe Hans hat ihn sich geholt«, meinte Ennlin leise.

»So kannst du also auch den Mund aufmachen«, meinte Constanzia spöttisch. Insgeheim war sie jedoch beeindruckt von der Haltung des Mädchens. Eine angenehme Stimme hatte sie zudem, dunkel, weich und warm. Sobald ihre Gäste wieder fort waren, würde sie mit dem Gelben Hans ein ernstes Wörtchen reden.

»Also ab mit dir. Rosalie zeigt dir alles, meine Kleine. Du kannst erst mal hier bleiben, bis wir weitersehen, was wir mit dir anfangen können.«

Ennlin warf ihrer Retterin einen dankbaren Blick zu und ließ sich von Constanzias Zofe fortführen. Benedikt verneigte sich tief. »Das vergesse ich Euch nie!«, murmelte er.

»Nun, wir werden sehen, vielleicht fordere ich auch von Euch einmal einen Gefallen«, erwiderte sie neckisch. »Jetzt aber fort mit Euch. Ich habe anderes zu tun, als hier Maulaffen feilzuhalten. Ich erwarte Gäste.« Damit schlug sie ihm die Tür vor der Nase zu und eilte in ihre Kammer.

Als Constanzia eine halbe Stunde später in die Stube kam, hatte es sich der Earl bereits gemütlich gemacht. Aus seiner Tasche hatte sie all die wunderbaren Möbel, die Truhe, den Tisch, die bequemen Sessel bezahlt, die diesen Raum so behaglich wirken ließen. Die Teppiche an den Wänden und das Feuer im Kamin verstärkten die angenehme Atmosphäre. Eberhard von Nellenburg hatte dafür gesorgt, dass sie dieses schöne Haus am Marktplatz beziehen konnte, mitten im Viertel der angesehenen Bürger. Dafür bekam ihr einflussreicher Gönner eines der Mädchen so oft er wollte und einen Teil ihrer Einnahmen. Ihre Aufgabe war es zudem, ihm haarklein alles zu berichten, was die Freier ihren Mädchen erzählten.

Constanzia fand nicht zum ersten Mal, dass dies ein ausgesprochen angenehmes Arrangement war. Eines, das sogar einen gewissen gefühlsmäßigen Reiz hatte, seit sie die Geliebte des englischen Earls geworden war. Sie hoffte, dass das Konzil noch sehr lang dauern würde. Dann konnte sie sich vielleicht ganz aus dem Geschäft zurückziehen und im Umland von dem Ersparten ein kleines Gut erwerben.

Sie hatte kaum Zeit, den Earl of Warwick gebührend zu begrüßen und dafür zu sorgen, dass ihm Wein und einige Häppchen serviert wurden, da stürmte auch schon Eberhard von Nellenburg in den Raum. »Constanzia, meine Liebe, Ihr seht wie immer bezaubernd aus, doch jetzt lasst uns allein. Ich muss mit Warwick reden. Diese feiste Qualle von Papst! Warwick, es tut gut, wenigstens einen vernünftigen Menschen in der Nähe zu wissen. Zurzeit spielen wegen dieses Magisters aus Böhmen alle verrückt. Werte Constanzia, hättet Ihr für mich auch Wein und einige dieser appetitlichen Häppchen?«

Sie sank lächelnd in einen angedeuteten Hofknicks, dann klatschte sie in die Hände. »Selbstverständlich, Erlaucht. Sofort. Ihr Herren, vergebt meine Unhöflichkeit. Ich bitte, mich für einen Moment zu entschuldigen. Ich habe da einen unerwarteten Gast. Ihr werdet überrascht sein, doch dazu später.« Sie schaute sich prüfend um. Ja, es war alles, wie es sein sollte. Die Sessel waren so zusammengerückt, dass sich die Herren gut miteinander unterhalten konnten. Sie strahlte noch einmal in die Runde, knickste und zog die Tür hinter sich zu.

Dann begab sie sich auf Zehenspitzen in eine kleine Kammer neben der Stube und schob ein Bild zur Seite. Ein kleines Loch in der Wand wurde sichtbar. Constanzia legte Wert darauf, immer informiert zu sein. Sie hoffte, dass sie auch alles richtig verstand. Die Herren unterhielten sich auf Latein. Sie begriff genug, um sich das Meiste zusammenreimen zu können.

»Was ist, werter Graf?«, erkundigte sich der Earl von Warwick.

»Dieser kleine, wabbelige neapolitanische Papst fürchtet sich selbst vor seinem eigenen Schatten. Er verdächtigt bald jeden, ihn mit dem bösen Blick verhexen zu wollen. Die Leute lachen schon über ihn, obwohl die meisten selbst abergläubisch sind wie die Kinder. Aber wir müssen uns ihm gegenüber an die vorgeschriebenen Formen halten. Heute hat er mich und andere, wie die Herren Friedrich Gäffenegger, Abt zu Sangars, und den Herrn Frischhanns von Bodman, zusammengerufen. Wir mussten mit seiner Heiligkeit Hängebacke und Konstanzer Räten eine Herbergsordnung erstellen, in der steht, was wer zu zahlen hat. Bis auf den letzten Pfennig.«

»Ah, ich verstehe.« Warwick schmunzelte, wurde aber gleich darauf wieder ernst. »Ich habe zudem Nachricht von meinem König. Er fragt, wie es um die Angelegenheit Wyclif steht und seinen Nachfolger im Geiste, diesen Hus. Henry gedenkt, den Anspruch Englands auf den Thron Frankreichs tatkräftig zu erneuern. Der geistesgestörte französische Charles hat uns nur wenig entgegenzusetzen. Und falls er nicht schon völlig irre wäre, hätte er genügend mit Burgund und der Normandie zu tun. Die Zeit ist günstig. Wir können und wollen uns deshalb endgültig diese Lollards vom Hals schaffen. Ihr wisst, dass diese eine Verschwörung gegen den König angezettelt haben? Ich soll Johannes drängen, dafür zu sorgen, dass alle Anhänger Wyclifs mundtot gemacht werden. Alle. Nicht nur unsere englischen Lollards. Dafür müssen sämtliche von Wyclifs Thesen zur Ketzerei erklärt werden. Doch dieser Baldassare Cossa, der sich Papst nennt, der zögert, wieder einmal, will erst seinen Astrologen befragen.«

»Ich glaube nicht, dass Sigismund diesen Papst noch lang halten wird«, meinte Eberhard von Nellenburg. »Setzt ihn unter Druck. Deswegen seid Ihr doch anfangs unter dem Namen eines Eurer Gefolgsleute in Konstanz eingeritten. Ihr seid zu höflich, mein Freund.«

»Ich fürchte, Johannes hat selbst 30 Jahre nach Wyclifs Tod noch Angst davor, dass ihm dessen Geist erscheint«, antwortete der Earl. »Wann kommt denn eigentlich Euer König, der böhmische Luxemburger?«

»Er müsste bald eintreffen. Sigismund befindet sich in Aachen, wo er endlich zum römisch-deutschen König gekrönt werden soll, rund vier Jahre nach seiner Wahl. Ich wäre zu gern zugegen. Obwohl Sigismund unter chronischem Geldmangel leidet, wird er sich da nicht lumpen lassen. Der Medici wird ihm am Ende die Summe vorstrecken, die er braucht. Und was er von ihm nicht bekommt, holt er sich von Friedrich von Hohenzollern-Nürnberg. Dem wird er dafür wohl die Mark Brandenburg lassen müssen. Wisst Ihr, ob die Königin auch dabei ist? Eine bemerkenswerte Frau.«

Warwick gluckste vergnügt. »Barbara von Cilli? Bemerkenswert ist sie in der Tat. Sie gibt sich offenherzig. Außerdem beschäftigt sie sich mit Angelegenheiten, von denen eine

Frau sich besser fernhält, mit Sterndeutung und Alchemie. Es gibt sogar Gerüchte, dass es ihr gelungen sein soll, Gold herzustellen. Ihr Bruder, der Graf von Cilli, verfügt über anscheinend unerschöpfliche Mittel. Wer weiß, vielleicht hätte der ständig in Geldnöten schwebende Sigismund die schöne Barbara sonst nicht zu seiner Königin gemacht. Die Gatten scheinen sich nicht allzu sehr zu schätzen. In der Note aus England steht, dass sie bei der Krönung in Aachen nicht an der Seite des Königs sein wird, sondern wieder einmal am ungarischen Hof weilt. Diese Abwesenheit an einem so wichtigen Tag spricht Bände.«

Eberhard von Nellenburg nickte. »Allerdings. Ihr schmunzelt, versucht nicht, es zu verbergen, ich habe es genau gesehen. Mir ist nicht zum Lachen zumute. Ständig muss ich mich um Nichtigkeiten kümmern, jeder zerrt an mir herum und will etwas von mir. Die Gegner dieses unbelehrbaren Jan Hus lassen mir keine Ruhe, versuchen, mich auf ihre Seite zu ziehen, damit ich Sigismund beeinflusse. Sie halten in der Ketzerfrage wie Euer König auch jedes Entgegenkommen für überflüssig. Für die Franzosen ist die Angelegenheit durch das ergangene Bannurteil ohnehin erledigt. Und Johannes windet sich. Ich glaube, er fürchtet sich regelrecht vor Sigismund. Gut, er hat mit dafür gesorgt, das Konzil hierher zu bringen, allerdings unter Druck. Und er ist immerhin hier erschienen, als einziger der drei Männer, die sich Papst nennen. Weder der Avignoner Papst Benedikt XIII. noch der römische Gregor XII. haben sich hierher gewagt. Dann ist da noch der ständig zeternde Kardinal d'Ailly, der sich hartnäckig bei jeder sich bietenden Gelegenheit für die Beendigung des Schismas einsetzt, eine Depesche nach der anderen schickt und keine Ruhe geben wird, bis dieser Ketzer, dieser Hus, eingekerkert ist. Ebenso wie übrigens Gerson, der Kanzler der Pariser Universität.«

Warwick nickte. »Die Herren haben ihre eigene Konziliartheorie, beanspruchen die Autorität für sich, hier die Entscheidungen zu treffen – sowohl in der Papstfrage als auch bezüglich der Ketzerei. Leute, die querschießen und diese Autorität oder gar das Kirchenrecht infrage stellen wie Hus, können sie in dieser kniffligen Situation nicht brauchen. Sie erklären ganz pompös, es gehe ihnen darum, die Kirche zu reformieren, das Schisma zu beenden und das friedliche Zusammenleben der Völker zu befördern. Doch ich glaube, eigentlich ist es ihr Stolz, der sie antreibt. Sie krakeelen herum und fordern überall die unverzügliche Verhaftung des Ketzers, sagte der Papst mir gestern. Auch von ihm. For heavens sake, wenn Johannes den Ketzer nur endlich festsetzen ließe! Stattdessen eiert er herum.«

Eberhard von Nellenburg lachte. »Ich weiß, ich weiß, die Verhaftung käme Euch ja sehr entgegen, nicht wahr mein lieber Freund, wird damit doch auch den Anhängern Wyclifs in England der Schneid abgekauft. In diesem Punkt sind sich die Engländer und die Franzosen auf jeden Fall einig. Aber gemach. Ihr braucht nur zu warten. Ich bin mir sicher: Wenn Hus nicht freiwillig einlenkt, droht ihm der Scheiterhaufen. D'Aillys Wort hat Gewicht. Er soll inzwischen übrigens mitsamt seinen Sternkarten und Tabellen zum Konzil aufgebrochen sein.«

Warwick schnaufte. »Das Lieblingsthema seiner Sterndeutungen ist bekanntlich, dass sich katastrophale Turbulenzen am Himmel andeuten, die unheilvolle Bedeutung bekommen könnten, wenn zum Beispiel ein Komet dazwischenfahren sollte.«

»Und als ein solches Irrlicht sieht er Hus«, fiel der Graf von Nellenburg ein. »Wie gesagt, der macht es nicht mehr lang. Glaubt mir. Er besteht nach wie vor darauf, die Kirche als eine Gemeinschaft gleichgestellter, von Gott erwählter Menschen zu sehen. Wie Eure Lollards versteigt er sich gar zu der Behauptung, Laien könnten ebenso predigen wie Priester, zumal viele Häupter der Kirche in Wahrheit Glieder des Teufels seien. Unter uns, so falsch liegt er damit nicht. Doch er sät Zweifel an den Autoritäten. Wo kämen wir hin, wenn wir es solchen Leuten gestatten wollten, die überlieferte Ordnung infrage zu stellen? Am Ende zetteln die Anhänger Hus' in Böhmen auch noch eine Verschwörung gegen den König an.«

»Dann habt ihr Eure eigenen Lollards. Diese Leute wuchern wie das Unkraut. Wo man einen wilden Trieb ausreißt, sprießen andere nach. Alles hängt von Sigismund ab. Was glaubt Ihr, wird er tun?«

»Für Ruhe sorgen, um jeden Preis. Also das, was für das Gedeihen der Völker und das große Werk einer geeinigten und reformierten Kirche notwendig ist. Diese ständigen Unruhen müssen aufhören. Aufstände der Bauern, Kampf der Zünfte gegen die Adligen, Rebellion der Städte und Städtebünde gegen die Ritter. Und das alles, weil einige wenige glauben, die überkommene Ordnung auf den Kopf stellen zu können. Glaubt mir, Sigismund wird nicht zulassen, dass kleinliche Zänkereien oder ein Mann wie dieser Magister Gans aus Böhmen das große Werk behindern. Wenn es sein muss, lässt er diesen Popanz von Papst ebenso fallen wie den Böhmen. Ich bin der festen Überzeugung, dass er mit den Kardinälen in Verbindung steht und genau weiß, was hier in Konstanz geschieht. Falls sie den Ketzer festsetzen sollten, wird er einen seiner berühmten Wutanfälle bekommen, sagen, dass das alles gegen seinen Willen geschehen ist, dass er diesen Hus, wenn es sein muss, dem Teufel persönlich aus den Klauen reißt – und die Gegner des böhmischen Magisters gewähren lassen. Ihr kennt ihn doch ebenfalls. Er ist ein Fürst, der zu – Kompromissen – fähig ist.«

»Wenn Sigismund es auch nur annähernd schafft, dass auf diesem Konzil die widerstreitenden Interessen befriedet werden, und dass die Christenheit nur noch einen Papst hat, dann wird ihm der nächste Heilige Vater sicherlich dankbar sein und ihm die Kaiserkrone aufs Haupt setzen«, meinte Warwick.

»Gott ist immer mit den Gewinnern, im Rückblick jedenfalls«, antworte der Graf.

Die Männer lachten.

An diesem Punkt der Unterhaltung rückte Constanzia das Bild wieder an seinen Platz. Sie interessierte sich auch nicht für die Ränke der großen Politik, solange die Engländer und die Franzosen ihren Zwist um die Krone Frankreichs unter sich ausmachten und andere damit in Ruhe ließen. Viel spannender waren für sie die Teufeleien im Kleinen, also wer wen bestach, wer mit wessen Ehefrau Unzucht trieb oder wer am Ende gar eine Leiche im Keller hatte. Vielleicht bekam sie ja sogar Gelegenheit, diese Barbara von Cilli kennenzulernen. Das schien eine Frau nach ihrem Geschmack zu sein. Die Hure als Freundin einer Königin – die Vorstellung gefiel ihr. Constanzia rief sich zur Ordnung. Anstatt sich hier unerfüllbaren Träumen hinzugeben, sollte sie nach dem Mädchen sehen und sie in angemessener Zeit zu den Herren bringen. Sie war schon jetzt gespannt auf das Gesicht Warwicks.

Als sie noch schnell in der Küche nach dem Rechten sah, hörte sie die Herren ein weiteres Mal miteinander lachen. Der schwere Wein tat anscheinend seine Wirkung. Da kam auch schon Rosalie mit dem Mädchen. Wie hieß sie noch mal? Sie wurde langsam vergesslich.

Constanzia hielt den Atem an. Die Kleine sah hinreißend aus. Das dunkelblonde dichte Haar glänzte und hing ihr in einem dicken Zopf bis hinunter zum runden Hinterteil. Constanzia war durchaus in der Lage, die Figur einer Frau auch durch die Kleidung hindurch abzuschätzen, und dieses Mädchen war fast perfekt. Die Schultern vielleicht eine Spur zu breit, das Becken hätte auch ein wenig ausladender sein können, die Brüste waren es dafür umso mehr – aber irgendwie machten gerade diese kleinen, kaum merklichen Abweichungen von der vollkommenen Linie sie zu etwas Besonderem. Das galt auch für den etwas zu großen Mund und die etwas zu keck nach oben gebogene Nase. Dafür waren die großen kupferfarbenen Augen vollkommen, umrahmt von langen dunklen Wimpern bildeten sie eine bemerkenswerte Ergänzung zur Farbe der Haare. Und dann diese zarte Haut, die vom Schrubben im Zuber rosigen Wangen. Selbst die Sommersprossen störten bei ihr nicht. Außerdem war da noch dieser winzige Leberfleck über dem linken Mundwinkel, der dazu einzuladen schien, diese Lippen zu küssen.

»Wie heißt du, Mädchen?«

»Ennlin, Madame.«

Beinahe hätte Constanzia losgeprustet. Madame, soso.

»Ach ja, ich vergaß. Das hat Benedikt schon gesagt. Aber ich habe zurzeit so vieles, das ich bedenken sollte, dass mir der Kopf schwirrt. Und woher kommst du?«

»Das würde ich lieber nicht sagen«, erwiderte Ennlin.

Jetzt lachte Constanzia wirklich. »Ein schüchternes Hühnchen bist du nicht. Komm mit. Ich habe da einige Gäste, denen ich dich gern vorstellen möchte.« Noch während sie dies sagte, beschloss Constanzia, dass sie den Herren dieses Mädchen nicht einfach überlassen würde. Sie war eine Perle. Eine gute Hure heranzubilden, kostete Zeit, und eine echte Jungfrau war sie nur einmal. Gut, es gab Mittel, Jungfräulichkeit vorzutäuschen, aber nur im Notfall. Sie wollte nicht, dass diese Unschuld vom Lande mit Gewalt eingeritten und dann verdorben wurde wie ein junges Pferd, das zu viele Hiebe erhielt. Jungfrauen waren wie Füllen, die noch niemals einen Reiter getragen hatten. Wer deren Willen brach, bekam vielleicht einen gefügigen Gaul, aber kein Pferd mit Temperament, das ebenso Reittier wie Gefährte war. Und um dieses Kind hier wäre es schade. Aus ihr konnte mehr werden als eine, die einfach die Beine breitmachte. Vielleicht sogar einmal ihre Nachfolgerin. Constanzia wunderte sich selbst ein wenig über diese Gefühle.

Ennlin hatte die Musterung stumm über sich ergehen lassen, war nur ein wenig errötet.

»Schickt Ihr mich nun wieder fort?«

Constanzia schüttelte den Kopf. »Nein, ganz sicher nicht.«

»Herrin, ich würde Euch gern etwas fragen.«

»Dann frag, Kleine.«

»Bin ich hier in einem Hurenhaus?«

Was sollte das? Las sie da Verachtung in den Augen der Kleinen? Oh je, nein, eine moralinsaure Jungfer konnte sie hier nicht brauchen. »Du bist direkt, Mädchen. Aber ja, wenn du mich so fragst, du bist in einem Hurenhaus. Und dazu noch in dem vornehmsten der ganzen Stadt. Darauf kannst du einen lassen.« Constanzia neigte in manchen Augenblicken dazu, das feine Benehmen, das sie sich angeeignet hatte, beiseitezulassen. Sie konnte fluchen wie ein Bierkutscher. »Warum fragst du?«

»Wollt Ihr, ich meine, soll ich …«

Ah, die Kleine hatte einfach nur eine Riesenangst, dass sie sie gleich zu einem Mann ins Bett legen würde.

»Wäre es dir so zuwider, bei einem Mann zu liegen?«

Ennlin zögerte. »Ihr seid gut zu mir gewesen. Und Benedikt hat geschworen, Ihr würdet mir helfen, meinen Bruder zu finden. Wenn Ihr als Gegenleistung von mir fordert, dass ich …« Sie schluckte. Dann richtete sie sich auf, als habe sie einen Entschluss gefasst. »Also, dass ich mich zu einem Mann lege. Wenn ich das tun muss, damit Ihr mir helft, meinen kleinen Bruder zu finden, dann werde ich das tun.«

Hoppla, dachte Constanzia. Kein Gejammer, kein Geheule. Trotz ihrer großen Angst. Eine Angst, die jedes unberührte Mädchen hatte. Diese ließ sich davon jedoch nicht beherrschen. Sie wollte etwas und sie war bereit, dafür mit dem zu zahlen, was sie hatte. Constanzia war beeindruckt. Nein, sie würde nicht zulassen, dass ein unsensibler Freier den Geist dieser jungen Frau brach, sondern sie langsam in ihr Gewerbe einführen. Sie konnte eine der ganz großen Huren werden. Und würde ihr wahrscheinlich auch ein hübsches Sümmchen einbringen, wenn sie es nicht übereilte.

»Keine Angst, kleine Ennlin«, sagte sie deshalb und lächelte ihr ermutigend zu. »Ich werde dich zu nichts zwingen. Es gibt noch viel für dich zu lernen, ehe du eine gute Hure sein kannst. Du hast das Zeug dazu, eine wirklich gute zu werden, nicht eine unter vielen. Wenn du mich als Lehrerin annehmen willst, dann werde ich dir beibringen, was ich weiß. Und dann entscheiden wir gemeinsam, wann es an der Zeit für dich ist. Was hältst du davon?«

Auf Ennlins Gesicht zeigte sich der Anflug eines Lächelns.

Gleich darauf kehrte das Misstrauen in ihre Augen zurück.

»Was ist mit Jakob?«

»Keine Angst, ich helfe dir.«

»Und ich kann hier bleiben?« Das klang sehnsüchtig.

»Ja, das kannst du. So, und nun lass uns zu den Herren gehen.«

Das Mädchen versteifte sich.

»Komm, mach ein freundliches Gesicht. Bei Maria Magdalena, der Schutzheiligen der Huren, ich schwöre dir, dass dir in meinem Haus nichts geschieht, in das du nicht eingewilligt hast. Und dann wollen wir die Herren gleich fragen, ob sie nicht etwas für dich und Jakob tun können.«

»Danke, Herrin«, meinte Ennlin leise.

Mit dem, was dann geschah, hatte Constanzia nicht gerechnet. Die Herren saßen entspannt, plauderten über dies und das, als sie die Tür zur Stube öffnete und Ennlin hinter sich in den Raum zog. »Seht, wen ich hier habe. Ein neuer Gast in meinem Haus, eine Jungfer, die einen starken Ritter benötigt, denn ihr kleiner Bruder wurde entführt. Da dachte ich, ich bringe sie zu Euch. Komm, Mädchen, mach einen Knicks. Du kannst das doch, oder?«

Zu Constanzias Überraschung versteifte sich Eberhard von Nellenburg, als er Ennlin sah. Das Mädchen stockte mitten im Schritt und schaute ihn mit erschrockenen Augen an. Die beiden wechselten einen kurzen Blick. Dann sank Ennlin in einem tiefen Knicks nieder. Eberhard von Nellenburg ließ sich wieder in seinen Sessel zurücksinken.

Constanzias Augen wanderten von einem zur anderen.

Schließlich ergriff der Graf das Wort. »Schau an, Agnes' Tochter. Wieso bist du in Konstanz? Ich wüsste nicht, dass du hier etwas zu suchen hättest.«

Er wandte sich an den Earl: »Sie ist die Tochter von Agnes von Rorgenwies. Hübsches Ding. Der Vater ist einer meiner Eigenleute.«

»Agnes von Rorgenwies? *Die* Agnes von Rorgenwies?«, fragte Richard of Warwick gedehnt.

»Eben diese. Ihr erinnert Euch? Es ist lang her.«

Der Earl bekam einen nachdenklichen Blick. Dann nickte er. »Wohl wahr, Nellenburger. Wohl wahr.«

Schau an, dachte Constanzia. Diese Kleine. Tut so, als könnte sie kein Wässerchen trüben und hat offenbar recht bemerkenswerte Bekanntschaften. Die Angelegenheit versprach, interessant zu werden. Sehr interessant.

»Herr, bitte vergebt. Ich weiß, ich hätte nicht weglaufen dürfen«, sagte Ennlin leise.

»So, und warum hast du es trotzdem getan?«, fragte der Graf. Er klang keineswegs verärgert, nur neugierig.

Da erzählte Ennlin vom Gelben Hans und der alten Vettel, die in ihr Dorf gekommen waren. Und von Jakob, den sich der Gelbe Hans nun doch geholt hatte.

Eberhard von Nellenburg betrachtete sie nachdenklich. »Soso«, sagte er schließlich. Und dann zu Constanzia: »Was habt Ihr mit ihr vor?«

»Sie hat keinen Ort, an den sie gehen kann …«

»Aber hier«, wandte jetzt der Earl of Warwick ein, der Ennlin nicht für einen Moment aus den Augen gelassen hatte, »hier kann sie nicht bleiben.«

»Nein, das kann sie nicht«, bestätigte Eberhard von Nellenburg.

»Lass uns überlegen, meine Liebe, wo können wir das Mädchen sonst noch unterbringen?«

Constanzia war entgeistert. Beide Herren hatten ein Interesse an ihrem Schützling. *Beide.* Und beide schienen ängstlich darauf bedacht zu sein, den guten Ruf dieser Ennlin zu wahren. Den Ruf der Tochter eines Leibeigenen? Dahinter steckte mehr. Und das würde sie herausfinden.

Sie biss sich auf die Unterlippe. So, ihr Haus war also nicht gut genug für dieses Mädchen. Kam Zeit, kam Rat. Aber die Entwicklung gefiel ihr nicht. Benedikt hatte die Kleine angeschleppt, sollte seine Mutter doch sehen, wo das Mädchen blieb. »Was haltet Ihr davon, sie bei der Pfisterin unterzubringen? Fidas Ältesten kennt sie schon. In der Paulsgasse sind wahrscheinlich weitere Dienstboten vonnöten. Fida dürfte alle Hände voll zu tun haben, seit sich der Ketzer aus Böhmen mit seinen Leuten dort einquartiert hat.«

Eberhard von Nellenburg schaute Constanzia einige Momente nachdenklich an. Dann warf er dem Earl of Warwick einen fragenden Blick zu. Der nickte fast unmerklich, doch Constanzia hatte es genau gesehen.

»Kennt Ihr die Pfisterin, meine Liebe?«, fragte Eberhard von Nellenburg. »Ich würde mit dieser Angelegenheit nicht gern in Verbindung gebracht werden, seid also bitte diskret.«

»Ihr könnt Euch auf mich verlassen, Erlaucht.«

»Wird sie dort auch anständig behandelt?«

»Das denke ich schon«, erwiderte Constanzia. »Mir scheint ohnehin, dass sich dieser Benedikt in sie vergafft hat. Er ist außerdem nicht der Einzige. Seit sie hier in meinem Haus ist, lungert ein junger Mann davor herum, der von Ferne aussieht wie Hennslin von Heudorf.«

Der Neffe von Hans von Heudorf? Eberhard von Nellenburg lachte schallend. »Diese Jungfer scheint eine Begabung dafür zu haben, männliche Wesen zu beschäftigen. Also sorgt dafür, dass sie gut untergebracht ist. Ihr könnt der Pfisterin versprechen, es wird ihr Schaden nicht sein.«

Ennlin hatte der Unterhaltung mit großen Augen zugehört. Sie hatte erwartet, dass Eberhard von Nellenburg sie sofort in ihr Dorf zurückschicken würde, unter Bewachung und mit dem Befehl, sie streng zu bestrafen, vielleicht sogar auspeitschen zu lassen, weil sie weggelaufen war. Aber er hatte es nicht getan. Warum?

Das fragte sich auch Constanzia zum wiederholten Mal. Sie nahm sich vor, Ennlin gründlich auszuhorchen, ehe sie sie zur Pfisterin bringen ließ.

Doch die einzige Antwort, die sie am nächsten Morgen erhielt, war: »Ich weiß es nicht, Herrin. Ich weiß es wirklich nicht.«

Ennlin hatte allerdings eine Vermutung. Ob Eberhard von Nellenburg befürchtete, sie könnte von dem Treffen auf der Tudoburg erzählen? Das behielt sie jedoch lieber für sich, denn der Gedanke erschien ihr auf den zweiten Blick doch abwegig zu sein. Der Graf von Nellenburg hatte andere Möglichkeiten, die Tochter eines seiner Eigenleute zum Schweigen zu bringen. Was also war dann der Grund?

Ihr lag zudem noch anderes schwer auf der Seele. »Gut, ich gehe zu dieser Frau. Aber was ist mit Jakob, Herrin? Helft Ihr mir trotzdem? Könntet Ihr bitte noch einmal deswegen mit den Herren sprechen? Ich kam nicht mehr dazu.«

Constanzia betrachtete das Mädchen nachdenklich. »Das werde ich tun. Nun müssen wir aber für dich noch ein paar Sachen zusammensuchen. Die Pfisterin wird dir wohl kaum Lohn zahlen. Hoffen wir, dass sie dich überhaupt in ihrem Haus aufnimmt. Weißt du, Kleine, auf eine gewisse Weise beneide ich dich sogar. Hast du schon von Jan Hus gehört? Weißt du, wer das ist?«

Ennlin nickte. »Der Ketzer aus Böhmen. Die Leute reden über ihn. Sie sagen, er kommt auf den Scheiterhaufen.«

Kapitel acht

- Der Ketzer -

FIDA WAR NICHT BEGEISTERT, aber Ennlin durfte bleiben. Sie wurde dem Ketzer als seine persönliche Dienstmagd zugeteilt. Ennlin wusste nicht so recht, was sie davon halten sollte. Vermutlich war es Fida lieber, eine Fremde bekam alles ab, wenn es Ärger mit ihrem Hausgast geben sollte, als jemand von den eigenen Dienstboten. Sie war zudem enttäuscht. Einen Ketzer hatte sie sich ganz anders vorgestellt. Bocksbeinig vielleicht. Oder wenigstens mit Hörnern. Wie der Teufel. Oder hager wie der Gelbe Hans, mit eingefallenen Wangen.

Dieser Mann sah nicht aus wie einer, dem das Fegefeuer drohte. Sein Gesicht war glatt. Er trug keinen Bart. Er war noch nicht einmal eine imposante Erscheinung, trotz des Doktorhutes. Hus hielt sich mit Würde. Und das, obwohl er eher rundlich und untersetzt war. Das Gesicht unter dem Hut sah jedoch streng aus. Die festen Gesichtszüge wirkten verschlossen. Der Mann hatte Sorgen, das sah man. Es hieß, er leide unter den verschiedensten Gebresten wie Magengrimmen und ständigem Schädelweh. Das konnte sie gut verstehen, bei all den Sorgen. Er schien eher bescheiden zu leben.

Jedenfalls machte er nicht viel Aufhebens von seiner Kleidung. Der weiße Pelzrand des Hutes sah aus, als hausten die Motten darin, der Mantel mit den Flügelärmeln, der ihn zusammen mit der Kappe als Magister auswies, war zerschlissen. Manchmal trug er sogar nur den noch wesentlich weniger ansehnlichen faltenreichen Talar eines Bakkalars. ›Bakkalar‹, das war so etwas wie ein Gelehrter, hatte er ihr erklärt.

Jan Hus erklärte Ennlin überhaupt sehr viel. Sie hatte manchmal das Gefühl, dass er sie nur rief, um die Beweisführung, die seinen Überzeugungen zugrunde lag, an ihr auszuprobieren. »Du bist ein unverdorbenes Kind«, sagte er dann immer. »Wenn du in deiner Reinheit mich verstehst, vielleicht kann ich dann auch die große Konzilsversammlung überzeugen. Sie wird bald zusammenkommen.«

Ennlin mochte Magister Hus mit jedem Tag mehr. Sie verstand nur wenig von dem, was er ihr da über Nominalisten erzählte oder über all die Reformen, die für die Kirche notwendig waren. Sie hatte niemals über solche Dinge nachgedacht. Und von einem Engländer namens Wyclif, von dem er oft redete, hatte sie auch noch niemals gehört. Es war wohl nicht leicht, ein Ketzer zu sein. Da musste man viel wissen. Andere sagten, er sei ein Heiliger. Es hieß, die Leute seien auf seiner langen Reise von Prag nach Konstanz scharenweise zu seinen Predigten geströmt. Aber vielleicht waren das auch alles Ketzer

Wenn sie ihm so zuhörte, dann fragte sie sich oft, ob er keine Angst hatte, sich so gegen mächtige Kardinäle und hohe Gelehrte zu stellen, die unter der Reform der Kirche offenbar etwas ganz anderes verstanden als er. Er musste doch wissen, dass es um sein Leben ging. Doch er zeigte es nie, ließ nie Zweifel erkennen. Obwohl Ennlin sich ganz sicher war, dass er welche haben musste. Manchmal, wenn all die Leute gegangen waren, die in das Haus an der Sankt Paulsgasse strömten, um ihn predigen zu hören, wenn er allein auf einem Schemel in seiner Kammer saß, den Kopf nachdenklich in die Hand gestützt, dann konnte sie die Furcht und die Zweifel in seinen Augen erkennen. Oft nahm er überhaupt nicht wahr, dass sie noch da war. Oder er merkte es doch, aber es war ihm nicht wichtig. Sie war ja auch nur eine Dienstmagd. Einen Satz von ihm bewahrte sie in ihrem Herzen und sagte ihn sich immer und immer wieder vor. »Du tust mir gut, Mädchen, denn du urteilst nicht. Du nimmst mich, wie ich bin.«

Sie hatte ihn verständnislos angesehen. Was hätte sie auch anderes tun sollen? Sie begriff so wenig von dem, was ihn umtrieb, auch wenn es mit jedem Tag in seiner Nähe etwas mehr wurde. Sie war ein Niemand, die Tochter eines Unfreien. Es stand ihr nicht zu, Urteile zu fällen.

Ihre Achtung wuchs zusätzlich, als sie bemerkte, dass er lebte, was er predigte. Das war bei Gottesmännern meist nicht der Fall. Je höher von Geblüt und Stand desto weniger. Hus war bescheiden. Er war dennoch kein blindwütiger Eiferer, der alle verdammte, die nicht so lebten wie er. Jegliche Übertreibung in die eine oder die andere Richtung flößte ihm Misstrauen ein. »Das rechte Maß, Mädchen, im rechten Maß zeigt sich der Wert eines Mannes«, hatte er einmal zu ihr gesagt.

»Dann bitte achtet auf Euch, wahrt das rechte Maß auch, wenn Ihr Eure Ansichten verkündet«, hätte sie am liebsten erwidert. Denn da war er zu keinerlei Zugeständnissen bereit.

»Sie werden mich verstehen. Sie müssen es mir nur erlauben, vor dem Plenum aufzutreten. Bald, bald, kleine Ennlin, ist es so weit. Noch in diesem November wird es die erste

Session geben. Und dann, du wirst sehen, hören sie mir zu. Dann müssen sie mir zuhören. Sie müssen einfach.«

Ennlin hoffte, dass es so war. Denn dieser Mann war kein Teufel, sondern ein anständiger Mensch. Davon war auch die Hausfrau überzeugt, Fida, die Pfisterin. Wann immer es ihre Zeit erlaubte, kam sie, wenn Hus predigte. Sie versuchte auch nicht mehr, die Leute wegzuscheuchen, die sich im unter die oberen Stockwerke eingerückten Laubengang des Hauses versammelten. Dort pflegte die Pfisterin auch ihre Waren feilzubieten.

Ennlin hätte glücklich sein können. Es ging ihr gut, sie musste nicht mehr hungern. Wann immer es ihr möglich war, zweigte sie einige Lebensmittel ab, die sie dem Lächelnden Ott und seiner Kinderbande zukommen ließ. Jeden dritten Abend kamen die beiden Kleinsten an die Hintertür. Das fiel nicht weiter auf, bei den Unmengen, die die Hausgäste vertilgten und manchmal auch zurückgehen ließen, wenn es die Pfisterin besonders gut mit ihnen meinte.

Wenn sie nur gewusst hätte, wo Jakob war. Vielleicht war es ein Fehler gewesen, nach Konstanz zu kommen. Vielleicht hätten sie besser auf der Tudoburg bleiben sollen. Bisher hatte niemand eine Spur von ihm finden können, selbst der Lächelnde Ott nicht, der den Gelben Hans doch gut kannte. Und auch Hennslin von Heudorf hatte niemanden aufgetrieben, der etwas über den Bruder wusste.

Die beiden erschienen jeden Tag, um zu sehen, ob es ihr gut ging. Sie hatten ein Zeichen ausgemacht. Wenn Ennlin einen gelben Topf mit Resten für die Katzen vor die Tür gestellt hatte, war alles in Ordnung.

Jede freie Minute verbrachte sie mit Überlegungen, wo Jakob sein und was sie tun könnte. Sie kam zu keinem Ergebnis. So musste sie auf die Freunde vertrauen. Sie hatte auch wenig Zeit zum Nachdenken. Die Pfisterin hielt sie auf Trab. Abends war Ennlin rechtschaffen müde. Und auch tagsüber kam sie selten aus dem Haus, höchstens, wenn sie für den Magister Besorgungen zu machen hatte.

Manchmal bat er um einen bestimmten Fisch. Besonders liebte der Gast aus Böhmen Felchen gedünstet im Kräutermantel mit Butter. Kurz vor Wintereinbruch gab es zwar nur getrocknete Kräuter, doch das machte ihm nichts aus. Hausmutter Fida murrte zwar immer, weil ein guter Felchen einen Schilling kostete und es schon viel günstigeren Fisch gab wie Karpfen, Schleien oder Brassen, die bereits um 17 bis 20 Pfennig das Pfund zu haben waren. Im November wurden außerdem nicht mehr so viele gefangen, was sie noch teurer machte. Dann befahl sie Ennlin aber doch, von den kostspieligen Felchen zu besorgen.

Überhaupt liebte der Böhme den frischen Fisch, den es am Bodensee gab, selbst um diese Jahreszeit noch. Fleisch aß er eher selten.

Und so besorgte Ennlin immer mal wieder extra für ihn einen Felchen. Manchmal stand sie extra ganz früh auf, um zur Stelle zu sein und noch einen Fisch zu erwischen, denn sobald die Fischer vom morgendlichen Fang wieder in den Hafen zurückkehrten, waren die Felchen schnell verkauft. Die meisten landeten auf den Tischen der Reichen. Mehr als einmal lobte er das feste schmackhafte Fleisch und den Umstand, dass diese Fischart nicht so viele ganz feine, sondern eher gröbere Gräten hatte. Das gefiel ihm, da er nicht mehr allzu gut sah. Wegen des vielen Lesens und Denkens bei Kerzenlicht bis spät in die Nacht, vermutete Ennlin.

Wenn das Mädchen zum Markt ging, fragte es überall nach

Jakob, an den Ständen der Handwerker, den fahrenden Garküchen, bei den Schreibern, den Fischhändlern und Bäuerinnen. Doch niemand konnte sich an einen kleinen Jungen erinnern, auf den Ennlins Beschreibung passte. Sie hatte sogar ein Bild von ihm gemalt und zeigte es herum. Das half aber auch nichts. Sie war nicht gut im Zeichnen, wie sie sich selbst eingestehen musste. Aber sie wollte nichts unversucht lassen.

Wenn sie etwas Zeit hatte, machte Ennlin einen Umweg, um sich anzuschauen, wie weit die Umbauarbeiten im Münster gediehen waren. Jedes Mal hoffte sie, ihr neugieriger kleiner Bruder könnte da sein, um sich alles anschauen. Das Hämmern, Klopfen und Werkeln hätte ihm gefallen. Sie ging auch hinein, fragte die Zimmerleute aus, die dort an den Sitzgelegenheiten schmirgelten und schliffen. Sie hatten ebenfalls keinen kleinen Jungen gesehen, der wie Jakob aussah. Und wenn, dann war es immer ein anderer. Ennlin war jedes Mal zutiefst enttäuscht, und der Klumpen in ihrem Magen wurde erneut größer.

Um sich von den traurigen Gedanken und ihrer Angst um Jakob abzulenken, stellte sie sich manchmal vor, dass sie auf einer der tribünenartigen Holzbänke saß und vor all den großen Herren eine flammende Rede zugunsten des guten Magisters aus Böhmen hielt. Denn dort, in der altehrwürdigen Kirche der Konstanzer Bischöfe, würde künftig die Konzilsversammlung tagen.

Die Zimmerleute beantworteten manchmal auch die anderen Fragen des wissensdurstigen Mädchens. So erfuhr Ennlin, dass die Kirche eine dreischiffige Basilika in der Form eines Kreuzes war und sehr alt. Das Konstanzer Gotteshaus hatte außerdem schon lang vor der Einberufung des Konzils große Bedeutung erlangt, war immer wieder das Ziel von

Wallfahrten. Besonders die Mauritiusrotunde mit dem Heiligen Grab hatte es den Pilgern angetan. Sie war durch einen Kreuzgang mit der Kathedrale verbunden und wurde mit der Zeit zu Ennlins Lieblingsort. Denn wie sie gelernt hatte, war die Rotunde nach dem Vorbild des Zentralbaus der Grabeskirche von Jerusalem gebaut worden.

Doch das war es nicht, was Ennlin dort hinzog, sondern eine Steintafel, auf der der Name des römischen Kaisers Constantius I. eingemeißelt war. Das war sicherlich der Namensgeber der Stadt. Es sollte Glück bringen, sie anzufassen. Wem eine Last auf der Seele lag, wer verzweifelt war oder wer sich einfach nur die Fürsprache des römischen Kaisers bei den Heiligen um Unterstützung in dieser verwirrenden, unberechenbaren Welt, bei diesem ewig strafenden Gott erhoffte, der berührte den Stein und bestrich dann mit der Hand sein Gesicht.

Und so ging Ennlin hin und betete um Hilfe bei ihrer Suche nach Jakob. Und um Unterstützung für den armen Magister aus Böhmen, der so tapfer und aufrecht seine Meinung vertrat, und sogar bereit war, dafür zu sterben. Das hatte er immer wieder gesagt. Vielleicht half ja der römische Kaiser, wenn es die Gerechtigkeit schon nicht tat.

Südlich des Münsters lag der Teil von Konstanz, in dem die Geistlichen lebten, alle in der Nähe der Bischofspfalz. Natürlich nicht der Leutepriester oder die einfachen Paffen, die die eigentlichen Dienste verrichteten, sondern die reicheren, die mit den großen Pfründen. Zur Pfalz gehörten die Pfalzkapelle Sankt Peter, die Vogtei und das Gericht des Hochstifts Konstanz. Der Platz vor der Kirche diente als Friedhof.

Die Straße vor dem Münster führte direkt zur Rheinbrücke. Über die Brücke kamen auch viele der Waren. Der Markt, auf dem sie dann gehandelt wurden, lag dort, wo die Bürger lebten und wo die Kirche Sankt Stephan stand.

Sankt Stephan war inzwischen bis auf die Zeit des Gottesdienstes für die einfachen Leute gesperrt. Im Gotteshaus hatten sie zwölf prachtvolle Stühle aufgestellt, jeweils zwei Armlängen voneinander entfernt. Darauf sollten während des Konzils die zwölf Richter des Papstes sitzen, wenn sie Gericht hielten. Sie nannten es Rota. Und die Richter hießen Auditores. Manchmal, wenn es ihre Zeit erlaubte, ging Ennlin sicherheitshalber auch dort vorbei. Sie wollte den römischen Kaiser zwar nicht beleidigen, aber vielleicht half es ja, auch über einen der Stühle zu streichen. Man wusste ja nie. Vielleicht war auch etwas von dem Recht, das die Auditores inzwischen hier verkündeten, in den Stühlen hängengeblieben.

Ennlin war eigentlich schleierhaft, wozu sie dieses Gericht zusätzlich brauchten. Sie fand, es gab sowieso schon genügend Leute, die Recht sprachen und dabei ihren Eigennutz nicht vergaßen: der Lehnsherr, der Vogt, der Konstanzer Bischof, der große und der kleine Rat der Stadt. Es gab eine Hohe Gerichtsbarkeit für die schlimmen Vergehen, bei denen der Sünder hinterher meistens geschunden oder geköpft wurde. In diesen Fällen trieben die Richter den Lohn für ihre Mühen bei den Verwandten des Delinquenten ein. Und dann war da noch die Niedere Gerichtsbarkeit für die nicht ganz so schlimmen Sünder. Auch hier mussten die Verurteilten oder ihre Familien zahlen. Was brauchte dieser Papst da seine eigenen Richter? Vermutlich wollte er ebenfalls bei den Sündern mitverdienen.

Und wieso mussten die Stühle für die päpstlichen Richter eigentlich in so viel Abstand voneinander stehen? Ob sich die Auditores nicht mochten? Vielleicht waren aber auch ihre Köpfe von all der eingebildeten Weisheit so angeschwollen und ihre Körper vor lauter Wichtigkeit so aufgeplustert, dass sie sonst nicht nebeneinander Platz hatten.

Solche Gedanken gingen ihr immer wieder durch den Kopf, doch sie wagte es nicht, mit jemandem darüber zu reden.

Zwei weitere Probleme trübten Ennlins Glück. Einmal, dass Fida sie scharf beobachtete, sobald sie auch nur ein Wort mit Benedikt wechselte. Der war fast immer dort zu finden, wo sie sich aufhielt, er ließ sie kaum aus den Augen. Ennlin war sich keiner Schuld bewusst. Sie ermutigte ihn nicht, obwohl sie natürlich gemerkt hatte, dass Benedikts Gefühle für sie über bloße Freundschaft hinausgingen.

Das war seiner Mutter ebenfalls nicht verborgen geblieben. Etwa eine Woche nach Ennlins Aufnahme in ihrem Haus hatte sie das Mädchen zur Seite genommen: »Stellst dich nicht ungeschickt an. Magister Hus mag dich. Aber ich warne dich, das wird dir alles nichts nützen, wenn du dich nicht von meinem Sohn fernhältst. Wage es ja nicht, ihn zu ermutigen, dir weiter hinterher zu scharwenzeln, sonst fliegst du hochkant auf die Straße. Für meinen Benedikt habe ich andere Pläne. Der braucht keine so Dahergelaufene, die nichts hat und die nichts ist und die ich nur in meinem Haus aufgenommen habe, weil es der Graf von Nellenburg so wollte. Also hüte dich.«

Ennlin schwor hoch und heilig, dass sie keinerlei Absichten bezüglich Benedikt habe und ihm auch keine Hoffnung mache.

Seit damals war sie auf der Hut, ging ihm aus dem Weg und mied ihn, wann immer möglich, mit dem Ergebnis, dass er mit immer unglücklicherem Gesicht und ständig schlechter Laune durch das Haus geisterte. Sie traf sich nur noch heimlich nachts mit ihm und nur zusammen mit den anderen, wenn sie den verabredeten Pfiff des Lächelnden Ott hörten, der mit Hennslin von Heudorf draußen wartete, um von der Suche nach Jakob zu erzählen.

Ott hatte die Kinder seiner Bande ausgeschickt. Sie durchstöberten jeden Winkel der Stadt auf der Suche nach Jakob. »Ich glaube fast, sie haben Jakob aus Konstanz herausgeschafft«, meinte der Lächelnde Ott nach fast zwei Wochen des vergeblichen Nachforschens düster. »Ich weiß aber sicher, dass der Gelbe Hans versuchen wird, dich auch noch zu bekommen.«

»Das werde ich zu verhindern wissen«, erklärte Benedikt.

»Und ich ebenfalls«, fügte Hennslin hinzu.

In einer Nacht nahm der junge von Heudorf sie außerdem beiseite. »Hab dir was zu sagen, komm mal ein Stück mit. Müssen die anderen beiden ja nicht hören«, meinte er und trat verlegen von einem Fuß auf den anderen.

Sie folgte im überrascht.

»Also, ich ...«

Sie schaute ihn erwartungsvoll an.

»Schockschwerenot«, grummelte er. »Also ist nicht so einfach. Was soll ich sagen? Damals, bei der Armenspeisung ... Aber da kannte ich dich ja noch nicht so gut. Ich mein, ich dachte ... Vergibst du mir?«

Ennlin lächelte. »Ich weiß schon, war nicht so gemeint.«

Hennslin schaute sie erleichtert an. »Nein, war es nicht.«

»Und jetzt helft Ihr mir und seid mein Freund. Ich meine, mein Ritter.«

Er sah nach unten, kratzte verlegen mit der Schuhspitze im Dreck. Dann blickte er auf, grinste schief und antwortete: »Ja, das bin ich wohl. Und mit Jakob – das tut mir leid, dass wir ihn noch nicht gefunden haben. Ist ein netter Bengel, der Knirps.«

In dieser Nacht überlegte Ennlin wohl zum hundertsten Mal, ob sie nicht von sich aus zum Gelben Hans gehen sollte. Dann bekam sie vielleicht Gelegenheit, herauszufinden, wo der Bruder steckte. Gleich darauf verwarf sie den Plan wieder. Wenn sie nichts herausbekommen konnte, und der Gelbe Hans sie einfach gefangen nahm? Dann hatte sie noch weniger Möglichkeiten, ihrem Bruder zu helfen. Damit war niemandem gedient.

Am Ende brachte sie mit einem solchen Vorgehen auch noch Benedikt in Gefahr. Denn der nutzte trotz Ennlins Zurückhaltung weiter jede Gelegenheit, dem Objekt seiner nächtlichen Sehnsuchtsträume an den Hacken zu kleben. Wenn er ihr folgte, dann konnte es sein, dass der Gelbe Hans ihn auch noch gefangen nahm.

Benedikt. Sie wusste nicht, was sie tun konnte, um ihn ein wenig mehr auf Abstand zu halten. Sein eifriges und stetes Bemühen um sie berührte sie tief. Da Ennlin sich mit dem böhmischen Magister gut verstand, war er neuerdings sogar bei jeder von dessen Predigten zu finden und gebärdete sich sehr gläubig und christlich.

Fida ahnte natürlich den wahren Grund, konnte aber dagegen wenig tun, weil ihr Sohn seine Zuneigung zu dieser neuen Dienstmagd heftig abstritt, sobald sie ihn darauf ansprach.

Je näher die Eröffnung des Konzils rückte, desto unruhiger wurde der Magister. Ennlin war schon etwa 14 Tage im Haus der Pfisterin, als es endlich so weit war. Magister Hus behauptete, sich sehr darüber zu freuen. Doch niemand kam, um ihn anzuhören. Die Versammlungen im Münster gingen ohnehin erst richtig los, wenn der König in Konstanz angekommen sei, tröstete er sich. Es fehlten ja auch noch viele Delegationen.

Natürlich konnte eine solche Eröffnung nicht ohne viel Beten, Brimborium und Heiligtun vonstattengehen. Die einfachen Leute fanden auch dieses Mal keinen Platz im Münster. Doch die Pfisterin war wie immer gut unterrichtet. Der Papst, erfuhr Ennlin von Fida, die das wiederum von Meister Richental, dem Konzils-Chronisten, wusste, also aus ganz sicherer Quelle, hatte eine Predigt zu einem Text aus dem Buch des Propheten Sacharja, Kapitel 8, Vers 16 gehalten, der da lautete: »*Rede einer mit dem anderen die Wahrheit, und richtet recht und schafft Frieden in euren Toren!*«

Ennlin hoffte inständig, dass sich die hohen Herren der Konzilsversammlung auch daran hielten. Denn dann würde Magister Hus sicherlich vom Vorwurf entlastet, ein übler Ketzer und Volksverhetzer zu sein. Dann mussten sie doch merken, dass er nichts anderes wollte, als sie selbst, nämlich bei der Reform der Kirche mitzuhelfen.

An einem der letzten Tage im November erhob sich plötzlich ein heftiges Geschrei vor dem Haus der Pfisterin. Es hämmerte gegen die Tür. »Der Bischof von Trient mit Gefolge verlangt, sofort zu Magister Hus vorgelassen zu werden. Er kommt im Auftrag der päpstlichen Kardinäle«, schrie einer. Als Ennlin aus dem Fenster schaute, sah sie, dass die Stadtsoldaten das Haus umstellt hatten, und bekam einen Riesenschreck.

»Da ist doch auch der Bürgermeister, Heinrich von Ulm. Jetzt will er sich wohl noch einmal groß tun, bevor er das Amt abgeben muss. Mir wäre lieber, er würde bleiben. Wenn sein Vater zum Bürgermeister gewählt wird, plustert sich dieser Fridolin von Schwartzach noch mehr auf. Er rennt schon jetzt durch die Gassen aufgeblasen wie ein Pfau«, flüsterte Benedikt, der sich neben Ennlin ans Fenster gestellt hatte und ihr übersetzte, was da gesprochen wurde. Zumindest, soweit die Lateinkenntnisse reichten, die er sich durch seine Arbeit im Kontor im Umgang mit den fremden Gästen angeeignet hatte.

Ennlin musste bei diesen Worten an die Schlägerei bei der Armenspeisung denken. Damals war Fridolin von Schwartzach unter den Angreifern gewesen. Doch dass sein Vater Bürgermeister werden würde, machte ihr keine Sorgen. Die Dinge änderten sich manchmal in überraschender Weise. Hennslin, der Angreifer von damals, hatte sich sogar zu so etwas wie ihrem Ritter erklärt. Und sie, die Tochter eines Unfreien, hatte einen, der für sie stritt.

Sie sah hinüber zu Benedikt. Nein, eigentlich hatte sie sogar drei tapfere Recken an ihrer Seite, wenn man den Lächelnden Ott hinzuzählte. Das war ein tröstlicher Gedanke.

Gleich darauf fuhr ihr jedoch der Schreck erneut in die Glieder, denn der Herr Heinrich von Chlum öffnete die Tür und brüllte mit wütender Stimme hinaus: »Was soll das? Was wollt Ihr mit diesen Soldaten? Der Magister hat einen Schutzbrief. Seht Euch vor! Das geht gegen die Ehre des Königs. Dieser hat ausdrücklich befohlen, dass vor seiner Ankunft nichts gegen Magister Hus unternommen werden soll.« Dann wandte er sich an den Mann, den Benedikt als den Bürgermeister bezeichnet hatte: »Der Teufel selbst muss erst angehört werden, wenn es um einen Streit geht«, schrie er ihn auf Deutsch an.

Da hörten sie Hus die Treppe hinabsteigen. Auf halber

Höhe hob er begütigend die Hände. »Zum ganzen Konzil wollte ich sprechen und nicht zu den Kardinälen, und das werde ich auch tun, so Gott will. Ich bin aus freien Stücken hier zum Konzil gekommen. Aber wenn die Kardinäle mich so sehr zu sprechen wünschen, so will ich sie aufsuchen. Und wenn man mich über irgendwelche Dinge befragen will, so werde ich die Wahrheit, wie ich sie aus der Schrift erkannt habe, offen bekennen. Mit Gottes Hilfe. Ihr sollt aber wissen, dass ich eher sterben, als nur eine einzige Irrlehre vertreten möchte. Und wenn man mich belehrt, dass ich in irgendeinem Punkt geirrt habe, bin ich bereit, mich korrigieren zu lassen und mich zu bessern.«

Ennlin rannte zur Tür, um zu sehen, was sie mit dem Magister machten. »Herr, hilf ihm«, flehte sie. »Mach, dass sie ihn nicht holen.«

Da stiegen auch schon die Schergen des Bischofs die Treppe bis zu ihm hinauf und nahmen ihn in die Mitte. Er ging mit ihnen hinunter. Der Herr von Chlum folgte dem Tross mit düsterer Miene.

Der Magister aus Böhmen kehrte nicht mehr in das Haus der Pfisterin zurück, die ihn schluchzend fortgehen sah. Einige Zeit später, es dämmerte bereits, klopfte ein Bote des Herrn von Chlum an die Tür des Hauses in der Sankt Paulsgasse. Er solle den Pelzmantel und das Brevier des Magisters holen, erklärte er. Damit dieser es in der Haft wenigstens warm habe und er in seinem Brevier lesen könne.

Alle im Haus standen schreckensstarr, als sie die Nachricht hörten. Das hieß, Hus war gefangen genommen worden.

Was genau geschehen war, erfuhren sie erst am nächsten

Tag, als der Herr von Chlum kam und Ennlin um Hilfe bat. Er wollte noch weitere notwendige Dinge für seinen Schützling mitnehmen. Während sie packten, fragte Ennlin ihn darüber aus, wie es dem Magister ergangen war. Der königliche Schutzherr erwies sich anfangs als nicht sehr gesprächig.

So viel entnahm sie seinen Worten: Hus war ausgiebig befragt worden, anschließend hatte er in einem anderen Zimmer warten müssen. Die Kardinäle wollten sich nämlich zu Tisch begeben und nach all der Anstrengung erst einmal ausgiebig tafeln. Derweil waren auch die böhmischen Ankläger im Bischofspalast erschienen, ebenso wie die Freunde von Hus, die von seiner Verhaftung gehört hatten. Schließlich hatte sich auch der Papst dazugesellt.

Er selbst, so der Herr von Chlum, habe mit Hus gewartet. Schließlich sei der Haushofmeister des Papstes gekommen, um ihm auszurichten, er könne gehen, aber Hus müsse bleiben. »Da bin ich zu diesem Neapolitaner gestürmt und habe ihn alle Schimpf und Schande geheißen«, fuhr er noch immer sichtlich erbost fort und gestikulierte aufgebracht. »Ich habe gesagt, dass ich alle anzeigen werde, die das Geleit meines Herrn und Königs gebrochen haben. Da hat er Angst bekommen und laut zu den Kardinälen gesagt: ›Seht doch, meine Brüder hier haben es gehört. Ich habe niemals den Befehl zur Verhaftung gegeben.‹ Und dann hat er mich beiseite genommen und geflüstert: »Ihr wisst sicherlich, wie meine Sachen mit den Kardinälen stehen. Sie haben ihn mir übergeben, und ich bin nun gezwungen, ihn zu verwahren. *VERWAHREN!*«, brüllte Chlum. »Verwahren nennt er das. Denn als ich heute in aller Frühe zu Magister Hus vorgelassen werden wollte, erfuhr ich, dass der Papst ihn noch in der Nacht hat fortbringen lassen, weil er wohl fürchtete, ich könnte den

Bischofspalast mit meinen Leuten überfallen und Magister Hus befreien. Ich weiß nicht, wo er jetzt ist, aber ich werde es herausfinden!«

Eine Woche später wurde Jan Hus in das Gefängnis des Dominikanerklosters auf der Insel verlegt. Sechs Wärter sorgten dort für Aufsicht. Das hatte Fida von Meister Ulrich Richental erfahren. Alle im Haus fürchteten um den Magister, der sich durch sein freundliches, gradliniges Wesen in der Sankt Paulsgasse viele Freunde gemacht hatte. Und Ennlin grämte sich nun um zwei Menschen. Jeden Abend, wenn sie zu Bett ging, betete sie für Jakob und empfahl ihn der Gnade des Allmächtigen. Jan Hus, den Magister aus Böhmen, schloss sie von Herzen in ihre Gebete ein.

Um diese Zeit herum kam ein anderer Anhänger des Magisters in Konstanz an. Hieronymus von Prag hatte nicht weit entfernt, auch in der Sankt Paulsgasse, im Haus der Gutsjahrs noch eine Unterkunft gefunden.

Kurz nach seiner Ankunft sprach er bei der Pfisterin vor. Er erzählte, er habe den Freund gesehen. Es gehe ihm sehr schlecht. Hus habe dennoch darauf bestanden, dass er nicht versuche, ihm zu helfen, sondern sofort wieder abreisen müsse, um nicht auch noch in den Kerker geworfen zu werden. Er wolle nur noch die Grüße des Freundes überbringen und ausrichten, sie sollten sich keine Sorgen machen. Er sei ungebrochenen Mutes.

Noch in derselben Nacht war Hieronymus aus Konstanz geflohen. Doch die Flucht rettete ihn nicht. Er wurde schließlich von den Schergen des Papstes in Bayern gefasst und ebenfalls eingekerkert.

Kapitel neun
- Zwei Gefangene -

HUS GING ES ALSO SCHLECHT. Die Pfisterin machte sich große Sorgen. Der Herr von Chlum hatte die Wächter bestochen und berichtete, der Magister sei sehr krank, eigentlich sogar vernehmungsunfähig. Er leide an Gallensteinen, Verstopfung und Schwindelanfällen.

Von Chlum setzte Himmel und Hölle in Bewegung, um den Mann freizubekommen, als dessen königlicher Schutzherr er sich trotz der Festnahme begriff. Er sprach bei jedem vor, der ihm einfiel, klopfte an die Türen der Adeligen, bat die Konstanzer Patrizier um Unterstützung, die Kleriker, den Konstanzer Bischof Otto von Hachberg, aber auch den Leutepriester, besuchte die Mitglieder des Großen und des Kleinen Rats – und ging damit mehr als einem nach einer Weile gehörig auf die Nerven. Überall las er aus dem Geleitbrief vor, drohte mit fürchterlichen Folgen, erklärte immer und immer wieder: »Wenn der König erst eintrifft, dann werden alle Ursache haben, zu spüren, wie schwer er sich beleidigt fühlt durch die Missachtung, die ihm und dem Reich gezeigt worden ist.« Von Chlum spürte sehr wohl, dass er den Leuten lästig wurde. Doch das focht ihn nicht an. Im Gegenteil, er sann nach anderen Möglichkeiten, seinem Schützling zu helfen, und schickte Boten zum König, der gerade in Speyer weilte. Doch nichts geschah, außer, dass der König seine Verärgerung mitteilen ließ und erklärte, es dürfte in dieser Angelegenheit bis zu seiner Ankunft nichts Wichtiges unternommen werden.

»Offenbar halten die Kardinäle die Verhöre des schwer kranken Magisters durch die Untersuchungskommission nicht für wichtig«, wetterte ein verbitterter Herr von Chlum eines Abends im Haus der Pfisterin und setzte seine Bemühungen mit noch größerem Eifer fort. Er ließ lange Bekanntmachungen schreiben und sie an alle der üblichen Türen anschlagen, insbesondere ans Münsterportal und die anderer Kirchen. Auch das zeitigte keine Wirkung.

Der rührige von Chlum schaffte es jedoch immerhin mit gehörig Handsalbe, dass die Wächter hin und wieder beide Augen zudrückten. So konnte Hus Abhandlungen und Traktate aus seiner Gefangenschaft herausschmuggeln, die der treue Schutzherr alsbald überall verteilte. Hus schrieb und schrieb, erzählte der Baron, verfasse Verteidigungsreden und bereite sich auf seine große Anhörung vor dem Plenum vor. Er sei fest davon überzeugt, dass er Gelegenheit bekommen werde, seine Argumente darzulegen.

Die Pfisterin organisierte direkte Hilfe. Sie schaffte es nach viel Reden und ebenfalls unter Einsatz von Handsalbe, dass Ennlin ihrem ehemaligen Hausgast regelmäßig Essen ins Turmgefängnis bringen durfte. Natürlich nahmen sich auch die sechs Wachen, die ihn zu beaufsichtigen hatten, ihren Teil.

Als Ennlin den Magister Hus zum ersten Mal nach seiner Festnahme sah, erkannte sie ihn kaum wieder. Er war bleich wie die Wand und wirkte bejammernswert schmal. Es war kalt und es stank bestialisch in seinem Verlies, überall krabbelte das Ungeziefer herum und Mäuse liefen ihr über die Füße. Sogar fette Ratten gab es da. Denn Hus' Kerker lag direkt über dem Klosterabort, einer offenen Latrine. Das Verlies bestand eigentlich aus zwei Zellen. Auf der einen Seite gab es einen massiven Verschlag, in dem er während der Nacht eingesperrt wurde. Am Tage konnte er umhergehen, auch ein wenig schreiben.

»Sie wollen mich zermürben«, sagte er müde lächelnd, nachdem er Ennlins entsetzten Blick bemerkt hatte, obwohl sie sich alle Mühe gab, ihre Gefühle nicht zu zeigen und angelegentlich den Korb auspackte: Brot, Räucherfisch, Pökelfleisch, Wein, aber auch Trockenpflaumen und eingelegten Kohl hatte die Pfisterin ihr mitgegeben mit der Bemerkung: »Wasser werden sie im Kloster ja wenigstens haben.« Dazu gab es Dünnele, die dünnen Fladenbrote, die die italienischen Bäcker in der Stadt mit Singvogelbrüstchen und Gewürzen belegten. Die Pfisterin wusste, dass der Magister sie gern aß, sich aber selten leistete.

»Bald wird es mir besser gehen«, meinte Hus mit einem Blick auf die Leckereien. »Immerhin hat der König mir sogar seinen Leibarzt geschickt, der mir ein Brechmittel verschrieben hat. Sie wollen wohl nicht, dass ich sterbe, ehe sie mich ausgiebig vernommen haben.«

Ennlin versuchte, ihn zu trösten. »Ich komme wieder. Und bald wird auch der König hier eintreffen, dann kommt Ihr sicherlich frei.«

Hus sah sie nur an, sagte aber nichts darauf.

Ennlin war das Herz schwer, als sie an einem Tag im Dezember wieder einmal von einem Besuch bei Hus dem Haus in der Sankt Paulsgasse zustrebte. Noch immer musste sie sich um zwei Gefangene sorgen, den kleinen Bruder und diesen Mann, der doch um so vieles älter und klüger war als sie. Dieses Mal hatte Hus ihr Mut gemacht. »Ich bin sicher, Jakob wird gefunden werden«, erklärte er. »Ich kann mit dem Herrn von Chlum reden, er ist viel unterwegs. Vielleicht findet er etwas heraus.« So trösteten sie sich gegenseitig.

Ennlin war ihm sehr dankbar. Aber nicht nur dafür, sondern auch, weil er vorgeschlagen hatte, ihr Lesen und Schreiben beizubringen. Sie hatte das zunächst nicht annehmen wollen. Doch Hus hatte erklärt: »Das macht mir großes Vergnügen. Ich freue mich immer auf deine Besuche, Kind. Und das nicht nur wegen des feinen Essens, das du mitbringst. So habe ich einen guten Grund, unsere Begegnungen ein wenig in die Länge zu ziehen. Es wäre auch nicht schlecht, wenn du dich in den Zahlen ein wenig auskennst, damit dich beim Einkaufen niemand mehr betrügen kann. Ich habe mir sagen lassen, dass so manchem der Beutel wehtut, wenn er an den Bodensee kommt.«

Das stimmte. Je mehr Leute in die Stadt strömten, umso höher waren die Preise für die Grundnahrungsmittel gestiegen. Viele klagten. Der Rat hatte allerdings verkünden lassen, dass er gedenke, dem Einhalt zu gebieten und, ähnlich wie bei den Herbergen, eine Verordnung für die Preise von allem zu erlassen, was ein Mensch für den täglichen Bedarf benötigte.

Es war bereits dunkel geworden. Ennlin beeilte sich deshalb besonders. Nachdem sie die Brücke passiert hatte, die die Insel der Dominikaner mit der Stadt verband, nahm sie den Weg über den Münstervorplatz, die Hofhalde und die Plattengasse, vorbei an Sankt Stephan. Sie fror erbärmlich in ihrem dünnen Umhang, obwohl sie so schnell lief, wie sie konnte. Mitleidig dachte sie an die Leute, die keine andere Unterkunft gefunden hatten als Ställe, die Nische eines Hauses, an der Mauer einer Kirche oder gar in einem leeren Weinfass. Sie waren bei dieser klammen Kälte noch viel schlimmer dran. Hin und wieder sah sie ein kleines Feuer, das die Frierenden aber nur unzureichend wärmte. Das Gesicht und die Hände waren heiß, der Rücken eiskalt. Manche ließen die Flaschen kreisen und würfelten unter lautem Fluchen, um sich auf diese Weise wenigstens von innen ein wenig zu wärmen. Ennlin machte um solche Ansammlungen wann immer möglich einen weiten Bogen.

Sie schaute sich um, konnte aber keinen ihrer drei Streiter entdecken, die geschworen hatten, sie nicht aus den Augen zu lassen. Kein Wunder, dachte sie. Die Erlaubnis, den Magister zu besuchen, wurde von seinen Kerkermeistern von Mal zu Mal erteilt. Dieses Mal war sie so unverhofft gekommen, dass sie keinen der drei jungen Männer hatte benachrichtigen können, wohin sie ging. Ihr wurde mulmig zumute. Schritte hallten von den Mauern der Häuser wieder, als sie über den Oberen Marktplatz lief. Sie drehte sich um. Nichts. Sie wollte weiterlaufen, als jemand sie unversehens am Arm packte. »Naaa schschöne Maid, noch so schpäät …«

Weiter kam der betrunkene Zecher nicht, denn Ennlin zog ihm mit ihrem Weidenkorb eins über und verpasste ihm einen heftigen Tritt gegen das Schienbein. Der derart heftig abgewiesene Freier stieß ein lautes Jaulen aus und hüpfte auf einem Fuß auf und ab, während er sich nicht entscheiden konnte, ob er sich nun den Kopf halten sollte oder das Schienbein. Ennlin wartete jedoch nicht darauf, bis er sich wieder erholt hatte, sondern machte, dass sie weiterkam.

Als sie gerade in die Sankt Paulsgasse einbiegen wollte, wurde sie wieder am Arm gepackt, und eine Stimme zischte ihr ins Ohr: »Sssei morgen nach Dunkelwerden beim Kaufhaus. Allein, wenn dir am Leben deines Bruders etwas liegt.«

Sie riss sich los, wandte sich um und sah eine hinkende Gestalt davon humpeln.

Schwer atmend und voller Zweifel klopfte sie nach ihrer Heimkehr leise an Benedikts Tür, um ihm zu erzählen, was ihr widerfahren war. Im Haus schliefen schon alle. Sie hoffte, dass niemand sie entdeckte. Benedikt öffnete ihr verschlafen die Tür der Kammer, in die er nun wieder umgezogen war, seit der Magister im Kerker saß. Früher hatte er den kleinen Raum mit seinem Bruder geteilt, doch der würde im Kloster bleiben. »Benedikt, es ist etwas geschehen«, meinte Ennlin fast schluchzend.

Er zog sie ins Zimmer. »Erzähle«, forderte er sie auf.

»Du darfst da nicht hingehen«, meinte er sofort, nachdem sie ihren Bericht beendet hatte.

»Ich muss aber. Es geht doch um Jakob!«

»Und wenn das eine Falle ist? Das ist bestimmt eine«, wandte Benedikt ein.

»Aber was soll ich nur tun?«

Ennlin konnte sehen, wie es in ihm arbeitete. Schließlich richtete er sich auf, er hatte einen Entschluss gefasst. »Hennslin, Ott und ich werden mit dir gehen.«

»Der Hinkende hat aber gesagt, ich soll allein kommen, wenn mir etwas am Leben von Jakob liegt.«

»Dann folgen wir dir eben heimlich. So, dass man uns nicht entdecken kann. Ich gehe jetzt und sage Hennslin Bescheid. Der kann dann Ott alles ausrichten. Der Dicke wacht heute draußen vor dem Haus. Hast du ihn nicht gesehen?«

Ennlin schüttelte den Kopf.

Benedikt runzelte besorgt die Stirn. »Egal«, sagte er schließlich. »Ich werde versuchen, ihn zu finden. Vielleicht musste er einfach mal kurz austreten. Warte du hier, bis ich wiederkomme. Ich sage dir dann Bescheid.«

Ennlin musste lang warten. Sie wurde zunehmend unruhig, aber gleichzeitig auch müde. Sie legte sich auf Benedikts Lager. Gegen ihren Willen schlief sie ein.

Benedikt rüttelte sie wach. »Ennlin, Ennlin, es ist alles klar, ich habe Hennslin gefunden. Er sagt dasselbe. Wir werden dir morgen heimlich folgen, wenn du zum Treffpunkt gehst. Er wird auch Ott benachrichtigen.«

Sie rieb sich noch halb benommen die Augen. »Meinst du nicht, ich sollte doch besser allein gehen?«

»Nein«, erklärte er bestimmt. »Wenn der Gelbe Hans dich auch noch in die Hände bekommt, ist niemandem geholfen. Das macht die Sache nur noch schlimmer.«

Ennlin nickte. Etwas Ähnliches hatte sie ja auch schon gedacht. Sie schluchzte auf. »Hoffentlich ist Jakob nichts geschehen, hoffentlich.«

Ganz der Mann, der er sein wollte, zog Benedikt sie leicht an sich und strich ihr übers Haar. »Mach dir keine Sorgen, Ennlin. Wir werden deinen Bruder befreien.«

»Glaubst du?«

»Ganz sicher. Du hast ja uns.«

Gleich nach der Abenddämmerung am nächsten Tag schlich sich Ennlin aus dem Haus, sie wollte nicht, dass Fida sie am Ende noch mit einem Auftrag zurückhielt. Ihre drei Streiter folgten ihr in einigem Abstand, immer darum bemüht, nicht aufzufallen.

Es wurde langsam still in der Stadt, in den Straßen waberte der Nebel, der so oft im Herbst und im Winter vom Bodensee her aufstieg. Kerzen kosteten viel, und so verlosch hinter einem Fenster nach dem anderen das Licht. Es wurde stiller, der Nebel dämpfte die Geräusche zusätzlich und machte selbst vertraute Orte unwirklich.

An der Markstätte waren die letzten Händler dabei, ihre Waren für die Nacht zu sichern. Der eine oder andere warf dem Mädchen, das da so allein durch die Nacht lief, einen neugierigen Blick zu. Doch dieses Mal belästigte sie niemand. Der Rat führte ein strenges Regiment, obwohl, nein, gerade weil es die Zeit zwischen zwei Bürgermeistern war. Johann von Schwartzach war bereits gewählt und würde im nächsten Jahr sein Amt antreten. Der derzeitige Bürgermeister Heinrich von Ulm wollte sich nicht nachsagen lassen, dass er die Stadt in einem ungeordneten Zustand übergab. Eine Verordnung nach der anderen war erlassen worden, um zu verhindern, dass es zu Streitigkeiten zwischen den anlässlich des Konzils in die Stadt geströmten Händlern, Bäckern und Handwerkern und den Einheimischen kam. Bisher hatte es keine größeren Auseinandersetzungen gegeben, soweit Ennlin wusste. Bis auf Händel oder kleinere Rangeleien hier und da, die aber bisher harmlos geblieben waren.

Je stiller es wurde in der Stadt, desto deutlicher vernahm Ennlin die Geräusche des Sees. Während des Tages legte sich das je nach Wind mehr oder weniger laute Plätschern der Wellen ans Ufer wie ein Teppich unter die Emsigkeit, unter die Gespräche der Menschen, das Geschrei der Händler, das Klingen des Schmiedehammers, das Klopfen der Zimmerleute, das laute Holpern der Karrenräder und das Trappeln der Pferdehufe. Der Schrei einer Möwe drang gedämpft durch den Nebel bis zu ihr. Ennlin zog die Schultern hoch.

Der mächtige Bau des Kaufhauses, der wichtigste Umschlagplatz für Waren aller Art, lag auf einem aufgeschütteten Gelände direkt am See, zwischen der Sankt Konrads-Landebrücke und dem Aberhakenturm.

Der Nebel wurde immer dichter. Ennlin konnte fast die Hand nicht mehr vor Augen sehen, als sie am See angekommen war. Selbst die Uferlinie war im wabernden Dunst versunken, die Richtung zum Wasser ließ sich nur noch durch das monotone Klatschen der Wellen ausmachen. Der See, dessen Oberfläche sich an schönen Tagen kräuselte wie die Nase eines lustigen Mädchens, klang in dieser Nacht träge wie ein alter Mann. Der Wind war fast ganz eingeschlafen, nur hin und wieder trieb er die Nebelschwaden ein wenig auseinander, und für kurze Momente sah die Welt so aus, wie sie sie kannte.

Ennlin wartete und wartete. Es tat sich nichts. Auch die letzten Geräusche der Menschen waren verklungen, die Stadt schlief, die Leute lagen in ihren Betten. Die Reichen hatten ein Dach über dem Kopf, träumten auf frisch aufgeschüttetem Stroh zwischen Laken und Daunendecken davon, wie sie noch mehr Macht erringen könnten. Das Feuer im Kamin wurde langsam zur Glut. Andere drückten sich in die Hausecken, zogen die zerlöcherten Decken so gut wie möglich um sich. Der Nebel fand schnell den Weg durch den Stoff. Auch Ennlins Umhang war längst feucht.

Sie lief hin und her, schon, um sich warmzuhalten. Hatte sie den Hinkenden falsch verstanden? Warum kam niemand? Hatten sie ihre Beschützer gesehen? Sollte sie gehen, sollte sie bleiben? Einmal hörte sie die Stimme eines Kindes. Doch sie brach sofort ab. Hatte das Kind »Linnie« gerufen? War Jakob hier irgendwo? Rief er nach ihr, flehte er um Hilfe?

So sehr sie sich auch bemühte, so sehr ihre Augen auch die Umgebung absuchten, wie oft sie auch hin und her lief, in der Hoffnung, dass eine Böe ein Fenster in der Nebelwand öffnete und sie ihren kleinen Bruder endlich wiedersah, sie konnte niemanden entdecken. Ennlin fühlte sich völlig allein, auf sich selbst zurückgeworfen. Als habe der Nebel eine Wand um sie herum aufgebaut, und die anderen Menschen waren woanders, in einer anderen Welt, zu der sie keinen Zugang hatte.

Nach einer Ewigkeit des Wartens vernahm sie einen leisen Pfiff. Sie fuhr herum. Es waren nur Benedikt, Hennslin und Ott.

»Jetzt kommt niemand mehr«, meinte Hennslin.

»Wir sollten heimgehen«, schlug Benedikt vor.

»Wir finden ihn, wir finden Jakob, die anderen suchen fieberhaft, ich verspreche es dir«, erklärte der Lächelnde Ott.

»Ich bin schuld«, schluchzte Ennlin. »Wenn ich allein gewesen wäre, dann wäre Jakob vielleicht schon bei mir. Sie haben euch bestimmt gesehen.«

Weinend lief sie weg.

Der Nebel hatte sie schnell verschluckt.

Die drei Recken sahen ihrer Dame betroffen hinterher.

»Sie ist imstande und macht sich das nächste Mal allein auf den Weg«, meinte der Lächelnde Ott besorgt.

»Falls es ein nächstes Mal gibt«, wandte Hennslin ein.

»Das wird es. Sie wollen etwas von ihr. Entweder sie selbst in die Finger bekommen oder etwas anderes«, meinte Benedikt.

»Hoffentlich lebt der Kleine noch«, orakelte Ott düster. »Hoffentlich haben sie ihm nichts getan.«

»Hoffentlich«, fand auch Hennslin. »Aber wir müssen verhindern, dass sie allein loszieht.«

»Das müssen wir«, bestätigte Ott.

»Ich werde sie Tag und Nacht im Auge behalten«, erklärte Benedikt.

»Ich auch«, sagte Hennslin von Heudorf.

»Ich ebenfalls«, meinte der Lächelnde Ott. »Benedikt, du solltest schnellstens damit anfangen. Und wir auch. Sie ist jetzt allein.«

Die drei jungen Männer spurteten hinter Ennlin her. Sie gaben sich keine Mühe mehr, nicht gesehen zu werden.

Die Erleichterung war groß, als sie sie wohlbehalten ins Haus der Pfisterin gehen sahen.

Benedikt stürmte ihr nach. »Gott sei Dank, Ennlin! Du darfst nicht einfach fortlaufen. Wie sollen wir dich dann beschützen?«, schimpfte er.

Sie würdigte ihn keines Blickes, sondern ging in ihre Kammer.

Während Ennlin verzweifelt auf denjenigen wartete, der sie zum Kaufhaus bestellt hatte, versuchte die Hure Constanzia herauszufinden, was es mit dem seltsamen Verhalten des Grafen von Nellenburg und des Earls bezüglich des kupferäugigen Mädchens auf sich hatte. Meist war die Zeit kurz vor dem Einschlafen, in trauter Zweisamkeit im gemütlichen Bett, eine gute Gelegenheit für solche Fragen. Besonders in Nächten wie dieser, in denen die Nebelgeister durch die Straßen jagten, rückte man gern näher zusammen.

»Kennt Ihr dieses Mädchen?«, sie versuchte, möglichst beiläufig zu klingen.

»Welches Mädchen?« Der Earl of Warwick gähnte. Er war rechtschaffen müde. Es war ein langer Tag gewesen. Sie mussten bezüglich dieses Papstes bald etwas unternehmen. Und auch bezüglich des Ketzers. Sonst krepierte der noch elendiglich in seinem Verlies, bevor sie ihn auf den Scheiterhaufen schaffen konnten. Er selbst fand ja, dann hätten sie ein Problem weniger. Doch der Graf von Nellenburg war der Ansicht, das dürfe nicht geschehen, nicht, ehe König Sigismund in Konstanz eingetroffen und dieser lästige Herr von Chlum ruhiggestellt war. Vor allem aber musste Hus öffentlich widerrufen. Sonst machten sie aus ihm am Ende noch einen Märtyrer. Das würde die Rebellion seiner Anhänger und auch der anderen Wyclifisten nur befeuern, anstatt sie zu ersticken.

Der Earl hoffte, dass Sigismund bald kam. Der König war aufgehalten worden, weil er die nötigen Geldmittel für die Weiterreise erst auftreiben musste. Die Krönung in Aachen hatte sein ohnehin schmales Budget überstrapaziert. Besonders die Franzosen machten sich schon lustig über ihn. Sigismund habe zwar so gut wie möglich versucht, die für ein solches Ereignis geziemende Pracht zu entfalten, doch Pelze und Perlen hätten eine gewisse Schäbigkeit nicht verdecken können. Diese Nachricht jedenfalls hatte die Stadt erreicht.

»Ihr hört mir überhaupt nicht zu, werter Earl. Ich rede von Ennlin. Dem Mädchen mit den kupferfarbenen Augen.«

Richard Beauchamp, Earl of Warwick, versteifte sich, das spürte Constanzia genau. Doch seine Antwort war wieder von einem Gähnen begleitet. »Was ist mit ihr?«

»Kennt Ihr sie von früher?«

»Wieso fragst du? Woher sollte ich sie kennen?«

Constanzia biss sich auf die Lippen, sie suchte nach den richtigen Worten »Der Graf von Nellenburg hat sich so – eigenartig – benommen, als ich sie zu Euch brachte.«

»Hat er? Ist mir nicht aufgefallen. Vielleicht, weil sie zu seinen Leuten gehört. Wieso fragst du eigentlich?«

»Ich hatte erzählt, dass sie ihren Bruder entführt haben. Inzwischen weiß ich, wer das war. Widerlicher Mensch, sie nennen ihn den Gelben Hans. Er macht kleine Kinder zu Krüppeln und lässt sie dann an den Straßenecken für sich betteln. Er hat herausgefunden, dass ich nach Jakob suchen lasse – ich hatte es dem Mädchen versprochen. Und nun will er Geld von mir. Wenn ich nicht zahle, will er den Kleinen auch verstümmeln. Aber was habe ich mit diesem Kind zu schaffen? Ich dachte jedoch, ich frage Euch besser, ehe ich ablehne. Doch wenn Ihr sie nicht kennt ...«

»Gebt ihm, was er verlangt. Ich zahle das aus meiner Tasche«, erklärte der Earl nach einer kurzen Pause. »Wie viel verlangt er denn überhaupt?«

»Vier Rheinische Gulden.«

»Vier Gulden? Das ist Wucher. Trotzdem. Sagt ihm, er bekommt noch einmal so viel, wenn er den Jungen laufen lässt. Danach sollten wir diesem Gelben Hans das Handwerk legen. Ich werde mich darum kümmern.«

»Warum tut Ihr das? Warum helft Ihr dem Jungen?«

Er lachte. »Weil ich es kann.«

Constanzia verstand die Welt nicht mehr. Eines begriff sie jedoch: Ihr Instinkt hatte sie nicht getrogen. Auch wenn der Earl sich noch so lässig gab, dahinter steckte mehr. Und sie würde herausfinden, was das war.

Kapitel zehn

- Im Zwiespalt -

ENNLIN MACHTE TROTZ der Dezemberkälte unermüdlich weiter ihre Streifzüge durch die Stadt auf der Suche nach Jakob. Sie bekam diesen kurzen Moment nicht aus dem Kopf, als sie gemeint hatte, seine Stimme zu hören. Klein, ängstlich und flehend: »Linnie«.

An diesem Tag hatte sie seit dem Morgen nichts mehr gegessen, um ihre Arbeit möglichst schnell hinter sich zu bringen und loszukommen, ehe es dunkel wurde. Die Tage waren kurz um diese Jahreszeit. Ja-kob, Ja-kob, Ja-kob. Der Name hämmerte im Rhythmus ihrer Schritte in ihrem Kopf.

Es war kalt und unangenehm, jetzt, so kurz vor Weihnachten. In der Nacht hatte es Frost gegeben. Trotz der Kälte gingen und standen überall Leute. Mehr oder weniger junge Konstanzer Bürgerfrauen hielten Maulaffen feil. Andere versuchten die Kinderschar zu bändigen, die ihnen am Rockzipfel hing. Die nächsten tauschten den neuesten Klatsch aus, während Dienstboten die Einkäufe schleppten oder hin und her wuselten, um irgendwelche Aufträge zu erledigen.

Auf der Marktstätte beobachtete Ennlin einige Herren, die an ihren eleganten Pelzmänteln unschwer als Angehörige des päpstlichen Hofes zu erkennen waren. Manche schauten wichtig, gestikulierten. Sie hatten offenbar viel freie Zeit. Nicht wenige hatten eine Frau an ihrer Seite. Und das war nicht unbedingt eine Hure. Viele dieser Frauen schienen außer dem Müßiggang und dem Anbandeln mit Männern kein Lebensziel zu haben. Es gab in der Stadt inzwischen sogar einen Reim zum Verhalten so mancher bis dato sittsamen Bürgerin, der gern zitiert wurde: ›*Wollt Ihr mir einen Gulden geben / So will ich mit Euch ins Bette legen.*‹

Überall in den Konstanzer Straßen war neben dem Alemannischen auch das Lateinische zu hören. Besonders die Konzilsteilnehmer von Rang unterhielten sich auf Latein. Das konnten alle geistlichen Herren und Doktores, egal, aus welchem Land sie zum Konzil gesandt worden waren. Allerdings mehr oder weniger gut. Die, die darin geübt waren, vor allem jene, die an allen möglichen Schulen und Universitäten wie in Paris, London, Rom oder Prag unterrichteten, bezeichneten die Fertigkeiten der weniger gelehrten Zeitgenossen inzwischen hochmütig als Küchenlatein.

Die Pfisterin hielt nichts von ihnen. Bis auf den Magister aus Böhmen. Der war ihr nichts schuldig geblieben, hatte den Herrn von Chlum trotz seiner misslichen Lage sogar angewiesen, alle seine Verbindlichkeiten zu begleichen. Andere waren damit nicht so genau. Je höhergestellt sie waren, desto mehr glaubten sie, mit ihrem guten Namen bezahlen zu können. Fida hatte inzwischen schon einige solche Kunden. »Das sind Diebe, Lumpenpack, einer wie der andere, die eine arme Wittib um ihr täglich Brot bringen«, bekamen die Bediensteten inzwischen fast täglich zu hören. Benedikt sowieso. »Bald müssen wir hungern.«

So schlimm stand es jedoch nicht, das wusste Ennlin genau. Die Pfisterin verdiente gut, nicht nur an ihren Quartiersgästen. Sie kassierte auch immer wieder ein hübsches Sümmchen, wenn sie ein altes Manuskript auftreiben konnte, irgendwelche Codices, die seit Generationen unter Spinnweben in den Klöstern im Umland dahinmoderten, weil die Mönche den Inhalt für Teufelskram hielten. Besonders solche waren beliebt, sie galten als Hort verlorenen Wissens aus dem Altertum. Wobei das Wort Altertum ein sehr dehnbarer Begriff zu sein schien. Das Kloster Reichenau hatte schon manche angeblich alte und halb zerstörte Schrift mithilfe von Fida für viele Gulden an einen neuen Besitzer gebracht.

Ennlin schaute sich um. Einer der fahrenden Pastetenbäcker schob seinen zweirädrigen Wagen, der ein wenig aussah wie eine Schubkarre, an ihr vorbei. Darauf hatte er sich einen kleinen Backofen gebaut, in den er die wunderbar nach den Wünschen der Kunden belegten Pasteten schob, sodass sie immer frisch und knusprig waren und wunderbar rochen. Er hielt an, als ein junger Herr in zweifarbigen Beinkleidern unter dem grellgrünen Rock, das eine Bein in Gelb, das andere in Lila, ihm ein Zeichen gab.

Der Geck zeigte erst auf das Hühnerfleisch und stellte einige Fragen. Dann schüttelte er den Kopf. Als der Pastetenbäcker auf Fisch oder Eier wies, schien ihm das aber auch nicht zu behagen. Es begann eine größere Diskussion. Offenbar konnte er sich nicht entscheiden.

Ennlin lief das Wasser im Mund zusammen. Doch sie konnte sich keine Pastete leisten. Selbst keinen Ring oder eine Brezel.

Sie schauderte erneut wegen der Kälte und zog die Schultern hoch. Ennlin beneidete die Geldwechsler um ihre Kleidung. Die meisten trugen Hüte und pelzverbrämte Mäntel, sie mussten nicht frieren. Das sah man auch an den roten Wangen, die sie vom vielen Reden und Rechnen bekamen, vom hitzigen Streiten mit den Kunden über den Silbergehalt der Münzen, die diese tauschen wollten.

Sie selbst konnte dank der geduldigen Bemühungen des Magisters Hus jetzt tatsächlich ein wenig rechnen, zumindest das Notwendigste. Sie verstand sich allerdings noch nicht auf die großen Zahlen über zehn. Das reichte aber für die Einkäufe auf dem Markt, auf den sie meist zusammen mit dem älteren der beiden Hausknechte der Pfisterin ging. Er hieß Sig, nannte sich vornehm Haushofmeister und tat so, als müsse er sie kontrollieren. Dabei konnte er auch nicht viel besser zählen als sie. Außer ihm gab es noch einen weiteren Knecht im Haus, Nepomuk. Er war für Stallarbeiten wie das Ausmisten beim Pferd, der Kuh und den beiden Ziegen sowie das Reinigen des Schweinekobens zuständig, in dem sich zwei fette junge Säue suhlten, die im Frühling, wenn die nächste Ferkelgeneration geboren war, geschlachtet werden sollten. Sie wurden mit den Essensresten aus dem Pfisterschen Haushalt gemästet.

Nepomuk war bei der Pfisterin gerade in Ungnade gefallen. Er war nämlich mit einer Kerze in den Stall zum Ausmisten gegangen, statt mit der vorgeschriebenen Laterne. Damit sollte das Entstehen von Bränden vermieden werden. Angezeigt worden war der Stallknecht von einem der sechs Nachbarn, die sich an der Sankt Paulsgasse den Eegraben teilten. Der beobachtete alles, was in Fidas Haus geschah mit Argusaugen, seitdem diese ihn gemeldet hatte, weil er Abfälle in den Graben zwischen den Häusern geworfen hatte, die dort nicht hineingehörten. Der Nachbar war jedoch davongekommen. Ihm war nichts nachzuweisen gewesen. Fida vermutete, wer hinter der Anzeige steckte, hatte ihrem Knecht gehörig die Meinung gegeigt und die nicht unerhebliche Buße zähneknirschend beglichen. Als Hausherrin war sie für ihre Leute verantwortlich.

Ein kalter Wind fegte durch die Gassen, es würde bald dunkel werden. Außerdem hatte es zu schneien begonnen. Ennlin beschloss, umzukehren, in Richtung Metzig zu laufen und dann noch über die Mördergasse zur Stadtmauer beim Augustinertor zu gehen. Wenigstens dort wollte sie noch hin. Vielleicht hielt sich einer der Bande des Gelben Hans wegen der Kälte ja im Schutz der Mauer auf und sah sie. Vielleicht, vielleicht …

Als sie bei der Stadtmauer ankam, war es Nacht geworden. Aus dem Augustinerkloster schallte der Gesang von Männerstimmen auf die Gasse. Die Mönche hatten sich zum Abendlob versammelt. An der Stadtmauer wurde im Schein von

Fackeln noch eifrig gewerkelt und ausgebessert. Einige Wandermönche in zerschlissenen Habits fegten die Straße und sammelten altes Laub in Vorgärten auf. Sie kamen wohl aus armen Abteien und waren voll Gottvertrauen, dass der Allmächtige sie schon versorgen werde, in die Stadt gekommen. Die Stadtoberen wollten aber keine um Almosen bettelnden Gottesmänner in den Straßen, das machte einen schlechten Eindruck auf die Gäste. So wurden sie zu Hilfsdiensten herangezogen, um sich ihren Unterhalt zu verdienen. Manche spotteten hinter vorgehaltener Hand über die buckelnden Mönche und fanden, es tue denen, die sich sonst auf Kosten der einfachen Leute durchschmarotzten, ganz gut, einmal kräftig zulangen zu müssen und dabei ihr beim Beten gewachsenes Bäuchlein loszuwerden. Das sagte aber niemand laut. Es war bei schweren Strafen verboten, sich über sie lustig zu machen.

Im Schatten der Stadtmauer machte Ennlin Halt, um sich umzuschauen. Hier fand sie wenigstens etwas Schutz vor dem eisigen Wind.

Trotz der Kälte zögerte sie, aufzugeben. Erst als hinter den Fenstern der Häuser vereinzelte Lichter aufflackerten, machte sie sich auf den Heimweg.

Erschöpft und entmutigt stapfte sie durch das stärker werdende Schneetreiben. Wieder ein Tag der vergeblichen Hoffnungen. Sie nahm den Weg über die Neugasse. Es dauerte nicht lang, da war sie an der Ecke der Sankt Paulsgasse angekommen.

»Linnie, Linnie«, erklang es plötzlich hinter ihr, leise, verzweifelt. Gleich darauf brach die Stimme ab, als habe jemand dem Rufer eine Hand über den Mund gelegt.

Ennlin fuhr herum. »Jakob!«

Der kleine Bruder versuchte, sich den Männerarmen zu entwinden, die ihn unbarmherzig festhielten. Aus seinen Augen schrie ihr die Angst entgegen. Doch gegen den Gelben Hans konnte er nichts ausrichten. Ennlin wollte auf den Bruder zu eilen, die Tränen strömten ihr übers Gesicht. »Jakob, Jakob, ich habe dich so gesucht.« Ihr brach fast das Herz, als sie sah, wie abgemagert und elend ihr kleiner Bruder aussah.

Der Gelbe Hans verzog den Mund. »Hab ich dich endlich. Ich wusste, ich würde dich bekommen. Nein, halte dich besser zurück. Ich kann die Mordlust in deinen Augen erkennen, Mädchen. Doch das wird dir nichts nützen.«

Erst jetzt bemerkte Ennlin, dass Jakobs Peiniger nicht allein war. Die unvermeidliche Vettel tauchte hinter seinem Rücken auf und kicherte. Und aus dem nächsten Hauseingang lösten sich zwei Gestalten mit drohender Miene. »Bitte nehmt mich. Lasst Jakob frei«, flehte Ennlin. Dann richtete sie sich auf. »Ich bin auch nicht allein!«

»Netter Versuch«, giftete der Gelbe Hans.

»Benedikt, Ott, Hennslin«, rief Ennlin, in der Hoffnung, Zeit zu gewinnen. Und tatsächlich sahen sich die Männer um. Ennlin stürmte auf den Gelben Hans zu und versuchte, Jakob aus dessen Armen zu reißen.

Um sie abzuwehren, musste dieser die Hand vom Mund des Jungen nehmen, worauf Jakob erneut lauthals zu zetern und zu kreischen begann. »Linnie, Linnie hilf mir!!! Linnie!« Er hatte offenbar begriffen, dass seine Schwester versuchte, die Aufmerksamkeit der Bewohner der umliegenden Häuser oder der Arbeiter in der Nähe zu erregen, um Helfer zu finden.

Ein Fenster tat sich auf. »Ruhe«, brüllte eine Männerstimme.

»Hilfe!«, rief nun auch Ennlin. »Zu Hilfe, sie entführen meinen Bruder. Mörder, Diebe, Verbrecher. Hilfe, Ihr guten Leu...«

Plötzlich hatte der Gelbe Hans ein Messer in der Hand und hielt es Jakob an die Kehle. »Du wirst jetzt schweigen, oder dein Bruder bezahlt dafür«, zischte er. »Bock, nimm den Jungen.«

Jakob verstummte.

Einer der Männer griff sich Jakob und stopfte dem sich windenden Kind einen Lappen in den Mund, sodass er nur keuchen konnte. Doch seine flehend aufgerissenen Augen machten Ennlin klar, was er empfand.

Der Gelbe Hans griff nach ihrem Arm. »Du hast Glück, dass du hohe Gönner hast, die für dich bezahlt haben. Doch so einfach kommst du mir nicht davon.«

Ennlin starrte den Gelben Hans mit großen Augen an. Gönner? Welche Gönner? Constanzia? Hatte sie geholfen? Sie begriff, dass der Gelbe Hans nicht versuchen würde, sie in seine Gewalt zu bringen. »Was wollt ihr, ihr Mörder, ihr Verbrecher. Ich zeige euch an!«

»Bock!« Auf dieses schon fast gebellte Wort hin ritzte der Spießgeselle des Gelben Hans Jakob in den Hals.

Ennlin schrie auf.

»Das solltest du besser nicht tun, bleib schön brav, Mädchen«, raunte der Gelbe Hans. »Wenn du deinen Bruder einigermaßen unversehrt wiederhaben willst, musst du ihn auslösen. Bock!«

Das Messer blitzte kurz im Licht des Mondes auf, der inzwischen hinter einer Wolke hervorlugte. Es hatte aufgeklart, die ersten Pfützen auf der Straße begannen zu vereisen.

Jakob schrie.

Der Mann namens Bock lachte. Dann hielt er etwas in die Höhe, reichte es dem Gelben Hans. »Komm her, hier hast du ein Stück deines Bruders«, sagte dieser. »Zur Erinnerung. Denn du solltest niemals vergessen, was ich dir jetzt sage. Es sei denn, du willst deinen kleinen Bruder stückweise zurück.«

Ennlin wimmerte. Sie fürchtete sich vor dem, was der Gelbe Hans da in der Hand hielt. Sie konnte es nicht recht erkennen. Zögernd ging sie auf ihn zu. Da griff er mit seinen Klauen nach ihrem Arm. Die Vettel kicherte.

»Noch ist es nur ein Büschel Haare. Das nächste Mal könnte es ein Finger sein, ein Ohr oder ein Stück Nase«, zischte der Mann dem Mädchen zu.

»Was soll ich tun? Ich werde alles tun, was Ihr wollt«, schluchzte Ennlin.

Der Gelbe Hans nickte und bleckte zufrieden die großen Zähne. »Ich wusste doch, dass du vernünftig sein würdest. Du wirst bezahlen, für dich und um deinen Bruder auszulösen. Ich hatte Auslagen, hohe Verluste durch eure Flucht. Ich will einen Beutel Silber, so groß wie meine Faust.«

Ennlin schaute in fassungslos an. »Aber das ist ein Vermögen, so viel habe ich nicht!«

»Du wirst es ja wohl schaffen, an die Lade zu kommen, in der die Pfisterin ihre Münzen aufbewahrt. Sei froh, dass ich nicht von dir verlange, mir die ganze Lade zu bringen. Aber ich will ja nicht gierig sein.«

Wieder kicherte die Vettel.

»Stehlen, Ihr wollt, dass ich meine Hausfrau bestehle?«

»Warum nicht? Indem ihr einfach weggelaufen seid, du und dein Bruder, habt ihr den Gelben Hans bestohlen. Und der lässt sich so etwas nicht bieten. Von niemandem. Das hättest du eigentlich wissen müssen. Aber ich bin ja kein Ungeheuer. Du kannst mir das Silber auch nach und nach bringen. Solange du brav zahlst, geschieht deinem Bruder nichts, aber wenn nicht ...«

Jakob winselte. Ennlin konnte seinen flehenden Blick kaum aushalten. Da wusste sie, sie würde es tun.

Sie nickte.

Der Gelbe Hans lachte. »In zwei Tagen. Und dann alle zehn Tage, also so viele, wie dein Bruder Finger an seinen Händen hat. Noch. Nach Einbruch der Dunkelheit. An dieser Stelle. Ich rate dir gut, behalte unsere Abmachung für dich, sonst ...«

Nur wenige Augenblicke später waren er, die Vettel und die beiden anderen Männer samt Jakob in der Dunkelheit untergetaucht, verschwunden wie ein Spuk.

Ennlin war unfähig, sich zur rühren. Er hatte den Satz nicht zu Ende sprechen müssen. Sie wusste auch so, was der Gelbe Hans meinte: Sonst zahlt dein Bruder dafür. Nach einer Weile hatten ihre Knie aufgehört zu zittern und sie war in der Lage, einen Fuß vor den anderen zu setzen. Da machte sie sich auf den Heimweg. Was sollte sie nur tun? Was sollte sie nur tun?

Benedikt fing sie hinter der Tür ab, als sie leise ins Haus schlüpfen wollte. »Ennlin! Wie konntest du nur einfach allein weggehen! Wie sollen wir auf dich aufpassen, wenn du dich heimlich aus dem Haus schleichst? Und das nicht zum ersten Mal.«

Sie konnte ein Stöhnen nicht unterdrücken.

Er hob die Kerze und sah ihr tränenüberströmtes Gesicht. »Mein Gott, was ist geschehen? Wer hat dir etwas angetan?«

»Niemand«, flüsterte sie. »Es ist nichts.«

Sie konnte ihm einfach nicht sagen, dass sie seine Mutter bestehlen sollte. Damit Jakob freikam. Benedikt hatte ihr vertraut, sie in sein Elternhaus geholt, sie verteidigt, sie beschützt. Und das, obwohl sie ihm seinen Beutel vom Gürtel geschnitten hatte. Sie wünschte sich so sehr, sich ihm offenbaren zu können. Doch wenn sie jetzt mit dieser Geschichte zu ihm kam, würde er ihr niemals mehr vertrauen. Vor allem aber: Er würde alles tun, um sie davon abzuhalten, das Silber der Mutter zu stehlen.

Benedikt musterte sie mit mitleidigem Blick. »Es ist etwas geschehen, das sehe ich doch. Komm, lass uns in meine Kammer gehen. Und dann will ich alles wissen.«

Ennlin konnte nicht anders. Als er die Tür hinter sich zugezogen hatte, schluchzte sie laut auf. »Psst, sei leise«, meinte der junge Mann. »Mutter könnte dich hören, sie hat sich gerade erst zum Schlafen zurückgezogen. Ennlin, Ennlin, was ist nur geschehen?«

Sie konnte nicht mehr, ihre Knie zitterten. Sie lehnte sich an ihn. Er legte die Arme um sie und streichelte ihr sanft über das Haar.

»Meine Liebe, du zitterst ja. Bist halb erfroren. Komm, ich wärme dich.«

Da brachen sich ihre ganze Verzweiflung und die große Angst um Jakob Bahn. Sie war noch niemals so von einem Menschen gehalten und getröstet worden. Es war wunderbar und machte gleichzeitig alles nur noch viel schlimmer. Selbst wenn sie gewollt hätte, sie hätte in diesem Augenblick kein vernünftiges Wort herausgebracht. Sie atmete seinen Geruch ein und klammerte sich an ihn wie eine Ertrinkende.

Dann machte sie sich los und rannte aus der Tür. Er stand wie versteinert. Ihre Zurückweisung verletzte ihn tief.

Ennlin wälzte sich die ganze Nacht auf ihrem Strohsack in der Dienstbotenkammer neben der Küche hin und her. Mehr ein Verschlag als eine Kammer, aber dafür warm durch das Kochfeuer. Es gab dort sogar Haken, an denen sie ihre Sachen aufhängen konnten, und das Stroh, auf dem sie schliefen, war frisch, nicht faulig und frei von Ungeziefer. Sie hatte zwei Decken bekommen, eine, die sie auf den Strohsack legen und eine, mit der sie sich zudecken konnte.

Die anderen Frauen, die mit ihr in der Kammer hausten, beschwerten sich am nächsten Morgen lauthals über Ennlins nächtliche Unruhe. Das waren Franziska, die die Wäsche wusch und die Hühner versorgte, Gertrude, die das Haus in Ordnung hielt und das Regiment in der Küche führte, sowie die Magd Magdalen, die ebenso wie Ennlin von allen anderen herumkommandiert wurde.

Benedikt versuchte am nächsten Morgen trotz seiner Verärgerung über sie, herauszubekommen, was nun tatsächlich in der vergangenen Nacht geschehen war.

»Es ist nichts«, behauptete sie hartnäckig. In ihrem Kopf hämmerte immer nur die eine Frage: Was soll ich tun? Was soll ich tun?

Sie wusste nur eines: Sie konnte Jakob nicht im Stich lassen. Ihr kleiner Bruder musste sich schrecklich fürchten. Wahrscheinlich weinte er sich Nacht für Nacht in den Schlaf, wurde geschlagen und malträtiert.

Ennlin wurde übel, wenn sie daran dachte, und daran, was sie tun musste. Sie war davon überzeugt, dass der Gelbe Hans seine Drohungen wahr machen würde, wenn sie ihm nicht brachte, was er verlangte. Allein der Gedanke, er könnte Jakob einen Finger, ein Ohr oder gar noch anderes abschneiden, brachte sie fast um den Verstand.

Andererseits – ausgerechnet die Pfisterin sollte sie bestehlen! Die Frau, die sie aufgenommen hatte, und bei der es ihr auch nicht schlecht ergangen war. Gut, sie musste arbeiten, viel arbeiten für wenig Lohn. Doch sie hatte ein paar neue Schuhe bekommen, und für Weihnachten war ihr ein warmer Umhang und ein wollenes Gewand versprochen worden. Die Verpflegung war reichlich. Die Dienstboten bekamen dieselben Speisen wie die Herrschaft. Die Pfisterin konnte eine harte Frau sein, wenn es ums Geschäft ging, doch sie hatte einen weichen Kern. Ohne das Essen aus der Sankt Paulsgasse würde Magister Hus vielleicht schon nicht mehr leben.

Woher hatte der Gelbe Hans wohl von der Lade gewusst? Er kannte die Gewohnheiten der Pfisterin augenscheinlich sehr genau. Jeden Tag um die Mittagszeit tat Fida sehr geheimnisvoll und zog sich in ihre Kammer zurück. Kurz darauf war von drinnen Klimpern zu hören. Sie zählte ihr Geld.

Am Tag nach der Begegnung mit dem Gelben Hans folgte Ennlin ihr. Als sie sicher war, dass sie nicht beobachtet wurde, legte sie ein Auge an das Astloch in der Tür. Sie konnte gerade so erkennen, dass Fida vor einer kleinen, bemalten Truhe kauerte. Das musste die Lade sein, von der der Gelbe Hans gesprochen hatte!

Fida hob den Kopf und lauschte für einen Moment, als wolle sie sich vergewissern, dass niemand vor der Tür stand. Ennlin erstarrte und hielt den Atem an. Ob sie bemerkt worden war? Nein, jetzt lockerte die Pfisterin ein Dielenbrett und hob die Lade in das Loch darunter. Sie schien schwer zu sein, denn sie musste sich tüchtig anstrengen. Danach legte sie die Diele sorgfältig wieder an ihren Platz, schob ihren Bettvorleger aus Schafsfell darüber und erhob sich. Gleich würde sie zur Tür gehen.

Ennlin trat eilig den Rückzug an.

Am selben Nachmittag noch bekam sie die erhoffte Gelegenheit, ihr Vorhaben umzusetzen. Die Pfisterin kündigte an, sie müsse fort zu einem Gespräch mit dem Kaufmann Muntprat. Es werde wieder eine Schiffsladung voll Spezereien und Tuch sowie getrockneten Früchten wie Datteln und Feigen aus den Mittelmeerländern erwartet. Einige der Waren, mit denen Muntprat und die Ravensburger Handelsgesellschaft handelten, stammten sogar aus fernen Kontinenten wie Asien und Afrika. Manchmal, wenn es genug Bestellungen gab wie zurzeit, taten sich die Kaufleute zusammen und schickten ein eigenes Schiff auf den Weg übers Meer.

Die Reichen und Mächtigen, die derzeit in der Stadt weilten, hatten einen ungeheuren Bedarf an ausgefallenen Leckereien und Gewürzen wie Pfeffer, Zimt, Kardamom, Vanille und was es noch alles für viel Geld zu kaufen gab. Zu den beliebtesten Gewürzen gehörte der Safran. Schon einige Fäden davon waren ein Vermögen wert. Das galt auch für Salz, das mit Gold aufgewogen wurde. Das hiesige, das unter anderem in den Salinen in Rheinfelden abgebaut wurde, war einigen Herren nicht fein genug. Für sie musste es Meersalz sein.

Ennlin beobachtete die Pfisterin, wie sie das Haus verließ. Sie trug eine sehr zufriedene Miene zur Schau. Vermutlich erwartete sie gute Geschäfte.

Dieser Gedanke beruhigte Ennlins schlechtes Gewissen etwas. Aber nur wenig.

Im Haus waren alle beschäftigt. Fida pflegte immer, wenn sie das Haus verließ, allerlei Aufträge zu verteilen, um sicherzustellen, dass auch niemand in Gefahr geriet, auf ihre Kosten dem Müßiggang zu frönen. Benedikt war nirgends zu sehen. Da wagte sie es. Mit zitternden Knien schlich Ennlin sich in die Kammer der Hausherrin und zog die Tür hinter sich zu. Sie blickte sich um. Vielleicht sollte sie einen Kissenbezug abziehen, falls jemand kam. So hatte sie eine Erklärung für ihre Anwesenheit in der Kammer. Konnte sagen, sie habe zufällig gesehen, dass der Bezug fleckig war und in die Wäsche müsse. Sie fühlte sich abgrundtief schlecht. Sie wollte nicht so sein. Doch sie hatte keine Wahl. Sobald sie Jakob wiederhatte, würde sie sparen und Fida alles zurückzahlen, was sie ihr gestohlen hatte. Sie würde schon einen unverdächtigen Weg finden.

Leise lockerte sie die Diele. Die Lade war nicht abgeschlossen, vermutlich dachte Fida, das sei nicht nötig, weil niemand den geheimen Platz kannte, an dem sie ihr Geld versteckte. Es lagen fünf Beutel darin. Sie nahm aus zweien jeweils eine Silbermünze. Vielleicht fiel es auf diese Weise ja nicht auf. Dann wuchtete sie die Lade wieder in den Hohlraum und rückte die Diele an ihren Platz. Sie konnte kaum gehen, so weich waren ihre Knie, als sie den Bezug wieder über das Kissen streifte und dann den Raum verließ.

Draußen hielt sie inne, sah sich um und lauschte. Nein, niemand hatte sie bemerkt, alle waren irgendwo beschäftigt. Ennlin atmete auf und war doch unendlich traurig. Heute Abend nach Einbruch der Dunkelheit würde sie heimlich zum vereinbarten Treffpunkt gehen und dem Gelben Hans die beiden Münzen übergeben. Hoffentlich war er zufrieden.

Doch der Gelbe Hans kam nicht. Die alte Vettel in Begleitung des Hinkenden nahm Ennlins Münzen entgegen. »Sei zur verabredeten Zeit wieder hier. Und vergiss nicht, was mit deinem Bruder geschieht, wenn du nicht spurst«, nuschelte sie durch ihre Zahnlücken, während ihr der übliche Speichelfaden übers Kinn lief.

Ennlin nickte. Ihr war hundeelend. Am liebsten hätte sie sich umgebracht oder wäre davongelaufen. Doch beides ging nicht. Nicht, solang Jakob in den Händen dieser Ungeheuer war. Erneut schwor sie sich: Die Münzen waren nur geliehen, sie würde mit Zins und Zinseszins zurückzahlen, was sie genommen hatte. Jakob war jetzt erst einmal Tage sicher. Zumindest, falls der Gelbe Hans sein Wort hielt.

Nicht lang danach schlüpfte Ennlin leise zurück ins Haus und gesellte sich zu den anderen Dienstboten. Die schauten kaum auf, sie saßen beim Abendbrot. Es hatte sie niemand vermisst. Im Gegenteil. Die dicke Wäscherin zog ein mürrisches Gesicht. Franziska hatte immer Hunger, sie hatte wohl gehofft, Ennlins Portion ebenfalls essen zu können. Waschen, besonders im Winter, war eine kräfteraubende Angelegenheit. Und es gab jede Menge Wäsche, seit die Pfisterin Hausgäste hatte. Auch wenn Magister Hus nicht mehr da war, seine Reisegefährten waren geblieben. Besonders anstrengend zu reinigen war die Bettwäsche. Das Rühren in den Waschzubern, wenn die Laken ausgekocht wurden, dann das Ausschwemmen und Auswringen in kaltem Wasser – Ennlin wusste, wie das in die Arme und den Rücken ging, sie musste oft mithelfen.

Kurz darauf kam auch die Pfisterin heim.

Es war spät. Fida wartete gern, bis es im Haus ruhig war, ehe sie die Lade heraus holte, zur Mittagsruhe oder ab und zu auch abends. Sie mochte außerdem die friedliche Stimmung, wenn alle schliefen und nur das leise Klirren der Münzen die Stille unterbrach. Ihre Kerze war fast heruntergebrannt und flackerte bedenklich. Sie musste anordnen, dass morgen neue Kerzen gezogen wurden. Das konnte die kleine Ennlin machen. Sie hatte ein Händchen dafür. Bei ihr wurden sie immer regelmäßig und brannten gut.

Fida hatte die Münzen, die sie heute eingenommen hatte, zu kleinen Haufen von jeweils fünf geordnet. In jeden Beutel passten drei dieser Haufen. Das hieß, ihr heutiger Verdienst ergab einen ganzen Beutel voll Silber. Die Lade wäre damit fast voll. Gut. Es waren mehr als genug Münzen da, um neue Ware zu ordern und für ein neues Gewand. Muntprat hatte gutes Tuch zu bieten, Stoffe aus Sizilien, Norditalien, Südfrankreich, aber auch Flandern und Brabant. Die Tuche aus der Region wurden ebenfalls immer besser.

Bald sollte der König nach Konstanz kommen. Er war für die Weihnachtstage angekündigt. Da würde es einen Empfang im Rathaus geben. Sie hatte gehörig Handsalbe verteilt, um dabei sein zu können. Sie *musste* die Königin sehen. Über sie war so allerlei Gerede in Umlauf. Barbara von Cilli sollte am Hals weit ausgeschnittene und am Körper eng anliegende Unterkleider tragen und darüber Oberkleider mit Teufelsfenstern. So nannte der Leutepriester die langen Schlitze an der Seite des Überkleides, durch die man das Unterkleid sah und damit die Konturen des Körpers der Trägerin.

Die ganze Stadt würde sich für den König herausputzen. Fida wollte den feinen Damen in nichts nachstehen. Warum auch? Sie war eine respektable Wittib, auch wenn sie ihren Lebensunterhalt selbst verdiente. Und das nicht schlecht. Gut, es gab Kleidervorschriften in der Stadt. Doch die wenigsten hielten sich daran, die Zugereisten schon gar nicht. Es war einer Bürgerin wie ihr verboten, Hauben zu tragen, die so aufwändig mit Perlen und Edelsteinen verziert waren, dass sie mehr als 50 Gulden kosteten. Fida fand das sehr vernünftig, für einen Gulden erhielt man mancherorts einen halben

Berg Rindfleisch. Die Verwendung von Goldbrokat, Samt, Damast und Atlasseide war ganz dem Adel vorbehalten. Aber eine Samtschleife hier und ein wenig eingearbeitete Atlasseide, zum Beispiel als Paspel, konnten ja nicht schaden.

Auch die Männer mussten sich an eine gewisse Ordnung halten, sie trieben es manchmal ja noch bunter als die Frauen. Und schamloser. Wenn ein Mann in einem bloßen Wams zum Tanz oder auch nur auf die Straße ging, müsse er sich ehrbar kleiden und seine Scham hinten und vorn bedecken, damit man sie nicht sah, hieß es in der Kleiderordnung. Ein modisches Wams hatte eine möglichst schmal genähte Taille zu haben und breite Schultern. Um den Träger männlicher wirken zu lassen, war es nicht selten über der Brust mit Baumwolle ausgestopft. Die Ärmel der Männer waren glatt und bis zum Handgelenk eng anliegend. Erst dort erweiterten sie sich zu glockenförmigen, manchmal bis über die Fingerspitzen herabfallenden Manschetten, den Muffen. Oft trugen sie auch ein feines, gefälteltes Hemd unter dem Wams. Und falls nicht: Den Mannsbildern machte man aus einem großen Halsausschnitt keinen Vorwurf.

Ob sie sich eines dieser neumodischen Gewänder zulegen sollte, die vorn geknöpft waren und einen Gürtel hatten, der nicht um die Taille, sondern lose um die Hüfte lag? Ganz sicher aber würde sie sich nicht die Augenbrauen zupfen, die Haare an der Stirn und an den Schläfen entfernen und sie mit Henna rot färben. Oder tiefschwarz mit Indigo. Das war Firlefanz. Ebenso wie die Schminkerei, die immer mehr in Mode kam. Manche Frauen sahen aus wie ein Papagei. Und manche Männer auch.

Eine Schleppe schied ebenfalls aus. Das war viel zu unpraktisch. Fida sah nicht ein, dass sie mit einem wertvollen neuen

Gewand den Konstanzer Boden fegen sollte. Und welche Haube? Sie würde die Rise nehmen. Das schleierartige Tuch wurde in viele Falten gelegt und bedeckte Wangen, Hals und Kinn, wie es sich geziemte. Natürlich eine aus feinstem Leinen. Sollte sie eine mit Fransen und Borten nähen lassen? Nein. Besser nicht. So etwas überließ sie lieber den Adligen. Ob sie sich auch einen neuen Umhang zulegen sollte?

Fida seufzte. Eigentlich fand sie diesen ganzen Kleideraufwand übertrieben. Und seit die vielen Fremden in der Stadt waren, erkannte man manchmal fast nur noch an den Spitzen der Schnabelschuhe, welchen Standes der Träger war. Fürsten und Prinzen durften Schuhspitzen von zweieinhalb Fuß haben, höhere Adlige von zwei Fuß, einfache Ritter von anderthalb Fuß, reiche Bürger von einem Fuß und gewöhnliche Leute von einem halben Fuß Länge. Manche mit besonders langen Spitzen hatten schon Mühe mit den Trippen. Diese Unterschuhe erschwerten das Gehen zusätzlich. Sie hatten eine Holzsohle, die durch einen Lederbügel am Fuß befestigt waren. Sie sollten das wertvolle Schuhwerk vor dem Straßendreck schützen. Denn besonders in den regnerischen Monaten, wenn sich die Wege trotz aller Kanäle in Schlammpfade verwandelten, war so ein teures Paar Schuhe schnell ruiniert. Derzeit war das Wetter glücklicherweise eher frostig. Da gefror der Dreck.

Nun, über die Kleiderfrage würde sie später weiter nachdenken. Das war keine leichte Entscheidung. Sie wollte nicht ärmlich daherkommen. Aber auch nicht zu protzig. Nicht altbacken, aber dennoch als die sittsame Wittfrau, die sie war.

Nicht, dass es keine Mannsbilder gegeben hätte, die begehrlich nach ihr schielten. Der Bruder drängte sowieso, dass sie sich wieder verehelichen sollte und hatte als Meersburger Bürgermeister auch keine schlechten Kandidaten bei der Hand. Außerdem schwemmte das Konzil allerlei Mannsvolk in die Stadt.

Sie würde sich dennoch Zeit lassen, die Angelegenheit sorgfältig überdenken und die Bewerber auf Herz und Nieren prüfen. Sie wollte keinen, der ihr dreinredete. Das taten die Männer dummerweise ständig. Sie maßten sich dauernd an, klüger zu sein als die Frauen, hielten sie für unmündige Kinder. Frida fand nicht, dass sie einen Aufpasser brauchte. Sie konnte sehr wohl ihre eigenen Entscheidungen treffen. Und die Aussicht, dass ein Ehemann nicht nur Herr über ihre Person, sondern auch über ihr gesamtes Vermögen wäre, begeisterte sie nicht besonders.

Sie richtete ihre Aufmerksamkeit wieder auf die Geldbeutel. Morgen würde sie einige der Münzen zum Geldwechsler bringen und sich den Wert in Gold auszahlen lassen. Dann war wieder mehr Platz in der Lade. Moment, eines der Säckchen lag nicht ordentlich. Sie hob es hoch und rückte es zurecht. Fida mochte Unordnung nicht. Danach legte sie den neuen Beutel sorgsam dazu. Plötzlich stutzte sie, nahm den Beutel wieder heraus, ebenso die anderen. Einen wog sie in der Hand. Sie öffnete ihn. Statt fünf waren nur vier Münzen im Beutel.

Die Pfisterin schüttelte den Kopf. Das war noch niemals vorgekommen. Vielleicht war es besser, sie überprüfte auch die anderen Beutel.

Als sie damit fertig war, hatte sie festgestellt, dass in einem weiteren Beutel eine Münze fehlte. Und sie hatte sich mit Sicherheit nicht verzählt, das tat sie nie. Das ließ nur einen Schluss zu. Sie beherbergte in ihrem Haus einen Dieb. Aber wen?

Fida dachte lang nach. Dann nahm sie alle Beutel bis auf die beiden, in denen einen Münze fehlte, aus der Lade heraus und steckte sie unter ihre Matratze. Wer auch immer der Dieb war, er würde den Wink verstehen.

Es war bereits mehr als drei Stunden nach Einbruch der Dunkelheit, als sie alle Bediensteten aus den Betten warf und ihnen befahl, sich in der Küche einzufinden. Dann baute sie sich vor ihnen auf, die Hände in die Taille über den ausladenden Hüften gestemmt. »Wir haben einen Dieb im Haus«, erklärte sie mit bedrohlich zusammengezogenen Augenbrauen. »Hat jemand etwas dazu zu sagen?«

Ennlin sank das Herz. Wie die anderen starrte sie betroffen zu Boden. Niemand wagte einen Mucks.

»Wer auch immer das war, hat Zeit bis morgen um die Mittagszeit, die Münzen zurückzulegen. Dann werde ich den Diebstahl nicht der Obrigkeit melden. Sollten die Münzen nicht an Ort und Stelle sein, gnade Gott demjenigen oder derjenigen«, sagte Fida schließlich.

Es blieb mucksmäuschenstill. Ennlin fragte sich, ob man es ihr ansah, dass sie eine Diebin war. Wenn Leute etwas besonders Wertvolles gestohlen hatten, mussten sie vor das Hohe Gericht des Vogtes. Dann drohte die Todesstrafe durch Ertränken, oder sie wurden lebendig begraben. Die ganz schlimmen Verbrecher wurden aufs Rad geflochten oder erhängt. Und dann hingen ihre Leichen da, bis sie verfault waren. Die Vögel pickten an ihnen herum. Gut, sie war eine Frau, da waren die Strafen meist nicht so schlimm. Aber sie war auch eine Auswärtige, keine Bürgerin der Stadt. Gegen Zugereiste ging man viel strenger vor als gegen die eigenen Leute, das hatte sie jedenfalls gehört. Der Konstanzer Rat war peinlichst darauf bedacht, keine Verbrechen zu dulden, gerade jetzt, wo allerlei Gelichter die Stadt unsicher machte. Deswegen waren die Strafen meist drakonisch.

Gegen gehörig Handsalbe konnte es jedoch schon sein, dass die Ratsknechte und bestellten Stadtwächter wegsahen. Auf diese Weise schützte der Lächelnde Ott sich und die Seinen. Beim Gelben Hans war es vermutlich nicht anders.

Aber sie? Sie stand ganz allein. Sie hatte nichts, konnte keine Handsalbe verteilen. Ob sie zu Ott gehen und ihm alles erzählen sollte? Er wäre sicherlich nicht erfreut. Denn von allem, was ein Mitglied der Bande stahl, stand ihm ein Teil zu, und ein weiteres Teil der Gruppe. Damit, dass sie die gestohlenen Münzen vollständig weggegeben hatte, war sie auch zur Betrügerin an ihrem Freund geworden. Und bald musste sie zwei weitere Münzen stehlen.

Kapitel elf

- Schatten -

ENNLIN WAR BIS INS MARK ERSCHÜTTERT, als sie den Magister wiedersah. Jan Hus war nur noch ein Schatten seiner selbst. Nicht mehr der energiegeladene Mann, als den sie ihn kennengelernt hatte, sondern einer, aus dem das Leben heraustropfte. Es war eisig kalt in seinem Kerker. Selbst die Fäkalien im Abort waren eingefroren. Wenigstens stank es nicht mehr so. Glücklicherweise hatte ihr Fida Decken und auch einen Pelz mitgegeben, in den er sich sofort einwickelte.

Der Magister hustete heftig und grüßte sie dann mit einem

müden Lächeln und einer Leere im Blick, hinter der schon der Tod lauerte – wenn er nicht bald nachgab, dann kämen sogar die zu spät, die ihn auf den Scheiterhaufen bringen wollten. Ennlin fasste sich ein Herz und stellte die Frage, die sie schon lang umtrieb: »Warum lenkt Ihr nicht ein, Magister Hus? Nur ein wenig?«

»Bald kommt der König. Er wird mich beschützen«, flüsterte er. »Außerdem bin ich doch schon tot. Ausgelöscht auf eine gewisse Weise. Ich bin ein Gebannter. Weißt du, was das heißt, Kind?«

Ennlin schüttelte den Kopf. Vor diesem Leid kam ihr die eigene Seelenbürde schon fast leicht vor.

Hus verzog den Mund. »Sie läuten alle Kirchenglocken, zünden die Bannkerzen an, werfen sie zu Boden und treten sie aus. Damit löschen sie auch dich aus. Dann werfen sie Steine in Richtung deiner Wohnstätte. Jeder Umgang mit dir ist fortan verboten, niemand darf dir mehr Speis und Trank reichen, dir Feuer oder Wasser geben, Herberge anbieten oder auch nur ein Gespräch mit dir führen. Der Handel an dem Ort, an dem du dich aufhältst, muss zum Erliegen kommen, jeder Kirchendienst eingestellt werden. Kein Kind darf mehr getauft werden, den kleinen unschuldigen Seelen droht das Fegefeuer. Und wenn du stirbst, gibt es kein christliches Begräbnis.«

Sie schaute ihn mit großen Augen an. Das war ja fürchterlich. »Aber das haben sie hier doch nicht getan, nicht wahr? Auch nicht, als Ihr noch frei wart.«

Er brachte sogar ein schwaches Lachen zustande. »Nein, die Menschen sind oft vernünftiger als so manche Auslegung des kanonischen Rechts. Es sind auch nicht alle von mir abgefallen, das blieb mir gottlob erspart. Doch ich habe mächtige Feinde, die geifern und giften und mir die Worte im Mund herumdrehen. Und, nein, Kind, ich gebe nicht auf. Du wirst schon sehen, eines Tages werde ich vor der Konzilsversammlung sprechen. Dann hören sie zu, dann werden sie verstehen und begreifen, dass ich ein guter Christenmensch bin und den Bann aufheben.«

»Aber Ihr seid ein guter Christenmensch!«, rief Ennlin. »Ich hab Euch doch erlebt. Was ist es, das Ihr sagt, das die Kirche so verärgert?«

»Ich soll die Konkordienformel unterschreiben.«

»Was ist das, diese Formel?«

»Im Wesentlichen steht darin, dass ich Papst und Kardinälen in allen Dingen und bereitwillig gehorche. Doch wie kann ich das, kleine Ennlin, wie kann ich das?«

»Aber sie sind doch alle heilige Männer, sie stehen für die Heilige Mutter Kirche. Und ist es nicht sie, die uns hält und trägt?«

»Ach Kind! Nein, nicht diese Männer sind die Kirche. Sondern *wir*, die Christen sind es. WIR! Sie halten die Menschen in Unwissenheit, predigen in Latein, verlangen unbedingten Gehorsam, behaupten, nur sie könnten die Wahrheit verkünden. Dabei haben sie kein Recht dazu. Denn sie sind ebenfalls Menschen, also fehlbar. Soll ich denn auch dann noch gehorchen, wenn der leibhaftige Satan mit zwölf seiner hochmütigsten Teufel im Vatikan säße?«

Ennlin war zu Tode erschrocken. Der Satan im Vatikan? Gut, der Papst, der in Konstanz eingeritten war, der sah nicht wirklich heilig aus. Aber sicherlich war er das. Sie hatte es sich noch niemals erlaubt, diese Autoritäten infrage zu stellen. Noch nicht einmal die des Leutepriesters, obwohl der hurte und eine Hausfrau hatte.

»Wen sollen wir denn fragen, was gut und richtig ist, wer soll uns denn unsere Sünden vergeben, wenn wir nicht beichten und uns loskaufen können, damit wir nicht in die Hölle kommen? Auch wenn ich wohl nie genügend haben werde, um mich von allen meinen Sünden loszukaufen«, fügte sie nach einer kleinen Pause leise hinzu.

»Die Heilige Schrift, mein Kind, die Heilige Schrift, die müssen wir zurate ziehen. Und vergeben kann nur einer: der Allmächtige selbst. Das darf keine Frage des Schacherns sein.«

»Aber die Heilige Schrift kann ich nicht lesen, sie ist in Latein«, wandte Ennlin ein. »Niemand, den ich kenne, ich meine, Leute, die das nicht studiert haben, kann das.«

»Auch nicht alle, die Latein studiert haben sollten, können das«, antwortete er bitter. »Siehst du, mein Kind, das ist es ja. Den einfachen Menschen, denen, die von ihrer eigenen Hände Arbeit leben und die anderen miternähren, ist sogar der Zugang zum Wort Gottes verwehrt. Selbst wenn ihr es nicht lesen könnt, so solltet ihr es doch mindestens in eurer Sprache hören können. Glaubst du wirklich, alle Kirchenleute halten sich selbst an das, was in der Bibel steht? Dass alles, was Papst und Kardinäle befehlen, ohne Rücksicht auf die Schrift gelten kann und darf? Ich habe oft genug erlebt, dass sie unter sich ganz anders reden, sich in ihrem Dünkel über ihre dummen Schäflein lustig machen, die doch von nichts eine Ahnung hätten. Gleichzeitig tun sie alles, um Menschen wie dich, mein Kind, dumm zu halten.«

»Ich weiß nicht, das habe ich noch niemanden so sagen hören. Meint Ihr, wenn ich also eine Sünde begehe, eine wirklich schwere, weil ich nicht anders kann, dann vergibt der Allmächtige mir?«

»Wenn du es wirklich tief und ehrlich bereust. Ja, dann vergibt er dir. Und wenn es dir bestimmt ist.«

»Ganz sicher? Seid Ihr da ganz sicher?«

»Ja, das bin ich.«

»Und weil Ihr das predigt, sollt Ihr auf den Scheiterhaufen?«

»Ja, deshalb, und noch wegen einiger anderer ungeklärter Fragen, die mit der Natur des Allmächtigen, seines eingeborenen Sohnes und des Heiligen Geistes sowie der Liturgie zu tun haben. Aber ich denke, das würde jetzt zu weit führen.«

»Wollt auch Ihr mich dumm halten?«

»Nein, Kind, das ist es nicht. Aber wie soll ich dir die Erkenntnisse und Überlegungen eines ganzen Lebens in kurzer Zeit erklären? Ich bin schwach, das siehst du. Und du musst bald wieder gehen. Es kann nicht mehr lang dauern, bis die Wächter kommen und dich fortschicken.«

»Habt Ihr denn keine Angst? Ich meine, dass sie Euch nicht zuhören und Ihr auf den Scheiterhaufen kommt?«

»Doch, das habe ich. Meine Angelegenheiten wurden deshalb geordnet, schon ehe ich nach Konstanz aufbrach. Und wenn ich dann doch vor dem Feuer stehen müsste, das für mich bereit ist ...«, Hus bekam einen Hustenanfall und zog den Pelz enger um die mageren Schultern. »Weißt du, Kind, ich denke, es ist besser, gut zu sterben, als schlecht zu leben.«

»Aber Ihr habt doch gesagt, dass der Allmächtige die Sünden und Fehler vergibt, könntet Ihr nicht zu ihm beten? Er wird doch verstehen, dass Ihr nicht anders könnt ...«

»Die Vergebung des Allmächtigen kann nur durch die aufrichtige Reue erlangt werden. Wie soll ich bereuen, was ich für gut und recht erachte, nämlich seinem Wort zu folgen in allen Dingen und nicht dem Wort der Menschen? Das Einzige, was ich tun kann, ist, mich seiner Gnade anzuempfehlen, die grenzenlos ist angesichts der Beschränktheit von mir armem Sünder.«

»Ach Herr, das ist schlimm. Ihr seid doch kein Sünder, Ihr tut doch nur, was Ihr für das Richtige haltet.« Ennlin schluchzte fast. Dieser Mann war noch übler dran als sie selbst. *Sie* konnte bereuen, sie wusste, dass Stehlen falsch war. Sie würde beten. Um Gnade flehen. Auch wenn sie die richtigen lateinischen Worte nicht kannte. Vielleicht verstand der Allmächtige nicht nur Latein, sondern auch ihre Sprache.

Hus hustete noch einmal. Dieses Mal so schlimm, dass er fast keine Luft mehr bekam. Ennlin klopfte ihm hilflos auf den Rücken. Sie wusste nicht, was sie sonst tun konnte.

Er lächelte ihr zu. Dann kniff er die Augen ein wenig zusammen. »Aber du hast noch etwas auf dem Herzen, Kind. Das sehe ich doch. Du fragst das doch nicht alles einfach so, oder?«

»Doch, schon. Ich würde so gern verstehen …«

»Du weißt, dass Lügen eine Todsünde ist«, mahnte er, aber durchaus nicht unfreundlich.

»Ach, Herr. Manchmal glaube ich, das gilt auch nur für das einfache Volk.«

»Lenke nicht ab, Kind. Was ist mit dir?«

Seine Augen waren so liebevoll, so voller Verständnis, und quälte er sich nicht noch viel mehr herum als sie? Da erzählte sie ihm, was ihr das Herz beschwerte und wie ein Mühlstein auf der Brust lag, sodass sie manchmal kaum noch atmen konnte.

Hus hörte zu, ohne sie zu unterbrechen. »Der Allmächtige wird dir verzeihen«, meinte er schließlich. »Was du tust, das machst du deines Bruders wegen. Und sind wir nicht alle der

Hüter unseres Bruders? Ach Kind, ich würde dir so gern helfen. Doch schau mich an, ich bin selbst hilflos. Warte nur ab, wenn der König kommt, und das wird bald sein, dann lässt er mich frei. Und dann werde ich sehen, was ich tun kann, um dir zu helfen. Quäl dich nicht. Lass mich dir die Worte des 23. Psalms mit auf den Weg geben.

Der Herr ist mein Hirte, mir wird nichts mangeln. Er weidet mich auf einer grünen Aue und führet mich zum frischen Wasser. Er erquicket meine Seele und führet mich auf rechter Straße um seines Namens willen. Und ob ich schon wanderte im finstern Tal, fürchte ich kein Unglück; denn du bist bei mir, dein Stecken und Stab trösten mich.«

Er musste erneut husten.

»Es gibt wohl verschiedene Scheiterhaufen, einen außen, und einen, der innen in einem Menschen brennt«, meinte Ennlin schließlich.

»Das ist ein sehr kluger Satz, meine Kleine. Bete. Vertraue auf die Gnade des Allmächtigen«, stieß er zwischen einigen keuchenden Hustern hervor.

Ennlin ging zu dem Krug, neben dem ein Becher mit Wasser stand und reichte ihn ihm. Er nahm ihn dankbar und lächelte ihr zu.

Da kam auch schon der Wächter. Sie musste gehen. Dabei hätte sie ihn gern noch so viel mehr gefragt. Ihre Seele dürstete nach dieser Welt, die er ihr aufgetan hatte. Ihr Herz war so voll. Vielleicht war sie ja doch keine Verdammte. Sie würde noch mehr darum beten, dass der König diesen Mann bald freiließ. Und falls nicht, würde sie alles tun, damit er auf andere Weise freikam. Auch wenn sie jetzt noch nicht wusste, wie sie das anstellen sollte. Denn er hatte ihr etwas sehr Wertvolles gegeben. Etwas, das ihr keiner der Priester geben konnte, die sie bisher kennengelernt hatte. Die predigten von Verdammnis und Hölle. Dieser Mann predigte von der Hoffnung. Er durfte nicht sterben. Nicht er.

Ennlin machte sich wieder an ihre Pflichten im Haus der Pfisterin, brütete vor sich hin, und war verloren für die freudige Aufregung, mit der die Leute die Ankunft von König Sigismund samt Gemahlin und Gefolge erwarteten. Die Gewissheit, dass sie wieder und wieder stehlen musste, drückte sie mit jedem Tag mehr nieder. Obwohl sie nun auf die Gnade des Allmächtigen hoffen konnte.

Sie grübelte, bis ihr der Kopf schmerzte, suchte verzweifelt nach einem Ausweg. Ihr fiel nur ein einziger ein: Sie musste ihren Körper verkaufen.

Am nächsten Tag schlich sie sich in einer freien Minute aus dem Haus und eilte zu Constanzia. Diese hatte ihr schon einmal geholfen. Vielleicht würde sie es wieder tun.

Doch als Ennlin dort ankam, wurde sie von einem Diener barsch abgewiesen. Die Herrin habe hochadelige Gäste, sie sei beschäftigt.

»Es ist wichtig, eine Frage von Leben und Tod. Bitte richtet ihr aus, dass ich da gewesen bin. Ennlin ist mein Name. Sie kennt mich. Bitte sagt ihr, dass ich sie aufsuchen wollte. Vielleicht könnte sie mir eine Nachricht schicken, wann sie Zeit hat. Bitte!«

Der Mann brummte etwas und schlug ihr die Tür vor der Nase zu.

Ennlin wartete zwei Tage. Immer in der Hoffnung, dass Constanzia ihr eine Botschaft schicken würde. Doch es kam nichts.

So schlich sie sich drei Tage vor dem Christfest wieder

zur Kammer der Pfisterin. Sie kniete nieder und schob den Bettvorleger zur Seite, hob die Diele an und langte in die Lade. Dieses Mal lagen nur zwei Beutel darin. Sie fühlten sich zudem leichter an als beim letzten Mal. Fida hatte wohl die anderen Münzen fortgebracht, nachdem sie den ersten Diebstahl entdeckt hatte.

Plötzlich hatte Ennlin das Gefühl, nicht mehr allein zu sein. Sie wandte sich um.

»Was machst du hier in der Kammer meiner Mutter? *Du* also warst das. Das hätte ich niemals von dir gedacht. Ennlin, ich habe dir vertraut!«

Er klang noch nicht einmal wütend, sondern nur abgrundtief traurig und enttäuscht.

»Benedikt!« Ennlin sprang auf, sie errötete tief, ihr schossen die Tränen in die Augen. Dann brach ihr ganzes Leid aus ihr heraus. »Bitte, es ist nicht so, wie es aussieht. Ich bin keine Diebin«, rief sie schluchzend. »Ich geb alles zurück, ich schwör's. Aber ich brauch die Silberlinge, unbedingt! Sonst verstümmeln sie Jakob. Benedikt, bitte, ich kann doch nicht zulassen, dass sie meinem kleinen Bruder was antun.«

Benedikt sah sie unglücklich an. »Komm mit«, erklärte er schließlich. »Aber vorher richte alles wieder her.«

Er wartete, bis Ennlin getan hatte, was er von ihr verlangte, und ging dann voraus in seine Kammer. Sie schlich ihm nach wie ein geprügelter Hund.

»So, und jetzt berichte«, forderte er streng, nachdem sie dort angekommen waren.

Da erzählte sie ihm, wie der Gelbe Hans und seine Leute ihr aufgelauert hatten, was sie gedroht hatten, Jakob anzutun. Wie sehr sie mit sich gerungen hatte und schließlich auf den Gedanken verfallen war, sich selbst zu verkaufen. Dass sie Constanzia jedoch nicht angetroffen hatte. Und da war sie ein zweites Mal in die Kammer die Pfisterin gegangen. »Benedikt, ich schwör's bei allem, was mir heilig ist, so war's. Und ich geb alles zurück. Constanzia leiht mir sicherlich das Geld, wenn ich in ihr Frauenhaus gehe. Und dann geb ich deiner Mutter alles zurück. Ganz bestimmt. Aber Jakob, mein kleiner Jakob, er hat so gewimmert und geweint! Sie haben ihm einen Knebel in den Mund gesteckt. Da hat er mit den Augen um Hilfe geschrien. Er hat doch sonst niemanden außer mir.«

»Du willst dich also tatsächlich als Hure verdingen?«

»Was kann ich denn sonst tun?«, erwiderte sie mit hängendem Kopf. »Bei Constanzia ist es doch nicht schlecht. Falls sie mich nimmt, mein ich. Ich mach alles wieder gut, ich schwör's. Du kannst mir vertrauen.«

»So, kann ich das? Und was ist mit dir? Warum hast du uns nicht vertraut? Hättest zu mir kommen können, zu Hennslin oder dem Lächelnden Ott. Weißt du denn nicht, dass wir alles tun würden, um dir zu helfen? Warum, Ennlin, warum? Ich hätt mit meiner Mutter geredet. Sie hätte sicherlich geholfen. Wir hätten einen Weg gefunden. Warum also?«

»Aaber der Gelbe Hans hat mir doch vvvverboten, darüber zu sprechen. Sonst wollte er Jakob aauch wwas antun«, Ennlin sank wimmernd in sich zusammen. Benedikt konnte sie gerade noch auffangen. »Es ggab bbisher nniemanden wie dich. Iiich dachte, ddu verachtest mich dann. Iich hhatte sso ggroße Anngst um Jakob, ich kkkonte kaum denken …« Ein weiterer Schluchzer unterbrach den Strom der Worte, sie heulte ihm das Wams nass. Ihre schmalen Schultern zuckten.

»Ist ja gut, Ennlin. Wir finden einen Weg.« Er strich ihr sanft über das Haar. »Ich versprech es dir.«

In dem Moment wurde die Türe aufgestoßen. Die Pfisterin

stand vor ihnen, in Nachthemd und Haube, eine Kerze in der Hand und mit zornigem Gesicht. »Hab ich euch erwischt! Ich hatte dich gewarnt, Mädchen. Morgen verlässt du mein Haus. Noch vor Sonnenaufgang. Heute Nacht kannst du noch bleiben, ich bin ja kein Unmensch.«

»Aber, Frau Mutter ...«

»Sei still. Du bist noch zu jung, um das zu begreifen, aber später wirst du froh sein. Ich werde nicht zulassen, dass eine Dahergelaufene dich umgarnt und in die Gosse zieht. Nein! Ich dulde keinen Widerspruch. Und du«, sie deutete auf Ennlin, »raus mit dir! Morgen will ich dich nicht mehr hier sehen. Würde mich nicht wundern, wenn du der Dieb wärst, den wir suchen. Aber dann gnade dir Gott, Mädchen.«

Benedikt warf Ennlin heimlich einen aufmunternden Blick zu. »Ich lasse dich nicht im Stich, wir werden einen Weg finden«, bedeutete der.

Doch sie war viel zu durcheinander, um noch darauf zu achten. Sie stürmte mit hochrotem Kopf an der Pfisterin vorbei, hinaus aus Benedikts Kammer, hinaus aus dem Haus.

Im Weglaufen hörte sie noch die Stimme der Pfisterin. »Benedikt! Du bleibst hier, ich befehle es dir. Benedikt!«

Mehr vernahm Ennlin nicht. Sie lief so schnell sie konnte, kaum auf der Straße huschte sie um die nächste Biegung und versteckte sich in einem Hauseingang. Als sie um die Ecke lugte, entdeckte sie ihn, wie er die Straße auf und ab lief, nach ihr suchte. »Ennlin, Ennlin«, rief er immer wieder leise.

Sie drückte sich tiefer in den Schatten. Er rannte an ihr vorbei. Und schließlich, nach einer halben Ewigkeit, gab er auf und trottete mit gesenktem Kopf zurück in Richtung des Hauses seiner Mutter.

Ennlin wartete, bis er ins Haus gegangen war. Dann löste

sie sich aus dem Schatten der Nische und rannte ziellos durch die klirrende Dezemberkälte. Ihren Umhang hatte sie zurückgelassen, sie trug nur ihr Hauskleid. Ihre nackten Füße spürte sie schon bald nicht mehr.

Ennlin kam nicht auf die Idee, zur Kinderbande des Lächelnden Ott zurückzukehren, so verwirrt war sie.

Nach zwei Stunden war sie völlig erschöpft und halb erfroren. Sie war so müde, so müde. Nur ausruhen, ein wenig schlafen. Dann würde sie weitergehen. Vielleicht wachte sie auf, und alles war nur ein Albtraum? Sie lehnte sich gegen eine Holztür. Diese schwang auf, sie war offenbar nicht richtig abgeschlossen gewesen. Es war wie ein Wunder. Ennlin schlüpfte hinein und sank auf den Boden. Die Steine waren eisig kalt. Doch sie spürte es nicht. Was sollte sie jetzt nur tun? Sie hatte sich noch nie so verlassen und hilflos gefühlt. Sie bemerkte kaum, dass die Tür zurückschwang und ins Schloss fiel.

Als er von seiner Suche zurückkam, war Benedikt völlig verzweifelt. Er wollte der Mutter alles erklären. Ennlin war keine Diebin. Nur Jakobs wegen hatte sie das getan. Er musste die Mutter davon überzeugen.

Doch sie weigerte sich, ihm zuzuhören. »Morgen denkst du anders darüber. Schlaf jetzt«, befahl Fida und zog sich in ihre Kammer zurück.

Benedikt sah ihr nach, und wusste, er würde nicht schlafen können. Er musste etwas tun. Hennslin. Der hatte vielleicht einen Rat. Hoffentlich bekam er ihn wach, ohne die halbe Stadt aufzuwecken. Allmächtiger, mach, dass ihr nichts geschieht, flehte er immer wieder, während er durch die Straßen von Konstanz zum Stadthaus derer von Heudorf eilte.

Hennslin hörte tatsächlich den vereinbarten Pfiff und erschien mit verschlafenem Gesicht an der Türe. »Was is? Kann das nicht bis morgen warten?«

Als Benedikt ihm die Lage erklärte, wurde seine Miene ernst. »Wir müssen zu Ott«, stellte er fest. »Wir müssen sie schnell finden. Es ist kalt.«

Benedikt nickte. »Am Ende erfriert sie noch. Sie ist aus dem Haus gerannt, wie sie war, ohne Umhang und barfuß.«

Der Lächelnde Ott schickte sofort alle Mitglieder seiner Bande aus, um die Stadt zu durchstreifen. Doch sie fanden sie nicht. Zur Zeit des Morgengebets gaben sie auf.

»Wir müssen doch irgendwas tun«, meinte Benedikt.

»Stimmt«, bestätigte Hennslin und schwang grimmig sein Schwert.

»Vielleicht könnten wir damit anfangen, Geld für Jakob zu sammeln, solang wir nach ihr suchen«, schlug der Lächelnde Ott vor. »Jeder schafft her, was er kann. Ich werde es dann dem Gelben Hans geben. Oder besser, einen Weg finden, es ihm zukommen lassen. Ich weiß da schon was. Auch wenn ich mir ein Loch in den Bauch beißen könnte, diesem, diesem ... Scheißkerl was zu geben. Doch wer weiß, ob Ennlin klarkommt. Am Ende tut er Jakob noch was, wenn sie nicht zahlt. Vielleicht find ich so außerdem heraus, wo Jakob steckt, vielleicht ... Wir haben schon jeden Stein in Konstanz umgedreht. Der Gelbe Hans muss Jakob aus der Stadt gebracht haben.«

Hennslin und Benedikt nickten und rechneten ihre Ersparnisse durch.

»Hat sie gesagt, wo und wann die Übergabe ist?«, fragte Ott.

Benedikt ließ den Kopf hängen. »Das hat sie nicht.«

»Oh, das ist schlecht«, stellte Hennslin fest.

»Und bald ist Weihnachten«, fügte Benedikt düster an.

»Da soll auch der König nach Konstanz kommen«, meinte Hennslin. »Meint ihr, wir können bei ihm vorsprechen? Soll ich mal mit meinem Onkel reden? Er ist schließlich ein Berater des Königs.«

»Wir müssen tun, was wir können«, fand Benedikt.

»Und was ist, wenn deine Mutter sie anzeigt? Benedikt, das musst du unbedingt verhindern!«, sagte der Lächelnde Ott. »Wenn jemand wie deine Mutter Anzeige erstattet, dann kostet das viel, viel Handsalbe, um diese Angelegenheit wieder aus der Welt zu schaffen. Und das Geld brauchen wir, um Jakob auszulösen.«

»Stimmt«, befand Hennslin. »Meinst du, du kannst mit deiner Mutter reden? Ich sprech mal mit meinem Onkel. Vielleicht kann der ja auch mit dem Landgrafen von Nellenburg reden.«

Benedikt nickte. Er war sich keineswegs sicher, dass er seine Mutter dieses Mal würde überzeugen können. Doch bei dem Stichwort Nellenburg hatte er eine Idee. Constanzia. Der Graf von Nellenburg ging oft in ihr Haus. Sie hatte schon einmal geholfen. Vielleicht würde sie es wieder tun.

»Wir werden sie finden«, erklärte Benedikt mit mehr Überzeugung als er fühlte.

»Wir werden sie finden«, bestätigte Hennslin, der sich ebenfalls bemühte, zuversichtlich zu wirken.

»Das werden wir«, sagte der Lächelnde Ott, und seine Fratze wirkte noch schrecklicher als sonst.

Kapitel zwölf
- Bei Meister Richental -

Es dunkelte bereits. Meister Ulrich Richental hastete durch die Straßen und ging in Gedanken noch einmal das Gespräch von eben durch. Sein Zuträger behauptete, Papst Johannes XXIII habe sich anhand der Sterne kürzlich die Zukunft deuten lassen. Drei Mal. Und jedes Mal sei dasselbe Ergebnis herausgekommen: Wenn er nicht freiwillig als Papst abtrat, werde es ihm schlecht ergehen. Der König wisse über alle Unternehmungen von Johannes Bescheid, hatte der Zuträger ihm noch erzählt. Was genau das Wort ›alle‹ bedeutete, hatte er jedoch nicht zu sagen gewusst. Ob er das vermerken sollte, um es später in die Chronik aufzunehmen?

Richental seufzte, während er die Tür zu seinem Haus ›Zum Goldenen Bracken‹ aufsperrte. Oder besser, aufschließen wollte. Sie war nämlich gar nicht abgeschlossen. Sapperlot noch eins, brummte er ärgerlich in sich hinein. Das hatte er wohl mal wieder vergessen. War ja auch kein Wunder, bei all dem, was ihm im Kopf umherschwirrte. Hoffentlich hatte sein Weib Anna nichts gemerkt, sonst würde sie ihn wieder schelten. Es war aber auch schwer, an alles zu denken. Es gab Wichtigeres als eine Haustür. Er hatte noch immer nicht sämtliche Namen der wichtigen Leute im Gefolge des Papstes beisammen. Und auch noch nicht von allen geistlichen und weltlichen Fürsten sowie den Gelehrten der verschiedenen Universitäten, die in der Stadt weilten.

Dabei hatte er sich vorgenommen, alles genau aufzuschreiben, was während dieses Konzils geschah. Er kam jedoch kaum nach. Täglich wurden von den Exploratores, die die

Ankunft der hohen Gäste vorzubereiten hatten, neue Wappen an die Häuser angeschlagen, und das nicht nur in der Stadt. Viele mussten inzwischen ins Umland ausweichen. In den Thurgau, nach Kreuzlingen, in Richtung Hegau. Er konnte unmöglich überall hin, um sich zu erkundigen, welches Wappen nun wem gehörte, sonst verpasste er noch wichtige Ereignisse in Konstanz selbst. Außerdem musste er die Reihen seiner Zuträger ausbauen, unbedingt jemanden finden, der ihm verlässlich von den Sessionen im Münster Bericht erstattete. Denn wenn der König erst einmal da war, würde dort Wichtiges geschehen. Die Teilnehmer der Delegationen aus aller Herren Länder tagten je nach ihrer Herkunft in Gruppen aufgeteilt, auch Nationes genannt. Die Franzosen, die Deutschen, die Italiener, die Spanier und die Engländer.

Ah, bevor er es vergaß: Er musste gleich morgen all die Länder, Regionen und Gegenden genauestens auflisten, die zur jeweiligen Nation gehörten. Zumindest das, was er darüber im Moment wusste.

Die Spanier gaben sich bisher eher zurückhaltend. Die Delegation war klein. Sie konnten sich wohl noch nicht so recht für einen der drei Päpste entscheiden. Pedro de Luna, der sich als Papst Benedikt XIII. nannte, das war der eine. Dann war da noch Angelo Correr, der sich den Papstnamen Gregor XII. gegeben hatte. Und eben Johannes XXIII., mit Geburtsnamen Baldassare Cossa, der viele gute Gründe dafür hatte, dass er sich so vor dem bösen Blick fürchtete. Die Leute nannten ihn auch Papa Boldrino, nach einem berüchtigten Kriegstreiber. Er verstand sich nämlich darauf, Truppen anzuwerben, er hatte außerdem gute Finanzverbindungen. Die brauchte er auch bei dem Aufwand, den er betrieb.

Cossa war zunächst Offizier gewesen und als Laie Kardinal geworden. Es hieß, er sei früher Korsar gewesen. Er sollte sogar seinen Vorgänger Papst Alexander V., den ehemaligen Erzbischof von Mailand, ermordet haben, um Papst werden zu können.

Meister Richental seufzte: Es war eine sehr unübersichtliche Welt heutzutage. Besonders für einen Chronisten, der es ja genau nehmen musste.

Er trat ins Haus, machte einen Schritt und stolperte über ein Bündel, beinahe wäre er gefallen. Schockschwerenot! Konnten die Weibsbilder denn nicht Ordnung halten? Was war das für eine Art, einfach einen Lumpensack im Eingangsbereich liegen zu lassen!

Da stöhnte das Bündel und stieß ein Geräusch aus, das wie ein Schmerzenslaut klang.

Er richtete das Licht seiner Laterne auf das Wesen. Das war ein Mensch, der Stimme nach wohl ein weiblicher! Sie hatte sich auf dem Boden zusammengekauert und den Kopf in die Arme gelegt. Er griff nach der Schulter und schüttelte sie. »Hallo, wer bist du? Was machst du hier? Wie kommst du überhaupt in mein Haus?«

Die Antwort war ein erneutes Stöhnen. Richental wurde langsam ärgerlich. Wenn hier schon jemand unerlaubt und uneingeladen in sein Haus eindrang, dann könnte diejenige ihn wenigstens einer anständigen Antwort würdigen. Nicht sehr zart packte er den Kopf bei den Haaren und zog ihn nach oben, um wenigstens in das Gesicht schauen zu können. Du meine Güte, ein junges Mädchen, fast noch ein Kind. Sie hatte die Augen geschlossen. Nackte Füße, keinen Umhang!

Richental wusste, was das hieß. Wenn nicht schnell etwas geschah, würde sie an der Kälte sterben. Das hatte ihm gerade noch gefehlt. Es gab genug zu tun. Und nun auch noch das! Am Ende bekam er jede Menge Scherereien wegen einer Toten in seinem Haus.

Er zog die Fremde hoch und zuckte kurz zusammen, als seine alten Knochen gegen diese Anstrengung protestierten. Das Zipperlein machte ihm zu schaffen. Nun, mit fast 60 Jahren war er halt kein junger Springinsfeld mehr. Dabei war sie eigentlich nicht schwer.

Die Einbrecherin hing wie ein nasser Sack in seinen Armen. Er legte sie wieder ab. Meine Güte, was für ein Hänfling! »Wach auf, Kind, um Himmels willen, du darfst nicht schlafen!« Er prügelte regelrecht auf sie ein. Sie musste unbedingt aufwachen. Gleichzeitig brüllte er nach seiner Frau, »Annaaaa, Weib, kommt her! Annaaaaa! Schnell, ich brauche Hilfe!«

Endlich, nach einer Zeit, die ihm wie eine Ewigkeit vorkam, hörte Richental Schritte. Als Erstes erschien der Knecht mit griesgrämigem Gesicht. »Schau nicht so, Vinzenz. Hilf mir. Wir müssen sie nach oben tragen. Annaaaa! Weib, wo steckt Ihr? Annnaaa!«

Sie kam ihnen auf der engen hölzernen Stiege entgegen, rundlich, verschlafen, barfuß und im Nachthemd. Der Zopf schaute unter der Nachthaube hervor und hing ihr über den Rücken. »Was ist los, Mann, was macht Ihr für einen Radau! Ich dachte schon, die Welt geht unter, oder jemand will Euch ans Leder, versucht gar, Euch zu ermorden. Vinzenz, was ist das denn, was trägst du da nach oben? Oh je, das ist ja ein Mädchen! Die arme Kleine. Mann, habt Ihr sie auf der Straße gefunden? Sieht ganz blau aus. Schaut nur die Füße. Na, ob wir die noch durchbringen? Schnell, pack sie in die kleine Kammer, ich hole Decken. Elfriiiiede, wo steckst du? Komm sofort. Bring heißes Wasser und Tücher. Elfriiiiiede ...«

Richental versuchte gar nicht erst, den Wortschwall seiner Anna zu unterbrechen oder irgendwelche Erklärungen abzugeben. Er hörte die Magd heranschlurfen. Nun war alles gut. Anna war eine zupackende Frau, sie würde wissen, was zu tun war.

Anna Richental kämpfte fast eine Woche um Ennlins Leben. Das Mädchen hatte hohes Fieber. Die Richentalerin wich nicht von ihrer Seite, kühlte ihr die Stirn, flößte ihr jeden Kräutertee ein, den sie für heilsam hielt.

Meister Richental war keine große Hilfe. Er war ständig unterwegs. Doch aufgrund seiner Berichte über die Ereignisse erlebte Anna wenigstens durch seine Erzählungen mit, wie der König mitsamt seiner Königin in der Weihnachtsnacht von Überlingen her über den See gefahren gekommen war. Sie erfuhr von dem großen Empfang im Rathaus. Sigismund und seine Gemahlin hatten sich trotz aller Pelze nach der Schifffahrt dort erst einmal aufwärmen müssen. Danach war er direkt ins Münster gegangen, wo Johannes XXIII. die Messe las – nicht nur einmal, sondern gleich dreimal. Der König hatte ihm im einfachen Gewand eines Diakons dabei geholfen.

Drei Messen! Während andere noch am nächsten Tag über den plötzlichen Übereifer dieses Papstes stöhnten, schien der König unermüdlich zu sein. Er war schon früh wieder auf den Beinen gewesen. Und dann hatte er sich daran gemacht, herauszufinden, wie es um die Sache der Päpste stand. Zu der Zeit nächtigte er noch im Haus ›Zu der Laiter‹ vor Sankt Stephan, also in der Nachbarschaft. Das Haus gehörte Conratz in der Bund, genannt Rüll. Es war eigentlich das für den Herzog von Sachsen vorgesehene Quartier. Doch der war noch nicht in Konstanz. Da es günstig in der Innenstadt lag, zog der römisch-deutsche König kurzerhand ein.

Tage später sollte Anna von ihrem Mann erfahren, dass Sigismund nach dem Eintreffen des Sachsenherzogs mitsamt seinen wilden ungarischen Reitern im Gefolge ins Kloster Petershausen umgesiedelt war. Das lag außerhalb der Stadt. Wie viele andere Bürger atmete auch sie auf. Anna fürchtete sich vor den streitbaren Ungarn im königlichen Tross. Sie gingen keinem Händel aus dem Weg. Fast täglich gab es ihretwegen Ärger.

Andere verstanden den Umzug nicht. Der König gehörte doch in die Stadt, mitten hinein ins Geschehen!

Was das neue Jahr wohl bringen würde? Für Konstanz, für die ganze christliche Welt? Sie wurden Zeugen großer Ereignisse, so viel war gewiss. Nichts würde nach dem Konzil so sein wie zuvor. Nur die Wenigsten waren sich dessen bewusst. Anna war stolz auf ihren Gatten, der als Chronist der Zeuge so weltverändernder Geschehnisse sein konnte. Ein wenig von dieser Ehre fiel auch auf sie, seine Hausfrau.

Richental starrte auf seine Notizen. Es half beim Denken, dass Anna wieder bei ihm saß, so wie immer, bevor das Mädchen gekommen war. Wäre er gefragt worden, er hätte nicht genau zu sagen gewusst, warum, hätte erklärt, dass es eben besser sei, wenn die Dinge ihre gewohnte Ordnung hatten. Das Mädchen machte gesundheitliche Fortschritte, auch wenn sie noch im Bett bleiben musste. So konnte Anna sie nun länger alleinlassen.

Er schaute von seinen Notizen hoch auf seine Hausfrau,

die im Kerzenschein gerade ein altes Kleid änderte, das sie dem Mädchen geben wollte. Sie hatte die Kleine offenbar ins Herz geschlossen. Wie hieß sie noch mal? Ach ja, Ennlin. Er bekam ein schlechtes Gewissen. Hoffentlich war Anna nicht verärgert, dass er sie so viel allein gelassen hatte, während das Mädchen darniederlag. Sein Weib konnte sehr unleidlich werden, wenn ihr etwas nicht passte. Aber was hätte er tun sollen? Man konnte sich schließlich nicht teilen. Er war von Hinz zu Kunz, von Pontius zu Pilatus gelaufen, um die Notizen für seine große Chronik zu vervollständigen.

Und nun der seltsame Besuch des Grafen von Nellenburg! Er war gerade wieder gegangen. Der Graf hatte sich erkundigt, ob der geschätzte Meister Richental vielleicht eine Möglichkeit sähe, das königliche Paar im nächsten Sommer einmal in seinem Landhaus zu bewirten. Der König habe gehört, dass es dort sehr schön sein solle. Der geschätzte Meister fühlte sich geehrt und überfordert zugleich. Woher die Mittel nehmen? Einen König musste man anständig bewirten. Aber Anna würde es schon richten.

Während er seine Anna so betrachtete, dachte Richental darüber nach, wie er von Eberhard von Nellenburg erfahren hatte, dass das Konzil nach Konstanz kommen würde. Damals noch unter dem Siegel der Verschwiegenheit. Das war noch gar nicht so lang her, ein Jahr etwa. Doch ihm kam es vor wie in einem anderen Leben. Seit damals rissen seine Pflichten nicht ab.

Zunächst hatte der Graf ihm befohlen, sich unter der Hand nach Unterkünften umzutun. Das war weiß Gott gar keine leichte Aufgabe gewesen. Und was für ein Durcheinander! Niemand hatte genau gewusst, wer sich alles zum

Konzil einfinden würde. Das war erst nach und nach klar geworden. Und so war er mit anderen Kundschaftern, darunter zwei Lombarden, die der Konstanzer Rat bestimmt hatte, in den Thurgau aufgebrochen und hatte sich Städte und Dörfer angeschaut. Die Kundschafter hatten damals bei Conrad Hoflich, dem Chorherrn von Sankt Stephan, Quartier genommen, im Haus zum ›Hohen Hirschen‹. Sie waren acht Wochen unterwegs gewesen und hatten während dieser Zeit auch etliche Herolde und Pfeifer eingewiesen, die die Wappen ihrer Herren an die Konstanzer Häuser schlugen.

Als der Graf gerade gehen wollte, war Anna hereingeplatzt, glücklich und mit geröteten Wangen. »Sie ist zum ersten Mal aufgestanden«, hatte sie gerufen. »Sie hat es geschafft, wir haben sie durchgebracht, Richental!« Erst dann hatte sie den Grafen bemerkt, war noch tiefer errötet und in einem tiefen Knicks versunken. »Verzeiht, Euer Erlaucht! Ich hatte Euch nicht gleich gesehen. Ich bin eine schlechte Hausfrau. Richental, warum habt Ihr dem Grafen nichts angeboten? Was wünscht Ihr, was kann ich Euch bringen? Wein, etwas Brot, ich werde gleich in die Küche …«

»Gemach, gemach, Richentalerin. Das ist nicht notwendig. Ich bin ohnehin im Aufbruch begriffen. Euer Gemahl kann Euch ja später den Grund für meinen Besuch erklären. Aber wer ist das, von dem Ihr da sprecht? Jetzt bin ich doch neugierig geworden!«

Da hatte Anna berichtet, wie ihr Mann die Kleine gefunden hatte und sie nun seit Tagen versuchten, sie wieder gesund zu päppeln. Sie sei lang bewusstlos gewesen, habe hohes Fieber gehabt.

Zu ihrer beider Verblüffung hatte der Graf daraufhin energisch verlangt, die Kranke zu sehen. Und so waren sie zu ihr gegangen.

Das Mädchen hatte vielleicht große Augen gemacht! Der Graf und sie schienen einander zu kennen! Er hatte sie gründlich ausgefragt. Die Kleine wollte anfangs nicht reden. Doch der Graf von Nellenburg hatte darauf bestanden. So hatten auch Anna und er zum ersten Mal Genaueres über ihren Hausgast erfahren. Anna hatte die schweigsame Kranke bisher nicht drängen wollen. »Lasst sie, Richental. Das Ausfragen wird Euch wohl langsam zur Gewohnheit. Macht das woanders. Jetzt soll sie erst mal wieder auf die Beine kommen. Wird schon reden, wenn sie soweit ist«, hatte sie seine Neugierde ein ums andere Mal gedämpft.

Ennlins Geschichte, stockend erzählt, handelte von diesem üblen Spießgesellen, dem Gelben Hans, von einem entführten kleinen Bruder, und dass der Gelbe Hans angedroht hatte, ihrem Bruder etwas anzutun, falls sie ihm kein Geld gab. Dass sie der Pfisterin Geld schulde. Dass die Pfisterin glaube, sie habe ein Techtelmechtel mit ihrem Ältesten und sie deshalb aus dem Haus gejagt habe. Und das alles berichtete sie völlig durcheinander, ohne die den Ereignissen gebührende Ordnung.

Anna zerfloss in Mitgefühl. »Arme Kleine«, murmelte sie immer wieder. Dann hatte sie den Grafen empört angefunkelt. »Und solches Gesindel wie diesen Gelben Hans dulden wir hier in unserer Stadt! Dem muss ein Ende gemacht werden. So etwas, wo kommen wir denn hin, wenn heutzutage schon kleine Jungen entführt werden, um aus einem armen Mädchen Geld herauszupressen. Was ist das nur für eine schlechte Welt! Das arme Kind. Kommt jetzt, sie kann kaum noch. Lassen wir sie in Ruhe.«

Eberhard von Nellenburg hatte gehorsam die Kammer der Kranken verlassen und dem Hausherrn beim Fortgehen zwei Rheinische Gulden in die Hand gedrückt. »Das ist für ihre Unterkunft, Meister Richental. Behaltet sie hier. Ich kümmere mich um ihren Bruder. Und sorgt dafür, dass sie das Haus erst wieder verlässt, wenn ich es sage. Sie muss unbedingt im Haus bleiben, hört Ihr! Sie könnte in Gefahr sein.« Was das wohl zu bedeuten hatte? Es war jedenfalls eine anrührende Geschichte. Das musste er zugeben. Er räusperte sich.

Anna schaute von ihrer Näharbeit hoch. »Ich war vorhin noch einmal bei Ennlin. Sie schläft tief und ruhig. Seid Ihr nicht auch müde? Ich werde Euch gleich noch eine Kerze holen, lieber Mann, Ihr verderbt Euch sonst die Augen.«

»Ist nicht nötig«, knurrte Richental. »Stellt Euch vor, Frau, der Graf hat mir Geld für sie gegeben.«

»So was! Der Spatz, der uns da ins Nest geflogen ist, hat offenbar hohe Gönner. Wisst Ihr Näheres darüber?«

Er schüttelte den Kopf.

»Ach Mann, wo seid Ihr mit Euren Gedanken nur? Dauernd bei der großen Politik.« Anna milderte den Tadel mit einem Lächeln ab. »Aber so seid ihr eben, ihr Männer. Immer vergesst ihr, dass die große Welt nur weiterkommt, wenn auch die kleinen Rädchen reibungslos ineinandergreifen.«

Meister Ulrich musste zugeben, dass daran etwas Wahres war. Er war halt keiner für den Alltag. Das war er noch nie gewesen. Ihr war es in gewisser Weise auch recht. So konnte sie schalten und walten, wie sie es für richtig erachtete. Er mischte sich nie in die Haushaltsführung ein.

Seine Anna. Sie hatte den Kopf wieder über die Näharbeit gebeugt und stichelte eifrig. Richental wurde warm ums Herz.

Ja, seine Anna war ein gutes Weib. Da saß sie, ein wenig rundlich, wenn auch nicht ganz so rundlich wie er selbst, mit einem Faltenkranz um die Augen und weißen Strähnen im Haar. Der Allmächtige hatte ihnen Kinder verwehrt. So eine Tochter wie Ennlin hätte sie bestimmt gern gehabt. Oder einen kleinen Jungen wie deren Bruder. Wie hieß er noch? Jakob. Ja, Jakob. Und er? Ja, er vermisste Kinder auch.

Als Ennlin am nächsten Morgen erwachte, war sie vollends fieberfrei und klar. Und überglücklich, als sie erfuhr, dass sie bleiben durfte. Das Weggehen wäre ihr auch schwergefallen. Sie war doch noch sehr geschwächt. Der Besuch des Grafen kam ihr wie ein Traum vor. In diesem Traum war ihr ein Engel erschienen. Der Allmächtige hatte ihre Gebete erhört.

Meister Richental machte auf die gute Kunde seiner Hausfrau hin einen Besuch bei der Genesenden. Ihn interessierte brennend, was hinter der Hilfe des Grafen stecken könnte. Und jetzt ging es ihr besser, jetzt würde er sich von keinen Rücksichten mehr zurückhalten lassen. Sie hatte bei der Pfisterin gelebt. Also musste sie auch diesen Ketzer kennen, der bis zu seiner Verhaftung dort gewohnt hatte.

Zu seiner Überraschung erfuhr er, dass sie Jan Hus sogar recht gut kannte, seine persönliche Dienstmagd gewesen war. Sie berichtete ihm vom Besuch im Verlies, von der schrecklichen Lage des Böhmen. Und sie bestritt entschieden, dass er in einem Heuwagen versteckt hatte fliehen wollen. Dabei hatte er doch aus zuverlässigem Mund gehört, dass es so war. Das musste überprüft werden, sonst schrieb er in seiner Chronik noch etwas Falsches. Ein entsetzlicher Gedanke.

In Richental reifte ein Plan. Er hatte zwar ein schlechtes Gewissen, und Anna würde das womöglich nicht gutheißen, doch er brauchte sie dafür und es ging ja um das große Werk. Vielleicht konnte er durch das Mädchen mehr über diesen Böhmen erfahren.

Noch am selben Abend besprach er sich mit seiner Hausfrau, und sie entschieden, dass sie dem Mann im Kerker ebenfalls Erleichterung verschaffen und ihm Essen und Kleidung zukommen lassen wollten. »Musst mir aber haarklein von allem berichten, was er dir sagt, Mädchen«, beschwor er Ennlin – um auch diese Anweisungen schon einige Tage später über all den Erkundigungen wieder zu vergessen, die er einzuziehen hatte. Es ging um Umwälzendes, um Weltgeschichte. Ein einzelner Mann war da ohne Belang.

Und dann bekamen die Richentals weitere Einquartierung. Während Anna sich nach dem Eintreffen der Gäste um das körperliche Wohlergehen der Ankömmlinge sorgte, notierte ihr Gatte sorgsam:

Jacobus Blocensis episcopus, der zoch in daz huß vor Sant Steffan uf den Blatten, daz man nempt zum Guldin Braken mit Xxij Pfärden.

Schon am nächsten Abend saßen sie lang zusammen. Jakob Kurdwanowski, Bischof von Plock, war ein sehr anregender Gesprächspartner, ein gelehrter Mann, der vieles wusste, vor allem über die verwirrenden Zustände in Böhmen. Die Verhaftung dieses Ketzers Hus und neulich erst in Bayern seines Gefolgsmannes Hieronymus von Prag hatten dort für Unruhen gesorgt. Meister Richental und sein Gast tauschten sich rege darüber aus und leerten dabei nach und nach ein Fässchen Bier, das Erzbischof Johann von Oppeln im Gepäck gehabt und das dessen Reisegefährte, der Bischof höchstselbst, mit ins Haus zum Goldenen Bracken gebracht hatte. Der Gerstensaft schmeckte ein wenig herb, aber sehr würzig, fand Richental. Anna mochte das fremde Bier nicht so sehr, sie bevorzugte malzigeren Gerstensaft.

Weniger einverstanden als mit dem Bier und den gelehrten Disputen war Meister Richental indessen mit den Lebensgewohnheiten seines Gastes. Der Bischof wurde schnell ein gern gesehener Besucher in den Konstanzer Freudenhäusern und begeisterte sich für die Possenreißer, Gaukler, Musikanten und Wahrsager, die nach Meinung Richentals in der Stadt allmählich überhandnahmen. Insbesondere die Wahrsager waren äußerst beliebt. Jeder glaubte halt, was ihm gerade zupasskam. Manchmal hatte er das Gefühl, die Gäste, ob hoch oder niedrig, ob weltlichen oder geistlichen Standes, waren nur des Amüsements wegen in die Stadt geströmt. Sie ritten trotz der Winterkälte Turniere, trieben allerlei Schabernack, kauften sich Frauen und Wein im Übermaß – als ginge es hier nicht um die Zukunft der Kirche. Nach außen hin aber taten sie tugendsam und glaubten, es gäbe noch Leute, die ihnen das abnahmen.

Aber was sollten die einfachen Menschen auch denken, wenn der König selbst neben den Kirchenfürsten der größte aller Ehebrecher war und das auch öffentlich auslebte. Bei solchen Vorbildern mussten die Sitten ja verlottern. Doch wehe dem, der es wagte, diesen liederlichen Lebenswandel anzusprechen, und sei es noch so verklausuliert.

Im Februar 1415 dann zog einer in Konstanz ein, mit Prunk und Pracht und Trommeln und Pfeifen, der Meister Richentals Neugierde besonders beflügelte: Herzog Friedrich von Tirol aus dem Hause Habsburg, genannt Friedrich mit den leeren Taschen. In seinem Tross, oder besser, im Gefolge des Bischofs von Brixen, befand sich zudem ein Mann, dem Richental äußerste Skepsis entgegenbrachte. Es hieß, Oswald von Wolkenstein entstamme einem edlen Rittergeschlecht und sei ein berühmter Minnesänger. Doch Richental fand schon kurz nach dessen Ankunft, dass er sich überhaupt nicht ritterlich verhielt. Der von Wolkenstein soff wie ein Loch, prügelte sich in den Kneipen herum und bezahlte die Zechen nicht. Letzteres allerdings, musste Richental insgeheim einräumen, war in diesen Zeiten unter den Rittern nicht so unüblich. Aber dieser sollte dazu allerlei zwielichtige Abenteuer hinter sich gebracht haben als Matrose, Ruderknecht und was nicht alles. Er sah plump und derb aus mit seinem einen kaputten Auge und sollte sich sogar mit den Tiroler Aufständischen gegen den eigenen Herzog verbündet haben, weil der ihm seine Geliebte Sabina abspenstig gemacht hatte.

Aber Wolkenstein dichtete, und die Damen lagen ihm zu Füßen. Angeblich beherrschte er zehn Sprachen. Dem König gefiel er, sodass Sigismund ihn dem Habsburger abwarb und ihn als Possenreißer, Übersetzer und Mittelsmann zur Regelung der Aufstände in Tirol in seinen Dienst nahm – wie es hieß für 300 Rote Ungarische Gulden. Friedrich und der König standen nicht gut miteinander, vielleicht, weil der Habsburger ein Parteigänger von Johannes XXIII. war.

Kurz, Richental gefiel dieser Minnesänger nicht. Andererseits, Wolkenstein hatte in seiner Unverschämtheit einen gewissen Witz. Da war sein Lied über den ›Schreufel-Peter‹, Pedro de Luna, der sich als Papst Benedikt nannte. Selbst die Spatzen pfiffen es inzwischen von den Konstanzer Dächern. Wolkenstein verglich Benedikt darin mit einem der Bolzen, die ein Wagenrad halten. Nicht ganz zu Unrecht, das musste man zugeben, so wie dieser de Luna sich an das Amt klammerte.

Richental zog die Augenbrauen hoch. Einerseits war es kein schlechter Vergleich. Andererseits – so etwas gehörte sich nicht, einen so hochstehenden Mann als Schreufel zu bezeichnen. Wie gingen die Worte noch mal? Er summte fast wider Willen:

Zwar Peterlin, du böse katz,
ain kind mit falscher lawne,
dir hat gevält der alte glatz;
ich hort zu Affiane
ain brief von künigen, herren, lant,
die vor an dich geloubet hand,
die pfeiffent dir mit grillen
zu tanz auff ainer tillen

Von küngen, künigin junck und alt
ward er gegrüsst mit kussen,
doch nach den jungen, sach ich halt,
tet er sich nimmer wünschen.
wer zwaiung an den frauen gelaint,
wir hetten uns leicht ee veraint
wann mit dem Peter Schreufel
und seinem knecht, dem teufel.

Dieser Wolkenstein! Wenn er so darüber nachdachte, die ›falsche Laune‹ war wirklich eine gelungene Anspielung auf den Namen Luna, was ja bekanntlich Mond hieß. Es sollte Leute geben, die bekamen vor allem bei Vollmond ein verqueres Bild von der Welt und heulten dann den Himmel an.

Kapitel dreizehn
- Verzweifelte Suche -

DIE PFISTERIN STELLTE ihren Sohn in den folgenden Wochen wieder und immer wieder zur Rede, wollte von ihm erfahren, was er trieb, warum er ständig ohne Erklärung einfach verschwand. Aber aus dem Jungen war nichts herauszubekommen. Sie war völlig verzweifelt, denn ihr war klar, dass mit ihrem Sohn etwas nicht stimmte. Benedikt aß kaum noch, schlief schlecht und war mit seinen Gedanken nicht mehr bei der Sache. Seine Arbeit im Kontor litt beträchtlich, er machte Fehler.

Benedikt wusste, dass seine Mutter sich Sorgen machte. Doch ihm fiel beim besten Willen nichts ein, was er ihr hätte sagen können. Die Wahrheit jedenfalls nicht, das hätte sie noch mehr gegen ihn aufgebracht. Er hatte einfach keine Kraft für noch mehr Auseinandersetzungen, er war jetzt schon im Sinn des Wortes außer sich, nur von einem Gedanken beherrscht: Es war bereits Februar, und sie hatten Ennlin noch immer nicht gefunden. Hennslins Onkel Hans von Heudorf hatte Hilfe zugesagt, aber nichts erreicht. Selbst der Graf von Nellenburg wusste nicht, wo sie war. Das sagte Hennslin, der es von seinem Onkel wusste. Der Lächelnde Ott und seine Bande hatten auch nichts ausrichten können. Was war nur mit ihr geschehen? Und mit Jakob?

Benedikt malte sich die schrecklichsten Dinge aus. Dass sie in einer kalten Winternacht erfroren oder aus lauter Verzweiflung wegen des Verschwindens ihres Bruders in den See gegangen war. Dass der Gelbe Hans sie in seine Klauen bekommen hatte. Vielleicht bei der letzten geplanten Übergabe. Hatte sie genügend Münzen zusammenbekommen? Und wenn ja, woher? Ihm fiel nur eine Möglichkeit ein, sie musste weiter stehlen. Denn bei Constanzia war sie nicht.

Und was, wenn sie beim Stehlen erwischt würde? Er sah sie schon am Pranger mit geschlitzten Ohren. Oder noch schlimmer, halb verhungert und verblutend in irgendeinem schrecklichen, dreckigen, kalten Verlies, weil sie ihr die Hand abgehackt hatten. Gerade jetzt, wo der König endlich da war und die Stadt einen guten Eindruck machen wollte, hatten die Verurteilten mit drakonischen Strafen zu rechnen.

Der König. Er war schon vor einer Weile von Petershausen in den Freiburger Hof an die Münstergasse gezogen. Seine rauflustigen Ungarn hatte er zu Fidas Erleichterung aufgrund der Proteste wegen der ständigen Raufhändel in Petershausen zurücklassen müssen. Nun ritt Sigismund unter dem Jubel des Volkes mit viel Gefolge täglich durch die Stadt. Ab und an war auch der Papst dabei, und man sah sie miteinander disputieren.

Die Frauen schwärmten von Sigismund, auch seine Mutter. So viel hatte er mitbekommen. Mal richtete er an die eine hübsche Dame am Wegesrand ein nettes Wort, mal an die andere. Er sah angeblich gut aus, majestätisch und hochgewachsen, schön beinahe. Naja, wenn die Mutter das dachte. Benedikt nahm das alles eher am Rande wahr.

Der König verstand sich auf Avancen, das war unschwer zu erkennen, und wie es hieß, auch auf die Diplomatie. Es wurde behauptet, Sigismund spreche fünf Sprachen fließend.

Seine Stimme war wohltönend, das musste Benedikt zugeben. Die meisten Männer dachten allerdings heimlich, der König rede zu viel, sei ein wenig zu impulsiv, lache zu viel und zu oft und sei zu sehr an ihren Frauen interessiert.

Doch das wollten die Frauen nicht wahrhaben, wie er festgestellt hatte. Sie glaubten lieber, dass Sigismund witzig war, geistreich sogar, und mit diesem bestimmten Blick nur sie meinte.

Unterschiedliche Meinungen herrschten auch zur Königin. Sie wurde so gut wie nicht an der Seite Sigismunds gesehen. Barbara von Cilli galt als leichtlebig. Sie residierte zusammen mit der Königin von Bosnien in des Bündrichs Hof. Oft war es dort hinter den Fenstern sogar noch mitten in der Nacht hell erleuchtet, und die lachenden Stimmen von Frauen oder Minnegesang drangen hinaus auf die Straße. Von unkeuschen Liebesspielen wurde getuschelt. Da wurden Turniere organisiert, es gab Tanz und allerlei andere Festivitäten. Und immer wieder zeigte sich die Königin in reich bestickten Gewändern aus kostbaren Stoffen. Die waren so weit ausgeschnitten, dass man mehr als zwei Handbreit ihres Halses sah, und hatten lange Schleppen aus kostbaren Stoffen. Die von Württemberg, mit der die Königin in die Stadt geritten war, lebte jetzt in Herrn Hannsens Bischofs Hof in der Nähe hinter Sankt Stephan. Da ging es gesitteter zu.

Fida war empört darüber, wie die Sitten verkamen. Wie konnte die Königin nur! Sollte sie nicht die edelste, die tugendhafteste aller Frauen sein, anderen weiblichen Wesen ein Vorbild? Aber nein, sie benahm sich, als gäbe es für sie und ihresgleichen keine Sünde, keinen Satan. Gut, sie war bei ihrer Verlobung mit dem um 20 Jahre älteren Sigismund erst 15 gewesen. Aber inzwischen war sie eine gestandene Frau von 22. Da müsste sie es doch besser wissen, da war sie sich mit ihren Geschlechtsgenossinnen einig.

Die Männer waren ohnehin viel mehr an dem Streit interessiert, den der König mit Friedrich von Habsburg hatte. Offenbar gab es allerlei Beschwerden, weil dieser immer wieder die Burgen anderer Herren überfallen hatte und sich nahm, was ihm gefiel. Vielleicht gebe es sogar Krieg zwischen ihm und Friedrich mit den leeren Taschen, hatte Hennslin von Heudorf neulich gesagt und gestrahlt. Er brannte darauf, in den Kampf zu ziehen.

Benedikt hatte seine Zweifel, dass Hennslin ein guter Kämpfer war. Bei seinem Leibesumfang würde wahrscheinlich sein Pferd bald unter ihm zusammenbrechen. Einmal hatte er sich über Hennslins manchmal herablassende Art derart geärgert, dass er ihn wegen seiner Dickleibigkeit gehänselt hatte – und der war seitdem tödlich gekränkt. Nur ein schlichtendes Wort des Lächelnden Ott hatte verhindert, dass sie einander an die Gurgel gegangen waren. Ott hatte sie daran erinnert, dass sie zusammenhalten mussten. Sie hatten schließlich geschworen, Ennlin zu beschützen: »Wenn sie wieder da ist, könnt ihr euch immer noch die Köpfe einschlagen.«

Krieg oder nicht Krieg – Benedikt war das sowieso alles gleich, auch das Gerede der Freundinnen der Mutter über die Königin. Für ihn gab es nur die Eine. Sollte Hennslin doch von den ganzen edlen Frauen schwärmen, die er bei der Weihnachtsmesse im Münster gesehen hatte oder von den hohen Damen, die er bei Turnieren erlebte, die er zusammen mit seinem Onkel Hans von Heudorf besuchte. Bald, hatte Hennslin mit vor Eifer geröteten Wangen immer wieder erklärt, werde er selbst bei seinem ersten Turnier reiten. Der Onkel hatte ihm seine eigene Rüstung anfertigen lassen.

Da wird der Rüstungsmacher wohl einiges zu tun gehabt haben, dachte Benedikt in Anbetracht der beleibten Gestalt und stellte sich mit einer gewissen Schadenfreude vor, wie der Gegner Hennslin beim Hauen und Stechen ins Sägemehl beförderte. Doch dieses Mal hatte er seine Zunge im Zaum gehalten. Trotzdem, wie konnte er nur an so etwas denken! Jetzt, wo die schönste aller Jungfrauen in Gefahr schwebte!

Er, Benedikt, war ohnehin der Einzige, der sie zu würdigen verstand, ihre ganze Schönheit, ihren Edelmut und ja … diese Kupferaugen und ihre liebliche Gestalt. Das behielt er aber für sich, wie so vieles zu dieser Zeit.

Der Lächelnde Ott sagte ebenfalls nichts zu den Schwärmereien von Hennslin. Die Reichen und Hochwohlgeborenen lebten, was ihn anbetraf, in einer anderen Welt, waren höchstens gut, um sie zu rupfen.

Dann, eines Abends, ertönte der bekannte Pfiff vor Benedikts Haus. Er stürzte hinaus, voller Hoffnung, dass sie Ennlin endlich gefunden hatten. Der Lächelnde Ott und Hennslin von Heudorf sahen auch recht aufgeregt aus. Doch es ging nicht um sie. Dafür hatte einer aus der Bande des Lächelnden Ott endlich den Ort entdeckt, an dem Jakob gefangen gehalten wurde.

»Wir müssen ihn befreien«, sagte Benedikt eifrig.

»Das werden wir«, erklärte Hennslin, ganz der kampfesmutige Ritter.

»Das wird nicht einfach, der Gelbe Hans weiß sehr wohl, dass wir nach dem Jungen suchen. Wir brauchen einen guten Plan«, wandte der Lächelnde Ott düster ein.

»Dann können wir ihr eine gute Nachricht übermitteln, wenn wir sie finden«, meinte Benedikt strahlend. »Da wird Ennlin aber erleichtert sein.«

»Erst müssen wir sie aber finden«, dämpfte der Lächelnde Ott Benedikts Begeisterung. »Und Jakob haben wir auch noch nicht. Das wird schwierig.«

»Wo ist er denn?«, fragte Benedikt.

»Ein gutes Stück weg, in der Nähe von Öhningen. Deswegen haben wir auch so lang gebraucht, um ihn zu finden. Da gibt es die Litzelhauserhöfe. Der Kleine Konz, das ist einer aus meiner Bande, war dort. Er geht gern über Land, um bei den Bauern zu schnorren. Er ist zwar schon elf, aber klein geblieben, er wächst wohl nicht mehr. Und da haben insbesondere die Mägde, manchmal auch die Bauersfrauen, Mitleid mit ihm. Und wenn nicht, dann stiehlt er – hier einige Kartoffeln, da ein paar Rüben oder Obst. Neulich hat er sogar einen gepökelten Schinken mitgebracht, einen ganzen.

Seit einigen Wochen verfolgt er zudem den Gelben Hans, zusammen mit dem Nuschelnden Ferdinand. Der heißt so, weil sie ihm die Vorderzähne bei einem Streit ausgeschlagen haben. Die beiden haben einiges über die Geschäfte des Gelben Hans entdecken können. Unter anderem verkauft er gestohlenes Gut. Jörg vom End und andere Raubritter wie Frischhans von Bodman, der von Lupfen und wie sie alle heißen, bringen zu ihm, was sie erbeutet haben, ebenso ein gewisser Hans ...«

»Schweig still«, unterbrach ihn Hennslin von Heudorf scharf.

Der Lächelnde Ott warf ihm einen schrägen Blick zu.

Benedikts Augen wanderten verwundert von einem zum anderen. Was sollte das denn heißen?

»Der Bauer scheint sich mit dem Gelben Hans gut zu verstehen«, fuhr Ott fort. »Dort ist Jakob, er wird im Stall gefangen gehalten.«

»Wenn er bei den Kühen ist, muss er wenigstens keinen Durst leiden, da kann er am Euter trinken«, meinte Hennslin von Heudorf.

»Sehr witzig. Und wie kommen wir an ihn heran?«, fragte Benedikt.

Es folgte ein erneuter Blickwechsel zwischen Hennslin und dem Lächelnden Ott.

»Einer von uns könnte so tun, als habe er Hehlerware anzubieten. Bei dem Bauern nachfragen, ob er vielleicht den Gelben Hans kennt und ihn so ablenken, während die anderen versuchen, in den Stall zu kommen und Jakob herauszuholen«, meinte Letzterer schließlich.

»Das klingt mir nicht nach einem guten Plan«, antwortete Benedikt und nagte an seiner Unterlippe. »Außerdem weiß ich nicht, wie ich es schaffen soll, so lang von daheim wegzubleiben. Denn das wird wohl länger dauern.«

»Hast du einen besseren Plan?«, fauchte ihn Hennslin an, dann nickte er dem Lächelnden Ott zu. »Ich glaube, ich weiß, wo die Höfe sind. Ich könnte da ja mal vorsprechen.«

Benedikt schüttelte den Kopf.

»So etwas Ähnliches dachte ich mir schon«, gab der Lächelnde Ott mit zufriedener Miene zurück. Was hatten die beiden anderen nur, warum warfen sie sich ständig solche Blicke zu? Benedikt hasste es, ausgeschlossen zu sein. Er fühlte sich wie ein Einfaltspinsel. Andererseits, um zu fragen, war er auch wieder zu stolz. Also schnaubte er nur missbilligend.

»Bist schon ein rechter Gischpel«, befand der Lächelnde Ott.

»Hei, nenn mich nicht so, ich bin kein solcher Gimpel, wie du denkst«, knurrte Benedikt zurück. »Ich hab schon gemerkt, dass ihr Geheimnisse vor mir habt.«

»Gut, wollen wir es also so machen. Ich lenke den Bauern ab«, erklärte Hennslin, ohne auf den Wortwechsel und das Stichwort *Geheimnisse* einzugehen.

Benedikt beließ es dabei. »Heute Nacht?«

Hennslin schüttelte den Kopf. »Morgen Nacht wäre besser. Kann sein, dass ich etwas Zeit für die Vorbereitungen brauche, kann aber noch nicht sagen, wie lang. Nein, keine Fragen. Lasst mich machen, und nehmt etwas zu essen und warme Decken mit, es könnte sein, dass wir lang im Freien liegen müssen, bis sich eine günstige Gelegenheit ergibt. Ihr findet mich zwei Stunden vor Laudes am Stadttor Richtung Höri, da können wir dann ausmachen, wie es weitergeht. Ihr könnt ja schon mal die Vorhut bilden und die Lage auskundschaften. Seid beizeiten da, ich werde die Wachen bestechen, sodass sie uns aus der Stadt lassen.«

Der Lächelnde Ott und Benedikt belagerten den Bauernhof eine Nacht und beinahe zwei Tage. Hennslin hatte ihnen auch am nächsten Tag noch nicht sagen können, wann genau er eintreffen werde. Und da waren sie auf gut Glück aufgebrochen. Es könne nicht schaden, Genaueres über die Gepflogenheiten der Leute auf dem Hof herauszufinden, meinte der Lächelnde Ott.

Benedikt wusste, das würde Ärger mit der Mutter und erneute bohrende Fragen geben, wenn er so lang von daheim weg blieb. Aber er wollte auch nichts sagen, um nicht als dummer Junge dazustehen.

Benedikt und Ott hatten sich in einer Senke am Waldrand eingerichtet und ihr Lager mit Zweigen abgedeckt. Bald schon froren sie erbärmlich, sie konnten ja kein Feuer machen, um sich nicht zu verraten. Und in der Nacht war es eisig kalt. Sie drückten sich eng aneinander, um sich gegenseitig zu wärmen. Dann endlich holperte Hennslin am Spätnachmittag des zweiten Tages wie selbstverständlich auf dem Kutschbock eines schwer beladenen Karrens auf den Hof des Bauernhauses. Er schaute sich nicht um. Benedikt richtete sich auf. Ott zog ihn in den Graben zurück. »Lass uns warten, bis es dunkel ist, das Abladen dauert noch eine Weile.«

Benedikt begann zu begreifen. Ott kannte sich aus. Der Hof war wohl ein Umschlagplatz für allerlei geraubtes Gut, auch der Heudorfer. Der königliche Rat Hans von Heudorf war ein Räuber. Am Ende gehörte er noch zu jenen, die gemeinsame Sache mit dem Gelben Hans machten. Deswegen also hatte der feine Herr Onkel nichts über Ennlin herausfinden können. Und Ott wusste davon. Jetzt begriff er den Blickwechsel.

Doch er schwieg fein still, während ihm das Herz bis zum Hals hämmerte. Er hatte furchtbare Angst. Während er vor sich hin bibberte, hatte er sich die schlimmsten Ereignisse vorgestellt. Sie wurden vom Bauern erwischt und von seinen Knechten niedergemacht. Dann würde die Mutter ihren Benedikt niemals wiedersehen. Ob sie wohl um ihn weinen und ihm eine wunderschöne Beerdigung ausrichten würde? Ach, da wäre er gern dabei.

Oder sie wurden gefangen genommen und furchtbar gefoltert. Vielleicht auch verstümmelt und zum Betteln auf die Straße geschickt. Nicht minder gefährlich erschien ihm aber die Möglichkeit, auf die er eigentlich hoffte: Die Befreiung gelang, und er musste zurück zur Mutter. Sie würde toben. Vielleicht verstand sie ja aber auch, dass das eine gute Tat gewesen war, und nahm ihren tapferen Sohn stolz in die Arme. Benedikt hatte diesbezüglich indessen seine Zweifel.

»Wo steckst du mit deinen Gedanken, los jetzt, sie sortieren gerade im Haus die Beute, da sind sie abgelenkt«, flüsterte der Lächelnde Ott.

Benedikt schaute hoch, es war inzwischen fast dunkel geworden. In der Stube des Bauern brannte Licht, der Wagen war abgeladen und stand verlassen im Hof. Die Pferde scharrten mit den Hufen. Ihnen war wohl auch kalt.

Ott nickte Benedikt auffordernd zu, und die beiden jungen Männer schlichen geduckt zum Stall. Er war mit einem großen Riegel von außen verschlossen. Sie versuchten, ihn so leise wie möglich nach oben zu schieben. Auf halber Höhe angekommen, knarzte und quietschte er. Die beiden hielten erschrocken inne, drückten sich an die Stallwand und lauschten. Im Haus rührte sich nichts. Leise schoben sie den Riegel vollends hoch. Die warme Luft des Stalls und das friedliche Geräusch wiederkäuender Kühe schlugen ihnen entgegen. Benedikt wäre am liebsten für immer hier geblieben. »Jakob, Jakob wo bist du?«, raunte der Lächelnde Ott.

Ein leises Wimmern antwortete. Sie konnten zuerst nicht ausmachen, woher es kam. »Jakob! Wo bist du? Ich bin's, Ott, wir werden dich befreien.«

Wieder dieses Wimmern.

Da endlich fanden sie ihn. Er lag im Stroh, an Händen und Füßen gefesselt, mit einem Knebel im Mund und aufgerissenen Augen – ein kleiner verzweifelter Junge. Benedikt konnte sich gut vorstellen, welche Angst er ausgestanden haben musste.

»Kannst du laufen?«, fragte Ott, während er ihm erst die Fesseln durchschnitt und dann den Knebel aus dem Mund nahm.

»Psst, sei leise«, warnte er, als er sah, dass Jakob etwas sagen wollte. Der nickte deshalb nur.

Doch Jakob hatte seine Kräfte überschätzt. Er stöhnte auf, als ihm das Blut in seine so lang abgeschnürten Beine schoss, und knickte ein. Benedikt nahm ihn kurzerhand auf die Arme. Der kleine Kerl war federleicht, sie hatten ihn wohl hungern lassen. Und er stank schrecklich. Aber das war jetzt zweitrangig.

»Kannst du mit ihm rennen?«, fragte Ott.

Benedikt nickte, er würde rennen können. Für Ennlin. Er biss die Zähne zusammen und stürmte los. Bereits auf halbem Weg zum Wald keuchte er sich fast die Lunge aus dem Leib. Der Lächelnde Ott erkannte, dass Benedikt nicht mehr weiterkonnte, und übernahm den Jungen. Bei ihrer Kuhle am Waldrand angekommen, sanken sie völlig außer Atem nieder. Vorsichtig stellte Ott den Kleinen auf den Boden, der ihm sofort schluchzend um den Hals fiel. »Hhab soo ggewartet«, schniefte er. Dann wies er auf Benedikt. »Dden kenn ich dddoch, der ist bbestimmt bböse auf Linnie«, da schlug er die Hand vor den Mund, weil er bemerkte, dass er seine Schwester fast verraten hätte.

»Du meinst, weil sie mir den Beutel gestohlen hat, als der Papst nach Konstanz kam?«

Jakob nickte geknickt.

»Keine Angst, Kleiner, das ist ein Freund. Er hat deiner Schwester geholfen. Wir haben dich schon ganz lang gesucht.«

Jakobs Augen wurden groß. »Und er is nich böse? Er bringt mich nich ins Gefängnis?«

»Bestimmt nicht«, beruhigte Benedikt ihn.

»Ich nehm dich wieder mit zu uns«, entschied Ott.

»Oh ja, is Linnie auch da? Wo is sie?«

Benedikt und Ott wussten nicht, was sie sagen sollten. Nein, Ennlin war nicht da. Und sie wussten auch nicht, wo sie war. »Sie kommt später«, meinte Benedikt lahm. In diesem Augenblick fasste er einen Entschluss: Sie brauchten

Hilfe. Und da fiel ihm nur eine ein. Constanzia. Sie hörte viel, wusste vielleicht, wo sie noch suchen konnten.

»Jetzt sollten wir aber los«, mahnte Ott. »Komm, du Hosenpisser, ich massier dir mal ein bisschen die Beine, es hört bald auf, wehzutun.«

»Bin kein Hosenpisser, bin auch kein Kleiner«, protestierte Jakob. »Die waren ganz böse zu mir, haben gesagt, sie schneiden mir die Finger ab, wenn Linnie ihnen kein Geld gibt. Und haben ganz schrecklich gelacht und mich gehauen. Aber ich hab nich geweint, hab ihnen nich gezeigt, was ich für Angst hatte. Einmal hätte ich es sogar beinahe geschafft, abzuhauen. Da haben sie mich ganz schrecklich verprügelt, sodass ich geblutet hab. Guckt mal.« Er riss den Mund auf. Benedikt und Ott erkannten, dass ihm ein Backenzahn fehlte. So wie es aussah, war das noch ein Milchzahn gewesen.

»Das wächst nach«, beruhigte ihn Benedikt.

»Wirklich?«, strahlte Jakob.

»Wirklich«, bestätigte Ott. »Und du hast recht, ein Hosenpisser bist du wirklich nicht, sondern ziemlich tapfer.«

Jakob wurde ein wenig rot vor Stolz über dieses Lob.

Dann machten sie sich auf den Weg. Kurz darauf hörten sie hinter sich einen Wagen heranrumpeln und versteckten sich in Windeseile hinter einem Busch am Wegesrand. Der Wagen hielt, ihnen stockte der Atem.

Da hörten sie die Stimme von Hennslin. »Hab euch gesehen. Steigt auf den Wagen, ihr Hohlköpfe. Habt Glück gehabt, dass ich es bin. Was, wenn die Leute des Gelben Hans euch verfolgt hätten?«

»Das konnten sie nicht sein, waren ja noch mit Euch beschäftigt, Herr Ritter von der ausladenden Gestalt!«, feixte Ott.

Hennslin knurrte etwas vor sich hin, sagte sonst aber nichts, sondern gab dem Pferd die Peitsche.

Benedikt hatte recht vermutet, die Pfisterin empfing ihn mit umwölkter Stirn. Sie benahm sich jedoch völlig anders, als er es erwartet hatte. Sie hatte keinen Wutanfall, obwohl ihr der Zorn auf ihren Sohn aus den Augen blitzte. Sie blieb völlig kalt und erklärte ungerührt: »Ach, wieder da.« Dann wandte sie sich ab und redete fortan kein Wort mehr mit ihm. Sie fragte ihn noch nicht einmal, wo er gewesen war. Dann hätte er wenigstens mit der Rettung des kleinen Jakob prahlen können. Andererseits hatte er den Verdacht, dass das ebenfalls nicht gut angekommen wäre, denn Jakob war nun einmal Ennlins Bruder. Und die Mutter war auf das Mädchen überhaupt nicht gut zu sprechen. Auch wenn sie sie auf sein Flehen hin nicht angezeigt hatte.

Andererseits – dieses Schweigen war schrecklicher als alle Vorwürfe oder die Maulschellen, die er erwartet hatte. Manchmal wünschte er sich fast, dass sie ihn ohrfeigen würde wie früher, als er noch klein gewesen war, ihm mit dem Riemen eins überziehen oder ihn anschreien. Aber nein. Nichts. Fida benahm sich, als wäre er überhaupt nicht anwesend. Bei der gemeinsamen Mahlzeit schaute sie einfach durch ihn hindurch. Früher, da hatte er immer auf sie zählen können, sich sicher gefühlt. Und nun war ihm, als habe sie ihn aus dem Paradies vertrieben.

Benedikt verstand nur ganz allmählich, dass das auch so war. Seine Kindheit und die unbeschwerte Zeit des Heranwachsens waren für den früher so behüteten Sohn der Pfisterin unwiderruflich vorüber.

Er wusste, er hatte da noch Glück gehabt. Menschen wie

der Lächelnde Ott, Ennlin oder der kleine Jakob hatten so etwas wie eine behütete Kindheit niemals gehabt. Auf eine gewisse Weise traf das sogar auf Hennslin von Heudorf zu. Er wusste, der Vater und der Onkel verlangten von ihm, ein tadelloser Ritter zu werden, edel, maßvoll und mutig. Hennslin bemühte sich nach Kräften, seinen massigen Körper beherrschen zu lernen. Er schwärmte für Parzival, hätte das Epos des Wolfram von Eschenbach gar zu gern gelesen, doch er konnte nicht lesen. So träumte er sich eben in diese Rolle. Dummerweise wollte sein Körper nicht so wie sein Vater, sein Onkel und er, obwohl er sich redlich Mühe gab. Er konnte einfach keiner Mahlzeit widerstehen.

Benedikt hatte ihn einmal beim Essen beobachtet. Hennslin schlang alles in sich hinein, dessen er habhaft werden konnte. Benedikt hatte das Gefühl, dass er das tat, weil da irgendwo in ihm ein Loch war, das sich anders nicht füllen ließ. Vermutlich dasselbe Loch, das er nun auch mit sich herumtrug, seit die Mutter geflissentlich über ihn hinwegsah. Selbst morgens, wenn er ins Kontor kam, kümmerte sie sich nicht mehr um ihn, gab ihm keine Arbeit, erklärte ihm nichts mehr, sondern machte alles selbst.

Erst war er wütend, machte sich vor, dass ihm das egal war. Das Loch war am nächsten Morgen trotzdem noch da.

Ennlin vergaß er dennoch nicht und ging zu Constanzia. Er berichtete ihr, dass Jakob wieder da war, dafür aber Ennlin spurlos verschwunden blieb. Diese schaute ihn nachdenklich an und versprach dann, zu sehen, was sie in der Angelegenheit tun konnte.

Benedikt beruhigte das kein bisschen, und er versank erneut in sein stummes Brüten. Immer wieder sprach er bei Constanzia vor. Immer wieder erklärte sie ihm, sie wisse nichts Neues. Fida hörte ihn fast jede Nacht in seiner Kammer herumlaufen.

Die Pfisterin wirkte nur nach außen kühl. Innerlich war sie aufs Äußerste beunruhigt über die Entwicklung, die ihr Sohn nahm. So einfach zu verschwinden, das war doch nicht seine Art. Mit dem untrüglichen Instinkt einer Mutter vermutete sie sogleich, dass die Geschichte etwas mit diesem Mädchen zu tun hatte, dieser Ennlin. Sie hatte den Verdacht, dass sich die beiden heimlich trafen. Warum sonst war er so bockig? Nicht auszudenken, wenn ihr Junge plötzlich mit dem Mädchen ins Haus kam, weil es seinen Balg im Bauch trug. Sie kannte diese Versuche mancher Mädchen, sich auf diese Weise eine gute Partie zu angeln. Aber nicht mit ihrem Benedikt. Nicht mit ihr.

Und während sie so tat, als beachte sie ihn nicht, ließ sie Benedikt heimlich von einem gemieteten Lusener verfolgen. Sie musste einfach wissen, was mit ihm los war. Der Ratsknecht, den sie engagierte, war bekannt dafür, dass er nebenher Leute ausspähte und meldete, wer gotteslästerliche Flüche von sich gab. Es kam jedoch kaum vor, dass jemand wegen des Fluchens angezeigt wurde. Allerdings nicht, weil die Konstanzer keine gotteslästerlichen Flüche kannten, sondern weil niemand diese Vorschrift sonderlich ernst nahm. Dieser Lusener war zudem vom Rat angestellt, um die Ratsglocke zu läuten und bei Bedarf die Sankt-Lorenz-Kirche abzusperren. Dafür zahlte ihm die Stadt fünf Pfund Pfennig im Jahr. Kein schlechter Lohn, fand die Pfisterin.

Die Ratsknechte, die auch Lusener-Dienste anboten, verdienten sich damit ein gutes Zubrot. Sie verlangten einiges, zumal sie derzeit besonders gefragt waren. Da wollten Konstanzer Bürger wissen, ob sich ihre Ehefrau womöglich einen der zugereisten Ritter zum Liebhaber genommen hatte. Andere hofften auf geschäftliche Vorteile, wenn sie etwas erfuhren, mit dem sie ihre Handelspartner unter Druck setzen konnten. Nicht selten ging diese Rechnung auf, krumme Geschäfte machte doch fast jedermann – was die Seckler, die von der Stadt ausgesandten Steuerpfänder, ziemlich erboste.

Das galt selbst für die Ritterschaft. Fast der gesamte Bodenseeadel, die Herren von Lupfen, von Heudorf, von Bodman, ja selbst die von Montfort und viele andere waren sich nicht zu schade, sich auf dunklen Wegen einen Zustupf zu ihren Einnahmen zu verschaffen. Das war ein offenes Geheimnis. Der Herr von Lupfen allerdings ließ es zur Zeit etwas gemächlicher angehen. Als Berater des Königs, von diesem noch nicht lang belehnt mit der Landgrafschaft Stühlingen, der Herrschaft Hewen, der Stadt Engen und anderen reichen Gütern, weil Sigismund ihn als Unterstützer im Kampf gegen Friedrich mit den leeren Taschen gewinnen wollte, hielt er sich zurück und blieb weitgehend gesetzestreu.

Fida hatte in diesen Tagen indessen noch anderes zu tun, als sich um ihren Sohn zu sorgen. In der Nachbarschaft, nämlich in das Haus des Goppentzhusers, das ebenfalls an der Sankt Paulsgasse lag, waren mit 20 Pferden und einem großen Tross zwei Botschafter des Kaisers von Konstantinopel eingezogen, zwei Herzöge aus Tropi oder Tropaia. Das sollte in Griechenland liegen. Verdammenswerte Ketzer natürlich, auch wenn sie sich Christen schimpften. Den rechten Glauben hatten sie trotzdem nicht. Das sagten alle, die etwas davon verstanden. Doch man konnte sich seine Abnehmer nun mal nicht aussuchen, und diese schienen einen schier endlosen Schlund und einen ebenso tiefen Beutel zu haben. Jedenfalls verlangten sie ständig Nachschub von süßem Wein. Es war nicht immer leicht, ihn zu besorgen, denn den gab es eher im Welschland als in der Bodenseeregion. Obwohl, so sauer fand die Pfisterin die heimischen Weine nun wieder nicht, auch wenn diese Herren die Nase darüber rümpften. Gut, die neuen Jahrgänge waren ein wenig saurer. Aber das lag an den verregneten und kühlen Sommern der letzten Jahre.

Der Lusener erstattete der Pfisterin täglich Bericht. Zwei Wochen lang bestätigte sich ihr Verdacht nicht. Allerdings erfuhr sie zu ihrem Entsetzen, dass sich ihr Benedikt mit einem Stromer und Wegelagerer herumtrieb, der sich der Lächelnde Ott nannte. Und zu ihrer Zufriedenheit, dass auch Hennslin von Heudorf immer wieder mit Benedikt gesehen wurde. Das war nun wieder eine gute Nachricht. Der Oheim, Hans von Heudorf, war schließlich ein Berater des Königs und ritt fast täglich mit diesen reich gewandet durch die Stadt. Solche Beziehungen waren gut. Mit dem Lächelnden Ott würde sie schon noch fertig werden. Also hielt sie zunächst den Mund und sprach ihren Sohn nicht darauf an.

Bezüglich seines Techtelmechtels beruhigte sie sich ebenfalls langsam. Er erwähnte diese Ennlin niemals mehr. Fida hoffte, dass er die Kleine schon bald vergessen haben würde. Zumal er offenbar auch ins Frauenhaus von Constanzia ging. Dass er die Huren besuchte, war für die Pfisterin kein Grund zur Beunruhigung. Ihr ältester Sohn tat, was alle Männer taten. Besser mit diesen Huren, die waren sauber. Und sehr viel besser, als wenn er diese Ennlin schwängerte. Er wurde eben langsam erwachsen, die Zeit ließ sich nicht zurückdrehen. Auch wenn sie sich manchmal jene Tage zurückwünschte, in denen ihr Gesicht noch faltenlos gewesen war, als ihr Mann noch gelebt und sie den Säugling Benedikt in den Armen gehalten hatte. Sie musste oft an den Spruch ihrer

Mutter denken in diesen Tagen: kleine Kinder – kleine Sorgen, große Kinder – große Sorgen. Ja, so war das wohl. Hoffentlich blieb dieses Mädchen verschwunden. Für immer.

Doch das war noch immer nicht alles, was die Pfisterin auf Trab hielt. Eine Festivität jagte die andere. Sie musste dringend Kerzen beschaffen, bloß: woher das Wachs nehmen? Denn das war seit der Session zu Ehren der Heiligsprechung der schwedischen Königin Birgitta zu Lichtmess in der ganzen Stadt Mangelware. Gut, sie hatte sich auch einige Kerzen sichern können, doch die gab sie nicht her. Die waren vom Papst höchstselbst gesegnet, sie würde sie nur zu ganz besonderen Gelegenheiten anzünden.

Was war das für ein wunderbares Fest gewesen! Im Morgengrauen hatte die große Münsterglocke geläutet, und da waren dann alle ins Münster eingezogen, selbstverständlich auch die Gelehrten aus den drei Königreichen von Schweden, Dänemark und Norwegen. Sogar für sie hatte sich auf Vermittlung des Kaufmanns Muntprat noch ein Plätzchen gefunden. Die Gelehrten hatten nach der Verlesung all der Mirakel bestätigt, dass Birgitta diese Wunder gewirkt hatte. Zum Beispiel, dass ihr bereits im Alter von sieben Jahren die Jungfrau Maria und dann sogar der gekreuzigte Christus erschienen war. Sie hatte den Vater angefleht, den Schleier nehmen zu dürfen. Doch der hatte sie mit einem Ritter verheiratet, den Namen hatte Fida vergessen, und sie durfte nicht ins Kloster gehen. Danach war ihr erst mal das Los aller Frauen beschieden gewesen. Sie bekam Kinder und war aber auch sehr wohltätig. Als ihr Mann dann gestorben war, wenn sie sich recht erinnerte nach einer Wallfahrt, hatte der Allmächtige begonnen, durch die Heilige Birgitta zu sprechen. Außerdem hatte sie viele Visionen, die alle wahr geworden waren.

Man stelle sich das vor, eine Frau, die ebenfalls Mutter und Ehefrau gewesen war, wurde zum Sprachrohr des Herrn.

Die Pfisterin seufzte bei diesem Gedanken. Wohltätig war sie ja auch. Und doch sprach der Herr nicht zu ihr. Und schon gar nicht durch sie. Dabei ließe sich damit doch ein Vermögen machen. Jedenfalls hatte Birgitta dann sehr enthaltsam gelebt und ein Kloster gegründet.

Magister Hus kannte die Heilige Birgitta auch und hatte sie bei seinem Aufenthalt in ihrem Haus sehr gelobt. Denn Birgitta hatte in ihren Offenbarungen den Lebenswandel von Priestern, Bischöfen und Laien besonders in Schweden kritisiert und hielt geistliche wie weltliche Stände zur Umkehr, einer christlicheren Lebensführung und nachdrücklicher Besserung an. Außerdem hatte sie in ihrem Kloster ein Leben wie zu Zeiten der christlichen Urkirche eingeführt. Offenbar war es etwas anderes, wenn eine Heilige so etwas forderte. Den Magister bezeichneten sie deshalb als einen Ketzer.

Nachdem ein dänischer Erzbischof die Messe gelesen hatte, war das Konterfei von Birgitta, eine Reliquienbüste, auf den Altar gestellt worden. Eine wunderbare Büste, sie hatte sie sich später aus der Nähe angeschaut.

Aber das Beste war die Sache mit den Kerzen. Nach der Messe war der Papst zusammen mit dem König und vier Kardinälen, die wie Priester gekleidet waren und weiße Infeln trugen, am Fenster des Erkers der Pfalz erschienen, der zum Hof hin schaute. Johannes hatte das Volk gesegnet und geweihte Kerzen hinabgeworfen. Danach waren seine Kapläne diesem Beispiel gefolgt. Fida schätzte, dass das wohl an die 60 Pfund Wachs gewesen sein mussten, die da auf die Leute herabgeprasselt waren. Hei, was hatte das für einen Tumult gegeben, denn alle wollten natürlich eine solche Kerze. Die Menschen rangelten und stolperten übereinander – und es gab ein großes Gelächter. Letzteres schrieb jedermann dem Einfluss der Heiligen zu. Denn es hätte ja auch ein Hauen und Stechen geben können.

Danach hatten sich die hohen Herren zu einem Imbiss zurückgezogen, den die Dänen ausrichteten und zu dem viele Kardinäle, Erzbischöfe und Bischöfe sowie gelehrte Leute eingeladen gewesen waren. Und was für einen! Das wusste sie genau. Sie hatte Wein und noch einiges anderes geliefert. Während des Imbisses und danach hatte der Papst allen namhaften Herren auch noch Kerzen in ihre Herbergen geschickt, die diese dann mit ihren Hauswirten teilten. Und die wurden dann auch wieder geteilt, sodass alle etwas abbekamen.

Die Geschichte dieser Birgitta war sehr romantisch, fand Fida, die aber auch zugeben musste, dass das mit der Enthaltsamkeit nicht so recht ihre Sache war. Sie aß und trank einfach zu gern. Und das andere – ein Ritter aus dem Gefolge des habsburgischen Friedrichs schaute neuerdings auffällig oft vorbei. Wenn sie sich nicht irrte, war er sogar bereit, sie zu ehelichen. Denn er benötigte Geld.

Sie würde ihn sich warmhalten. Wenn er daran interessiert war, eine wohlhabende Witwe zum Weib zu nehmen, dann würde er sicherlich auch dafür sorgen können, dass sie das Geld erhielt, das sie noch zu bekommen hatte. Die hohen Herren vergaßen unerfreulich oft, ihre Schulden zu begleichen. Sie war nicht die Einzige in der Stadt, die inzwischen auf hohen Forderungen saß. Besonders schlimm waren der König und seine Königin. Doch was sollte man tun, sich weigern, ihnen etwas zu liefern? Dem König? Oder gar der Königin, die ständig neue feine Stoffe wie Barchent, Wolle, Damast, Samt und Seide, dazu Färbemittel wie den sündhaft teuren Purpur und Safran oder Perlen und Korallen, haben wollte? Der König benötigte für seine Ungarn unentwegt neue Reitsporen und Draht. Immer auf Kredit.

Nun, vielleicht sollte sie sich noch auf eine andere Weise absichern. Sie würde jetzt endlich die Geschichte mit der Eheschließung Benedikts angehen. Gut, Muntprats Tochter Walpurga war vier Jahre älter als ihr Sohn, damit aber auch schon fast eine alte Jungfer. Und schön war sie ebenfalls nicht. Außerdem wurde gemunkelt, dass sie sich Liebhaber hielt. Sie müsste also froh sein, unter die Haube zu kommen. Andererseits täte eine erfahrene Frau ihrem Sohn gut. Sie würde ihren Benedikt schon in die Geheimnisse der Liebe einzuweihen wissen, sodass der diese Ennlin vergaß.

Ja, so würde sie das machen.

Fida diktierte einem Schreiber einen Brief an Muntprats Schwiegersohn Mötteli mit der Bitte, doch einmal vorzufühlen, wie die Einstellung seines Schwiegervaters zu einer Eheschließung zwischen Benedikt und Walpurga war. Außerdem überlegte sie, einen Sterndeuter zurate zu ziehen. Nein, vielleicht lieber doch nicht, zumindest vorerst. Diese Leute schröpften ihre Kunden gern. In Kreuzlingen gab es doch diese Wahrsagerin, die hatte ihr schon mehrmals gute Ratschläge gegeben. Wenn diese nicht weiterhalf, konnte sie immer noch die Sterne befragen lassen.

Kapitel vierzehn
- Im Gefängnis -

BENEDIKT WAR SO GLÜCKLICH, er hätte durch die Straßen tanzen können. Endlich hatte er Ennlin gefunden, wenn auch durch Zufall. Er hatte Hennslin von Heudorf begleitet. Dieser musste im Auftrag des Onkels eine Botschaft zu Hermann von Cilli bringen. Der Schwager des Königs, der Bruder von Königin Barbara, war im Februar mit 300 Pferden und vier schwer beladenen Wagen in die Stadt eingezogen. Er lebte nun mit seinem Sohn Graf Friedrich im Schmerlinen Haus hinter Sankt Stephan. Benedikt war neugierig auf solch einen hohen Herrn gewesen, bekam ihn aber nicht zu Gesicht, weil nur Hennslin vorgelassen worden war. Mit Bürgerlichen gaben sich diese Herren nicht ab.

Also hatte er sich missmutig getrollt und war noch ein wenig herumgestreunt. Es zog ihn nicht nach Hause. So kam er auch am Haus zum Goldenen Bracken vorbei. Hier lebte Ulrich Richental, ein Vertrauter des Grafen von Nellenburg, soweit er wusste. Es hieß, Meister Richental wisse alles, was es über das Konzil zu wissen gab. Ob er auch wusste, wo Ennlin war?

Benedikt lungerte eine Weile vor dem Haus herum, unschlüssig, ob er an die Tür klopfen sollte. Aber was sollte er sagen? Ich suche ein Mädchen, sie sieht so und so aus, sie ist verschwunden und das macht mich ganz verzweifelt, weil ich sie ...

Hier stockte er sogar in Gedanken, wagte es kaum, dieses Große aus seinem Inneren heraufsteigen zu lassen, das er schon so lang mit sich herumtrug, es gar zu benennen. Die

Minnesänger klagten davon in ihren Liedern. Von verschmähter Liebe. Ja. Liebe war das. Jetzt war es heraus. Das Wort war in seinem Kopf und in seinem Herzen und machte sich dort breit. Leuchtend, voller Hoffnung, voller Aufregung. Und dunkel, voller Furcht vor Abweisung und der Frage, wo sie war. Ob sie noch lebte.

Schon allein bei diesem Gedanken wurde der helle Märztag ein wenig dunkler.

Und da kam sie, als ob er sie gerufen hätte. Sie war in Begleitung des Grafen von Nellenburg und einigen seiner Männer. Benedikt beschloss, ihr zu folgen. Er bemerkte den Lusener der Pfisterin nicht. Ebenso wenig wie den Hinkenden Georg, der sich ebenfalls hervorragend aufs heimliche Hinterherschleichen verstand.

Da trennte sich Ennlin vom Grafen und seinen Leuten. Ah, sie trug einen Korb in der Hand und strebte der Markstätte zu. Sie hatte wohl einige Einkäufe zu erledigen. Sollte er sie jetzt ansprechen? Nein, wohl besser nicht. Erst abwarten, wohin sie gehen würde. Sie sah gut aus, gesund und wohlgenährt. Wo war sie gewesen? Warum hatte sie sich nicht gemeldet? Ob die anderen beiden etwas wussten, Hennslin oder der Lächelnde Ott? Sie hatten bei ihren Treffen nichts dergleichen verlauten lassen. Ob sie ihn belogen, um sie für sich zu haben?

In Benedikt wallte die Eifersucht hoch. Also liebte sie ihn nicht. Er war ihr nicht einmal eine Nachricht wert. Dabei hatte er doch alles gewagt, ihren Bruder auf seinen Armen aus dem Gefängnis getragen. Er erlitt die finstere Miene und das Schweigen der Mutter Tag um Tag. Alles nur für sie. Und was tat sie? Sie fand es noch nicht einmal für wert, sich zu melden. Dabei sah es nicht so aus, als wäre sie erst kurz zuvor zurückgekehrt. Womöglich war sie die ganze Zeit über in der Stadt gewesen! Nein, er würde sie noch nicht ansprechen. Erst wollte er wissen, wo sie hinging. Vielleicht hatte sie bei Richental ja nur etwas zu erledigen gehabt und lebte in einem anderen Haus.

Jetzt schlenderte sie durch die Stadt, als habe sie nichts Besseres zu tun. Wartete sie auf jemanden? Sie ging zu der Stelle an der Stadtmauer, von der sie ihm vor Wochen erzählt hatte, die, an der sie dem Gelben Hans immer die Münzen übergeben musste. Was? Forderte der noch immer Geld von ihr?

Natürlich! Sie wusste also nicht, dass Jakob frei war. Demnach hatten Hennslin und Ott ihn doch nicht verraten. Und wenn das alles nur ein Trick war, um ihn zu täuschen? Wusste sie, dass er ihr hinterher ging?

Jetzt schaute sie sich um. Er drückte sich schnell hinter eine Hausecke und lugte nach einer Weile vorsichtig dahinter hervor. Sein Herz setzte aus. Sie war verschwunden! Benedikts Gedanken schlugen Purzelbäume. Was sollte er tun? Er wusste sich nur einen Rat – zurück zum Haus Richentals. Vielleicht würde sie ja da wieder auftauchen.

Er rannte. Und tatsächlich, er hatte richtig geraten. Da vorn war sie! Er schloss zu ihr auf und tippte ihr auf die Schulter. Sie fuhr herum. Gleich darauf fühlte er sich von starken Armen gepackt und festgehalten wie in einem Schraubstock.

»Haben wir dich Bürschchen«, erklärte eine Männerstimme. »Der Henker wird sich freuen.«

»Halt, halt«, rief Ennlin. »Das ist Benedikt, der Sohn der Pfisterin, ich kenne ihn. Wirklich, er tut mir nichts zuleid.«

Der Mann wirbelte ihn herum, und er sah die ärgerliche Miene eines Stadtwächters. »Bist du sicher, Mädchen? Er gehört nicht zur Bande des Gelben Hans?«

»Bestimmt nicht, ganz sicher nicht.«

»Dann ist es wohl angebracht, dass er sich aus dem Staub macht, er hat alles verdorben.«

Die Arme ließen Benedikt los. Er holte erst einmal tief Luft. Obwohl es für den März noch recht kalt war, lief ihm der Schweiß über die Stirn.

»Also verdufte, Jungchen, du hast hier nichts verloren«, wurde er barsch aufgefordert.

»Ich geh nicht!«, erklärte Benedikt, entschlossen, sich nicht vertreiben zu lassen. Nicht, solang er nicht wusste, was hier gespielt wurde.

»Aber der Graf …«, erwiderte der Büttel.

»Ist schon recht, sagt dem Grafen, es ist alles gut. Das hier ist mein Freund. Schaut, dort vorn ist das Haus von Meister Richental, dort gehen wir jetzt hinein. Dann geschieht mir nichts.«

Der Soldat zog ein mürrisches Gesicht. Schließlich brummte er: »Abmarsch, Leute.«

Erst jetzt erkannte Benedikt, dass ihn noch weitere Stadtsoldaten umstellt hatten. Donnerlittchen. Was war hier los?

Ennlin nahm ihn bei der Hand. »Komm!«

»Das werd' ich, darauf kannst du dich verlassen«, knurrte Benedikt. »Und ich geh nicht eher, als bis ich weiß, was hier los ist.«

Ennlin zog ihn in den Hausflur. »Leise, ich will nicht, dass der Hausherr und die Hausfrau dich sehen. Es ist mir verboten, Leute mit ins Haus zu bringen.«

»Ich bin keine Leute, ich bin dein …« Benedikt brach ab.

Ennlin schaute ihn mit einem so freundlichen Blick an, dass er auf der Stelle dahinschmolz. »… bist mein Beschützer und mein guter Geist«, beendete sie seinen Satz.

»Ja, das bin ich«, bestätigte Benedikt und warf sich in die Brust. »Der Lächelnde Ott und Hennslin von Heudorf aber auch«, fügte er der Ordnung halber hinzu. Am liebsten hätte er noch gesagt: »Aber keiner liebt dich so wie ich.« Doch das traute er sich nicht.

Wieder bedachte sie ihn mit einem so liebevollen Blick aus ihren kupferbraunen Augen, dass er gar nicht wusste, wohin er schauen sollte. Dann legte sie ihm die Hand auf den Arm. Sofort begann der unter ihrer Berührung zu brennen wie Feuer.

»Es war mir arg, dass ich nicht mit dir reden konnte. Nachdem du Jakob befreit hast. Ja, schau nicht so! Ich weiß alles. Wie du ihn auf den Armen davongetragen hast, zum Beispiel. Der Lächelnde Ott hat es mir erzählt.«

Also doch. »Mit ihm hast du geredet, aber nicht mit mir«, erwiderte Benedikt eingeschnappt.

»Es tut mir leid, aber ich durfte nicht. Siehst du, Jakob ist jetzt auch hier bei mir. Meister Ulrich Richental und seine Hausfrau Anna haben uns bei sich aufgenommen. Sie halten uns fast wie ihre eigenen Kinder. Ich weiß gar nicht, womit ich das verdiene. Und auch der Graf von Nellenburg und sein Freund, der Earl of Warwick – sie lassen mich immer wieder holen und reden ganz freundlich mit mir.«

In Benedikt keimte ein schrecklicher Verdacht. »Wollen sie, ich meine haben sie …?« Er brachte die Worte nicht über die Lippen.

Ennlin lächelte. »Nein, nicht, was du denkst. Stell dir vor, der englische Earl kannte meine Mutter! Sie hat ihm einmal das Leben gerettet. Das hat sie mir einmal erzählt, vor langer Zeit. Ich war noch klein und kann mich nicht mehr genau erinnern. Aber er war damals wohl wie Parzival auf der Suche nach Abenteuern und hat nach einem Tjost beim Grafen von Nellenburg Rast gemacht. Da ist er sehr schwer krank geworden. Ich weiß auch nicht, wie das kam, aber meine Mutter, die damals im Haus des Grafen als Küchenmagd diente, hat ihn eines Tages ohnmächtig gefunden und Hilfe geholt. Danach hat sie sofort bei der Madonna von Rorgenwies für ihn gebetet und ihm ganz viel von dem heilenden Wasser geholt. Weißt du, wir haben ein großes wundertätiges Gnadenbild in dem Dorf, aus dem ich komme. Das heilende Wasser hat schon vielen geholfen. Es half auch dem englischen Earl. Ja, und dafür ist er meiner Mutter noch heute dankbar. Der Graf von Nellenburg natürlich auch, weil der Earl ja in seinem Haus krank geworden ist. Und weil meine Mutter zu seinen Leuten gehörte, hat er ihr zum Dank einen guten Mann gesucht und ihr als Mitgift ein kleines Stück Land gegeben. Der Mann wurde dann mein Vater. Ja, stell dir so etwas vor.«

»Das ist ja ein Ding!« Mehr wusste Benedikt nicht zu sagen.

»Nicht wahr!«, strahlte Ennlin. »Und nachdem du zu Constanzia gekommen warst und ihr erzählt hast, dass Jakob wieder frei ist und wo ihr ihn hingebracht habt … Benedikt, das vergesse ich dir nie, äh, euch nie. Jedenfalls haben sie dann dafür gesorgt, dass mein Bruder auch zu den Richentals gebracht worden ist. Sie zahlen sogar für uns. Und so sind wir wieder beisammen.«

»Aber warum hast du nichts gesagt? So viele Wochen habe ich dich gesucht und mir Sorgen gemacht. Und du sagst, du bist mir dankbar …«

Sie schaute ihn mitfühlend an. »Ach, Benedikt, das ist mir auch schwergefallen. Aber ich durfte nicht. Ich hab auch den

Lächelnden Ott und Hennslin schon lang nicht mehr gesprochen. Hennslin sehe ich nur manchmal, wenn er Botengänge für seinen Onkel macht. Aber ich muss mich dann immer verstecken. Es tut mir so leid.« Sie sah ihn mit einem Blick an, der ihm durch und durch ging. »Ich hab dich, äh, euch so arg vermisst.«

Benedikt schmolz vollends. Er schluckte, konnte zunächst gar nichts mehr sagen, weil seine Kehle so zugeschnürt war. »Aber warum, warum dann?«, meinte er schließlich.

»Es ist wegen dem Gelben Hans. Der Graf hat gesagt, dass ihm endlich das Handwerk gelegt werden muss. Weil solche Verbrecher doch eine Schande für die Stadt sind. Aber sie kriegen ihn nicht. Die alte Vettel haben sie inzwischen in den Ziegelturm gesperrt und verhört. Aber sie sagt nichts. Und jetzt glauben sie, dass er versuchen wird, mich zu bekommen. Jetzt, nachdem ihm Jakob entwischt ist. Weil er doch Geld für mich bezahlt hat und weil er sonst noch alle Achtung bei dem Diebs- und Mördergesindel verliert, und die ihm von ihrer Beute nichts mehr abgeben. Der Gelbe Hans scheint so etwas wie der König aller Verbrecher in Konstanz zu sein, jeder muss ihm was bezahlen, sonst schickt er seine Leute. Alle bis auf den Lächelnden Ott. Also glauben sie, dass sie vielleicht durch mich an ihn herankommen können, und haben mich gefragt, ob ich als Lockvogel mitmachen würde. Aber ich durfte mit niemandem darüber reden. Verstehst du, deshalb konnte ich dich nicht sehen. Ich hatte Angst, dass ich dir aus Versehen alles sagen würde. So wie jetzt, weil du doch …, also, weil du doch mein Freund bist. Und dann ist da deine Mutter. Sie mag mich nicht. Vielleicht hättest du ihr ja dann alles gesagt. Außerdem habe ich sie doch bestohlen.«

»Um die Münzen musst du dir keine Sorge machen. Ich hab sie heimlich zurückgelegt.«

Sie schaute ihn mit großen Augen an. »Oh, danke. Du bist so reich?«

Er schüttelte den Kopf. »Der Lächelnde Ott, Hennslin und ich haben zusammengelegt.«

In ihren Augen schimmerten Tränen. »Es ist wunderbar, solche Freunde zu haben.«

»Auf mich – ich meine natürlich auf uns – kannst du immer zählen.«

Bei dem Blick, mit dem sie ihn jetzt ansah, hätte er sie am liebsten umarmt. Aber Ennlin war nicht so eine, die man einfach in den Arm nahm. Sie hatte etwas an sich, das andere Leute auf Abstand hielt. »Was heißt das, dass sie durch dich an den Gelben Hans rankommen wollen? Bist du in Gefahr?«, fragte er stattdessen.

Ennlin lächelte ihn an. »Nein, ja, also fast gar nicht. Ich soll einfach so in der Stadt rumlaufen. Du hast ja gesehen, dass ich bewacht werde. Und wenn der Gelbe Hans und seine Leute mich dann fangen wollen, werden sie selbst in Ketten gelegt. Ganz einfach.«

»Linnie«, rief da eine Jungenstimme, »Frau Anna sucht dich. Linnie, ich hab genau gehört, dass du da bist. Der Bischof und der Herr Ulrich verlangen nach einem Imbiss!«

»Geh jetzt, Benedikt«, flüsterte sie hastig, »bevor Jakob dich noch sieht. Er ist klein, er kann den Mund noch nicht halten. Und ich flehe dich an, verrate niemandem von unserem Gespräch.«

Benedikt verließ sie nur zögernd, doch er sah ein, dass es nötig war. Er versprach ihr hoch und heilig, mit niemandem über das zu reden, was sie ihm erzählt hatte. Innerlich nahm er sich jedoch vor, künftig seinerseits auf sie aufzupassen. Egal, ob sie nun Bewacher hatte oder nicht. Er musste einfach wissen, dass sie in Sicherheit war.

Als er zu Hause ankam, traf ihn ein eisiger Blick der Mutter. Er murmelte nur etwas und ging in seine Kammer.

So verpasste er den Lusener, der Fida Bericht über die Unternehmungen ihres Ältesten erstattete. Ihre Miene versteinerte, als ihr zur Gewissheit wurde, was sie seit Wochen gefürchtet hatte: Benedikt traf sich mit Ennlin. Also doch.

Fida schlief diese Nacht nicht, überlegte, was sie gegen die Liebschaft tun konnte.

Dann zeigte sie das Mädchen wegen Diebstahls beim Rat an. Die Münzen waren zwar wieder da und sie hatte keine Beweise, aber sie war sich inzwischen fast sicher, dass es Ennlin gewesen sein musste. Diebstahl blieb Diebstahl, oder?

Drei Tage später donnerten die Büttel des Rats an die Tür des Hauses zum Goldenen Bracken und verlangten die Herausgabe des Mädchens Ennlin. Sie sei eine Diebin. Die Hausfrau Anna zeterte, ihr Mann wetterte, Jakob heulte Rotz und Wasser, doch die Männer griffen sich das Mädchen und verfrachteten es in den Raueneggturm. »Da bleibst du jetzt, bis das Urteil gefällt wird«, war das Letzte, was Ennlin hörte, ehe die Kerkertür zufiel.

Kapitel fünfzehn
- Im Turm -

CONSTANZIA WAR SICH NICHT SICHER, ob sie die Herren stören durfte. Doch die Nachricht, die Benedikt gebracht hatte, würden sie sicherlich erfahren wollen, auch wenn sie noch immer nicht wusste, worin das Interesse des Grafen von Nellenburg, vor allem aber des Earl an diesem Mädchen bestand. Wieder einmal nahm sie sich vor, das Geheimnis endlich zu ergründen.

Sie füllte eine Karaffe mit Wein und richtete zwei geräucherte Felchenfilets sowie Trockenpflaumen und getrocknete Birnen auf einem Tablett an, öffnete leise die Tür zur Stube einen Spalt, und hielt inne.

»… Johannes wird sich dem Beschluss des Konzils beugen und abtreten. Er kann gar nicht anders, jetzt, nachdem Papst Gregor das ebenfalls zugesagt hat. Es gab da bereits eine Botschaft. Geheim natürlich und ich dürfte Euch das eigentlich nicht sagen. Ach, Ihr wisst ja, wie das heutzutage läuft. Die offizielle Botschaft muss ohnehin jeden Tag eintreffen. Wenn dann auch noch dieser verknöcherte Greis Benedikt erkennt, dass sogar die Kardinäle, die er selbst nach Konstanz geschickt hat, um seine Interessen zu vertreten, nach und nach von ihm abfallen, wird er vielleicht ebenfalls endlich seine bockige Haltung aufgeben. Seine Gesandten haben schon hintenherum verlauten lassen, dass sie den Papst anerkennen wollen, den das Konzil bestimmt. Sie wollen dafür aber ihre Pfründe und ihre Ämter behalten«, sagte Eberhard von Nellenburg gerade.

Richard of Warwick lachte, aber es klang nicht fröhlich. »Und wenn dieser Friedrich mit den leeren Taschen so weitermacht, dann haben wir wirklich bald Krieg. Der König und er sind sich schon lang nicht grün. Jetzt bekommt Sigismund offenbar fast täglich Klagen vorgetragen, dass der Habsburger Leute überfallen und beraubt hat. Das wird der König nutzen, um den Habsburger zu schwächen, wo es geht. Vielleicht hat Friedrich deshalb Quartier in Kreuzlingen im Kloster genommen. Um ein wenig außer Reichweite zu sein und im Notfall schnell Fersengeld geben zu können.«

»Oder weil er mit Papst Johannes unter einer Decke steckt. Es wird gemunkelt, dass die beiden irgendwelche Pläne aushecken. Ich habe meine Leute jedenfalls schon in Alarmbereitschaft versetzt«, antwortete Eberhard von Nellenburg.

»Meint Ihr? Er wird es nicht wagen, sich offen gegen den König zu stellen.«

»Da bin ich mir nicht so sicher. Außerdem hofft er vielleicht darauf, dass er nicht erwischt wird. Das wäre jedenfalls Hochverrat ...«

Hochverrat, soso, dachte sich Constanzia und beschloss, ihren Lauschposten aufzugeben. Das war zu gefährlich. Sie konnte ja nachher noch vom anderen Zimmer her mithören.

»Die Herren, ich habe hier eine kleine Erfrischung«, meldete sie sich von der Tür her. »Das Disputieren über die Angelegenheiten der geistigen und der hiesigen Welt trocknet schnell die Kehlen aus und verursacht knurrende Mägen.«

Eberhard von Nellenburg sah ärgerlich auf. »Meine Liebe, ich hatte doch gebeten, uns nicht zu stören.«

Sie nickte und setzte eine betrübte Miene auf. »Ich weiß, mein erlauchtigster Herr, aber gerade eben war wieder einmal dieser Junge hier. Benedikt, der Sohn der Pfisterin. Wegen des Mädchens. Ihr wisst schon, diese Kleine, die ständig in irgendwelche Schwierigkeiten gerät. Aber wenn Ihr Wichtiges zu erörtern habt, dann lasse ich Euch jetzt allein …«

Richard of Warwick richtete sich auf. Constanzia beobachtete ihn lauernd.

»Schnell, sagt, was los ist«, erklärte ihr Liebhaber und tat so, als sei er nur ärgerlich über die Unterbrechung.

Constanzia sah aber genau, dass er beunruhigt war.

»Was ist mit dieser – Ennlin?«, erkundigte sich jetzt auch Eberhard von Nellenburg.

»Sie sitzt im Raueneggturm. Die Pfisterin hat sie des Diebstahls bezichtigt. Morgen soll sie verhört werden.«

Eberhard von Nellenburg sprang auf. »So ein Blödsinn«, brummte er und brüllte plötzlich los: »Konz, Konz wo steckst du? Immer wenn ich den Kerl brauche, ist er nicht da. Nachher muss ich noch einmal mit Euch über diese Unglücksjungfer reden. Wir müssen etwas für sie tun.«

»Gern. Ich werde nach Konz suchen lassen«, meinte Constanzia mit einem verbindlichen Lächeln. Sie hoffte, nun endlich etwas mehr über den Grund des Interesses der Herren an dieser Ennlin zu erfahren. Und sie wusste sehr wohl, wo dieser Konz steckte. In der Küche, wo er von der Köchin Mathilde wie bei jedem Besuch des Grafen mit den besten Leckereien gefüttert wurde. Constanzia hatte das eingefädelt. Männer mit vollem Magen wurden redselig. Die Köchin Mathilde war ihr zudem sehr ergeben, sie berichtete getreulich von allem, was der Sekretär und Vertraute von den Unternehmungen seines Herrn so erzählte.

»Nun, ich wollte es Euch nur gesagt haben, jetzt will ich die Herren aber nicht weiter stören«, meinte sie sodann, stellte das Tablett ab und entfernte sich. Erst als sie die Tür hinter sich zugezogen hatte, erlaubte sie sich ein zufriedenes

Lächeln. Sie eilte leise ins Nebenzimmer und schob das Bild zur Seite.

»Diese Agnes hatte es Euch aber wirklich angetan, dass Ihr Euch so um ihre Tochter sorgt«, meinte Eberhard von Nellenburg gerade.

Richard of Warwick zuckte die Schultern. »Sie war etwas Besonderes.«

»Wo bleibt dieser Konz nur?« Der Graf stand auf, ging zur Stubentür und brüllte hinaus: »Konz, Konz! Sofort zu mir!«

Constanzia schloss hastig ihr Guckloch und eilte in die Küche. Sie musste dem Sekretär wie versprochen Bescheid geben. Während sie die Treppe hinunterlief, wirbelten ihr die Worte des Nellenburgers im Kopf herum. Die Mutter dieser Ennlin hieß also Agnes. Und sie war etwas Besonderes. Was sollte das nun wieder heißen? Und überhaupt, was hieß hier *war*? Sie entschied sich, das Mädchen im Gefängnis zu besuchen. Sie musste einfach erfahren, worum es hier ging. Das alles roch nach einem hübschen kleinen Skandal.

Der Raueneggturm lag im Südosten der Stadt etwas außerhalb, also auf der rheinabgewandten Seite. Dort gab es mehrere Zellen, die im Volksmund aus gutem Grund Käfige hießen. Ennlin benötigte eine Weile, ehe sich ihre Augen an das Dämmerlicht der Zelle gewöhnt hatten, in die sie gebracht worden war. Bis das Licht von der Schießscharte oben bis zu den Gefangenen unten im Turm fiel, hatte es schon viel von seiner Kraft verloren. Auf dem Boden lag Stroh. Doch es musste faulig sein, denn es stank grauenhaft. Zusammen mit dem Geruch von altem Schweiß, Erbrochenem und Pisse ergab das eine Mischung, die ihr fast den Atem nahm. Undeutlich konnte sie die Silhouetten mehrerer Menschen erkennen. Obwohl die Zelle so klein war, mussten sie sich sechs Leute teilen. Ennlin schluckte, sie hatte das Gefühl, gleich zu ersticken.

Sie hörte ein Rascheln, schließlich eine Stimme. »So, so, Mädchen, du auch da.« Dann folgte ein Kichern. Ennlin zuckte zusammen. Diese Stimme kannte sie, ihr fiel nur nicht gleich ein, woher. Sie spähte ins Halbdunkel, versuchte, die Gesichter der Mitgefangenen zu erkennen.

Ennlin hörte Husten und Keuchen, machte langsam Männer und Frauenstimmen aus, die ihre Gespräche wieder aufnahmen. Die Stimme von gerade eben war nicht darunter. Sie hörte ein Schlurfen hinter sich, und plötzlich fuhren Klauen durch den Stoff ihres Kleides hindurch in den Arm. »Hättest mich hier nicht erwartet, was? Haben mich geschnappt, als ich die Münzen holen wollte. Bist eine Verräterin, wirst dafür büßen. Und dein Bruder auch.«

Ennlin fuhr herum, schaler Atem schlug ihr ins Gesicht. Das war die Vettel, die Alte, die den Gelben Hans immer begleitete. Sie stieß sie mit aller Kraft beiseite. Die Alte stolperte und fiel. Sie rappelte sich auf und wies mit dem Finger auf das Mädchen: »Schaut euch dieses feine Dämchen an! Glaubt, sie ist was Besseres und lässt doch ihren eigenen Bruder im Stich. Greift sie euch. Sie hat den Gelben Hans verraten. Er wird es euch lohnen. Wird sich freuen, wenn wir sie ihm Stück für Stück zurückschicken. Deinem Bruder hat er schon die Finger abgeschnitten und einen Arm«, kreischte sie und kicherte irre.

Ennlin wich langsam in Richtung Wand zurück. Sie fürchtete sich halb zu Tode. Sie hörte das Rascheln von Stroh und sah Gestalten, die auf sie zugingen. »Glaubt ihr nicht«, rief sie. »Mein Bruder ist frei!«

»Bist eine Lügnerin! Bist eine Hure! Packt sie euch!«, keifte die Alte.

»Ich bin keine Hure! Und es stimmt, mein Bruder ist frei!«

Die ersten Hände griffen nach ihr.

Ennlin riss sich los, lief zur Tür und hämmerte mit beiden Fäusten dagegen. Die Gestalten schlurften ihr nach, stinkende Halbtote, die sie mit in ihre Hölle nehmen wollten.

»Hilfe, holt mich hier heraus! Ruft den Grafen von Nellenburg! Er wird euch Geld geben! Hilfe!« Sie schlug sich an der eisenbewehrten Holztür die Hände blutig, schluchzte und schrie zugleich.

Die Vettel kreischte die ganze Zeit: »Holt sie euch, eine Belohnung des Gelben Hans ist euch sicher.«

Immer mehr Hände griffen nach Ennlin, sie schrie erneut und trat um sich. »Zu Hilfe, zu Hilfe! Eberhard von Nellenburg, holt ihn! Lasst mich los, ihr Ungeheuer. Eberhard von Nellenburg gibt euch eine Belohnung, viel mehr als der Gelbe Hans! Glaubt ihr nicht. Bald wird der Gelbe Hans selbst hier eingesperrt sein.«

»Sie lügt, sie lügt, sie lügt!«, plärrte die Alte. »Der Gelbe Hans ist schlau, schlau, schlau! Eberhard von Nellenburg rettet sie sicher nicht.«

»Wird er doch!«, schrie Ennlin. »Werd ihm helfen, den Gelben Hans zu fangen. Und Constanzia hilft mir auch.«

Die Vettel kicherte hämisch. »Das glaubst auch nur du! Machen gute Geschäfte mit dem Gelben Hans, diese Constanzia und die feinen Herren Ritter, die viel schlimmere Räuber sind als alle anderen. Der Gelbe Hans hilft ihnen, ihre gestohlenen Waren verschwinden zu lassen. Sie werden ihn nie und nimmer gefangen setzen, nie und nimmer! Greift sie euch, greift sie euch!«

Speichel traf Ennlin ins Gesicht, Hände zerrten sie von der Tür weg, andere drückten sie zu Boden. Sie strampelte und schrie, schluchzte und fluchte, biss und trat um sich. Schließlich wurde sie mit dem Gesicht auf den Boden gedrückt. Doch sie gab nicht auf. Sie wusste, sie kämpfte um ihr Leben.

Doch sie wurde schwächer. Sie bekam keine Luft mehr.

»Heilige Jungfrau, hilf«, jammerte und flehte eine Stimme in ihrem Inneren. »Ich verspreche, auch dir eine Kerze zu spenden.«

Da wurde die Kerkertür aufgestoßen. Ein ärgerliches Gesicht erschien im Türspalt. »Was ist hier los?«, donnerte eine Männerstimme. Die Hände ließen Ennlin los. Sie hob den Kopf. Endlich, endlich bekam sie wieder Luft. Sie stand langsam auf, jeder Knochen, jedes Stück Haut schmerzte.

»Das ist ein Irrtum, dass ich hier bin«, schluchzte sie.

»Das sagen alle«, knurrte der Mann, dessen Gesicht sie im Gegenlicht nicht richtig ausmachen konnte. »Und wenn du nicht Ruhe gibst, dann schließen wir dich in Ketten.« Er machte Anstalten, die Kerkertür wieder zuzuschlagen. Langsam klärte sich ihr Blick. Sie stand dem Schuhmachermeister Ulrich Roschach gegenüber. Sie kannte ihn, denn die Pfisterin ließ ihre Schuhe bei ihm fertigen. Er war neben seinem Handwerk noch Verwalter der Konstanzer Gefängnisse, dem Sankt Pauls Turm und dem Raueneggturm. Hinter ihm stand ein Ratsknecht, wohl einer der Bewacher, den er zur Sicherheit mitgebracht hatte.

»Bitte, bitte, nicht! Benachrichtigt den Grafen von Nellenburg. Er wird es Euch lohnen. Ich flehe Euch an, Meister Roschach.«

»Sie lügt, sie lügt, sie lügt! Was sollte Eberhard von Nellenburg mit einer dreckigen Hure, wie sie eine ist! Ich kenne sie! Glaubt ihr nicht«, giftete die Alte.

»Bitte, ich bin keine Hure! Der Graf gibt euch Gold, viel Gold, wenn Ihr mich vor diesen Ungeheuern rettet! Und er wird Euch schrecklich strafen, wenn Ihr mir etwas antut!« Ennlin versuchte, ihre Stimme kräftig klingen zu lassen, aber in ihren Ohren hörte es sich an wie ein Wimmern. Sie streckte Roschach die Arme entgegen. »Bitte, bitte, viel Gold. Glaubt mir, viel Gold.«

Das schien zu wirken. Die Tür ging ein wenig weiter auf. Der Gefängnisverwalter gab dem Ratsknecht einen Wink. Dieser zog Ennlin hoch und dann ein wenig weiter ins Licht. Plötzlich lachte Roschach. »Ist zwar dreckig und voll Scheiße, aber ich kenne sie. Hab sie schon im Haus von Meister Richental gesehen. Und der Pfisterin hat sie auch gedient.«

»Meint Ihr den Chronisten, Meister Roschach? Der soll ja eng mit dem Grafen sein.«

»Ja, ganz eng, glaub ich. Könnte also stimmen, was die Kleine sagt. Kann ja nicht schaden. Wir holen sie in die Wachstube. Da entkommt sie uns auch nicht. Wenn wir sie hier lassen, dann ist sie bald nur noch ein Fetzen Fleisch. Wir können ja mal nach diesem Richental schicken. Vielleicht weiß der mehr. Oder wir bekommen wenigstens einige Münzen, weil wir sie gerettet haben. Zurückbringen können wir sie immer noch.«

»Der Gelbe Hans holt dich, der Gelbe Hans holt dich!«, kreischte die Vettel ihnen hinterher.

Ennlin hoffte inbrünstig, dass Eberhard von Nellenburg sie wirklich rettete. Weil sie ihm doch helfen sollte, den Gelben Hans ins Gefängnis zu bringen. Aber sicher war sie sich nicht. Sie dachte an das Gespräch, das sie nach ihrer Flucht aus Rorgenwies in der Tudoburg belauscht hatte. Was, wenn stimmte, was die Vettel behauptete, wenn Eberhard von Nellenburg und auch Constanzia tatsächlich gute Geschäfte mit dem Gelben Hans machten?

Kapitel sechzehn
- Enthüllungen -

DIE GANZE STADT SUMMTE VON GERÜCHTEN. Der Papst hatte vor allem Volk im Münster mit Brief und Siegel seine Bereitschaft zur Abdankung kundgetan. Und Papst Gregor hatte den Erzdiakon von Bologna mit der Nachricht geschickt, dass er abtreten werde, wenn es die Konzilsversammlung wünsche.

Die Versammlung wünschte es. Die sechs Kardinäle, die Gregors Sache beim Konzil vertraten, gaben in seinem Namen das Papsttum ab. Sie wurden noch in derselben Session ihrer Ämter enthoben, aber sogleich durch die Konzilsversammlung wieder in sie eingesetzt.

Die Konstanzer lästerten: Solche Gockel saßen doch immer auf vergoldeten Eiern. Nicht wenige Konstanzerinnen lächelten bei diesem Eier-Vergleich und dachten sich ihr Teil.

Sie hatten auch noch über eine andere wichtige Nachricht zu sinnieren. Johann von Schwartzach, der neue Konstanzer Schultheiß, war zornig wie der Leibhaftige im Raueneggturm aufgetaucht und hatte in höchst eigener Person eine junge Person herausgeholt. Dabei sollte sie eine Diebin sein. Jemand hatte sie angezeigt. Wer, war einfach nicht herauszubekommen, selbst der Gefängnisverwalter Ulrich Roschach vermochte dazu keine Auskunft zu geben. Auch nicht, wie genau und auf wessen Veranlassung hin der von Schwartzach die Herausgabe dieser Ennlin bewirkt hatte.

Normalerweise kam niemand so mir nichts dir nichts heraus, der einmal im Kerker saß. Ob sie mit dem Bürgermeister ins Bett stieg? Oder mit einem anderen einflussreichen Herrn? Sie sollte mitsamt ihrem kleinen Bruder bei Meister Richental leben. Der hatte sie sicherlich aus gutem Grund aufgenommen. Aber dass seine Hausfrau Anna da mitspielte! Sie galt als sehr energisch und ausgesprochen sittenstreng. Dabei wusste doch die ganze Stadt, dass dieses Mädchen auch schon im Haus dieser Constanzia gesehen worden war. Wie sie die ganze Angelegenheit auch drehten und wendeten, die Klatschbasen von Konstanz kamen zu keinem Schluss, was hinter dieser Befreiung steckte.

Das galt auch für Constanzia. Was der Graf auf ihre erneuten Fragen hin zu sagen bereit gewesen war, hatte ihre Neugierde nicht im Mindesten befriedigt. Sie gehöre zu seinem Land, deshalb kümmere er sich um sie wie um alle seine Leute, hatte er kurz angebunden erklärt.

Constanzia glaubte nicht einen Augenblick, dass das alles war. Aus dem Plan, Ennlin im Gefängnis zu besuchen und zu befragen, wurde ja nun nichts. Ihren Liebhaber konnte sie nicht aushorchen. Der Earl wurde sehr verschlossen, wenn es um Ennlin ging. Auch ihre Erkundigungen bei der Pfisterin hatten sie nicht viel weitergeführt. Sie wisse nicht, wer das Mädchen angezeigt habe, hatte diese erklärt. Überhaupt wisse sie nicht sehr viel über diese Person und deren Bruder. Constanzia solle sich doch bitte erinnern, dass sie diese beiden nur auf ihre Empfehlung in ihrem Haus aufgenommen habe. Und? Was sei das Ergebnis gewesen? Diese Dahergelaufene habe ihrem Benedikt schöne Augen gemacht. Sie sei froh, sie losgeworden zu sein.

Das brachte Constanzia nun auch nicht weiter. Also schickte sie nach Benedikt, vielleicht wusste der Näheres.

Doch auch der Junge wurde merkwürdig wortkarg, wenn es um das Mädchen ging – seine Gesichtsfarbe wechselte unentwegt zwischen bleich und feuerrot. Benedikt war zwei Tage nach dem Besuch des Grafen im Auftrag der Mutter mal wieder an ihrer Hintertür aufgetaucht, um ihr von der Mutter auszurichten, dass neue Stoffe eingetroffen seien. Sie hatte ihn hereingebeten und gefragt, wie es denn dem Mädchen gehe.

Der Sohn der Pfisterin war bis über beide Ohren in die Kupferäugige verknallt, das hatte Fida richtig bemerkt. Als könne der Junge ihre Gedanken lesen, erklärte er wie aus heiterem Himmel: »Ich werde Ennlin von Rorgenwies zu meinem Weib machen.«

Constanzia hatte Mühe, ein Lächeln zu unterdrücken. Benedikt wirkte noch so unreif. Er sagte diese Worte allerdings mit der Inbrunst eines zu allem entschlossenen Mannes.

»Weiß sie denn schon davon?«, hakte sie nach.

Benedikt schüttelte den Kopf. »Aber ich werde es ihr bald sagen. Auch meiner Mutter. Und ich werde alle umbringen, die ihr etwas Übles antun wollen.« Er warf sich in die Brust.

Wieder hätte Constanzia beinahe gelächelt. »Vielleicht solltest du Ennlin besser fragen, bevor du deine Pläne heraustrompetest. Meines Wissens gehört sie zu den Eigenleuten des Grafen von Nellenburg. Der hat also auch ein Wörtchen mitzureden.«

Jetzt wurde Benedikt etwas kleinlauter. »Ich wollte Euch schon die ganze Zeit bitten, Euch beim Grafen für mich und

Ennlin zu verwenden. Ich denke, dann wird er schon zustimmen.«

»Und warum sollte er das tun? Außerdem, wenn ihr Kinder bekommt, dann sind sie auch Unfreie, willst du das?«

»Vielleicht lässt Eberhard von Nellenburg sie ja frei. Das könnte sogar sein.« Benedikt zögerte. Dann biss er sich auf die Lippen.

Was verbarg der Junge? Er wusste etwas. Constanzia schaute ihn forschend an. Ein kleiner Stich der Eifersucht auf das Mädchen durchfuhr sie. Vor nicht allzu langer Zeit hatte dieser junge Mann noch sie angebetet, war ihr auf Schritt und Tritt gefolgt, hatte nach dem kleinsten Gunstbeweis gelechzt. Sie wurde alt. Die Welt gehörte inzwischen den Ennlins. Es wurde Zeit, dass sie sich über eine Zukunft Gedanken machte, in der sie nicht von der Gunst eines Gönners abhängig war. Vielleicht sollte sie den Grafen bitten, ihr als Lohn für ihre Lauscherdienste einen Gatten zu besorgen. Einen von Stand, verarmter niederer Adel vielleicht, am besten einen, der sich nicht für Frauen interessierte, sondern für sein eigenes Geschlecht. Davon müsste es doch genügend geben. Und vielleicht war es ja ein weiterer Punkt zu ihren Gunsten, wenn sie Herz zeigte und diesem Mädchen half, das so viele einflussreiche Gönner hatte. Erst unlängst hatte Eberhard von Nellenburg unter viel Gelächter dem Earl erzählt, dass auch Hennslin von Heudorf plane, diese Person zu ehelichen. Sie hatte es von ihrem Lauschposten aus mitbekommen. Wenn es um diese Ennlin ging, schien die halbe Männerwelt durchzudrehen.

Sie erinnerte sich noch gut, wie der Graf vergnügt, aber auch mit einer gewissen Herablassung die Liebesnöte des jungen Heudorfers geschildert hatte: »Stellt Euch vor, Warwick, Hans von Heudorf, hat es bisher noch nicht geschafft, seinem halsstarrigen Neffen die Eheschließung auszureden, obwohl Hennslins Phlegma sonst ebenso groß ist wie sein Wanst. Deswegen ist er zu mir gekommen und hat mich gebeten, als Herr des Mädchens die Zustimmung zu dieser Eheschließung zu verweigern. Er meinte, wenn er weiter auf den Neffen einrede, sei das vielleicht unklug, dann werde der nur noch bockiger.« Beide Männer lachten erneut.

Kein schlechter Winkelzug des Heudorfers, hatte Constanzia gedacht.

Außerdem mochte sie Ennlin. Ja, sie mochte sie, wie sie zu ihrem eigenen Erstaunen unvermittelt feststellte. Das Mädchen hatte etwas Anrührendes. Sie war sich ihrer Anziehungskraft überhaupt nicht bewusst und spielte sie deshalb auch nicht aus. Sie selbst hatte niemals so unschuldig und naiv, so – unverdorben sein können. Dafür hatte schon früh der Bruder des Vaters gesorgt. Als der Onkel ihrer überdrüssig geworden war, hatte er sie an durchziehende Pfaffen und Handelsleute verkauft. Damals hatte sie gelernt, dass es einfacher war, nicht dagegen anzukämpfen, und ihre wechselnden Liebhaber dazu gebracht, ihr schöne Geschenke zu machen. Das Beste waren jedoch all die Dinge gewesen, die sie von ihnen hatte lernen können. Ein wenig lesen, ein wenig rechnen. Ein reisender Spielmann hatte ihr Lieder beigebracht, die Pfaffen ein paar Brocken Latein. So war die Constanzia entstanden, die sie heute war. Die geistreiche Frau, die Männer unterhalten und an sich binden konnte.

Damals hatte sie aber auch gelernt, sich an eine Stelle in ihrem Inneren zurückzuziehen, an die niemand herankam. Fast niemand. Dieses Mädchen hatte es geschafft, ganz leise an die Constanzia zu rühren, die sie hätte sein können, wenn alles anders gelaufen wäre.

Nun werde nicht schon wieder rührselig, schalt sie sich innerlich.

Sie schaute Benedikt streng an. »Wenn du willst, dass ich dir helfe, musst du mir mehr über deine Zukünftige erzählen. Ich weiß, dass zwischen ihr und dem Grafen von Nellenburg eine besondere Beziehung besteht. Ich muss alles darüber erfahren, damit ich mir einen Weg ausdenken kann, wie ich ihn am besten dazu bringe, dass er sie dir zum Weib gibt.«

Benedikt zögerte.

»Nun komm schon. Weißt du, ich finde nämlich, ihr passt hervorragend zusammen. Ich mag euch. Und ich habe selbst keine Kinder. Deine Mutter ist sicherlich nicht einverstanden, möglicherweise verstößt sie dich sogar, wenn du auf dieser Eheschließung bestehst. Dann brauchst du jemanden, der euch den Weg in ein gemeinsames Leben ebnet.«

Benedikt sah sie mit einem so dankbaren Blick an, dass Constanzia fast ein schlechtes Gewissen bekam. Schließlich rückte er mit Bruchstücken einer Geschichte heraus, die in ihren Ohren weit hergeholt klang. Ennlins Mutter Agnes habe dem Earl of Warwick einmal mit dem heilenden Wasser irgendeiner Madonna das Leben gerettet, als dieser als ganz junger Ritter auf Abenteuerfahrt gegangen war, um sich einen Namen zu machen. Damals hatte er auch beim Grafen gewohnt, der Ennlins Mutter für die Rettung seines Gastes sehr dankbar gewesen war. Soso, dankbar. Das klang doch alles harmlos, kein Grund, ein Geheimnis daraus zu machen. Sie sah dem Jungen an, dass er nicht mehr erzählen würde. Vielleicht wusste er auch nicht mehr.

Da blieb ihr wohl nichts anderes übrig, als ihren ursprünglichen Plan wieder aufzugreifen und tatsächlich mit dem Mädchen selbst zu reden. Sie hatte das schon viel zu lang aufgeschoben. Und jetzt war eine gute Gelegenheit, sie hatte ihr nämlich einiges mitzuteilen. Constanzia hoffte, dass Ennlin dankbar genug war, um ihr ohne Rückhalt Auskunft auf ihre Fragen zu geben. Der Graf von Nellenburg hatte sich jedenfalls sichtlich gefreut, dass sie sich so für Ennlin eingesetzt hatte.

Constanzia setzte sich nieder und schrieb eine kurze Botschaft mit dem Inhalt, dass sie Ennlin herzlich bitte, so schnell wie möglich zu ihr zu kommen, sie müsse dringend mit ihr über ihre Mutter sprechen. Dann rief sie ihren Hausknecht und schärfte ihm ein, so lang vor dem Haus des Meisters Richental zu warten, bis Ennlin herauskam, und ihr dann die Botschaft persönlich zu übergeben. Nur ihr.

Drei Stunden später klopfte Ennlin an die Hintertür des Frauenhauses. Sie hielt das Brieflein noch immer in der Hand.

Constanzia betrachtete das atemlose Mädchen mit einem Lächeln. »Schön, dass du so schnell kommen konntest. Zunächst lass mich dir aber sagen, wie sehr ich mich freue, dass wir dich freibekommen haben. Sei gewiss, es wird niemand mehr versuchen, dich wegen Diebstahls zu belangen. Oder dich gar verfolgen.«

Ennlin betrachtete sie mit großen Augen. »Oh, Herrin, ich weiß nicht, wie ich Euch danken soll. Warum tut Ihr das alles für mich? Ich bin doch nur eine Unfreie, ein armes Mädchen. Und Ihr habt mir immer wieder geholfen. Das hat mir Benedikt erzählt. Ich weiß nicht, wie ich das jemals wieder gutmachen soll.«

Constanzia gab ihrem Gesicht den Ausdruck einer gerührten Wohltäterin. Mit der Befreiung Ennlins hatte sie nur insofern etwas zu tun gehabt, als sie dem Earl und dem Grafen von Ennlins Verhaftung erzählt hatte. Alles andere hatten diese erledigt, beziehungsweise durch den neuen Konstanzer Bürgermeister erledigen lassen. Der war noch sehr eifrig, wollte es allen wichtigen Leuten recht machen und war mehr als geneigt gewesen, dem Leiter der englischen Delegation und dem Grafen, einem Berater von König Sigismund, einen Gefallen zu tun.

Constanzia beschloss jedoch, das für sich zu behalten und ein wenig auf den Busch zu klopfen – mit dem wenigen, das sie beim Lauschen erfahren hatte. Sie strahlte Ennlin an. »Lass nur, meine Kleine. Das hab ich gern getan. Es muss schrecklich gewesen sein in diesem Verlies mit all diesen Verbrechern.«

Ennlin senkte den Kopf, doch Constanzia erkannte den Anflug von Furcht auf dem jungen Gesicht, dann den Ekel, gefolgt von Vorsicht. Sollten sie ihr Gewalt angetan haben? Da sah Ennlin hoch, und Constanzia atmete erleichtert aus. Nein, sie war noch immer Jungfrau. Sie hatten es nicht geschafft, ihr etwas anzutun. Zumindest äußerlich. Doch es hatte sich etwas in diesem Blick verändert. Sie war erwachsener geworden, nicht mehr so leicht formbar, nicht mehr so leicht zu verunsichern wie zu Anfang ihrer Bekanntschaft.

Constanzia fühlte erneut einen leichten Stich der Eifersucht. Wenn sie so auf dieses Mädchen schaute, dann wünschte sie sich die Zeit zurück, in der es auch für sie selbst noch die Möglichkeit von Wundern gegeben hatte und das Vertrauen darauf, dass im Leben immer das Gute siegte. Wie alt war sie da gewesen? Fünf Jahre vielleicht. Die Menschen sprachen viel davon, von diesem Guten. In dem einen Zusammenhang, dann in dem anderen. Aber meistens hatten sie dabei Hintergedanken und nur das im Auge, was gut für sie selbst war. Anders als dieses Mädchen, hatte sie das früh lernen müssen.

Ennlin hatte dieses Vertrauen in den Sieg des Guten noch nicht aufgegeben. Auch wenn sie schon Schlimmes hatte erleben müssen. Und ein wenig hatte Constanzia das Gefühl, als ströme etwas von diesem Mädchen zu ihr, als gebe ihr der vertrauensvolle Blick aus diesen kupferfarbenen großen Augen etwas von ihrer einstigen kindlichen Fähigkeit zurück, dem Leben voller Zuversicht zu begegnen. Sie lächelte herzlich. »Zunächst möchte ich dir sagen, dass Rosalie – du erinnerst dich an sie – ein Kleid von mir für dich umgeändert hat. Das wirst du brauchen. Ebenso wie dieses kleine Kreuz. Hier nimm. Vielleicht ist das ein Trost. Du hast so viel durchstehen müssen.«

Sie hielt Ennlin ein Lederband entgegen, an dem ein fein gearbeitetes silbernes Kreuz hing.

Diese konnte ihr Glück kaum fassen. »Aber Herrin, wieso, ich meine ... Und wieso ...?«

Wieder lächelte Constanzia. »Damit du schön aussiehst. Ich habe nämlich erreicht, dass du am Rosensonntag, also zu Laetare, einen Platz ganz in der Nähe des Münsterportals bekommst. Du kannst zwar nicht ins Münster und miterleben, wie der Papst den Rosenzweig segnet. Danach wirst du aber ganz vorn an einem sehr guten Platz stehen, wenn der König nach der Messe mit seinem Gefolge aus dem Münster kommt und danach durch die Stadt reitet.«

Ennlins Augen waren inzwischen tellergroß. »Ich werde nahe am Gefolge des Königs sein?«

Constanza lächelte. »Ja, der Graf von Nellenburg versprach mir, dafür zu sorgen, dass die Königin auf dich aufmerksam wird. Vielleicht nimmt sie dich sogar in die Reihen ihrer Dienstboten auf, wenn du ihr gefällst. Ich habe nämlich auch noch dafür gesorgt, dass du beim Imbiss in der Pfalz, zu dem der Papst an diesem Tag einladen wird, dabei sein kannst. Dann hast du da Gelegenheit, einen guten Eindruck zu hinterlassen. Dein Herr, der Graf von Nellenburg, hat mir fest zugesagt, er werde die Königin auf dich hinweisen. Und wenn nichts aus deinem Dienst bei der hohen Frau wird, dann werden wir uns etwas anderes für deine Zukunft überlegen. Du musst dir ab sofort keine Sorgen mehr machen. Meinst du, das würde dir helfen, mit dem Schrecken, den du durchgestanden hast, ein wenig besser fertig zu werden? Es würde mich freuen. Du bist ein gutes Mädchen.«

»Herrin, ich ... ich weiß nicht, was ich sagen soll.«

»Komm, dreh dich um, ich lege dir die Kette um den Hals.«

Ennlin tat wie geheißen. Constanzia verknotete das Verschlussband sorgfältig in ihrem Nacken, dann packte sie das Mädchen bei den Schultern und drehte sie zurück.

»So«, erklärte sie mit einem Ausdruck der Zufriedenheit, »so hat meine liebe Freundin Agnes auch immer geschaut, wenn sie überrascht und glücklich war.«

Ennlin sah sie fassungslos an. »Ihr kennt meine Mutter?«

Constanzia beschloss, sich weiter vorzuwagen, sie hatte sich eine Geschichte zurechtgelegt. »Ja, ich kenne sie. Wir sind gewissermaßen zusammen aufgewachsen. Sag, Ennlin, wie geht es ihr?«

Das Gesicht des Mädchens wurde ernst. »Sie ist tot. Gestorben im Kindbett, als mein kleiner Bruder geboren wurde.«

Constanzia blinzelte, als fühle sie ihre Augen wässrig werden. Sie hatte diese Gabe, sich von ihren eigenen Geschichten zu Tränen rühren zu lassen. Vielleicht wäre sogar eine gute Schauspielerin aus ihr geworden. Doch das Schauspielerleben war hart, die Schauspieler nur beliebt, solang sie auf der Bühne standen. Nach der Aufführung war es den Leuten lieber, die Truppe zog schnell weiter. »Oh, das hast du gar nicht erzählt, als Benedikt dich das erste Mal zu mir brachte. Das tut mir leid«, sagte sie leise. »Das wusste ich nicht.«

»Wieso hätte ich es Euch erzählen sollen? Ich wusste ja nicht, dass Ihr meine Mutter kanntet. Aber warum sagt Ihr mir das erst jetzt?«

Oha, das Mädchen ließ sich auch durch heftige Gefühlsregungen ihren scharfen Verstand nicht trüben. »Ich wusste doch auch nicht, dass meine Freundin Agnes deine Mutter ist. Ich habe es erst unlängst und ganz zufällig vom Grafen erfahren. Er hat mir erzählt, dass der Earl einer Frau namens Agnes zu Dank verpflichtet ist und dass du deren Tochter bist. Stimmt das mit dem Earl? Der Graf wollte nichts weiter dazu sagen. Und du kennst ihn ja, er mag es nicht, wenn man ihn drängt. Ähnliches gilt für den Earl. Aber ich wüsste doch zu gern, was es damit auf sich hat. Deine Mutter – weißt du, wir waren eng. Sie war eine gute Freundin, hat sich meiner angenommen, als es mir schlecht ging. Obwohl ich um einiges jünger war als sie, hat sie es mich doch nie fühlen lassen. Sie hatte ein großes Herz.«

Ennlin nickte. Dann hob sie ihr Überkleid, öffnete den Saum ein kleines Stück und zog einen einfach gearbeiteten goldenen Ring heraus, in den ein kleiner Edelstein eingelassen war, ein roter Rubin. »Den hat der Earl meiner Mutter geschenkt. Es hat eine Weile gebraucht, bis ich begriffen hab, dass der Mann, der immer zu Euch kommt und der englische Earl, von dem meine Mutter mir erzählt hat, wenn Vater gerade einmal nicht da war, ein und derselbe sind. Zumindest hab ich es vermutet. Aber sicher bin ich mir erst seit eben.

Sie hat erzählt, dass er sich als ganz junger Mann, wie einst der noble Parzival, auf die Reise begeben habe, um Abenteuer zu suchen, allerlei Bewährungsproben zu bestehen, sich mit anderen Rittern im Kampf zu messen und sich die Ehre zu verdienen, unter die berühmtesten Ritter seiner Zeit aufgenommen zu werden. Âventiure heißt so was, glaube ich. Bei einem Kampf mit einem anderen Ritter ist er dann verwundet worden, und die Wunde wollte nicht heilen. Da hat ihm jemand vom wundertätigen Gnadenbild von Rorgenwies erzählt. Der Graf von Nellenburg hat ihn aufgenommen. Die Mutter war damals Dienstmagd an seinem Hof. Naja, und dann hat der Earl, der damals noch gar kein Earl war, weil ja sein Vater noch lebte, plötzlich hohes Fieber bekommen. Jeder dachte schon, dass er sterben würde. Da ist die Mutter eben auf die Idee gekommen, die Madonna von Rorgenwies um ein Wunder für diesen Engländer zu bitten. Sie hat auch vom heilkräftigen Wasser mitgebracht. Der Earl wurde tatsächlich wieder gesund. Niemand konnte sich zunächst erklären, wie das kam, bis die Mutter von ihrem Besuch bei der Madonna berichtet hat. Jedenfalls war der Graf so dankbar für die Rettung seines Gastes, dass er meiner Mutter eine kleine Mitgift ausgesetzt und ihr einen guten Mann zum Gatten gegeben hat. Meinen Vater. Aber das müsst Ihr doch alles wissen, wenn Ihr die Freundin meiner Mutter wart. Habt Ihr nicht auch am Hof des Grafen gedient?«

Also stimmte diese merkwürdige Erzählung Benedikts. Constanzia legte sich fieberhaft eine weitere Geschichte zurecht. Sie hatte das Gefühl, dass das noch lang nicht alles war, was es in dieser Angelegenheit zu wissen gab. »Nein, damals war ich schon fort. Die Schwester des Grafen, Gräfin Margarete Anna, hat mich auf das Schloss ihres Gemahls bei Tengen geholt. Und ich bin gern mitgegangen, zumal der Herr von Tengen einen unter seinen Gefolgsleuten hatte, der mir sehr gefiel ... aber das führt jetzt zu weit. Irgendwann werde ich dir einmal erzählen, wie ich hierher kam. Jedenfalls, meine Kleine, ich hätte erkennen müssen, dass du Agnes' Tochter bist. Du siehst ihr sehr ähnlich, du hast ihre Augen, auch ihr Haar. Und ich bin dem Schicksal sehr dankbar, dass es mir die Gelegenheit gegeben hat, der Tochter meiner liebsten Freundin zu helfen. Aber sag mir, was wollte der Graf von *dir*? Weshalb kümmert er sich so um *dich*? Deine Mutter hat ihre Belohnung doch schon bekommen. Ich muss nämlich gestehen, dass es im Wesentlichen sein Werk war, dich aus dem Kerker zu holen. Vergib mir bitte diese kleine Notlüge. Du verzeihst mir doch? Ich musste doch erst sichergehen, ob meine Freundin Agnes wirklich deine Mutter ist.« Sie schaute Ennlin treuherzig an.

Ennlin konnte es kaum fassen: Constanzia war also eine Freundin der verstorbenen Mutter, die sie so sehr vermisste. Diese Frau war gut. Sie würde ihr niemals etwas Übles zufügen, auch wenn sie angeblich Geschäfte mit dem Gelben Hans machte. So erzählte sie ihr trotz des Versprechens, nichts zu verraten, von ihrem Auftrag als Lockvogel. »Ich kann mir nur denken, dass es deshalb ist, sonst wüsste ich auch keinen Grund«, antwortete sie. »Der Herr meinte, dieser Schurke werde erneut versuchen, mich zu bekommen. Man müsse dem Gelben Hans ein für alle Mal das Handwerk legen. Dann sorgte er dafür, dass Jakob und ich bei Meister Ulrich und seiner Hausfrau unterkommen konnten. Ah, ich sehe schon an Euren Augen, dass er mit Eurer Hilfe auf diese Idee gekommen ist. Dann wisst Ihr ja sicher auch, dass der Graf dem Meister vertraut und ihm auch das eine oder andere erzählt, damit er eine gute Chronik des Konzils schreiben kann. Darüber hinaus hat Meister Richental natürlich noch andere Zuträger, die ihm aus den Versammlungen der Nationes berichten.«

»Ja, er hat es mir gesagt«, bestätigte Constanzia. Das stimmte natürlich nicht, Eberhard von Nellenburg war nicht so unklug, einer seiner Zuträgerinnen von seinen anderen Spitzeln zu erzählen. Aber es war gut, dass sie das jetzt wusste. Ob sie vielleicht zu Meister Richental gehen und ihn ein wenig aushorchen sollte? Es war immer von Vorteil, wenn sich Zuträger auch ihrem Auftraggeber gegenüber absicherten. Sie würde später darüber nachdenken. Ebenso über die Frage, ob sie dem Gelben Hans von der Falle erzählen sollte, die für ihn eingerichtet worden war? Sie hatten immer gute Geschäfte miteinander gemacht. Andererseits, Leute wie ihn gab es viele. Riss man ein Unkraut aus, wuchs schon das nächste nach. Bei Gönnern war das nicht so. Was, wenn sie dem Grafen anbot, ihm dabei zu helfen, den Gelben Hans dingfest zu machen und ihm außerdem sagte, wie sie einen anderen erwischen konnten, den sie schon lang haben wollten, der ihnen aber immer wieder entkam: Ritter Jörg vom End. Kam Zeit, kam Rat. Erst einmal darüber schlafen.

Sie strich Ennlin sanft über die Wange. »Geh jetzt, Kind. Rosalie wartet unten auf dich. Meister Richental sucht dich vielleicht schon. Wir wollen ihn nicht beunruhigen. Du hast ihm doch nichts von meiner Botschaft gesagt? Gut. Braves Mädchen. Auf dich ist Verlass. Wir sehen uns wieder. Bestimmt. Und dann musst du mir noch mehr von meiner lieben Agnes erzählen.«

Ennlin knickste, wollte noch etwas sagen. Doch Constanzia schnitt ihr mit einer Handbewegung das Wort ab. »Geh jetzt, meine Kleine. Und grüße deinen Benedikt.« Ennlin wurde über und über rot.

Kapitel siebzehn
- Der Überfall -

WENN ENNLIN IN SPÄTEREN JAHREN IHREN KINDERN VON JENER ZEIT, insbesondere von dem Tag berichtete, an dem sie einer leibhaftigen Königin begegnet war, hatte sie auch dann noch Mühe, all die Bilder in die richtige Reihenfolge zu bekommen, die in ihrem Kopf herumwirbelten. Der ganze Tag war wie ein Traum gewesen. Ein schöner, aber auch ein schrecklicher. So schön, dass sie sich wie im Himmel wähnte und so schrecklich, dass ihr bei der Erinnerung daran noch immer übel wurde.

Wie stolz war sie doch gewesen, als sie da ganz in der Nähe des Münsters stand, in unmittelbarer Nähe all der wichtigen Leute – Gelehrte, kleinere Adelige, Freiherren, Ritter, allerlei Ministeriale und hohe Vertreter der Zünfte und deren Frauen. Die ganz wichtigen Leute waren natürlich zur Messe im Münster. Doch auch diese Gesellschaft, bei der sie jetzt stand, hätte sie normalerweise noch nicht einmal bemerkt. Sie hatte sogar einen Platz in der ersten Reihe bekommen. In Begleitung von Meister Richental und seiner Hausfrau Anna stand sie da, den Bruder an der Hand, voller Stolz, dass sie, die Tochter eines Unfreien, so nah dabei sein durfte. Stolz auch auf ihr wunderschönes neues Gewand. Es war grün und hatte allerlei Samtlitzen an den Ärmeln und am Halsausschnitt. Sie hatte sogar einen Gürtel umgelegt, eine Leihgabe der Richentalerin. Das silberne Kreuz von Constanzia trug sie gut sichtbar über ihrem Überkleid. Der Ring, den ihre Mutter einst von dem englischen Earl erhalten hatte, steckte am Mittelfinger ihrer rechten Hand.

Zum ersten Mal in ihrem Leben wagte sie es, ihren großen Schatz offen zu tragen. Sie hatte sich immer davor gefürchtet, dass ihn ihr jemand wegnehmen oder stehlen würde. Selbst der Vater wusste nichts von diesem Ring. Ihre Mutter hatte ihn immer gut versteckt und ihn ihr zusammen mit einem kleinen Brief kurz vor ihrem Tod gegeben. Der trug kein Siegel, sie konnte ihn auch nicht lesen, noch immer nicht, obwohl sie die einzelnen Buchstaben inzwischen kannte, da er in Latein geschrieben war. Doch eines Tages würde sie ihn Meister Richental geben und ihn bitten, ihn für sie zu übersetzen. Eines Tages, wenn sie ihn noch etwas besser kannte.

Und so trat sie von einem Bein aufs andere, mindestens ebenso aufgeregt wie ihr kleiner Bruder. Sie konnte hören, wie drinnen im Münster die Messe gesungen wurde. Dann läuteten die Münsterglocken, erst die große und dann die kleineren. Schließlich fielen die Glocken aller anderen Konstanzer Kirchen ein.

Bald darauf schwang das Münsterportal auf. Ein Raunen erhob sich in der Menge, die Menschen bekreuzigten sich, knieten nieder, als Johannes XXIII., den nach seinem Rücktritt als Papst manche nur noch Baldassare Cossa nannten, an der Seite des Königs an ihnen vorbei trippelte. Sigismund ging hoheitsvoll und würdig einher, das edel geschnittene Gesicht unbewegt. Er überragte den kleinen feisten Italiener um einiges, der Mühe hatte, ihm zu folgen. Der König nahm keine Rücksicht darauf, schritt mit seinen langen muskulösen Beinen weit aus. Aus der Nähe waren ihm sein Alter und sein ausschweifendes Leben jedoch anzusehen.

Die Königin mit ihren Damen folgte weiter hinten. Sie hatte die Stephanskrone der ungarischen Könige auf dem Haupt und sah wunderschön aus, fand Ennlin. Barbara von Cilli trug die schwere glitzernde Mitrenkrone mit einem großen Kreuz auf dem dicken, hochgesteckten und durch den Goldstaub leuchtend braunen Haar voller Würde, wie es sich für eine so edle Frau geziemte. Sie hielt ihr Kleid zierlich gerafft. Es hatte einen wunderbar gearbeiteten Brusteinsatz, war in der Taille sehr eng geschnitten und mit Zobelpelz eingefasst. Darunter kam ein weiteres Kleid zum Vorschein, hin und wieder blitzte sogar ein Fuß in einem eleganten Schuh auf. Der Ausschnitt war trotz des kirchlichen Anlasses atemberaubend tief.

Barbara von Cilli stammte aus einem reichen tschechischen Adelsgeschlecht, das wusste jeder. Vermutlich herrschten in ihrer Heimat andere Sitten, dachte Ennlin. Sie scherte sich offenbar nicht darum, was andere von ihr dachten. Zumal ihr Gatte sie ohnehin kaum zur Kenntnis nahm. Aber Hausfrau Anna hatte ihr erklärt, dass das bei Königen so üblich war. Die Herren hatten ihre Geliebten, die Frauen hatten sich bescheiden im Hintergrund zu halten.

Doch so eine, die sich einfach in die Ecke schieben ließ, war die Königin nicht. Sie dachte gar nicht daran, die Tage ausschließlich mit Nähen, Sticken und dem Singen heiliger Lieder zu verbringen, sondern hatte offensichtlich beschlossen, ihr Leben ebenfalls zu genießen. Sie widmete sich der Wissenschaft von der Deutung der Sterne und verursachte manchmal so viel Rauch und Gestank bei einem ihrer alchemistischen Versuche, dass es den Nachbarn ganz unheimlich wurde.

Während Ennlin noch darüber nachdachte, geschah das, von dem sie noch lang danach glaubte, es könnte ein Traum gewesen sein. Als Barbara von Cilli an die Stelle kam, an der sie stand, hob sie die Hand und hielt inne. Der ganze Zug stockte. Ihre Augen glitten suchend über die Menge, blieben an Ennlin hängen – und dann kam die hohe Frau direkt auf sie zu. Einige der Damen, die ihr am nächsten standen, redeten auf sie ein, versuchten augenscheinlich, sie aufzuhalten. Sie brachte sie mit einer ungeduldigen Handbewegung zum Schweigen.

Ennlin konnte zunächst nicht fassen, wie ihr geschah. Als sie erkannte, dass die Königin tatsächlich auf sie zustrebte, versank sie in einem tiefen Knicks.

Da fühlte sie eine Hand unter ihrem Kinn.

»Kind, sieh mich an. Unser lieber Frreund der Earl of Warwick hat berrichtet viel von dir. Auch Graf von Nellenburg, der ehrenwerte Berrrater meines Herrn, des Königs.«

Ennlin fand, dass sie noch niemals einen so wunderbaren Akzent mit einem so perfekt gerollten R gehört hatte. Die Königin kam auch von weit her. Doch dafür war sie gut zu verstehen. Sie schluckte und errötete über und über.

Die Königin lachte leise. »Ah, verrstehe schon. Dieses Gesicht, große Augen, fast golden. Und derr Mund. Zauberrlich, wirrklich zauberrlich«, sagte sie mit ihrer weichen Stimme.

Eine ihrer Damen kam zu ihr und flüsterte der Königin etwas ins Ohr.

Barbara von Cilli lächelte noch einmal. »Gatte schaut, muss

weiter. Dass Männer immer müssen sein so ungeduldig!« Sie kicherte fast wie ein junges Mädchen. »Du bedienst bei Imbiss von Papst? Mach Sache gut, Kind. Plane im Sommer zu haben ein frröhliches Essen im Frreien zusammen mit unserem Meister Ulrich. Warr so frreundlich mich zu laden ein auf sein Hardgut, dann wirr sehen uns vielleicht wieder.« In ihren braunen Augen blitzte der Schalk, sie zwinkerte schelmisch.

Ennlin versank erneut in einem tiefen Knicks. Die Königin lachte noch einmal leise. Gleich darauf hörte Ennlin das Rascheln von Stoff, was darauf hindeutete, dass sie weiter ging.

Das sollte die Frau sein, die manche heimlich als Hexe bezeichneten? Ennlin richtete sich wieder auf und sah ihr mit offenem Mund hinterher. Sie war hingerissen. Diese Frau war wahrhaft edel. Sie klang so wunderbar. So engelsgleich! Als wäre sie nicht von dieser Welt. Sie achtete noch nicht einmal darauf, dass die Schleppe ihres prachtvollen Gewandes durch den Straßendreck schleifte. Zwei ihrer Frauen beeilten sich, den Stoff hochzuheben.

Hinter Ennlin erhob sich Gemurmel. Was war das für ein Mädchen? Wieso hielt die Königin extra für sie an und verzögerte den ganzen Zug?

Ennlin bekam davon nichts mit. Sie starrte dieser wunderbaren Dame nach, die so hochwohlgeboren war und dennoch so freundlich. Ihre Gefühle überschlugen sich. Sie vermochte noch immer nicht so recht daran zu glauben, dass sie, Ennlin von Rorgenwies, tatsächlich beim Imbiss des Papstes bedienen sollte. Obwohl Meister Richental ihr das bereits gestern mitgeteilt und ihr die entsprechende Botschaft des Grafen von Nellenburg sogar gezeigt hatte. Und nun sagte die Königin dasselbe! »Kommt Kinder, wir müssen weiter«, mahnte die Richentalerin und setzte sich mit einem Lächeln in Bewegung.

Jakob machte sich von Ennlin los und legte seine kleine Hand vertrauensvoll in die der mütterlichen Frau. Meister Ulrich ging hinterher. Ennlin stand noch immer da wie eine Salzsäule. Das war alles zu wunderbar.

»Gut, gut, das bringt uns zusätzliche Gulden für dich, hast ja hohe Gönner«, zischte ihr von hinten plötzlich jemand ins Ohr. »So, und jetzt komm. Und gnade dir Gott, wenn du Ärger machst.«

Ennlin stockte das Blut. Der Gelbe Hans. Er hatte sie gefunden. Sie hatte immer damit gerechnet. Aber jetzt, wo es so weit war, wo waren ihre Beschützer?

Sie blickte sich um. Die Menschen beachteten sie überhaupt nicht mehr, sie strebten dem Zug des Königs hinterher. Der würde sich demnächst mit allen Fürsten, Herren, Grafen, Freiherren, Rittern und Knechten im Gefolge und mit dem geweihten Rosenkranz und einem goldenen Tuch in der Hand auf den Ritt durch die Stadt machen. Sein Trompeter und die der anderen Herren versammelten sich schon bei der Pfalz.

Ennlin versuchte, ihren Arm freizubekommen. Als sie sich umsah, schaute sie direkt in das Gesicht des Gelben Hans. In seinen gelb unterlaufenen Augen lag Triumph. »Wag es nicht, los jetzt«, zischte er. Einige Speicheltropfen trafen ihr Gesicht. Es drehte ihr vor Ekel fast den Magen um. Sie wollte ihr Gesicht mit dem Ärmel abwischen. Wieder versuchte sie, den Arm freizubekommen, da stach ihr von hinten ein Messer in den Rücken. Nicht tief, aber gerade tief genug, um sie erstarren zu lassen.

Mit weichen Knien setzte sie sich in Bewegung. Sie hatte schreckliche Angst. Nach allem, was in der Zwischenzeit geschehen war, würde der Gelbe sicherlich nicht sanft mit ihr umgehen. Sie konnte nur hoffen, dass ihre bisherigen Gönner wieder einmal ein Lösegeld bereitstellen würden. Andererseits wagte sie es kaum zu hoffen. Sie hatten ihr schon so viele Male ihre Gunst erwiesen. Und wo waren ihre Bewacher, wo ihre Beschützer, der Lächelnde Ott, der dicke Hennslin von Heudorf und Benedikt. Ja, wo war Benedikt?

Ennlins selbsternannte Recken hatten sehr wohl beobachtet, was mit ihr geschah. Hennslin von Heudorf schnaufte wütend und begann, mit seiner ganzen gewichtigen Person eine Bresche in die Menge zu schlagen. Wo es nicht half, Leuten auf die Füße zu trampeln, benutzte er sein Schwert.

Benedikt drängte ihm nach. Sie kamen jedoch trotz des Rammbocks Hennslin einfach nicht voran. Es waren zu viele Menschen, sie mussten abwarten, bis sich die Menge etwas zerstreut hatte, und hoffen, dass sie Ennlin und ihre Entführer nicht aus den Augen verloren.

Der Lächelnde Ott knirschte mit den Zähnen, weil es einfach nicht weiter ging. Er hatte die größeren Kinder seiner Bande mitgebracht, alle zwischen sechs und acht Jahre alt. Sie waren über den Platz verteilt gewesen und schlossen eines nach dem anderen zur Gruppe auf.

Der Hauptmann der fünf Stadtsoldaten, die Ennlin im Auftrag des Grafen von Nellenburg beschützen und diesen Schurken, den Gelben Hans ergreifen sollten, hatte die Geschehnisse aus einigen Metern Entfernung ebenfalls beobachtet. Er dachte nicht daran, einzugreifen, er hatte seine Befehle. »Wir warten«, befahl er. »Der Rat hat angeordnet, dass kein Bürger von Konstanz gefährdet werden darf. Außerdem müssen wir herausfinden, ob der Gelbe Hans hier in der Stadt ein Versteck hat. Und wenn ja, wo es ist. Wir behalten die Kleine und diesen Verbrecher also zunächst im Auge. Wartet nur ab, wir bekommen diesen Erzhalunken schon noch und stellen ihn vors Vogtgericht. Dann flicht ihn der Henker aufs Rad.«

Der Lächelnde Ott riet derweil ebenfalls zur Vorsicht. Es war besser, der Gruppe unauffällig zu folgen, bis sich eine günstige Gelegenheit ergab, Ennlin zu befreien. Wenn sie feststellten, dass sie bemerkt worden waren, taten die Männer ihr sonst noch etwas an.

Benedikt sah das zähneknirschend ein. Manchmal gab die Menge den Blick auf sie und ihre Entführer frei. Dann konnte er sehen, dass sie schwankte, drohte, zusammenzubrechen. Diese Banditen trieben sie mit groben Hieben weiter, fort vom Münsterplatz in Richtung Osten.

Als Ennlin und ihre Entführer in die Ringgasse einbogen, wurde klar, dass sie wohl dem Geltinger Tor zustrebten und dort aus der Stadt wollten.

Der Hauptmann der Stadtsoldaten hob die Hand, der kleine Trupp stoppte. Er befahl einem seiner Männer flüsternd, er solle sich an der Gruppe der Entführer vorbei schleichen, und zwar auf dem kleinen Weg zwischen den Häusern hindurch, der von der Blattengasse abzweigte und parallel zur Brudergasse in Richtung des Stadttores verlief. Er müsse die Wache anweisen, das Tor sofort zu schließen. »Auf diese Weise nehmen wir sie in die Zange«, erklärte er zufrieden. »Vorn kommen sie dann nicht weiter, und hinten stehen wir.«

Ennlins Recken hatten inzwischen zu den Stadtsoldaten aufgeschlossen und gehört, was der Hauptmann plante.

»Aber was, wenn sie Ennlin etwas tun, während wir hier warten?«, wandte Benedikt ein.

»Das stimmt«, stimmte Hennslin von Heudorf bei. »Sie könnten etwas Schlimmes tun, wenn sie merken, dass sie eingekreist sind. Zuerst müssen wir sie befreien. Sonst schneiden sie ihr noch die Kehle durch, wenn niemand hinsieht. Was meinst du, Ott?« Er schaute sich um.

Doch dort, wo er ihn vermutet hatte, stand niemand mehr. Der Lächelnde Ott und alle seine Kinder waren verschwunden.

»Hier gebe ich die Befehle. Ich kenne mich in solchen Sachen aus«, wetterte der Hauptmann. »Wenn ihr keine Ruhe gebt und alles gefährdet, dann lasse ich euch wegen Friedensbruchs festsetzen. Ihr wisst, dass darauf empfindliche Strafen stehen. Wir warten hier, bis sie sich sicher wähnen.«

Wieder schaute Benedikt sich um. Wo war der Lächelnde Ott? Er fühlte Enttäuschung in sich hochsteigen. Hatte er sie einfach im Stich gelassen?

Der Lächelnde Ott hatte nicht die mindeste Veranlassung gesehen, einem Vertreter der öffentlichen Ordnung Gehorsam zu zollen. Er und die Kinder seiner Bande hatten sich leise davongeschlichen und waren längst über die Brudergasse auf dem Weg zum Geltinger Tor. Sie mussten schnell sein. Wenn die Gruppe des Gelben Hans sich zwischen den Soldaten und dem geschlossenen Tor eingekeilt sah, konnte alles Mögliche geschehen. Das Beste war noch, dass sie sich in Richtung Schnetztor oder Emmishofer Tor abzusetzen versuchten. Sie mussten der Bande also den Weg dorthin abschneiden und die Männer um den Gelben Hans gleichzeitig so beschäftigen, dass sie gar nicht auf die Idee kamen, Ennlin zu verletzen. Ott wusste, er brachte die Kinder damit in Gefahr – und zwar nicht nur für den Moment der Befreiung. Es war gegen jeden Ehrenkodex der Konstanzer Unterwelt, dass eine Bande die andere angriff, solang das Konzil dauerte. Darauf hatten sie sich geeinigt, wohl wissend, dass genug für alle da war.

Doch keiner, auch nicht der Kleinste, würde Ennlin im Stich lassen. Das war ebenfalls eine Frage der Ehre. Sie gehörte nach wie vor zu ihrer Bande. Einmal Mitglied, immer Mitglied. Auch wenn sie nicht mehr mit ihnen lebte. Das war wie in einer Familie. Sie hatte sie ja auch nicht vergessen, als es ihr besser ging, ihnen stillschweigend, wann immer möglich, Essen und andere überlebenswichtige Dinge zukommen lassen. Erst als sie bei der Pfisterin diente und auch jetzt. Nicht viel, sie konnte nicht so viel abzweigen, ohne dass es auffiel. Der Lächelnde Ott hatte manchmal fast den Eindruck gehabt, sie spare sich das Essen vom Mund ab, das sie ihnen sandte. Er hatte sie jedoch niemals daraufhin angesprochen. Und sie hatte niemals etwas dazu gesagt. So war das eben. Man vergaß einander nicht.

Auf sein Zeichen hin verteilten sich die Kinder in der Ringgasse, legten schnell einige der Prügel zurecht, die sie mitgebracht hatten, griffen sich Steine und begannen Himmel und Hölle zu spielen. Der Kleinste hüpfte los.

Da kamen die Entführer auch schon mit ihrer Geisel. Ehe es sich der Gelbe Hans und seine Männer versahen, hing an jedem ein schreiendes und quäkendes Kind, klammerte sich an einem Bein fest, oder drosch mit einem Knüppel auf Schienbeine und alles ein, was sonst noch erreichbar war. Die Männer waren derart entgeistert über diese Art des Überfalls aus dem Nichts, dass sie ganz vergaßen, ihre Messer zu zücken. Petter, ein Sechsjähriger, der mit Ennlins Bruder Jakob besondere Freundschaft geschlossen hatte, krähte begeistert, als es ihm gelang, ›seinem‹ Mann die Beinkleider herunter zu ziehen. Der heulte auf. Das war zu viel, zumal sich die ersten neugierigen Gesichter an den Fenstern der Häuser zeigten.

Jetzt waren auch die Stadtsoldaten angekommen. Sie pflückten mit Unterstützung von Hennslin, Benedikt und Ott die noch immer völlig verblüfften Spießgesellen des Gelben Hans von der Straße, ohne dass diese Widerstand leisteten. Nur der Gelbe Hans behielt die Fassung. Da stand er und hielt Ennlin sein Messer an die Kehle. »Gebt sofort meine Männer frei und lasst uns ziehen. Denn sonst, ich schwöre es, töte ich dieses Mädchen.«

Ennlins Augen waren schreckgeweitet. Aber sie weinte nicht.

Der Hauptmann trat von einem Bein auf das andere. Seinem Gesicht war anzusehen, dass er nicht so recht wusste, was er jetzt tun sollte.

Der Lächelnde Ott hingegen wusste das schon. Er gab dem kleinen Petter ein Zeichen. Der grinste und robbte sich von hinten an die Beine des Gelben Hans heran. Dieser schrie plötzlich auf, griff sich in den Schritt und ließ das Messer fallen.

Die Männer des Hauptmanns hatten ihn gleich darauf am Schlafittchen.

Und so gingen der Lächelnde Ott und seine Kinderbande in die Konstanzer Sagenwelt ein. Die, die bei der Festnahme zugesehen hatten, erzählten noch lang und oft von dem Augenblick, als es der Rat endlich geschafft hatte, des Gelben Hans habhaft zu werden. Die Geschichte wurde immer weiter ausgeschmückt. Und jedes Mal war auch von den Dämonen die Rede, klein, wie Zwerge, die Satan aus der Hölle geschickt hatte, um seinen Diener heimzuholen. Denn dass der Gelbe Hans zur Hölle fahren würde, daran bestand nicht der leiseste Zweifel.

Ennlin stand da, atmete mehrmals tief durch, stammelte Dankesworte und verblüffte sodann ihre verdatterten Retter mit der Feststellung, dass sie umgehend fort müsse. Wenn sie sich beeile, könne sie gerade noch zur rechten Zeit kommen, denn sie sei als Bedienerin beim Imbiss des Papstes vorgesehen. Und das wolle sie um nichts in der Welt versäumen. Sie werde sich später melden.

Drei ziemlich enttäuschte junge Männer schauten ihr hinterher und machten sich schließlich davon.

Ennlin hätte sich nicht so beeilen müssen. Ein Mann mit befehlsgewohnter Miene, der Truchsess des Papstes, vermutete sie, schickte sie entrüstet weg, als sie endlich mit noch immer zitternden Knien in der Pfalz vorsprach. Er könne keine Dahergelaufene, die dazu noch viel zu spät komme, bei einem so wichtigen Festmahl anstellen, beschied er sie.

Ennlin wollte protestieren, erklären, warum sie zu spät kam. Doch er hatte ihr bereits den Rücken zugekehrt.

Sie war schon wieder drauf und dran, sich enttäuscht zu trollen, da kam ihr Rosalie entgegen. Constanzias Frauen waren zwar keine offiziellen Gäste bei diesem Imbiss, aber sie waren dennoch dabei, um den Herren auf die eine oder andere Weise einen kleinen Dienst zu leisten, wie Rosalie ihr kichernd erklärte. »Willst du mitkommen, mal schauen, wie die Noblen tafeln?«, fragte sie. »Aber sei leise, sonst bekomme ich Ärger. Ich sag es dir gleich, manche benehmen sich noch schlimmer als die Schweine in den Koben.«

Ennlin nickte.

»Aber sei wirklich still. Und bleib nur kurz in der Tür stehen. Verrate mich nicht. Versprochen?«

Ennlin nickte erneut.

Gleich darauf stand sie an der Tür der großen Stube der

Pfalz und spähte hinter der Zarge hervor in den Raum. Der ehemalige Papst saß an einem gesonderten Tisch. Niemand aß mit ihm. Mehrere Diener standen mit Töpfen und Tiegeln um ihn herum. Der Tischdiener des Papstes häufte die Speisen vor ihm auf, ein anderer schnitt sie zurecht. Das war der, der sie nicht dabei hatte haben wollen.

Der Papst hat so viele Speisen vor sich, dass es für zehn Männer gereicht hätte, dachte Ennlin.

Sobald Cossa seinen Anteil bekommen hatte, brachten die Diener die Speisen zu dem Tisch, an dem die Bischöfe, allerlei Pfaffen und, den Gewändern nach zu urteilen, auch einige der Gelehrten sowie die Auditores, die päpstlichen Richter, saßen.

Aber der König, wo war der König? Ah, da thronte er an einem eigenen Tisch, neben ihm ein Kardinal. Ennlin vermutete, dass dies Jean de Brogny sein musste oder Kardinal Ostiensis, wie Meister Richental ihn nannte. Er war der Vorsitzende des Kardinalskollegiums. Anschließend an diese beiden saßen noch weitere Männer an der Tafel, immer ein weltlicher und ein geistlicher Fürst im Wechsel, soweit sie sehen konnte.

»Was machst du denn hier, Mädchen? Solltest du nicht bedienen?«, flüsterte da eine Männerstimme.

Ennlin fuhr der Schreck in die Glieder. Nicht schon wieder eine Stimme in ihrem Rücken! Doch dann atmete sie erleichtert auf. Es war Meister Richental.

»Ein Mann ist gekommen und lässt mich nicht«, antwortete sie und wies auf den Mann, der immer um den ehemaligen Papst herumscharwenzelte, welcher inzwischen nicht nur ein vom Bratenfett verschmiertes Gesicht, sondern auch fettige Hände hatte. Meister Richental runzelte sie Stirn. »Ah, das ist sein Vorschneider. Ich kenne ihn. Unangenehmer Geselle.«

»Wer sind denn die Herren, die da beim König sitzen?«, erkundigte sich Ennlin flüsternd.

»Der eine, das ist der Herzog Ludwig von Brieg, der andere der Erzbischof von Mainz. Doch jetzt ab mit dir. Gleich beginnt die Predigt.«

»Während des Essens?«

»Während des Essens.«

»Aber der Papst, warum sitzt er ganz allein? Steht er so hoch über allen anderen?«

»Er ist kein Papst mehr«, antwortete Meister Richental. »Und wenn ich richtig einschätze, was mir so zugetragen wird, dann werden sie ihn auch nicht wieder in sein Amt einsetzen, wenn es an die Wahl geht. Aber nun troll dich, Kind, das verstehst du nicht. Ich muss jetzt meine Arbeit tun.«

»Meister Ulrich, der durchlauchtigste Graf von Nellenburg verlangt nach Euch, Ihr sollt an seinen Tisch kommen«, sagte im selben Moment ein Dienstbote, der zu ihnen gestoßen war und Ennlin einen missbilligenden Blick zuwarf.

Meister Richental zwinkerte ihr kurz zu und machte sich auf zu dem Tisch, an dem der Graf saß.

Und Ennlin machte, dass sie davonkam. Es gab da Menschen, denen sie endlich ihren Dank abzustatten hatte. Allen voran dem Lächelnden Ott und seiner Kinderbande. Und sie hatte sie einfach schnöde stehen lassen, nur um einen Blick auf die Reichen und Mächtigen zu erhaschen. Nun war doch nichts daraus geworden. Sie hätte nicht so hoffärtig sein sollen. Sie schämte sich.

Als Ennlin auf den Hof der Pfalz kam, lief sie Benedikt in die Arme. Er wirkte geknickt. Als er sie sah, begann er zu strahlen, so glücklich, dass ihr trotz ihres schlechten Gewissens ganz warm ums Herz wurde. »Ennlin! Hab tausend

Tode ausgestanden! Ich bin so froh, dass dir nichts geschehen ist.«

Sie lehnte sich leicht an ihn. Ihre Knie zitterten schon wieder.

Meister Richental strahlte ebenfalls, als er heimkam. Er hatte eine wunderbare Nachricht. Ennlin solle dem König vorgestellt werden als Belohnung für die Rolle, die sie bei der Gefangennahme des Gelben Hans gespielt hatte.

Die Geehrte nahm die Neuigkeit mit Zurückhaltung auf. Sie hatte ja erlebt, wie schnell Dünkel in Enttäuschung umschlagen konnte.

Anna betrachtete die Angelegenheit von der praktischen Seite und begann sofort mit der Planung eines Gewandes für diesen Anlass. Sie war ganz verzweifelt, als ihr der Gatte nichts über den vorgesehenen Zeitpunkt erzählen konnte. Er hatte vollkommen vergessen, danach zu fragen. Angeblich, weil er sich mit dringenden weltpolitischen Geschäften zu beschäftigen hatte. Wie konnte man so etwas vergessen?

Was war das für ein herrlicher Tag für die Stadt und die Bevölkerung, als der Gelbe Hans im hölzernen Käfig auf einem Leiterwagen durch die Straßen gekarrt wurde. Die Leute, die unter seiner mörderischen Gewaltherrschaft gelitten hatten, aber auch alle, die zufällig dazukamen, spuckten ihn an, warfen mit Steinen und verfluchten ihn.

Danach wurde der Gelbe Hans auf Anweisung des Vogts der Folter unterzogen. Er sollte den Aufenthaltsort seiner restlichen Spießgesellen preisgeben. Und schließlich tat er das auch. Die Vettel, die ja bereits im Turm saß, kam derweil vors Ratsgericht, wurde verurteilt und auf Lebenszeit der Stadt verwiesen ohne die Möglichkeit, die Strafe in Form einer Geldbuße verringern oder gar ablösen zu können. Sie durfte sich für alle Zeit Konstanz nicht weiter als bis auf zehn Meilen nähern.

Kapitel achtzehn
- Krieg -

MEISTER RICHENTAL EILTE NOCH IMMER von morgens bis abends von Hinz zu Kunz und sammelte unermüdlich Nachrichten für seine Chronik. Es sei wirklich Weltenbewegendes im Gange, er renne sich die Hacken ab, um alles zu erfahren, bedeutete er seiner Anna, als diese sich über die ständige Abwesenheit ihres Gatten beschwerte.

Angeblich gab es wichtige Beratungen der Nationes. Papst Benedikt hatte nämlich bekräftigt, dass er keinesfalls zurückzutreten gedenke, egal, was seine Kardinäle auch sagen mochten. Die Italiener besprachen die verfahrene Lage unter sich im Refektorium, die Franzosen im Kapitelhaus der Dominikaner, die Deutschen im Kapitelhaus der Barfüßer und die Engländer im dortigen Refektorium. Die Kardinäle der Päpste Benedikt und Gregor hatten sich anfangs im Kapitelhaus der Augustiner zu ihren Beratungen zusammengefunden, saßen aber inzwischen einträchtig mit den anderen Kardinälen unter dem Vorsitz von Jordanus Ostiensis im Hof des Domdekans Albrecht von Beutelsbach zusammen.

Meister Richental begegnete den Vorwürfen seiner Hausfrau mit Unverständnis. Ob sie denn nichts von dem großen Aufruhr bei der letzten Session gehört habe?

Anna hatte natürlich. Ganz Konstanz zerriss sich die Mäuler. Am Montag nach Laetare, als es um die Frage gegangen war, wer denn nun der nächste Heilige Vater werden sollte, hatte Johann von Nassau, Erzbischof und Kurfürst zu Mainz, die Versammlung unter Protest verlassen. Man stelle sich das einmal vor! Sollte Johannes wieder zum Papst gewählt werden, dann wolle er nicht mehr hier sitzen und diesem auch nicht gehorsam sein, hatte der Erzbischof gebrüllt. Worauf ihm der Patriarch von Konstantinopel entgegengeschmettert haben sollte: »Wer ist der? Der ist würdig zu verbrennen!«

Daraufhin war der von Nassau wutentbrannt aus dem Münster gestürmt, und die Konzilsversammlung hatte sich aufgelöst. Und nun wollten die Konzilsteilnehmer die gelehrtesten unter ihnen auswählen, damit diese nach eingehender Beratung der gesamten Versammlung den göttlichen Weg weisen sollten, der die Christenheit wieder einte.

Anna hielt das alles keineswegs für weltbewegend, sondern einfach für typisch männlich-kindisches Benehmen: reden, streiten, beleidigt sein, Rad schlagen und Federn spreizen wie die Pfauen in der Balz und dann eine Gruppe gründen, die alles regeln sollte. Was in aller Welt konnte wichtiger sein als ein Gewand für eine Audienz bei König Sigismund? Zumal es hieß, dass dessen Gemahlin Barbara von Cilli auch dabei sein werde.

Der geschurigelte Gatte brummte nur irgendetwas, war mit dem Kopf bei völlig anderen Angelegenheiten und kurz darauf auch schon wieder verschwunden.

Anna hätte die Königin zu gern einmal selbst gesehen. Nun, sie würde Ennlin nach jeder Kleinigkeit ausfragen. Ennlin. In Ihre Augen stieg ein warmer Schimmer. Das Mädchen war ihr inzwischen ans Herz gewachsen wie die eigene Tochter, die sie niemals gehabt hatte. Und Jakob, dieser Lauser, der die Gabe hatte, den gesamten Haushalt der Richentals binnen weniger Augenblicke völlig durcheinanderzubringen! Ihm fielen ständig neue Streiche ein. Doch um nichts in der Welt hätten Anna und Meister Richental diesen kleinen Tunichtgut wieder hergegeben. Das war der Sohn, der ihnen in ihrer Ehe niemals beschieden gewesen war. Richental machte schon große Pläne für ihn. Jeden Tag einen anderen, weil er sie über all den wichtigen Dingen, die er angeblich für seine Chronik zu bedenken hatte, regelmäßig wieder vergaß.

Kurz drauf hatte sich die Lage jedoch grundlegend geändert. Von einer Audienz Ennlins beim König war keine Rede mehr. Dafür zerrissen sich alle über den Umstand die Mäuler, dass der Papst im grauen Mantel und mit grauer Kappe als Stallknecht verkleidet auf einem Maultier trotz Schneeregen und Kälte heimlich geflohen war – mit dem Schiff nach Schaffhausen.

Es hatten schon vorher Gerüchte kursiert, Johannes fühle sich in der Stadt nicht mehr sicher. Doch niemand hatte glauben wollen, dass er sich tatsächlich wie ein Dieb bei Nacht und Nebel davonschleichen würde. Nachdem Johannes das Weite gesucht hatte, gaben auch seine Gefolgsleute schnellstens Fersengeld.

König Sigismund hatte deshalb anderes zu tun, als Ennlin zu empfangen. Er ließ bei Bekanntwerden der Flucht sofort die Stadttore zusperren, um zu verhindern, dass sich noch weitere Gefolgsleute des Baldassare Cossa aus dem Staub machten. Zusammen mit dem Herzog von Heidelberg und seinen Trompetern ritt er durch die Stadt – zu allen Wechslern, Apothekern, Krämern, Handwerkern, Kardinälen und Herren – und ließ unter Trompetenschall verkünden, alle müssten in der Stadt bleiben, bis die Angelegenheit geklärt sei.

Darüber hinaus machte noch eine andere empörende Neuigkeit die Runde: Der ehemalige Papst hatte einen hochadeligen Fluchthelfer gehabt, nämlich Herzog Friedrich von Habsburg, der mit den leeren Taschen. Dabei hatte dieser dem König doch noch kurz zuvor hoch und heilig versichert, dass er von Fluchtplänen nichts wisse und diese auch niemals unterstützen werde.

Einige behaupteten, der Habsburger sei unschuldig. Herzog Friedrich und der junge Graf Friedrich von Zil hätten zu der Zeit, als der Papst geflohen war, auf dem hinteren Feld beim Paradies einen Zweikampf bestritten. Erst da habe der Herzog erfahren, dass der Papst weg sei. Sein Diener, ein gewisser Magister Ulrich Seldenhorn von Bad Waldsee habe ihm das in den Helm geflüstert, worauf Friedrich sofort in die Stadt geritten wäre und seinen Oheim Graf Hans von Lupfen habe zu sich rufen lassen, der ja auch ein Berater des Königs war. Doch der habe nicht kommen wollen.

Andere wiederum wollten Friedrich mit dem Flüchtling auf einem Schiff gesehen haben.

Kurz, es war ein schreckliches Durcheinander. Fünf Kardinäle aus der Lombardei, Bischöfe und Erzbischöfe wurden ausgeschickt, um den Papst zur Rückkehr zu bewegen.

Der Aufruhr war vollends komplett, als in der Stadt eine

Bulle eintraf, in der Baldassare Cossa behauptete, er sei nach wie vor Papst. Sein Rücktrittsversprechen sei erzwungen gewesen und deshalb ungültig. Außerdem ordnete er darin die Auflösung des Konzils an und befahl seinen Kardinälen, zu ihm zu kommen.

Als er das hörte, bekam König Sigismund einen seiner berühmten Tobsuchtsanfälle und erklärte, das Konzil werde auch ohne diesen feigen Italiener weiterarbeiten.

Fünf Tage nach ihrem Auszug kamen die geistlichen Herren, die den ehemaligen Papst hatten zurückholen sollen, unverrichteter Dinge heim. Sie ernteten jede Menge Häme.

Von den Osterfeierlichkeiten blieb unter diesen Umständen nicht mehr viel übrig. Die Konstanzer verbarrikadierten sich wo möglich in ihren Häusern und warteten ab. Es lag Gewalt in der Luft. Allen war klar, jetzt wurde nach Schuldigen gesucht. Eine lange Erfahrung hatte die Menschen gelehrt, wenn sich die Fürsten stritten, ging es meistens den kleinen Leuten an den Kragen. Jeder wusste, Sigismund konnte diese Flucht nicht auf sich beruhen lassen. Und wenn der Herzog von Habsburg daran beteiligt gewesen war, dann würde es eng für ihn werden. Das wiederum betraf die ganze Region, da der Habsburger insbesondere entlang des Rheins viele Ländereien besaß und auch der Herr so mancher Stadt war. Der Herzog schien das zu ahnen. Denn auch er hatte schleunigst die Stadt verlassen.

Der König höchstselbst ritt durch die Straßen, um die Ängste der Leute zu besänftigen. Da öffneten manche ihre Läden wieder.

Und Sigismund sorgte auch dafür, dass die durch die Ereignisse halb gelähmte Konzilsversammlung, die auseinanderzufallen drohte, ihre Arbeit wieder aufnahm. Der

Prozess gegen diesen Ketzer aus Böhmen kam ihm da gerade recht.

Der König brachte zudem die Angelegenheit der Fluchthilfe vor die versammelten Fürsten und Gelehrten. Und diese befanden, Sigismund solle Friedrich vorladen, damit er sich verantworte. Hunderte Briefe wurden geschrieben und verschickt. Zudem hatte der König angeordnet, auch in der Stadt Briefe mit dem königlichen Siegel an die Türen anschlagen zu lassen, in denen er Friedrich befahl, sich dem königlichen Gericht zu stellen.

Das hieß für Meister Richental zusätzliche Arbeit. Da er als wortgewandter und schreibkundiger Mann galt, oblag es ihm, allein 50 dieser Schreiben aufzusetzen.

Anna, Ennlin und Jakob bekamen ihn kaum noch zu Gesicht und wenn, dann war er völlig übermüdet.

Zahlreiche Unterstützer des Habsburgers fielen von ihm ab, fast der gesamte Bodenseeadel sagte sich von ihm los, darunter Frischhans und Konrad von Bodman, Konrad und Egon von Fürstenberg, Hans von Lupfen, Friedrich und Johann von Zollern, Eberhard von Kirchberg, Bischof Johann von Würzburg, Wilhelm V. von Montfort-Tettnang, Wilhelm VII. von Montfort-Bregenz und viele, viele andere. Alle versprachen dem König ihre Unterstützung.

Es roch nach Krieg.

Der habsburgische Friedrich schickte zwar beschwichtigende Nachrichten, doch er erschien nicht in Konstanz.

Da klopfte eines Abends zu nachtschlafender Zeit Hennslin von Heudorf an die Tür des Hauses zum Goldenen Bracken und verlangte Ennlin zu sehen. Er ließ keine Ausflüchte gelten.

Hausfrau Anna, noch immer wach, weil sie auf Meister Richental wartete, der längst daheim hätte sein sollen, fand es äußerst beunruhigend, dass der Neffe des Hans von Heudorf mit grimmiger Miene Zutritt verlangte. Sie schickte sofort einen Knecht los, um den aushäusigen Gatten zu suchen und herzubringen.

Sie hätte sich nicht sorgen müssen.

Hennslin von Heudorf wartete in der Stube auf Ennlin, die schon zu Bett gegangen war und sich hastig wieder angekleidet hatte. Diese schaute ihn angstvoll an, als sie in den Raum kam, »Was ist, was ist geschehen?«, fragte sie.

Anna hielt sich im Hintergrund und rang die Hände.

»Ich muss bald fort und wollte dich unbedingt noch einmal sehen. Ich ... also ich wollte, ich muss ... Jedenfalls, über Herzog Friedrich ist die Reichsacht verhängt worden. Der König hat uns zu den Waffen gerufen. Werd nun mit den Fürsten und Grafen gegen die Städte und Ländereien des Habsburgers ziehen. Sie sind alle dabei. Auch die Oberen von Konstanz, Ravensburg, Biberach, Überlingen, Pfullendorf, Buchhorn, Isny, Kempten, Wangen ...«, er holte Luft, »... und wer weiß noch alles. Ennlin, ich muss fort.«

Ennlin wusste nicht, was sie sagen sollte, außer: »Das ist schrecklich.« Sie erinnerte sich an die Zeit, als der dicke Hennslin versucht hatte, ihr unter die Röcke zu fahren. Doch das war in einem anderen Leben gewesen. Und der Hennslin, der vor ihr stand, war ein anderer Mensch. Einer, der sie nicht mehr als Freiwild betrachtete, sondern der ihr mehr als einmal treu zur Seite gestanden hatte.

»Ich werd meinen Ritter sehr vermissen«, erklärte sie schließlich. »Gebt auf Euch acht, Ritter Hennslin von Heudorf. Und kehrt gesund zurück.«

»Bin noch nicht zum Ritter geschlagen. Doch mein Onkel hat gesagt, in diesem Krieg könnte ich mir die Sporen verdienen. Wenn ich dann zurückkomm und ein Ritter bin …« Er wurde puterrot. »Bitte könntest du mir ein Pfand mitgeben?«

Ennlin war verwirrt. Sie hatte nichts, was sie ihm geben konnte. Da fiel ihr das Geschenk Constanzias ein, die Kette mit dem Kreuz, die sie seitdem ständig trug. Hennslin ritt womöglich in den Tod. Er benötigte den Schutz des Allmächtigen mehr als sie. Ennlin öffnete den Verschluss und drückte ihm den Schmuck in die Hand. »Hier, Hennslin von Heudorf. Für mich seid Ihr schon längst ein Ritter. Möge dieses Kreuz Euch beschützen.«

Hennslin sank auf die Knie. »Du gibst mir deine Kette. Ähm. Hatte nicht zu hoffen gewagt …«, er stockte, holte tief Luft und sprach dann weiter, noch immer auf den Knien. »Ennlin, wenn ich als Ritter heimkomme aus der Schlacht, meinst du, du könntest es dann in – ähm – Erwägung ziehen, mich zum Gatten anzunehmen?« Wieder wurde sein Gesicht puterrot.

Ennlin war völlig entgeistert. »Steht auf bitte«, meinte sie, um Zeit zum Nachdenken zu gewinnen. Sie schätzte ihren korpulenten Ritter. Er war ein Freund, sie konnte sich auf ihn verlassen. War das nicht eine gute Basis für eine Ehe? Aber andererseits … »Was sagt denn Euer Vater dazu? Und Euer Oheim?«, fragte sie schließlich.

»Ich werd sie überzeugen«, erklärte Hennslin mit neu gewonnener männlicher Entschlossenheit. Dann stand er auf, verneigte sich und stürmte an der Hausfrau Anna vorbei aus der Tür.

Ennlin starrte ihm hinterher, noch immer fassungslos.

Frau Anna kam zu ihr und legte ihr die Hand auf den Arm. »Das wäre eine gute Partie, Allmächtiger. Du solltest die Worte dieses Heudorfers aber nicht auf die Waagschale legen. Ich fürchte, sein Oheim wird diese Eheschließung niemals billigen. Von seinem Vater ganz zu schweigen.«

Ennlin schaute sie an mit einem Gesichtsausdruck, als erwache sie aus einem Traum. »Ich weiß. Aber ich wollte, ich hätte freundlichere Worte gefunden, etwas Ermutigendes, das ihm weiterhilft, wenn er in die Schlacht zieht. Hennslin war mir immer ein guter Freund. Ich spechte nicht darauf, seine Ehefrau zu werden, falls Ihr das denken solltet.«

Anna nickte, konnte es aber nicht verhindern, dass sie begann, an Ennlins statt von einer solchen Eheschließung zu träumen.

Noch in derselben Nacht, als Meister Richental lange nachdem Hennslin wieder gegangen war, völlig erschöpft auf das eheliche Lager sank und nur noch schlafen wollte, wurde er von seiner Hausfrau wachgehalten. Anna erzählte ihm von dem überraschenden Besuch, von Hennslins Anliegen und schloss mit der Bemerkung: »Ihr müsst mit dem Grafen von Nellenburg reden, Mann. Er schätzt Eure Verdienste hoch. Bittet ihn darum, Ennlin und ihrem Bruder einen Freibrief auszustellen. Sodass sie in der Stadt bleiben können. Bei uns.«

Von ihren Träumen, Ennlin doch irgendwann als Gattin eines Ritters zu sehen, sprach sie nicht. Man sollte Männer nicht überfordern, fand sie.

Meister Richental setzte sich halb auf und musterte seine Anna, die er im Dämmerlicht des Mondes, der zum Fenster ihrer Schlafkammer hereinschien, zwar nur in Umrissen erkennen konnte, aber so wie sie da saß, dann der energische Klang der Stimme – da war es wohl besser, er tat was sie wollte. Außerdem fand er, alles in allem war das eine gute Idee. »Werde sehen, was sich machen lässt«, brummte er.

Anna lächelte fein. »Das ist gut. Schlaft jetzt, Mann«, meinte sie sanft.

Ulrich Richental sank erleichtert in die Kissen und begann kurz darauf zu schnarchen, während sein Eheweib neben ihm Heiratspläne spann und wieder verwarf.

Tags darauf zogen die Streiter für die gute Sache des Königs unter dem Geleit von Fanfaren, Trommeln und Pfeifern aus der Stadt. Es war ein langer Zug, der sich anschickte, die Städte und Besitztümer des hinterhältigen, hochverräterischen Habsburgers zu erobern und alle niederzumachen, die sich noch nicht von ihm losgesagt hatten wie die Städte Ravensburg, Buchhorn, Esslingen, Lindau, Rottweil, Weil und viele andere. Sogar der Zürcher Rat hatte Soldaten geschickt. Es ging gegen die Stadt Feldkirch, gegen Stein, Dießenhofen und Frauenfeld und gegen die Besitzungen Friedrichs und seiner Verbündeten im Aargau und in Schwaben.

Benedikt stand unter allerlei neugierigem und Fähnchen schwingendem Volk am Straßenrand und sah zu, wie Sigismunds Ritter mit ihren Männern gewappnet und gespornt auszogen. Die Adeligen, darunter viele der kirchlichen Fürsten, saßen hoch zu Ross. Ihre Rüstungen glänzten in der Frühlingssonne. Die einfachen Leute folgten ihnen mit Äxten und Hacken auf ihren eigenen zwei Beinen – Bauern, Eigenleute, Dienstmannen, Armbrustschützen und grimmige Reisläufer mit ihren Hellebarden und Spießen.

Ennlin war nicht unter den Schaulustigen. Die Richentalerin hatte es für besser gehalten, wenn sie zu Hause blieb.

Sie fürchtete eine mögliche Rache von Spießgesellen des Gelben Hans. Jeder wusste ja, dass Ennlin maßgeblich dazu beigetragen hatte, ihn zu fassen.

Hennslin von Heudorf sah seinen Freund Benedikt am Straßenrand stehen und stieg von seinem schweren Wallach, um sich von ihm zu verabschieden.

»Wo marschiert ihr hin?«

Hennslin zuckte die Achseln. »Weiß nicht genau, mein Onkel wollte es mir nicht sagen. Aber es geht wohl gegen Feldkirch, das zum Habsburger hält. Andere jagen dem geflohenen Papst hinterher, nach Westen den Rhein entlang. Er soll von Schaffhausen aus weitergezogen sein.«

Benedikt schaute den jungen Heudorfer neidvoll an. Er durfte in Rüstung und Wappen kämpfen, nur, weil er von Adel war. Er selbst hätte alles darum gegeben, auch in den Krieg ziehen zu dürfen. Doch seine Mutter zeigte sich trotz all seiner gewichtigen Argumente, wie die Verteidigung der Heimat gegen diesen Schurken Friedrich von Habsburg, völlig uneinsichtig und ließ ihn nicht. Dann sah er das Kreuz, das Hennslin am Hals trug, offen, wie ein Ehrenzeichen. Er starrte darauf.

Hennslin bemerkte den Blick und nickte. »Von Ennlin. Ich werd sie zum Weib nehmen, wenn ich zurückkomme. Habe es ihr schon gesagt.« Damit schwang er sich auf sein Ross und ritt davon.

Benedikt blickte ihm hinterher. Er war bis ins Mark getroffen. Ennlin, *seine* Ennlin. Sie hatte sich einem anderen versprochen! Einem, den sie wahrscheinlich für tapferer hielt. Weil er in den Kampf zog. Wie sollte er es aushalten, ihr wieder zu begegnen? Wie ihr jemals wieder in die Augen schauen? Es würde ihm das Herz brechen. Fort. Er musste weit fort.

In dieser Stadt, mit der Möglichkeit, ihr wieder und wieder zu begegnen, war seines Bleibens nicht länger.

Benedikt schlich sich zurück ins Elternhaus und raffte einige seiner Sachen zusammen, darunter ein Messer und auch einen alten eisernen Helm. Der stammte noch vom Vater. Er war sperrig, passte nicht so recht in sein Bündel. Also band er ihn am Gürtel fest.

Ennlin hatte sich einem anderen versprochen. Dieser Satz hämmerte in Benedikts Kopf, dass es schmerzte. Wenn das so war, dann wollte er nicht mehr leben.

Als er nach draußen trat, begegnete er dem älteren Herrn von Chlum, der gerade hinein wollte. Der zog ein grimmiges Gesicht und murmelte etwas vor sich hin, das wie Flüche klang. Er schaute kurz hoch, als er beinahe in ihn hineinrannte.

Benedikt erschrak zunächst, hatte dann aber den Eindruck, dass Heinrich von Chlum so in Gedanken versunken war, dass er ihn überhaupt nicht richtig wahrnahm. Er konnte sich schon denken, warum. Seit sein Schützling Jan Hus in Ketten im Turm in Gottlieben lag, ließen sie niemanden mehr zu ihm. Dabei war die Hoffnung kurz zuvor noch so groß gewesen, dass er freikommen würde. Mit der Flucht des Papstes war doch auch die von ihm eingesetzte Untersuchungskommission hinfällig. Sogar die Wärter des Magisters waren nach und nach verschwunden.

Hus hatte sich geweigert, zu fliehen, hatte darauf gebaut, dass Sigismund nun sein Versprechen auf freies Geleit einlösen und in gehenlassen würde.

Doch das Gegenteil war geschehen. Benedikt erinnerte sich noch genau an den verzweifelten Klang der Stimme des Herrn von Chlum, als er mit der Mutter darüber gesprochen hatte:

»Der König selbst hieß mich, den Magister zu schützen! Ich schwor es bei meinem Leben. Ich vertraute auf das königliche Wort. Ich werde diesen Eid nicht brechen. *Ich* nicht. Ich habe den König immer und immer wieder bestürmt. Doch Sigismund will nur eins: dass das Konzil weitergeht, dass die Herren nicht auseinander laufen. Er will sich der Einiger der Christenheit nennen können, will Macht und Autorität, will mit der Unterstützung der Völker den Aufruhr in Böhmen ersticken und sich die böhmische Krone seines Bruders Wenzel sichern. Was sag ich, Kaiser will er werden. Dafür braucht er den Ketzer-Prozess. Um den Aufständischen den Anführer zu nehmen, der Schlange den Kopf abzuschlagen, wie er sich auszudrücken beliebt. Und er braucht einen neuen Papst, der ihm gewogen ist und ihm die Kaiserkrone aufs Haupt setzt.«

Benedikt verstand nicht ganz, wie das alles zusammenhing. Der Ketzer und die Krone, Böhmen und dieses ganze Gerede darüber, ob es nicht eine Eingebung des Satans sei, den Wein überall herumzuschleppen, womöglich zu verschütten, um den Becher mit dem Blut Christi beim Abendmahl auch den einfachen Leuten zu reichen. Wo das Trinken daraus doch nur dem Priester zustand! Und es war ihm auch gleich. Er hatte seine eigenen Probleme. Sein Herz blutete.

So zog Benedikt ebenfalls in die Schlacht, dem kriegerischen Tross hinterher, um für den König gegen Friedrich von Habsburg zu kämpfen.

Sterben, Feuer und Not überzogen das Land, durch das die Streiter Sigismunds kamen, um den Herzog sowie die Siedlungen, Weiler, Städte und Landstriche in die Knie zu zwingen, die noch zu ihm hielten. Und um diesen wortbrüchigen Papst wieder einzufangen.

Kapitel neunzehn
- Der Mann im Turm -

FIDA WAR AUSSER SICH: »Sie weiß es, sie weiß, wo mein Sohn ist«, schrie sie die Richentalerin an. Anna blieb ruhig. Sie konnte verstehen, dass die Pfisterin aufgeregt war. Benedikt war nun schon seit einigen Tagen verschwunden. Doch sie würde die Frau sicherlich nicht zu dem Mädchen bringen. Ennlin war selbst völlig niedergeschlagen. Anscheinend schien ihr an diesem Benedikt viel zu liegen. Gut, er entstammte einer angesehenen Familie, aber ein Hennslin von Heudorf, das war schon ein besserer Fang. In ihrem derzeitigen Zustand war Fida außerdem durchaus in der Lage, dem armen Mädchen an den Hals zu gehen.

Das würde sie zu verhindern wissen. Die Kleine hatte genug mitgemacht in der letzten Zeit. »Ennlin weiß nicht, wo Euer Benedikt ist, ganz sicherlich nicht. Ich habe sie mehrfach gefragt.«

»Bringt mich zu ihr«, forderte Fida.

Anna schüttelte den Kopf. »Ihr werdet mir schon glauben müssen, Pfisterin. Sie weiß nichts.«

»Ha!«, brüllte Fida, »das nehme ich Euch nicht ab. Die ganze Zeit über, als sie in meinem Hause war, hat sie meinem Sohn schöne Augen gemacht. Und eine Diebin ist sie zudem. Nehmt Euch in Acht vor dieser hinterlistigen Schlange.«

»Dann wart Ihr es also, die sie angezeigt hat? Habt Ihr Beweise, Pfisterin? Falls nicht, melde ich Euch beim Rat als üble Verleumderin«, Meister Ulrich war in der Tür der Stube erschienen, aufgeschreckt durch das Spektakel, das

Benedikts Mutter veranstaltete. Er wies mit dem Finger zur Tür. »Hinaus, hinaus aus meinem Haus. Die Schlange seid Ihr.«

Da brach die ansonsten so stolze Fida zusammen. »Bitte, ich muss es wissen, ich muss mit ihr reden.«

Ennlin war nun ebenfalls in der Tür erschienen. »Ich weiß nicht, wo Benedikt ist. Wirklich, ich weiß es nicht. Er hat mir keine Nachricht hinterlassen«, sagte sie leise. Sie sah die Pfisterin an und ging zu ihr.

Anna wollte sie zurückhalten, doch Ennlin schüttelte den Kopf. »Es tut mir so leid. Ich wollte Euch nicht bestehlen. Aber der Gelbe Hans hat gedroht, meinen kleinen Bruder zu verstümmeln, wenn ich nicht regelmäßig Silber bringe. Bitte vergebt mir. Bitte! Was hätte ich denn tun sollen? Ich konnte das doch nicht zulassen und ich hatte doch nichts! Benedikt hat mich ertappt, als ich ein zweites Mal stehlen wollte, da bin ich weggelaufen. Bitte verzeiht mir, ich schäme mich so. Aber Jakob – er ist doch noch so klein. Er brauchte meine Hilfe. Und Benedikt sagte vor einer Weile, dass er die Münzen wieder zurückgelegt hat. Ich hab ihm die ganze Geschichte schließlich erzählt.«

Meister Ulrich und seine Hausfrau hörten mit großen Augen zu. Was, jemand hatte ihren Jakob verstümmeln wollen? Das arme Mädchen! Ennlin war ein gutes Kind. Ohne diese große Not wäre sie niemals zur Diebin geworden.

»Lasst uns die Angelegenheit unter uns regeln. Was schuldet sie Euch?«, hakte Meister Ulrich nach.

Fida schluchzte auf. »Nichts. Es stimmt, eines Tages waren die Münzen wieder da. Es ist nur – ich will nicht, dass mein Benedikt und diese Dahergelaufene …«

»Sie ist keine Dahergelaufene, das kann ich Euch versichern. Eberhard von Nellenburg persönlich hält seine Hand über sie. Als er letztens bei mir war, hat er mir außerdem erklärt, dass er ihr und ihrem Bruder einen Freibrief ausstellen werde.«

»Ulrich, das sagt Ihr erst jetzt!«, jetzt war auch seine Hausfrau aus dem Häuschen.

Der Gatte schaute sie schuldbewusst an. »Vergebt, liebste Anna, aber es gab in der letzten Zeit so viel zu bedenken, da habe ich das ganz aus den Augen verloren.«

»Ulrich Richental!«

Er senkte den Kopf. »Ihr müsst verstehen, die Flucht des Papstes, die Ächtung des Habsburgers, die ganzen Briefe, die ich zu schreiben hatte, dann diese vermaledeite Angelegenheit mit dem Ketzer. Unser gnädiger Bischof Otto von Hachingen wollte ja auch zunächst nichts mit ihm zu tun haben. Doch Sigismund bestand darauf, und so ließ er den Hus in Ketten nach Gottlieben bringen. Dort sitzt er jetzt im Westturm des Schlosses und wird verhört.«

Anna warf ihrem Gatten einen halb verzweifelten, halb liebevollen Blick zu und seufzte. Dann wandte sie sich der Pfisterin zu. Was scherte sie dieser Ketzer, der hatte sich selbst in diese Lage gebracht. Warum konnte er nicht einfach abschwören? Derzeit standen so viele Menschenleben auf dem Spiel, Männer, die mit Schwertern und Äxten aufeinander losgingen und sich gegenseitig mit Spießen und Hellebarden erstachen. Ein Leben zählte da nicht viel. Schon gar nicht, wenn es um die Zukunft der gesamten Christenheit ging, wie ihr Meister Ulrich erklärt hatte. Das war alles so grauenhaft. Warum konnte das Leben sich nicht einfach richtig und gut anfühlen, die geziemende Ordnung haben?

»Also Ennlin ist keine Dahergelaufene mehr. Und wenn

sie und ihr Bruder das wollen, dann gehören sie künftig zu uns«, meinte sie zu Fida.

Ennlin nahm nur am Rande war, dass ihr hier ein Heim und eine neue Familie angeboten wurden, zu viele andere Gedanken machten, dass ihr fast der Schädel platzte. Erst das Verschwinden Benedikts und jetzt auch noch die schlechten Nachrichten über die Lage von Magister Hus. »Der arme Mann«, sagte sie leise.

Fida, die sich inzwischen etwas beruhigt hatte, schaute sie nachdenklich an. »Ach ja, ich vergaß, du hast ihm ja hin und wieder etwas aus meiner Küche gebracht.«

Ennlin nickte. Sie wusste ja, dass Fida den Böhmen ins Herz geschlossen hatte, da war sie sich einmal mit Benedikts Mutter einig.

»Geht jetzt«, sagte Meister Ulrich streng zur Pfisterin. »Denkt darüber nach, was christliches Benehmen ist.«

»Und lasst die Kinder in Ruhe«, fügte seine Hausfrau hinzu.

Fida schaute von einem zum anderen. Dann nickt sie. »Ich glaube, sie weiß wirklich nichts«, meinte sie schließlich und wandte sich Ennlin zu. »Verzeih mir, Kind. Ich werde die Anzeige zurückziehen. Eine Bedingung hab ich allerdings. Versprich, dass du meinem Sohn nicht sagst, dass sie von mir kam.«

»Ich versprech es. Gern und von Herzen«, antwortete Ennlin.

Und dann war die Pfisterin auch schon aus dem Raum.

Die drei Menschen in der Stube mussten erst einmal verdauen, was da eben geschehen war. »Glaub, dass mich gleich der Blitz erschlägt!«, sagte Frau Anna, und diese Äußerung passte so gar nicht zu ihr. Das zeigte, dass selbst diese sonst so nüchtern denkende Frau ziemlich durcheinander war. »Sie hat was vor.«

»Ihr seht Geister, Frau«, brummte Meister Ulrich und verließ mit erleichtertem Gesicht den Raum.

»Mit Euch, werter Gatte, hab ich auch noch ein Hühnchen zu rupfen«, rief Anna ihm hinterher. An Meister Richentals Rücken war nicht zu erkennen, ob er die Drohung gehört hatte.

Anna seufzte. »Komm jetzt, Kind. Unsere Hausgäste, der Bischof und seine Leute, warten auf ihren Imbiss.«

»Ich hab so Angst um Benedikt«, flüsterte Ennlin.

Anna betrachtete das Mädchen. So war das also. Die erste Liebe, und sie wusste es noch nicht einmal.

Ennlin wischte sich die Augen. »Meintet Ihr das ernst?«

»Wovon sprichst du, Kind?«

»Das, was Ihr vorhin gesagt habt. Dass Ihr Jakob und mich bei Euch behalten wollt? Und dann dieser Freibrief. Ob das wirklich stimmt?«

»Na, du willst wohl nicht anzweifeln, was mein werter Herr Gemahl sagt, was?«, meinte Anna mit einem Augenzwinkern. »Er ist zwar manchmal etwas durcheinander, aber so etwas würde er nicht einfach dahinsagen. Und ja, wir würden uns freuen, wenn ihr bei uns bliebet, du und dein Bruder. Wir werden uns auch gemeinsam überlegen, wie wir deinen Benedikt finden können.«

Deinen Benedikt, hatte Frau Anna gesagt. *Deinen* Benedikt. Ennlin sah sie dankbar an.

Sie erfuhr bald darauf, wohin Benedikt gegangen war, allerdings von völlig unerwarteter Seite, nämlich von Heinrich von Chlum, Fidas Hausgast. Der tauchte nur einige Stunden später im Haus zum Goldenen Bracken auf. Der Hausherr ruhte sich gerade ein Stündchen aus, ebenso wie seine Hausfrau Anna. Auch die Dienstboten, die sich um das Wohl des Bischofs von Plock zu kümmern hatten, waren ermattet auf irgendeinen Schemel niedergesunken oder hatten für einige Augenblicke die Beine hochgelegt, bis es weiterging mit all der Geschäftigkeit, die Gäste nun einmal mit sich brachten.

Ennlin war nach draußen vors Haus getreten, wollte für einige Momente die Nase in die Sonne halten und nachdenken. Es gab so vieles, was sie umtrieb, was ihr das Herz schwer machte. Inzwischen war die gute Nachricht, dass Jakob und sie nun so etwas wie ein Zuhause hatten, in ihr Bewusstsein vorgedrungen. Doch die Freude war dumpf, von der Angst verfinstert, diese goldene Zukunft könnte sich schnell wieder verflüchtigen wie andere schöne Hoffnungen. Sie hatte schon so oft geträumt und war enttäuscht worden. Dieser Funken Hoffnung konnte zudem die große Traurigkeit, die sie fühlte, nicht durchdringen, diesen Felsbrocken nicht anheben, der ihr die Brust zusammendrückte, dass das Herz schmerzte. Da war Hennslin, sein Antrag und dass er in die Schlacht gezogen war. Dass sie ihn deshalb vielleicht nie mehr wiedersehen würde, weil er erschlagen auf irgendeinem Schlachtfeld lag. Und Benedikt, der sie verlassen hatte, ohne auch nur ein Wort des Abschieds oder zu sagen, wohin er ging. Und dann war da noch dieser arme Mann, Jan Hus, der Magister aus Böhmen. Er hatte das nicht verdient, was sie mit ihm anstellten.

»Gut, dass ich dich hier treffe, Mädchen«, sagte eine Stimme neben ihr, Ennlin schreckte aus ihren Gedanken auf.

Sie knickste leicht. »Der Herr von Chlum! Ihr wollt bestimmt zu Meister Richental. Er ruht gerade ein wenig, aber ich werde Bescheid geben.« Sie wandte sich ab und wollte ins Haus eilen.

Von Chlum hielt sie fest. »Ich will zu dir.«

»Zu mir?«

»Du musst uns helfen, Kind, du musst einfach. Es geht um Magister Hus. Ich weiß, dass du dich mit ihm gut verstehst.«

Ennlin war verblüfft. »Was kann ich schon tun? Er ist ja jetzt in Gottlieben, wie ich hörte. Es heißt, niemand darf zu ihm.«

»Das ist wahr. Sogar mich, den vom König bestellten Schutzherrn, weisen sie ab. Sie lassen mich nicht mit ihm reden. Er hat auch keine Möglichkeit, seinen Freunden, die um ihn bangen, eine Nachricht zukommen zu lassen. Seine Kerkermeister haben ihm alles weggenommen, alles, selbst die Möglichkeit, Briefe zu schreiben oder seine Verteidigungsrede zu notieren. Außerdem bekommt er nur noch schmale Kost. Wir haben große Sorgen um ihn. Und wir müssen ihm etwas sehr Wichtiges mitteilen. Du hast offensichtlich hochgestellte Gönner. Du musst einen Weg finden, zu ihm zu kommen. Unbedingt. Vielleicht kannst du ihm auch einen Korb mit Lebensmitteln bringen wie früher.«

»Oh, der arme Magister. Dass es so schlimm um ihn steht! Ich weiß aber wirklich nicht, wie ich zu ihm kommen könnte. Und wenn er so streng bewacht wird – ich glaube, das wäre auch nicht recht.«

»Du musst. Du musst uns helfen, Mädchen. Die Zeit drängt, und Meister Hus wird immer schwächer.«

Jetzt begriff Ennlin. »Ihr wollt ihn befreien.«

Von Chlums Miene verdüsterte sich weiter, sofern das überhaupt noch möglich war. »Schweig, schweig sofort. Denke so etwas noch nicht einmal. Sorge nur dafür, dass diese Nachricht Magister Hus erreicht.« Er schob Ennlin ein

Papier in die Hand. »Und zeige es niemandem, wenn dir das Leben von Benedikt etwas wert ist.«

Ennlin starrte den königlichen Schutzherrn an. »Ihr wisst, wo Benedikt ist, Herr?«

»Noch nicht. Aber ich kann es herausfinden. Ich glaube, auch er ist in großer Gefahr. Ein Leben für ein Leben, Ennlin von Rorgenwies. Also bring Magister Hus diese Nachricht. Und bring sie ihm schnell. So wie für ihn die Gefahr um Leib und Leben mit jeder Stunde größer wird, so steht es auch um deinen Benedikt.«

»Weiß die Pfisterin das? Ich meine, Ihr seid doch ihr Hausgast und sie sorgt sich so um ihren Sohn.«

»Was schert mich die Sorge dieser Frau! Wir können sie dabei nicht brauchen. Sie kann nichts tun. Niemand, außer einem ganz kleinen Kreis von Eingeweihten, weiß, was in dieser Botschaft steht. Dabei soll es auch bleiben. Ich rate dir gut, lies sie nicht.«

»Falls Ihr entdeckt werdet, und sie uns foltern, meint Ihr?«

Heinrich von Chlum sah sie nur düster an. »Also tu, was ich dir sage. Tu es! Und schweige, wenn du Benedikt jemals wiedersehen willst. Ich weiß von der Pfisterin, dass ihr ein Liebespaar seid. Er hat seiner Mutter sogar damit gedroht, dich zur Frau zu nehmen.«

Wie? *Was* hatte Benedikt? Nein, mit diesem Gedanken würde sie sich später beschäftigen. Jetzt galt es erst einmal, ihn zurückzubringen. »Der Graf von Nellenburg – ach nein, der ist auch fort, dem flüchtigen Papst hinterher. Ich könnte den englischen Earl ...«

Er unterbrach sie. »Nicht Richard of Warwick, er ist einer der erbittertsten Feinde der Wyclifisten. Er hat in England die Lollards erbarmungslos verfolgt und will Johannes Hus auf dem Scheiterhaufen sehen. Und jetzt, wo der Krieg um die französische Krone wieder an Schärfe zunimmt, brauchen die Engländer Ruhe im eigenen Haus, da zeigen sie noch mehr Härte.«

Von Chlum unterbrach sich. »Das führt zu weit. Jedenfalls: nicht Warwick. Und noch einmal, rede mit niemandem über die Angelegenheit. Mit niemandem, auch nicht mit der Pfisterin. Sonst – du weißt ja – Benedikt. Sonst geschieht ihm etwas, vielleicht kommt er niemals wieder. Und du bist schuld.«

Damit stapfte er davon.

Ennlin sah ihm nach, noch immer fassungslos. Sie hatte die Hand mit der Botschaft zur Faust geballt, das Papier drückte in ihre Handfläche. Nicht Warwick. Benedikt. Schuld. Ein Liebespaar. Aber das waren sie nicht! Oder doch? Er hat sogar damit gedroht, dich zur Frau zu nehmen, hatte der Herr von Chlum gesagt. *Gedroht*. Er stand zu ihr, lehnte sich für sie sogar gegen seine Mutter auf. Wieso war sie überhaupt eine Bedrohung? Sicher nicht für Benedikt, der war offenbar aus einem anderen Grund in Gefahr, wenn sie den Herrn von Chlum richtig verstanden hatte. Welcher konnte das nur sein?

In unmittelbarer Gefahr war aber auch der Mann, den sie achten gelernt hatte.

Ja, sie musste Magister Hus helfen. Sie musste es wenigstens versuchen.

Meister Richental – konnte der dabei etwas tun? Nein. Er war ein zuverlässiger Gefolgsmann des Grafen von Nellenburg, und dieser wiederum war ein Berater des Königs. Selbst wenn der Graf in Konstanz gewesen wäre, sie hätte nicht zu ihm gehen können. Denn der König hatte ja darauf bestanden, dass es mit dem Ketzerprozess weiterging.

Constanzia. Vielleicht wusste sie einen Rat.

Ennlin lief sofort zum Frauenhaus und wurde auch sogleich vorgelassen. »Bitte, Ihr müsst mir helfen, zu Magister Hus zu kommen!«, flehte sie. »Es soll ihm schlecht gehen. Ich wollte ihm nur einige Lebensmittel bringen, etwas Wein ... Im Namen der Nächstenliebe ...!«

In Constanzias Kopf überschlugen sich die Gedanken. Sie hatte ihre eigenen Probleme. Die noblen Herren, die ihr Haus besuchten, waren in den Krieg gezogen. Und der Earl of Warwick kam kaum noch zu ihr. Er besprach sich ständig mit seinen Landsleuten, die im Refektorium der Barfüßer debattierten, aber auch mit den Deutschen, die im Kapitelhaus des Ordens zusammensaßen und berieten, wie es mit dem Konzil und dem Prozess um diesen böhmischen Ketzer weitergehen sollte.

Constanzia hatte den Verdacht, dass der Earl ihrer müde geworden war. Nächstenliebe. So etwas konnte sie sich nicht leisten.

Aber vielleicht konnte das Mädchen dazu beitragen, dass sich Warwick wieder an sie erinnerte? Wollte Ennlin wirklich nur aus dem Grund zu diesem Ketzer, um ihm die Haft zu erleichtern? Oder steckte noch etwas anderes dahinter?

Nun, es konnte ja nicht schaden, dem Mädchen ein kleines Brieflein mitzugeben, das ihr half, zu Warwick vorgelassen zu werden. Der würde dann schon wissen, was zu tun und davon zu halten war. Und seiner Geliebten dankbar sein.

Ennlin war nicht glücklich über diese Entwicklung. »Nicht Warwick«, hatte der Herr von Chlum ihr eingeschärft. Doch alle ihre Überlegungen, wen sie sonst noch um Unterstützung bitten konnte, hatten zu keinem Ergebnis geführt. Es stimmte ja, was Constanzia sagte. Es war Krieg. Und Eberhard von

Nellenburg, der ihr bisher aus irgendeinem unerfindlichen Grund immer wieder geholfen hatte, war fort. Die Königin? Sie war freundlich gewesen. Doch man würde jemanden wie sie nicht zu ihr lassen. Sie schien sich zudem nicht um die Probleme ihres Gatten und die Männer zu scheren, von denen mehr als einer dem Tod entgegengezogen war. Sie feierte.

Was also sollte sie tun? Der Earl war also einer der größten Feinde des Magisters. Obwohl sie sich beim besten Willen nicht vorstellen konnte, warum. Sie wusste nicht, was ein Wyclifist, geschweige denn ein Lollard war. Sie hatte Meister Richental in einem der kurzen Momente, in denen er seine Arbeit ruhen ließ, danach gefragt. Der erwiderte, das seien Gotteslästerer, die die überkommene Ordnung infrage stellen, sogar das Kirchenrecht umstoßen wollten. Doch jetzt habe er anderes zu tun, als ihr die Welt zu erklären. Damit war er auch schon wieder weg gewesen.

Ennlin wusste, das war nicht böse gemeint. Er war erschöpft. Und beunruhigt, das sah sie genau. Doch sie hatte noch immer keine Ahnung, was sie tun sollte. Wenn sie sich nicht an den Earl wenden konnte, an wen denn dann?

Der Lächelnde Ott wusste auch keinen Rat, versprach aber, er und seine Leute würden sich das Gottlieber Schloss des Bischofs einmal genauer anschauen. Bischöfe, Kirchenfürsten überhaupt, hatten doch immer irgendwelche Geheimgänge, die sie nutzten, um heimlich ihre Gespielinnen zu empfangen oder zu fliehen, wenn die Festung belagert und die Lage brenzlig wurde.

»Meinst du denn, ihr könnt solch einen Gang finden?«, fragte sie Ott zweifelnd, gleichzeitig froh, dass es ihn gab. Der letzte ihrer drei Streiter, der Außenseiter und Dieb, den viele für einen üblen Lumpenhund hielten, einen Bösewicht und

Erzhalunken, den sie von dieser Erde tilgen würden, wenn sie seiner nur habhaft werden könnten, er war noch immer da. Auf ihn konnte sie sich verlassen.

Der Lächelnde Ott verzog das Gesicht, was seine Fratze noch schrecklicher aussehen ließ. Doch Ennlin wusste inzwischen, dass das ein Lächeln war. »Hab noch alles herausgefunden. Geht schließlich um Benedikt. Und um diesen Hus. Magst ihn, was?«

Ennlin nickte. »Ja, ich mag ihn.«

»Gut, dann warte. Schicke dir Nachricht. Wird ja nicht ganz so eilig sein. So schnell stirbt es sich nicht. Hab gehört, sie verhören ihn, wollen, dass er widerruft. Weiß ja nicht, worum es da geht, aber – ist ja auch gleich. Da werden sie ihm wohl genug Nahrung geben, um ihn am Leben zu halten. Wie soll er sonst reden. Melde mich.«

Ennlin wartete. Und hoffte. Doch der Lächelnde Ott und seine Bande hatten keinen Erfolg mit ihren Nachforschungen.

Da begann sie selbst, immer wieder zum Schloss Gottlieben zu wandern. Sie klopfte an das große Tor, verlangte, zu dem Gefangenen Johannes Hus vorgelassen zu werden. Sie wolle ihm Lebensmittel bringen. Doch sie wurde jedes Mal harsch abgewiesen.

Es war eine ziemliche Wegstrecke von Konstanz aus, wenn sie stramm marschierte, brauchte sie eine gute Stunde für eine Strecke. So konnte sie nicht jeden Tag dorthin. Denn Frau Anna benötigte ihre Hilfe im Haushalt. Aber wann immer sich ihr die Möglichkeit bot, machte sie sich auf den Weg. So konnte sie dem Magister wenigstens nahe sein. Vielleicht hatten die Torwächter ja irgendwann Erbarmen, wenn sie nur oft genug anklopfte. Und dann – es ging auch um Benedikt.

Ennlin nutzte auch sonst jede Möglichkeit, die ihr einfiel.

Sie klopfte an die Tür des neuen Konstanzer Bürgermeister Johann von Schwartzach, selbst auf die Gefahr hin, dessen Sohn Fridolin zu begegnen. Sie flehte ihn an, dafür zu sorgen, dass sie Magister Hus besuchen durfte.

Der Schultheiß schickte sie übellaunig fort. Er habe weiß Gott genug für sie getan. Sie sei ja noch nicht einmal Bürgerin von Konstanz, sondern eine Zugereiste. Dieser Ketzer gehe ihn nichts an. Er sei ein Gefangener des Bischofs. Sie solle sich an den wenden. Der Bischof werde schon wissen, warum er den Magister gut unter Verschluss hielt. Es gebe Gerüchte, dass seine Anhänger ein Komplott geschmiedet hätten, um den Böhmen zu befreien. Wenn sie klug sei, halte sie sich da heraus, sonst lande sie selbst ebenfalls im Kerker. Und da wolle sie doch sicherlich nicht mehr hin.

Ennlin war völlig verzweifelt.

Kapitel zwanzig

- Fronten -

DIE EINNAHMEN DER KONSTANZER GESCHÄFTSLEUTE sprudelten nicht mehr wie in den letzten Monaten. Viele der großen Herren, weltliche aber auch geistliche, hatten mitsamt ihrem Gefolge die Stadt verlassen, um gegen Friedrich mit den leeren Taschen in den Kampf zu ziehen. Besonders die Weinlieferanten befürchteten, auf ihren unbezahlten Rechnungen sitzenzubleiben, wenn ihre Gläubiger auf dem Schlachtfeld sterben sollten. Anderseits gaben die Nachrichten vom Verlauf des Krieges Anlass zur Hoffnung. Ein Sieg folgte dem anderen. Der Habsburger lief Gefahr, seinen gesamten Besitz in Vorarlberg und im Rheintal zu verlieren, wenn er sich nicht mit Sigismund einigte. Und das hieß, viele der Herren würden mit reichlich Beutegut und gefülltem Geldbeutel zurückkehren.

Die Marktleute, die Bauern und die Handwerker interessierte es eher am Rande, dass die Konzilsversamlung getagt und sich zur obersten Instanz der Christenheit erklärt hatte, der jedermann Gehorsam zu leisten habe. Auch die derzeitigen Päpste. Damit konnte das Konzil absetzen oder wählen, wen es für gut befand. Die Päpste sahen das naturgemäß anders. Doch keiner der drei war in der Stadt, um persönlich dagegen Einspruch zu erheben. Die Kardinäle und Kirchenfürsten, die für sie hätten sprechen sollen, hatten das nicht getan oder höchstens halbherzig. Sie wollten ihre Pfründe behalten.

Die Geldwechsler, Händler und Spielleute hofften derweil auf Einnahmen durch ein anderes großes Ereignis. Reichsvogt Hans Hagen und das Hohe Gericht hatten getagt und das Urteil gegen den Gelben Hans verkündet. Es war drakonisch: Tod durch das Rad.

All seine Handsalbe nutzte ihm jetzt nichts, denn die, die ihm bisher durch ihren Einfluss Schwierigkeiten erspart hatten, kämpften auf den Schlachtfeldern.

Die Konstanzer und ihre Gäste überlief ein wohliges Gruseln beim Gedanken an das Spektakel, das sie erwartete. So etwas gab es nicht alle Tage. Die anderen Todesarten, wie die Hinrichtung durch Ertränken oder das Vergraben bei lebendigem Leib, boten lang nicht so viel eindrucksvolles Anschauungsmaterial dazu, wie furchtbar die Gerechtigkeit sein konnte. Nirgends dauerte das Sterben so lang, nirgends war die die Qual so erlebbar, wie bei dieser Todesart. Gut, der Strang war ebenso unehrenhaft, weil die Leiche dann am Galgen hing und verweste. Doch der Verurteilte zuckte nur ein wenig mit den Beinen, verzog das Gesicht, die Augen quollen hervor – und das war es auch schon. Dann gab es noch das Pfählen. Das war in Konstanz aber schon lang nicht mehr gemacht worden.

Wenn der Henker es richtig anstellte, konnte ein Delinquent noch Stunden leben, nachdem er aufs Rad geflochten worden war. Danach würde sein Körper auf dem Rad bleiben. Hunde, Krähen, Ratten und anderes Getier fraßen das verfaulende Fleisch von den Knochen.

Vielleicht machte der Henker es aber auch gnädig. Immerhin hatte der Gelbe Hans unter der Folter viele seiner Kumpane verraten. Seine Richter hatten ja gehofft, dass er auch den einen oder anderen bekannten Namen nennen würde. Doch zur Enttäuschung vieler, die auf saftige Skandale gehofft hatten, war nichts dergleichen nach außen gedrungen. Dabei wussten alle, dass es Hochgestellte gab, die ihre Hand über den Gelben Hans gehalten hatten, weil sie gute Geschäfte mit ihm machten. Vielleicht hatte er sich ja einen leichteren Tod erkauft, indem er schwieg.

Die Nachricht von der Hinrichtung machte auch im Umland die Runde, die Menschen strömten in die Stadt. Und die Garküchen, die Bäcker, Fischer, Schlachter, Bauern und Geldwechsler machten wieder bessere Geschäfte. Auch die Huren bekamen wieder mehr zu tun.

Es war ein strahlender Frühlingstag, als die letzte Stunde des Gelben Hans nahte.

Die meisten Schaulustigen waren schon seit dem Morgengrauen auf den Beinen, um entlang des letzten Weges des Gelben Hans zur Hinrichtungsstätte einen guten Platz zu ergattern.

Zunächst wurde das Urteil am Oberen Markt noch einmal verlesen. Es gab großen Applaus. Dann wurde der geschundene Körper des Gelben Hans zu einem schweren Ross gezerrt. Er war halb nackt und voller Schwären und offener Wunden. Die Henkersknechte banden ihn an den Schweif des Pferdes. Das Tier schleppte ihn durch die halbe Stadt, von der Gerichtsstätte bis zu der Sandgrube, in der er sein Ende finden würde. Sie lag beim Kreuzlinger Tor in der Nähe der Reichsstraße, die in die Stadt führte.

Die Leute sahen, wie er fiel, wieder aufstand, wie er stöhnte. Sie pfiffen, schrien und klatschten, bespuckten ihn, bewarfen ihn mit Dreck und faulen Eiern oder gossen Fäkalieneimer über ihm aus. Ennlin hatte viel durch diesen Mann gelitten, sie hätte Genugtuung empfinden müssen. Doch sie konnte es nicht, fühlte noch nicht einmal Befriedigung.

An der Sandgrube hatten Garküchen und fahrende Bäcker ihre Stände aufgebaut, Gaukler, Jongleure, Feuerschlucker, sogar ein Tanzbär warteten darauf, den Schaulustigen die Zeit zu vertreiben, während diese wiederum darauf warteten, dass der Mann auf dem Rad starb. Die Wein- und Bierhändler machten gute Geschäfte. So mancher bekam bei all dem eine trockene Kehle.

Sie legten den schon halb bewusstlosen Gelben Hans bäuchlings auf das Rad. Dann spreizten ihm die Henkersknechte grob Arme und Beine und zurrten sie an den Speichen fest. Anschließend kam der Henker mit seinem großen Stein. Er packte ihn dem zum Tode verurteilten auf sein linkes Bein. Es wurde mucksmäuschenstill. Da holte der Henker aus und schlug mit einem dicken Knüppel heftig darauf. Ein gellender Schrei entrang sich dem Mann auf dem Rad, während die auf den besten Plätzen das Splittern von Knochen hören konnten.

Die Menschen brachen in Jubel aus. Ihre Hoffnung, dass es noch weitere feine Schreie und viel Stöhnen geben würde, wurde jedoch enttäuscht. Der Gelbe Hans war in Ohnmacht gefallen. Er spürte es nicht, als der Henker ihm die Knochen aller Gliedmaßen auf dieselbe Weise brach. Er wurde erst wieder wach, vom Schmerz in das Diesseits zurückgeholt, als der Henker ihm den Stein auf den Rücken legte und das Rückgrat brach. Er japste nach Luft, gurgelte und verstummte schließlich. Noch atmete er, das war genau zu sehen.

Eine Stunde vor dem Ave Maria verschied der Mann, der Ennlin so viel Leid gebracht hatte. Doch da war sie schon lang fort.

Es wurde Mai, der Frühling kehrte endgültig ein, manche Tage fühlten sich schon an, als wäre es Sommer. Die Schwäne auf dem See brüteten, ebenso die Haubentaucher. Die Buchen und Haselnussbüsche, die Weiden und Eichen protzten mit ihrem frischen Grün, es roch nach Flieder, die Kastanien begannen zu blühen, die Linden trieben Knospen.

Die Lage des Mannes, den sie im Westturm des Schlosses Gottlieben gefangen hielten, wurde immer brenzliger. Die große Konzilsversammlung hatte nämlich beschlossen, den Ketzer John Wyclif, der auch 30 Jahre nach seinem Tod noch viel zu viele Anhänger hatte, und mit ihm seine Schriften für alle Zeiten auszutilgen. Wyclif, der Mann, auf den sich Jan Hus in vielem bezog. Es wurde angeordnet, seine Gebeine auszugraben und zu verbrennen. Da man dies aber erst einmal bewerkstelligen musste, denn Wyclif war in England beerdigt, wurde als äußeres Zeichen von den Ratsknechten auf dem Oberen Markt ein großer Scheiterhaufen aufgeschichtet. Auf dem gingen alle seine ketzerischen Schriften in Rauch auf, derer man auf die Schnelle habhaft werden konnte. Die Asche wurde in den Rhein gestreut. Selbst dem Dümmsten war damit klar, dass das Urteil über Hus gefällt war, falls er nicht endlich widerrief. Dann bliebe ihm wenigstens der Tod auf dem Scheiterhaufen erspart. Die Freiheit würde er indessen niemals wiedersehen, sondern für den Rest seines Lebens hinter Kerkermauern vermodern.

Wieder wurde Ennlin von einem, jetzt vollends verzweifelten Herrn von Chlum abgepasst, der erneut alles tat, um sie unter Druck zu setzen. »Nur, wenn du endlich tust, was du schon vor Wochen tun solltest, sage ich dir, wo Benedikt steckt. Ich weiß es inzwischen«, knurrte er.

»Lebt er, geht es ihm gut? Sagt mir doch bitte, wo er ist, ich flehe Euch an. Ich werde tun, was Ihr verlangt. Bestimmt. Ich hab nur noch keinen Weg gefunden. In Gottlieben lassen sie mich nicht zu ihm, und Eberhard von Nellenburg ist nicht da ...«

Von Chlum zuckte die Schultern. »Nun, vielleicht hat sich der Rest der Bande des Gelben Hans deinen Benedikt geschnappt. Oder er ist in den Krieg gezogen. Such dir eine Möglichkeit aus. Von mir erfährst du nichts«, erklärte er bitter. »Es sei denn ...«

Ennlin rannte erneut zum Lächelnden Ott. Sie berichtete ihm, dass von Chlum glaube, die Reste der Bande des Gelben Hans könnten sich Benedikt geholt haben. Aus Rache, weil der doch mitgeholfen hatte, dass ihr Anführer gefasst und gerädert worden war. Doch Ott glaubte das nicht. Und was die Möglichkeit anbetraf, dass Benedikt in den Krieg gezogen war – ja, das konnte er sich schon eher vorstellen.

»Aber warum? Warum sollte er das tun?«, fragte Ennlin verzweifelt.

Ott zuckte die Schultern. Vielleicht war Benedikt ja mit Hennslin fortgezogen. Er versprach, sich umzuhören, möglich sei schließlich alles. Die ersten Streiter im Krieg des Königs gegen den Habsburger kamen bereits schwer beladen mit Plünderungsgut zurück. Vielleicht wussten die etwas.

Und wegen des Geheimganges? Nein, immer noch nichts. Aber sie hätten inzwischen guten Kontakt zu einem der Zimmerleute des Bischofs, der immer wieder für Ausbesserungsarbeiten am Schloss Gottlieben eingesetzt werde. Sie müssten ihm nur noch ein wenig schöntun. Vielleicht kannte der den Gang, versuchte Ott die verzweifelte Freundin zu trösten.

Der König nahm Friedrich von Habsburg den größten Teil seines Besitzes ab. Und Friedrich mit den leeren Taschen schwor Unterwerfung, ebenso wie beinahe alle seine Städte. Nur die Villinger, die Waldshuter und die Laufenburger blieben störrisch.

Jeden Tag schaute Ennlin unter den Kriegsrückkehrern nach Benedikt aus. Er war nie dabei. Natürlich wartete sie auch auf Hennslin, jetzt, wo der Feldzug gegen den Habsburger ein gutes Ende zu nehmen schien. Aber besonders fehlte ihr Benedikt. Sie fand sich selbst ungerecht, beruhigte sich aber damit, dass Hennslin aufs Kämpfen vorbereitet worden war. Das gehörte zur Ausbildung jedes jungen Herrn. Bei Bürgersöhnen war das anders. Und falls Benedikt in den Krieg gezogen war, dann musste er doch bald kommen!

Sie ging sogar zu seiner Mutter, der Pfisterin. Aber Fida wusste auch nichts Neues über den Verbleib des Sohnes.

Die Angst um Benedikt wob sogar so etwas wie ein Band zwischen den beiden ungleichen Frauen, bildete eine Brücke über den tiefen Graben der Feindschaft, der zwischen ihnen entstanden war. Ennlin spürte das und ging über diese Brücke. So erzählte sie Fida schließlich doch vom Anliegen des Herrn von Chlum, berichtete, was sie bisher schon alles unternommen hatte, um zu Jan Hus vorgelassen zu werden.

Fida wollte ihren Hausgast sofort zur Rede stellen, doch Ennlin hatte Angst, dass er dann nichts mehr über Benedikt sagen würde. Die besorgte Pfisterin ließ sich nur mit viel Überredung davon abhalten, von Chlum an die Gurgel zu gehen. Es sei besser, dieser bleibe arglos, wandte Ennlin ein. So könne die Pfisterin ihn besser beobachten, vielleicht sogar unauffällig aushorchen.

Das leuchtete Fida ein. Sie nahm sich jedoch vor, den Lusener, den sie schon einmal beauftragt hatte, auf Heinrich von Chlum anzusetzen. Vielleicht konnten sie so etwas herausfinden. Außerdem beschlossen Fida und Ennlin, dass das Mädchen nun doch zum Earl gehen sollte. Dieser war in seinem Streben, die Wyclifisten zu verfolgen, inzwischen vielleicht ein wenig besänftigt, meinte die Pfisterin. Jetzt, wo sein Ziel erreicht und Wyclif postum als Ketzer verbrannt worden war, wenn auch vorerst nur symbolisch. Außerdem habe von Chlum ihr erzählt, dass es durchaus sein könne, dass der englische König den Earl bald zurückrufe. Der Streit um den Anspruch der Engländer auf die französische Krone spitze sich erneut zu. Möglicherweise werde der Krieg bald wieder aufflammen. Und Richard de Beauchamp, Earl of Warwick, galt als einer der edelsten und tapfersten Streiter des Königreiches. So einen wollte der englische König sicherlich an seiner Seite haben, wenn es hart auf hart kam. Sie müssten sich also wohl beeilen, wenn sie den Earl noch sprechen wollten.

Das leuchtete wiederum Ennlin ein. Da von Constanzia bisher keine Nachricht gekommen war, ging sie am Dienstag zum Gemalten Haus am Oberen Markt, wo Warwick mit viel Gefolge glanzvoll residierte, und flehte den Türsteher an, zu ihm vorgelassen zu werden. Er sei nicht zu sprechen, habe Wichtigeres zu tun, als sich um jeden dahergelaufenen Bittsteller zu kümmern, wurde sie unfreundlich beschieden.

Doch Ennlin gedachte nicht, aufzugeben. Sie wusste: Die große Versammlung im Münster, auch Session genannt, fand jeweils montags, mittwochs und freitags statt. Die Nationes und das Kardinalskollegium trafen sich untereinander jeweils dienstags und donnerstags offiziell, aber auch an anderen Tagen, wenn es nötig wurde. Also befand sich der Earl wahrscheinlich bei den Barfüßern, wo die Engländer im Refektorium tagten.

Sie lief zum Kloster am Platz von Sankt Stephan und verlangte auch dort, zum Earl vorgelassen zu werden. Es sei eine Sache von Leben und Tod.

Der Mönch, der das Klostertor öffnete und den sie mit ihrer Bitte offenbar überforderte, brummte etwas, aber er ließ sie doch hinein. Dann hieß er sie zu warten. Ennlin trat ungeduldig von einem Fuß auf den anderen. Schließlich kam ein weiterer Mönch, offenbar jemand, der etwas zu sagen hatte, und wollte Näheres wissen. Ennlin erklärte erneut, es gehe um Leben und Tod. Sie habe dem Earl eine wichtige Botschaft zu überbringen. Und es werde schlimm enden, wenn sie ihn nicht sprechen könne. Meister Ulrich Richental, in dessen Haus sie lebe, habe sie hergeschickt. Mehr dürfe sie nicht sagen.

Bei der Erwähnung des Chronisten glättete sich die Stirn des Mönchs. Meister Richental kannte jeder, und jeder wusste, dass er Verbindungen bis in die höchsten Kreise hatte. Der Mönch führte sie bis vor das Refektorium, wies auf einen von mehreren Schemeln, die dort standen, und bedeutete ihr mit einer knappen Geste, hier zu warten.

Es dauerte nach Ennlins Empfinden eine halbe Ewigkeit, bis der Earl durch die Tür trat. Ennlin war schon fast versucht, wieder zu gehen. Doch dann stand er endlich vor ihr. Er war nicht sonderlich erfreut darüber, sie zu sehen. Er wirkte älter, müde, nicht mehr wie der unbeschwerte Lebemann, Leiter der englischen Delegation, deren Prunkentfaltung für so viel Staunen, aber auch Neid gesorgt hatte. Er sprach nicht sonderlich gut Deutsch, da sich die Vertreter aus aller Herren Ländern zumeist auf Latein verständigten, einige Brocken hatte er allerdings gelernt, das wusste Ennlin. Dennoch hatte er einen Übersetzer an seiner Seite, einen kleinen rothaarigen Mann mit blassblauen Augen.

»Was willst du?«, übersetzte der nicht eben freundlich.

Ennlin knickste tief und fragte, ob es eine Möglichkeit gebe, dem Ketzer im Turm von Gottlieben einige Lebensmittel und Decken zu bringen. Ob er vielleicht den Bischof bitten könne, seine Erlaubnis dazu zu geben.

Warwick hörte sich die Übersetzung an. Seine Miene verdüsterte sich noch weiter. Er wollte schon antworten, als sein Blick auf Ennlins linke Hand fiel. Sie sah, wie er bleich wurde und auf den Ring starrte, den sie am Mittelfinger trug, den Ring, den sie von ihrer Mutter bekommen hatte. Er wechselte einige kurze Worte mit dem Übersetzer, der daraufhin verschwand. Ennlin verfolgte die Szene einigermaßen überrascht. Was war denn nun los?

Der Earl wies auf den Ring. »Was das? Woher?«

»Von meiner Mutter, sie gab ihn mir.«

»Mutter? Agnes?«

Ennlin nickte, noch immer verblüfft über die Wendung, die das Gespräch genommen hatte.

Er streckte die Hand aus. »Gib mich.«

Sie zögerte.

Auf seinem Gesicht erschien ein kleines Lächeln. »Ich nickt Dieb. Gebe suruck.«

Ennlin zog den Ring vom Finger und legte ihn dem Mann auf die linke Handfläche. Der nahm ihn mit der Rechten und hob ihn hoch, drehte ihn, betrachtete das Innere.

Dann winkte er sie zu sich. »Du gesehen? Schau!« Er wies auf eine Gravur.

Ennlin nickte. »Ja, aber ich weiß nicht, was das bedeutet.«

»A&R.«

Sie schaute ihn fragend an.

»Agnes and Richard«, sagte er leise.

Anschließend hielt er den Stein gegen das Wappen, das er auf dem Rock trug. Es war rot, in der Mitte geteilt durch einen goldenen Balken. Oben und unten waren jeweils drei goldene Tatzenkreuze angeordnet. »Mein Farben. Gold und Red.«

Ah, jetzt verstand sie. »Ich weiß, Ihr habt den Ring meiner Mutter geschenkt. Es heißt, sie soll Euch einmal das Leben gerettet haben. Damals wart Ihr beim Grafen von Nellenburg zu Gast. Sie hat den Ring immer bewahrt und mir weitergegeben.«

Er lächelte leise. »Leben. Ja. Leben und mehr. Hat mir gegeben mehr als Leben.« Er legte die Hand auf sein Herz.

Ennlin schaute ihn mit großen Augen an. »Ich verstehe nicht.«

»Hat mir gegeben Liebe. Das mick hat geheilt.«

Ennlin wurde puterrot. Das hatte die Mutter niemals erzählt, dass sie die Geliebte dieses englischen Earls gewesen war.

Er lächelte erneut. »Ick jung. Einsam. Sie da. Ick abe ihr, wie man sagt ...«

»Geliebt, wolltet Ihr sagen, geliebt?«, meinte sie eifrig.

Er nickte. »Du sehen aus wie sie. Ick immer muss denken an Agnes. Nickt konnte bleiben. Ick begreifen erst jetzt. Jetzt wo du trägst Ring. Warum vorher nickt?«

»Ich hatte immer Angst, dass mir jemand meinen Ring stiehlt. Er ist doch das Einzige, das ich von meiner Mutter habe. Was begreift Ihr, Herr? Ich verstehe nicht?«

Er legte die Hand erneut auf sein Herz. »Agnes und ich – vielleicht du. Wann du bist geboren?«

»Ich weiß es nicht, Herr. Meine Mutter hat mir das nie gesagt. Als sie starb und mein Bruder Jakob geboren wurde, da war ich ein wenig älter als er es jetzt ist. Ist das denn wichtig?«

Er schüttelte den Kopf. »Also 13? Nein. Nickt wichtig. Ick sehe auch so. Sie, ick – und du. Und dann der Ring. Jetzt ick sicker. Und du hast Fleck.« Er deutete auf eine Stelle über ihrem linken Mundwinkel. Dann auf seinen Mund. Da war derselbe winzige Leberfleck an derselben Stelle.

Ihr wurde heiß. »Ihr glaubt, ich könnte Eure Tochter sein, Herr?« Ennlin sank auf den nächstbesten Schemel.

»Vielleickt. Agnes nickt hat was gesagt, bevor ick bin fort. Aber Ring. Du hast Ring. Du nix legitim. Du verstehst, ick nickt werde allen sagen, du mein Tochter. Gibt mehr, gibt andere wie dick. Aber Agnes – ick sie nie abe vergessen. Sie ... besonders. Traurig, dass sie tot. So früh.«

In Ennlins Kopf pochte das Blut gegen die Schläfen. Agnes und der Earl hatten einander geliebt. Vor langer Zeit. Und sie war vielleicht das Kind dieser Liebe.

»Mutter hat nie etwas davon gesagt, dass sie ... und dass Ihr ...« Sie brach ab.

»Du nock hast andere Namen?«

»Ja, Ennlin Margarete.«

Er nickte, als habe er das erwartet. »Margaret. Der Name von mein Mutter. Schicksal seltsam ist. Habe nickt gedacht, dass ick hier wurde finden Tochter von Agnes. Aber habe. Jetzt ist sicher. Und selbst wenn du nickt – wenn ick dir sehe ... Damals, damals war schön. Habe gegeben – wie man sagt – Mitgift. So sie konnte heiraten guten Mann. Mehr kann nickt tun. Aber du jetzt musst gehen.«

Er gab ihr keine Gelegenheit zu einer weiteren Erwiderung, sondern drehte sich mit einem kurzen Nicken um und kehrte ins Refektorium zurück. Ennlin schaute fassungslos zu, wie sich die Tür hinter ihm schloss.

Sie fühlte sich beraubt, als habe er ihr durch seine Eröffnung etwas Wichtiges gestohlen. Die Gewissheit, wer sie war, und ihren Vater. Nun hatte sie gar keinen Vater mehr. Denn dass dieser Mann sich nicht als ihr Vater bekennen wollte, hatte er eindeutig klargestellt.

Darum also waren Jakob und sie so verschieden. Darum hatte sie den Mann, den sie bisher als ihren Vater gekannt hatte, immer als ein wenig fremd empfunden. Er musste gewusst haben, dass seine Verlobte Agnes den Bankert eines anderen trug, als er sie zum Weib genommen hatte. Und dennoch war er immer gut zu ihr gewesen, nie ungerecht. Er hatte sich immer zu ihr bekannt. Gut, er hatte sie an den Gelben Hans verkaufen wollen, aber nur aus seiner großen Not heraus.

Und dann ... der Ring! Der Earl hatte ihren Ring mitgenommen. So war das also, der hohe Herr schämte sich der Liebe zu einem einfachen Mädchen, zu einer Dienstmagd. So sehr, dass er sogar ihren Ring stahl, damit sie nur ja niemandem verraten konnte, was er vermutete. In ihr tobte ein Sturm der Gefühle. Sie war zutiefst verletzt.

Zum ersten Mal seit langer Zeit, seit sie mit Jakob aus Rorgenwies geflohen war, bekam Ennlin Heimweh. Heimweh nach ihrem Dorf, in dem sie jeden Stein und jeden Menschen kannte, der dort lebte. Heimweh nach einem Ort, an dem sie sich zugehörig fühlen konnte.

Frau Anna erschrak furchtbar, als eine heftig schluchzende Ennlin zurück in das Haus zum Goldenen Bracken kam. Sie fragte und fragte, doch die Kleine brachte vor lauter Schluchzen kaum ein Wort heraus. Es war, als breche sich das ganze Leid der vergangenen Monate, die Sorgen und Nöte, die sie hatte durchleben müssen, Bahn wie ein mächtiger Strom, der nach einem schlimmen Unwetter über die Ufer tritt und alles niederreißt, was sich ihm in den Weg stellt. So tat sie das Nächstbeste, das ihr einfiel. Sie hörte auf, zu fragen und nahm die Kleine in den Arm.

Das half. Ennlin beruhigte sich langsam. Es tat gut, die Nähe dieser verständnisvollen Frau zu spüren. Es fühlte sich fast an wie damals, als sie als kleines Mädchen auf den Schoß der Mutter gekrabbelt war, wenn sie sich wehgetan hatte.

Da endlich konnte sie reden. Sie erzählte Frau Anna die ganze Geschichte. Auch, dass der Earl den Ring behalten hatte.

Anna hörte ihr zu, ohne sie zu unterbrechen. »Musst nicht traurig sein, Kind«, meinte sie schließlich. »Nicht allzu viele können von sich behaupten, das Kind einer großen Liebe zu sein. Und das war es wohl zwischen dem Earl und deiner Mutter. Du musst ihn verstehen. Er kann sich nicht zu dir bekennen, er ist seiner Familie verpflichtet. Deine Mutter war eine Unfreie. Also bist auch du eine, ganz gleich, wer dein wirklicher Vater ist. Aber er hat für deine Mutter gesorgt. Er gab ihr den Ring als Notgroschen und diese Mitgift. So konnte der Graf von Nellenburg deiner Mutter einen Mann suchen, der sie auch mit einem Kind im Bauch nahm. Er hat wirklich getan, was er konnte. Und haben Eberhard von Nellenburg und der Earl dir nicht geholfen in diesen Tagen, immer und immer wieder? Es gibt genug Leute in Konstanz, die sich gefragt haben, warum und neidisch waren. Nun kennen wir den Grund, du und ich. Sei dankbar, dass das Schicksal euch noch einmal zusammengeführt hat, deinen Vater und dich.«

»Aber der Ring, warum nahm er mir den Ring? Das ist doch das Letzte, was ich von meiner Mutter habe.«

»Nun, vielleicht befürchtet er, dass du dich mit deiner Herkunft rühmst, jetzt, wo du es weißt. Er käme dann in die unangenehme Lage, alles abstreiten zu müssen. Er wird sich niemals zu dir bekennen. Niemals.«

»Ich würde so etwas doch nie und nimmer tun.« Ennlins Gesicht war rot vom Weinen, die Augen verquollen, doch das Schluchzen ebbte ab.

»Ach, meine Kleine, das weißt du, das weiß ich, aber woher soll er das wissen? Ein Mann wie er, von nobler Geburt, reich, mit großem Einfluss findet jeden Tag mehr Bittsteller auf seiner Türschwelle, als er bewältigen kann, selbst wenn er wohltätig ist. Ich finde, für einen Mann von Adel hat er sich sogar recht nobel benommen. Da gibt es ganz andere. Was wolltest du überhaupt von ihm?«

Ennlin stutzte, dann fiel es ihr siedend heiß ein. Sie hatte völlig vergessen, den Earl noch einmal zu bitten, ihr Zutritt zu Jan Hus zu verschaffen. Er hatte sich überhaupt nicht dazu geäußert. Und weil offenbar heute ohnehin der Tag der Offenbarung von Geheimnissen war, erzählte sie Frau Anna, dass der Herr von Chlum sie unter Druck gesetzt hatte und wollte, dass sie dem Ketzer im Turm von Gottlieben Lebensmittel brachte. Weil er sich um ihn sorgte. Von der Botschaft für den Magister, die er ihr in die Hand gedrückt hatte, sagte sie nichts. Eine innere Stimme hielt sie zurück.

»Oh Kind«, erklärte Frau Anna daraufhin. »Ich werde mit meinem Gatten darüber sprechen.«

»Aber ich darf doch nicht ... Der Herr von Chlum hat gesagt, wenn ich darüber rede, sagt er mir nicht, wo Benedikt ist.«

»Mach dir keine Sorgen, Kind. Mein Gemahl wird nichts tun, was dir schadet. Oder Benedikt«, fügte sie nach einer kurzen Pause hinzu. »Ich werde auch mit der Pfisterin reden. Handsalbe öffnet manchmal selbst unüberwindlich scheinende Mauern. Dieser Heinrich von Chlum ist mir ja ein feiner Herr, das muss ich schon sagen.«

»Ich denke, er ist verzweifelt. Und er schämt sich. Erst hat der König dem Magister freies Geleit versprochen und ihm Beschützer mitgegeben. Und nun können die Beschützer ihre Aufgabe nicht erfüllen, weil der König selbst es ihnen unmöglich macht.«

»Vermutlich«, sagte Frau Anna nachdenklich und strich Ennlin über den Zopfkranz. »Bist ein gutes Kind.«

Ennlin nahm sich trotz der beschwichtigenden Worte vor, mit dem Earl noch einmal über ihr Anliegen bezüglich des Magisters aus Böhmen sprechen. Außerdem wollte sie ihren Ring wiederhaben.

Als sie ein weiteres Mal im Gemalten Haus vorsprach, hieß es, der Earl of Warwick sei abgereist.

Ennlin war todunglücklich.

Als Meister Richental von der überraschenden Abreise des Earls erfuhr, ging er sofort zum Barfüßerkloster, wo die Engländer zusammenkamen. Spät in der Nacht sei eine Depesche des englischen Königs eingetroffen, erzählte er, als er schließlich zurückkehrte. Er habe gehört, es stehe schlecht zwischen den Franzosen und den Engländern. Letztere planten eine Invasion in Frankreich, und da wolle der König einen seiner tapfersten Streiter an seiner Seite wissen.

»Krieg, überall Krieg. Das Konzil hat nicht vermocht, das zu ändern«, meinte Frau Anna. »Können sie denn nicht wenigstens mal untereinander Frieden schließen, wenn es ihnen schon nicht gelingt, die Angelegenheiten der Kirche in Ordnung zu bringen?«

»Ach, meine liebe Frau«, meinte Meister Richental und eilte ohne ein weiteres Wort wieder aus dem Raum, um seine Notizen zu ergänzen.

Früh am nächsten Morgen klopfte ein Bote des Konstanzer Bischofs an der Tür des Hauses zum Goldenen Bracken. Frau Anna war ganz aufgeregt, und auch Meister Richental fragte sich, was Otto von Hachingen von ihm wollen könnte. Doch der Auftrag des Boten galt nicht ihm, sondern Ennlin. Er habe vom Bürgermeister den Auftrag, eine bestimmte Jungfer, genannt Ennlin von Rorgenwies, zu einem Ketzer mit Namen Jan Hus zu führen, erklärte der Bote. Es sei ihr erlaubt, einige Lebensmittel mitzunehmen.

Kapitel einundzwanzig
- In Ketten -

HUS TRUG SCHWERE KETTEN. Er kauerte am Boden auf stinkendem Stroh, nur noch ein Schatten seiner selbst verglichen mit dem kraftstrotzenden Mann, den Ennlin im letzten Jahr im Haus der Pfisterin kennengelernt hatte. Die Untersuchungskommission tat offenbar alles, um ihn zu zermürben, seinen freien Geist mithilfe des Körpers zur Unterwerfung zu zwingen.

Sie holte ein Tuch aus ihrem Korb, breitete es vor seinen Füßen aus und legte die mitgebrachten Lebensmittel sorgsam darauf. Hus stürzte sich darauf wie ein halb verhungerter Wolf. Er verschlang regelrecht, was sie ihm anzubieten hatte: Brot, etwas geräucherten Fisch, eine Scheibe Schweinespeck, Brezeln und Schmalzkringel sowie getrocknetes Obst, Zwetschgen und Apfelschnitze. Wenn er die Arme hob und die Handschellen verrutschten, dann sah sie die Wunden, die diese ihm geschlagen hatten. Sie eiterten. Ähnlich stand es um seine Knöchel.

Der Gegensatz tat weh: Draußen schien die Sonne, die Obstbäume standen in voller Blüte, die Frühlingswiesen dufteten und barsten vor Grün. Hier im Turm herrschte Dämmerlicht. Es stank. Die Wärme der Frühlingssonne drang nicht bis zu ihm vor, die dicken Quadersteine seines Verlieses strahlten Kälte aus, das Wasser lief an ihnen herunter. Hus zog zwischen einigen Bissen immer wieder seinen fadenscheinigen Gelehrten-Mantel enger um sich. Es hatte keine Wirkung. Er schien trotzdem zu frieren.

Der Wärter, der sie zu Hus vorgelassen hatte, stand in einer Ecke des Raumes. Er ließ sie keinen Moment aus den Augen. Nach einer Weile war Ennlin schon ganz verzweifelt. Wie sollte sie dem Magister nur den Zettel zustecken, den ihr der Herr von Chlum in die Hand gedrückt hatte? Sie hatte sich neben ihn gekauert, sah Hus beim Essen zu, plapperte von allem, was ihr so an Unverfänglichem in den Sinn kam. Unter anderem, wie viel Glück sie gehabt habe, bei Meister Ulrich und seiner Hausfrau Anna unterzukommen. Auch Jakob hätten sie aufgenommen. Außerdem habe sie die Königin gesehen. Die hohe Frau hätte sogar einige Worte mit ihr gewechselt.

Der Wärter gab sich den Anschein, als höre er nicht zu, sein Gesicht blieb unbewegt.

Als ihr partout nichts mehr einfallen wollte, stockte Ennlins Redefluss. Die Zeit verstrich, sie musste etwas unternehmen, sonst würde sie noch unverrichteter Dinge wieder gehen müssen. Sie riss ein Stück vom Fladenbrot ab, brach es auseinander, schnitt eine dünne Scheibe von dem Speck ab und steckte diese zusammen mit der Nachricht in die entstandene Tasche.

Hus nahm das Brot mit einem dankbaren Lächeln und biss hinein. Dann stutzte er, begann zu husten als habe er sich verschluckt, hielt die Hand vor den Mund, stand unter viel Ächzen und Keuchen auf und lehnte sich seitlich gegen die Mauer, wie um Luft zu holen. Sein Rücken war dem Wächter zugekehrt. Er wankte.

Das war die Gelegenheit, auf die sie gewartet hatte. »Holt einen Arzt, schnell, Magister Hus ist etwas im Hals stecken geblieben, er erstickt«, rief Ennlin.

Der Wächter rührte sich nicht. Das Husten von Hus ging in ein Röcheln über, er hielt sich den Hals, versuchte angestrengt, Luft zu holen.

»Schnell!«

Da endlich schloss der Wärter die Tür auf und ging nach draußen.

Jan Hus zwinkerte Ennlin zu, pulte die Nachricht aus dem Mund, las sie hastig und steckte sie wieder zwischen die Zähne. Dann begann er erneut zu kauen und zu keuchen.

»Nein, sag dem Herrn von Chlum, ich werde es nicht tun«, flüsterte er hastig zwischen zwei Keuchern. »Ich werde nicht fliehen. Mein Prozess steht unmittelbar bevor. Endlich, endlich bekomme ich die Möglichkeit, vor der Konzilsversammlung zu sprechen.« Er redete langsam und abgehackt, hustete erneut. Da wurde die Tür aufgerissen, der Wächter erschien mit einem Mann, aber keineswegs einem Medicus, sondern dem Hauptmann der Wachsoldaten.

»Was ist los?«, erkundigte der sich barsch.

»Nichts, alles gut«, erwiderte Hus zwischen weiteren Hustern. »Hatte mich nur an einem Stück Brot verschluckt. Dieses Mädchen hat mir auf dem Rücken geschlagen, da kam es heraus. Bitte, Kind, einen Schluck Wasser …«

Ennlin reichte ihm den Becher. Der Magister trank gierig. Der Hauptmann betrachtete die Lage eine Weile, dann stapfte er hinaus. »Komm mit«, befahl er dem Wächter.

Und plötzlich waren sie allein. Ennlin hatte das Gefühl, dass das kein Zufall war. Jemand musste den Obersten der Turmwache bestochen haben.

»Aber warum nicht, Meister? Bitte, ich flehe Euch an, gebt mir eine andere Botschaft mit.«

Hus sah sie traurig an. »Das kann ich nicht, mein Kind. Wenn ich fliehe, wer soll dann vertreten, was recht ist? Wie soll sich die Kirche erneuern? Noch hoffe ich. Noch glaube ich daran, dass es einige Redliche gibt unter den Gelehrten und den Herren, die bald über mich zu Gericht sitzen werden. Es muss mir einfach gelingen, sie zu überzeugen.«

»Verzeiht mir, Magister Hus. Ich bin dumm, verstehe wenig von solchen Sachen. Aber ich glaube nicht daran. Niemand tut das noch, auch nicht der Herr von Chlum. Warum sonst hätte er mich mit dieser Botschaft geschickt. Ich weiß nicht, was darin steht, aber ich vermute, der Herr von Chlum hat jetzt Leute gefunden, die ihm helfen wollen, Eure Flucht möglich zu machen.«

»Ich fliehe nicht, Kind. Niemals. Sag es dem Herrn«, wiederholte der Gefangene fest.

»Dann schichten sie bald den Scheiterhaufen für Euch auf. Warum widerruft Ihr nicht wenigstens, Meister? Dann müsst Ihr nicht so qualvoll sterben.«

»Soll ich stattdessen im Kerker verrotten?«

»Aber dann seid Ihr wenigstens am Leben, habt Hoffnung. Manchmal ändern sich die Dinge schnell, vielleicht kommt Ihr in einiger Zeit frei. Und es ist doch nicht schwer, einfach das Gegenteil von dem zu behaupten, was man glaubt. Das tun viele, und niemand denkt sich was dabei.«

»Wie kann ich das? Sie verdrehen meine Worte bis zur Unkenntlichkeit und fragen mich dann, ob ich dies und das gesagt habe, was ich nie gesagt oder geschrieben hätte. Und wenn ich erwidere, das hätte ich nie gesagt, sie bräuchten nur in meinen Schriften nachzulesen, dann hören sie nicht darauf und wollen, dass ich widerrufe, was sie gesagt haben, dass ich gesagt hätte. Also: Wie kann ich das? Lügen ist eine Sünde, mein Kind.«

Das klang alles kompliziert, fand Ennlin, doch sie wollte noch nicht aufgeben. »Aber dann leiht Ihr Euch eben später von einem Eurer Freunde Geld und kauft einen Ablass.«

»Siehst du, genau das ist es! Außerdem hilft es nichts. Der Allmächtige schachert nicht.«

Ennlin schaut ihn verwirrt an. »Schachern? Wieso? Ihr meint, der Ablass ist so etwas wie eine Handsalbe?«

»Ja, so könnte man es ausdrücken. Ist ein armer Bauer, der keinen Ablass kaufen kann, denn schlechter als einer, der reich ist? Glaubst du wirklich, alle Armen kommen in die Hölle und alle, die sich den Ablass ihrer Sünden kaufen können, in den Himmel? Oder ein Schuster, der gottgefällig lebt, ist weniger befugt, das Abendmahl zu reichen, als ein schlechter Priester?«

Nein, das glaubte Ennlin nicht und fragte sich gleich darauf, ob sie jetzt auch eine Ketzerin war.

»Aber wenn der Allmächtige wirklich allmächtig ist, dann kann er doch in Euer Herz sehen, dann muss er doch erkennen, dass Ihr es gut meint, und wird Euch helfen. Weil doch die ganzen Doktores und Kardinäle, die Euch verdammen, gar nicht so gut sind, wie sie nach außen vorgeben und auch gar nicht so viel wissen, wie sie glauben machen wollen.«

»Ach Kind, wenn es nur so einfach wäre. Vielleicht, vielleicht aber auch nicht.«

Was sollte das jetzt wieder heißen? Sie schaute ihn fragend an.

»Wie können wir armen Menschlein das große Konzept des Herrn erkennen? Ihm obliegt die letzte richterliche Entscheidung. Die, die er erwählt hat, sind in seinen Archiven aufgezeichnet, das sagte schon der große Kirchenlehrer Augustinus. Und keiner weiß, ob er zu den Erwählten oder den Verdammten gehört. Wie wollten wir uns auch anmaßen, über Gottes Plan zu richten, das wäre Hochmut. Niemand ist frei von Sünde. Niemand, auch nicht der, der sich fromm und ohne Tadel dünkt. Denn wir leben allzumal mit Sündern zusammen. Und davon gibt es mehr als von den Gerechten.«

»Aber was kann ich denn dann tun? Was könnt Ihr tun?«

»Leben, so tugendsam du kannst, unablässig kämpfen und sich damit der Gnade Gottes und der Aufnahme unter die erwählte Schar würdig erweisen.«

»Und was ist mit den Ketzern, ich meine, denen aus dem Osten, die sich auch Christen nennen? Gilt das auch für sie?«

»In der Urkirche hat niemand solche Unterscheidungen gemacht, das ist Menschenwerk.«

Ennlin schaute ihn zweifelnd an. Das, fand sie, klang schon sehr nach Ketzertum. Die Kardinäle und die Doktoren sagten doch immer, nur sie allein wüssten, was das rechte Christentum sei. Und nur sie könnten das den Menschen auch nahebringen. Bisher hatte sie keinen Grund gehabt, daran zu zweifeln, das waren Leute, die kannten sich schließlich mit all dem aus. Andererseits, dieser Magister auch. Aber er hatte eindeutig ein besseres Herz als all die hohen Herren, er war nicht so hochmütig, sah nicht auf sie herab, weil sie Fragen stellte. Fragen zu stellen, das war ohnehin nicht gern gesehen. Schon gar nicht, wenn sie von einem einfachen Mädchen kamen, wie sie eines war.

Sie hörten das Klirren eines Schlüsselbundes, ein Schlüssel drehte sich im Schloss, die Kerkertür schwang auf. Der Mann und das Mädchen verstummten. »Es ist Zeit, du musst gehen«, sagte der grobschlächtige Wächter.

Ennlin senkte den Kopf. Sie wusste, sie würde nichts weiter ausrichten. Es blieb ihr nichts, als dem Herrn von Chlum die schlechte Nachricht zu überbringen. Hoffentlich war er nicht böse, gab ihr die Schuld und sagte ihr womöglich nicht, wo Benedikt war. Aus einer Eingebung heraus ging sie auf den Magister zu und barg den Kopf an seiner Brust. Hus erwiderte die Umarmung. Ihr Herz sank. Sie konnte durch den Stoff seiner Kleidung jeden einzelnen Knochen spüren.

»Der Allmächtige möge Euch beistehen, Magister Hus«, flüsterte Ennlin.

»Nichts da, keine Umarmungen«, schnarrte der Wächter, zerrte Ennlin von dem Gefangenen weg und stieß sie zur Tür hinaus.

Ennlin ging direkt zum Haus der Pfisterin. Diese war selbst nicht im Haus, in Geschäften unterwegs, erklärte Franziska, die Ennlin in der Kammer der Pfisterin fand. Sie legte gerade frisch gewaschene Leintücher in die große Truhe und schimpfte vor sich hin. Als sie Ennlin hereinkommen hörte, sah sie auf und hob gleich darauf anklagend ein Leintuch hoch. »Da! Nachdem du weg warst, hat die Hausfrau gesagt, ich schaff das nicht mehr allein und hat noch eine von den alten Weibern genommen, die überall ihre Waschdienste anbieten. Schau dir das an. Noch ein Fleck am anderen, das hätt ich auch allein viel besser können«, schnaufte sie empört. Dann kniff sie die Lippen zusammen und bedachte Ennlin mit einem abweisenden Blick.

Vermutlich wusste sie inzwischen, dass sie die Diebin gewesen war, dachte Ennlin. Oder Franziska hatte einfach die ursprüngliche Feindseligkeit der Herrin übernommen.

Ennlin wollte schon wieder gehen, da hörte sie, wie der Knecht Nepomuk mit seinen Holzschuhen ins Haus polterte. Das Geräusch kannte sie, sie hatte es oft genug gehört. Sie nickte Franziska so freundlich wie möglich zu und lief ihm entgegen.

»Ah, wieder da?«, nuschelte der und grinste schief.

Ennlin fragte ihn, ob der Herr von Chlum im Haus sei. Sie konnte sehen, wie Nepomuk heftig überlegte, was er jetzt antworten sollte. Sie hatte, schon als sie noch im Haus der Pfisterin gelebt hatte, bemerkt, dass seine Henkelohren beim Nachdenken immer feuerrot wurden. Schließlich schien er zu einem Schluss gekommen zu sein. Er nickte und zerstach mit dem Zeigefinger die Luft vor ihrem Gesicht. »Is da.«

Ennlin wurde immer ungeduldiger. »Dann bring mich zu ihm.«

Nepomuks Ohren wurden womöglich noch röter. Dann schüttelte er den Kopf.

Jetzt wurde es Ennlin zu dumm. »Die Pfisterin schickt mich. Hab sie auf dem Markt getroffen. Ich muss ihrem Hausgast etwas sagen.«

Nepomuk schaute erst ungläubig, dann unschlüssig. Endlich sagte er: »Komm.«

»Ich war bei ihm«, erklärte sie Baron Heinrich von Chlum ohne große Vorrede, nachdem er sie auf ihr Anklopfen hin hereingebeten hatte. »Er will nicht. Er will den Prozess, er will, dass sie ihn anhören. Er sagt, er kann nichts abschwören, was er nie vertreten hat.«

Von Chlum stöhnte auf. »Das ist sein Ende«, murmelte er. »Vielleicht können die in Böhmen noch etwas erreichen, bevor es einen Aufstand gibt. Es gärt unter den Menschen. Selbst Mitglieder großer Familien sind wegen der Art, wie der Magister hier behandelt wird, äußerst erbost. Schau mich nicht so an. Natürlich sind Nachrichten nach Böhmen gegangen, wie es um ihn steht. Wenn das so weitergeht, muss Sigismund fürchten, dass er die böhmische Krone niemals von seinem Bruder Wenzel übernehmen kann, weil sich das Volk gegen ihn erhebt. Werde ihn noch einmal warnen. Vielleicht lenkt er dann ein.« Er sprach mehr zu sich selbst, als zu ihr.

Ennlin begriff, er hatte sie schon vergessen.

Von Chlum wollte aus der Kammer eilen, doch sie packte ihn am Ärmel. »Wo ist Benedikt?«

Er sah sie an, als sei er völlig überrascht, dass sie noch immer da war. »Benedikt?«

»Ihr habt versprochen, mir zu sagen, wo er ist, wenn ich Eure Botschaft zu Magister Hus bringe. Ich hab es getan. Er hat sie gelesen. Ich brachte Euch seine Antwort. Nun haltet Euer Versprechen.«

Heinrich von Chlum lachte bitter. »Ich weiß nicht, wo dein Benedikt ist.«

Ennlin konnte es kaum fassen. »Ihr habt mich belogen? Belogen und benutzt?« Sie konnte spüren, wie sie langsam wütend wurde.

Von Chlum schaute sie grimmig an. »Und? Was ist das schon im Vergleich zu dem, was Magister Hus bevorsteht, wenn er nicht widerruft. Und das wird er nicht. Kenne ihn. Seine Feinde sind überall, sie planen seinen Untergang, tun alles, um ihn zu zermürben. Besonders dieser Paletsch. Der Magister und er lehrten einst gemeinsam an der Prager Universität, glaubten an dasselbe. Sie waren sogar Freunde. Seit dieser Paletsch seine Meinung geändert hat, tut er alles, um zu beweisen, dass er nicht mehr zu den Wyclifisten gehört. Was mit seinen ehemaligen Freunden geschieht, ist ihm gleich. Hieronymus von Prag, der nach Konstanz geeilt ist, um seinen Freund Hus zu retten, haben sie in Ketten gelegt und krummgeschlossen. Gut, er ist selbst schuld, warum war er auch so dumm, hierher zu kommen. Für ihn bin ich nicht auch noch verantwortlich. Schau nicht so empört, Mädchen. Was schert mich dieser Benedikt? Hab geschworen, Magister Hus zu beschützen, bei meinem Leben. Es muss mir gelingen. Wie soll ich in meine Heimat zurück mit einem solchen Schandfleck auf meiner Ehre?«

Ennlin weigerte sich, es zu glauben. Ehre. Hatte sie denn so etwas nicht? Konnte jemand tatsächlich so abgrundtief böse sein, so mit den Gefühlen von Menschen spielen? »Ihr habt es versprochen!«, schrie sie noch einmal und stampfte mit dem Fuß auf.

»Was erdreistest du dich, Metze!«, fuhr der Herr von Chlum sie an.

»Ihr habt es versprochen«, wiederholte Ennlin. »Ist das vielleicht die Ehre, von der Ihr Herren Ritter immer faselt? Wo ist Benedikt? Ich rühre mich nicht vom Fleck, bis Ihr mir gesagt habt, wo er ist.« Ihre Augen sprühten jetzt vor Zorn.

Sie schien eine Saite in Chlum berührt zu haben, denn er hielt inne. »Also gut. Ich sah ihn weggehen. Er hatte einen Streithelm am Gürtel. Ich denke, er ist in den Krieg gezogen. Du musst nur warten. Wenn er nicht verreckt oder irgendwo in Gefangenschaft geraten ist, kommt dein Benedikt von alleine wieder. So, mehr weiß ich nicht. Ich habe anderes zu tun.« Damit wollte er aus der Tür eilen.

»Halt!«, schrie Ennlin in den Rücken des böhmischen Ritters hinein. »Weiß seine Mutter von dieser Begegnung?«

Er hielt inne, schüttelte den Kopf und war auch schon aus der Tür.

Ennlin war wie vom Donner gerührt. Er hatte sie belogen. Und Benedikt war tatsächlich in den Krieg gezogen. Sie konnte nichts tun, als zu warten. Die letzten Kämpfer mussten bald zurückkehren, jetzt, nachdem der Habsburger sich dem König unterworfen hatte. Verreckt, gefangen – die Worte des Herrn von Chlum wollten ihr nicht aus dem Kopf. Sie musste mit der Pfisterin darüber reden. Sie beschloss, in der Stube auf sie zu warten.

Nicht lang danach hörte sie Fidas Stimme. Sie sprach mit jemandem darüber, dass Heu kaum noch zu erschwinglichen Preisen zu haben war. Es musste Nepomuk sein, der brummte erst und sagte etwas. Ah, jetzt erfuhr Fida wohl, dass Ennlin in der Stube war.

Die Tür öffnete sich. »Was ist hier los, was tust du hier?«, fragte die Pfisterin nicht allzu freundlich. Aber auch lang nicht mehr ganz so feindselig wie früher.

Ennlin erzählte ihr, was sie von Heinrich von Chlum über Benedikt erfahren hatte.

Die Fida schlug die Hände vors Gesicht und stöhnte. »Das hatte ich vermutet«, sagte sie leise.

»Ihr kennt doch viele Leute. Auch unter den Rittern, die zurückgekehrt sind. Könnt Ihr nicht nachfragen, ob jemand Benedikt gesehen hat? Wohin und mit wem er überhaupt gezogen ist?«

Fida hob den Kopf. In ihren Augen standen Tränen. »Das hab ich doch schon getan. Niemand weiß etwas.«

»Ich werde mit Meister Richental reden. Vielleicht kann er etwas in Erfahrung bringen. Habt Ihr auch schon daran gedacht, bei Frau Constanzia nachzufragen? Sie und ihre Frauen hören viel. Und sie kennt Benedikt. Wir werden ihn finden. Ganz sicher«, sagte Ennlin mit mehr Zuversicht in der Stimme, als sie tatsächlich empfand.

Fida errötete. »Nun muss mich schon so eine wie du trösten. Nein, lauf nicht fort, ich hab es nicht so gemeint. Tut mir leid. Hab dich falsch eingeschätzt. Danke für das, was du getan hast. Und noch tun willst. Constanzia, ja, das ist ein guter Gedanke. Werde sofort zu ihr gehen.«

Ennlin schaute Fida an, las dieselbe Verzweiflung in deren Augen, die auch sie fühlte. Dieselbe Angst. Ein weiteres Mal an diesem Tag handelte sie ohne groß nachzudenken und nahm Fida in den Arm. Diese wehrte sich nicht. Im Gegenteil, sie schluchzte leise. So standen die beiden ehemaligen Feindinnen für eine Weile. Und schlossen Frieden.

Schließlich schob Fida das Mädchen von sich weg, schnäuzte in ihren Ärmel und wischte sich die Tränen aus dem Gesicht. Sie war wieder ganz die energische, selbstbestimmte Handelsfrau. Doch ihre Augen erzählten anderes. »Wenn wir hier herumstehen wie dumme Schafe und blöken, erreichen wir auch nichts. Geh jetzt, rede mit Meister Ulrich.«

Seit der Earl ohne ein weiteres Wort aus der Stadt verschwunden war, hatte Constanzia ausgesprochen schlechte Laune. Alle in ihrem Haus, ob die Frauen oder die Bediensteten, schlichen auf Zehenspitzen herum, um sie nicht noch mehr zu verärgern. Sie hatte erst gestern gedroht, sie werde alle auf die Straße setzen und das Haus komplett schließen.

Constanzia wusste natürlich, dass sie sich unvernünftig verhielt. Sie starrte auf den einfachen goldenen Ring mit dem Rubin und auf das Brieflein, das von einem Siegel des Earls verschlossen war. Zum tausendsten Mal überlegte sie, ob sie das Siegel aufbrechen sollte. Ein Bote hatte beides gebracht. Mit dem Befehl, es an eine Jungfer weiterzuleiten, die Ennlin hieß und im Haus des Meisters Richental lebe. Der Earl habe jetzt keine Zeit, er müsse schnellstens abreisen, aber er werde sich melden.

Constanzia prustete wütend. Keine Zeit! Um diesem Mädchen einen Brief zu schreiben und ihr diesen Ring zu schicken, war Zeit genug gewesen. Und was war mit ihr? Sie hatte dem Engländer ihr Haus geöffnet. Und ja, auch wenn sie es nur ungern zugab, ein wenig ihr Herz. Soweit sie dazu in der Lage war.

Und nun? Nun stand sie da mit nichts als zerstobenen Träumen. Sie war zudem aufs Tiefste in ihrem Stolz verletzt. Wie konnte er, wie konnte er nur! Dabei hatte er doch davon gesprochen, sie mit nach England zu nehmen. Und jetzt? Nur diese Botschaft. Keine persönliche Zeile, noch nicht einmal eine persönliche Nachricht für sie. Weggeworfen. Als wäre sie ein Stück Dreck.

Das würde sie sich nicht bieten lassen! Sollte sie ihm nachreisen? Was sollte sie jetzt überhaupt tun? Weitermachen, als wäre nichts geschehen? Als wäre der Earl ein Liebhaber unter anderen gewesen? Aber er war es nicht. Er war es nun mal nicht. Sie lächelte bitter bei dem Gedanken, wie stolz sie darauf gewesen war, an der Seite dieses Ritters, den alle für seine edle Gesinnung und seinen Mut rühmten, durch Konstanz zu flanieren. Seine Geschenke hatten ihr ebenfalls sehr gefallen.

Gut, am Hungertuch nagen musste sie nicht. Sie würde noch eine Weile durchkommen, auch wenn sie sich keinen Liebhaber nahm. Das Frauenhaus warf einiges ab.

Wieder starrte Constanzia auf das Brieflein und den Ring.

Nein! Sie würde sie dem Mädchen nicht geben. Sollte die doch sehen, wo sie blieb. Kurz überlegte sie, beides einfach wegzuwerfen. Um den Ring war es jedoch zu schade. Sie würde noch einmal darüber nachdenken. Constanzia hob ihre mit Wolle gestopfte Bettunterlage und legte den Ring samt des dazugehörigen Brieflein darunter.

Es klopfte an der Kammertür, ganz leise, ganz vorsichtig.

»Was ist? Lass mich in Ruhe, ich bin krank«, schimpfte sie laut.

Die Stimme von Rosalie, einem ihrer liebsten Mädchen antwortete: »Herrin, die Pfisterin ist gekommen, sie hat gesagt, sie muss mich Euch reden.«

»Geh, sag ihr, ich bin nicht zu sprechen.«

»Aber Herrin, es scheint wichtig zu sein. Sie ist ganz aufgeregt.«

»Geh, geh endlich«, schrie Constanzia.

Danach war Ruhe. Sie sank auf ihr Bett. Doch sie konnte nicht schlafen. Sie hatte das Gefühl, als könne sie den kleinen Ring und die Nachricht mit dem Siegel des Earls selbst durch die dicke Unterlage spüren.

Einige Tage später brachten Eberhard von Nellenburg und seine Leute den ehemaligen Papst im Triumph zurück nach Konstanz. Sie hatten ihn am Pfingstmontag in Freiburg gefangen genommen. Darin sahen alle ein gutes Zeichen. Nun werde sich die Angelegenheit mit den drei Päpsten zum Guten wenden, sagten die Leute.

Bald darauf hatte zumindest der Graf von Nellenburg guten Grund zu feiern. Alle seine Hoffnungen hatten sich erfüllt und mehr, denn er empfing vom König die Belohnung für seine Treue: Sigismund setzte ihn zum Reichsvogt über früher habsburgische Städte wie Feldkirch, Rheineck und Altstätten im Rheintal ein und verpfändete ihm für 2000 Gulden die Herrschaft. Er befahl den Bewohnern, ihrem neuen

Herrn zu huldigen. Außerdem belehnte er ihn mit der Landgrafschaft Hegau und Madach.

Für Ennlin, die sich noch immer um Benedikt sorgte und wissen wollte, ob er oder einer seiner Leute ihn vielleicht gesehen hatte, war der neue Landgraf indessen nicht zu sprechen. Er habe zu viel zu tun, hieß es.

Sie sperrten den ehemaligen Papst in denselben Turm, in dem der Ketzer gefangen gehalten wurde. Nun saß er Wand an Wand mit dem Mann, den er hatte einkerkern lassen.

Was mit Hus war, interessierte jedoch nur die wenigsten. Viel Gerede gab es allerdings über den Umstand, dass die Konzilsversammlung einen Prozess gegen den Mann vorbereitete, der einmal Papst Johannes XXIII. gewesen war. War denn das zu glauben! Laut den Anklagepunkten, die bekannt wurden, war dieser Italiener ein Ketzer! Da hatte er sich Heiliger Vater nennen lassen und war so etwas wie der wiedererstandene Satan. Selbst die gekürzte Anklageschrift gegen diesen Baldassare Cossa umfasste mehr als 50 Punkte. Hurerei und Prasserei wurden ihm vorgeworfen, er sollte Kirchengut verschwendet haben. Überhaupt sei er nur durch Bestechung Papst geworden, habe Erpressungen zu verantworten, gewissenlose Manipulationen mit Ablässen. Und dann – die braven Konstanzer vermochten kaum zu glauben, was da die Runde machte: Baldassare Cossa sollte seinen Vorgänger Papst Alexander vergiftet haben, damit der Weg für ihn frei wurde. Dafür sollte es in Person des Erzbischofs von Mailand sogar einen Zeugen geben. Der hatte angeblich gesehen, wie der Gifttrank gereicht wurde. In Bologna sollte Cossa zudem 300 Nonnen geschändet und darüber hinaus Ehebruch mit der Frau seines Bruders begangen haben. Zu allem Überfluss sei die Schwester des Kardinals von Neapel seine Konkubine.

Die körperliche Vereinigung mit Männern wurde ihm vorgeworfen, die ›stumme Sünde‹ der Onanie. Und überhaupt sei er schon als Knabe seinen Eltern gegenüber ungehorsam gewesen, verlogen und aufsässig.

Die Leute stöhnten wohlig. Was für ein wunderbarer Skandal. Und es musste stimmen, wenn so wichtige Menschen das behaupteten. Selbst sein früherer Staatssekretär Dietrich von Nieheim beschuldigte ihn in einer eigenen Anklageschrift unter anderem der Intrigen, des Fallenstellens und Schlingenlegens. Bald kursierten Abschriften in der Stadt. Und da standen dann Sätze darin wie: »*Nicht durch die Tür, durchs Fenster bist Du, Baldassare Cossa, hereingestiegen … die Hunde hast Du durch gute Brocken still gemacht, damit sie nicht anschlugen.*«

Die Kardinäle und Staatssekretäre der Kurie wussten sehr wohl, wer mit den Hunden gemeint war. Es gefiel ihnen nicht. Also wurden sie ihrerseits nicht müde zu erklären: Dieser Cossa war der Leibhaftige, ein Ketzer. Er hatte alle in seiner Umgebung getäuscht, hintergangen, belogen und betrogen. Hatte er sich nicht durch die Flucht aus Konstanz selbst schuldig bekannt?

Und als ein Ketzer wurde Baldassare Cossa dann auch abgeurteilt und eingekerkert. Er sollte die Freiheit erst Jahre später nach Beendigung des Schismas und seiner darauffolgenden Begnadigung wiedersehen.

Danach wandte sich das Gremium mit ganzer Aufmerksamkeit dem anderen schwebenden Fall von Ketzerei zu: dem des Magisters aus Böhmen. Die Untersuchungskommission ließ Hus in Ketten ins Barfüßerkloster bringen. Die Verhöre begannen erneut.

Kapitel zweiundzwanzig
- Der Prozess -

»»Ich hatte geglaubt, das Heilige Konzil würde etwas bessere Disziplin zeigen‹, hat dieser Ketzer beim ersten Verhör gesagt!« Meister Richental war regelrecht fassungslos. Mit geröteten Wangen, gestenreich und voller Empörung schilderte er Anna und Ennlin am Abend des 5. Juni 1415, was sich im Refektorium der Barfüßer abgespielt hatte. Doch mindestens ebenso entsetzte ihn das Benehmen einiger, die sich gelehrt und daher überlegen dünkten.

Meister Richental war ein vehementer Verteidiger der bewährten Ordnung. »Wo kämen wir denn hin, wenn jeder einfach alles über den Haufen werfen wollte!«, schimpfte er. »Allerdings wird es höchste Zeit, dass diejenigen, die diese Ordnung vertreten, für das Volk auch ein gutes Beispiel abgeben und sich an die Moral halten, die sie predigen. Einer ist über den anderen hergefallen, niemand konnte ausreden. Manche haben sich geprügelt wie Straßenköter. Es war ein unwürdiges Schauspiel. So geht das doch nicht!«

Das fand Ennlin auch. Sie bat Meister Richental, sie zum zweiten Verhör am nächsten Tag mitzunehmen. Schon aus Achtung vor dem Mann, der sich nicht brechen ließ.

Richental war nicht begeistert von ihrem Ansinnen. Doch als sie sich nicht davon abbringen ließ, stimmte er schließlich brummend zu.

Beim zweiten Verhör des Jan Hus hatte der Rat der Stadt das Refektorium des Barfüßerklosters mit Wachmannschaften gegen jedwede ungebetene Störung von außen abgesichert.

Die Männer trugen die Schwerter, Armbrüste und Streitäxte griffbereit. Das hielt die Leute in Schach, während sie sich in den Saal drängten. Es war heiß und drückend schwül im Raum von den Ausdünstungen all der Menschen. Daran änderten die geöffneten Fenster kaum etwas.

Dieses Mal war auch der König zugegen, wie immer rosig und gut aussehend, als komme er direkt von einem Jagdausflug. Der Landgraf von Nellenburg war ebenfalls erschienen. Seine Augen glitten forschend über die Menge der Zuschauer. Als er Ennlin entdeckte, nickte er ihr kaum merklich zu und winkte dann einen seiner Sekretäre zu sich, dem er etwas ins Ohr flüsterte. Der Mann dienerte und eilte aus dem Raum.

Ennlin hatte keine Zeit, über diese Beobachtung nachzudenken, ihre ganze Aufmerksamkeit war auf Magister Hus gerichtet. Allerdings stand sie zu weit hinten, um alles ganz genau sehen zu können. Wenn sie später an das Verhör zurückdachte, musste sie sich eingestehen, dass sie auch nur wenig von dem verstanden hätte, was da besprochen worden war, wenn sie einen besseren Platz gehabt hätte. Worte wie ›Realien‹ oder ›Universalien‹ sagten ihr nichts.

Doch etwas anderes begriff sie. Diese Versammlung war nicht würdevoll, wie es dem Stand der Teilnehmer entsprochen hätte, sondern beschämend. Keiner der Gelehrten hörte dem anderen richtig zu oder ging auf dessen Äußerungen ein. Ennlin erwartete jeden Moment, dass sie übereinander herfielen, wie es Meister Richental für den Tag zuvor geschildert hatte. Wer der Freund des Magisters oder sein Feind war, war manchmal kaum noch zu unterscheiden. Jeder schrie auf jeden ein. Offensichtlich schienen die Herren zu glauben, wer am lautesten brüllte, habe auch recht.

Dazwischen hörte sie weitschweifige und langatmige Dispute. Hus versuchte immer wieder verzweifelt, sich zu wehren, zu erklären. Jedes Mal schnitten sie ihm das Wort ab.

Ein Zeuge nach dem anderen wurde aufgerufen. Die meisten sprachen gegen ihn.

Der König gähnte, schien sich zu langweilen. Ennlin beobachtete, wie er ans Fenster trat und sich mit seinen Vertrauten unterhielt.

Das war ja nicht auszuhalten, welch ein unwürdiges Schauspiel! Ennlin wollte gerade gehen, inzwischen überzeugt davon, dass sie ohnehin nichts verstehen würde in diesem ganzen Wirrwarr, da schrie Hus: »Wyclif ist nicht mein geistiger Vater, er ist auch kein Böhme! Und wenn er irgendwelche Irrtümer verbreitet hat, so sollen sich die Engländer darum kümmern!«

Aus den Reihen der englischen Delegation kamen empörte Stimmen. Erneut ertönte Geschrei. Im Publikum lachten einige spöttisch. Daraufhin geriet der ganze Saal in Aufruhr. Jeder versuchte irgendwie, sich Gehör zu verschaffen. Ennlin wunderte sich, wie die Notare, die das offizielle Protokoll aufnahmen, bei diesem Durcheinander überhaupt etwas mitbekommen konnten.

Was waren das nur für Menschen! Sie konnte sich gut vorstellen, wie erniedrigt und hilflos sich der Magister angesichts dieser Szenen vorkommen musste. Wahrscheinlich fühlte er sich wie im Vorhof zur Hölle. So ähnlich hatte sie sich jedenfalls den Ort vorgestellt, an dem die Seelen der Verstorbenen auf das letzte Gericht warteten. Wenn es stimmte, dass das Diesseits ein Spiegel des Jenseits war, dann wurde sie vielleicht selbst auch einmal nach ihrem Tod als arme Sünderin vor eine solche Versammlung geführt. Vielleicht wurden ihre Verteidiger ebenfalls niedergeschrien. Wo blieb der Anstand, der einer so ernsten Sache angemessen gewesen wäre? Obwohl sie am wenigsten dafürkonnte, empfand sie tiefe Scham. So schnell sie es vermochte, drängte sie sich durch die Menschenmenge in Richtung Ausgang.

Draußen nahm Ennlin einige tiefe Atemzüge und hielt ihr Gesicht der Sonne entgegen. Diese würde auch morgen wieder aufgehen und übermorgen. Zumindest für sie. Manchmal würde sie sich hinter Wolken verstecken, nach Zeiten voller Regen und Hagel wieder hervorkommen, stärker werden. Regen und Hagel – wie damals, als sie mit Jakob nach Konstanz gekommen war. Aber Magister Hus würde den nächsten Herbst nicht mehr erleben.

Im letzten Oktober waren sie in Konstanz eingetroffen. Ihr Dorf, der Gelbe Hans, die ersten Tage in der Stadt – so viel war geschehen seitdem. Vor ihrer Flucht war der Verwalter des Grafen die oberste Instanz für sie gewesen. Dabei gab es noch so viele, die über ihm standen. Aber vielleicht waren die Kardinäle, die Gelehrten und Fürsten aus aller Herren Länder ja nicht ein Gran mehr wert als dieser Verwalter. Wenn sich die Menschen nun schon vor den Vertretern des Allmächtigen auf dieser Welt verstecken mussten, weil diese sich selbst nicht an das hielten, was sie predigten, an wen konnte sich jemand wie sie dann um Hilfe wenden? Gab es denn gar keinen Ausweg für die einfachen Leute als den, sich möglichst klein zu machen, möglichst zu verstecken, möglichst nicht aufzufallen, um ungeschoren durchs Leben zu kommen?

»Ennlin von Rorgenwies! Ist heiß da drin, was? Hab dich reingehen sehen. Kam aber bei dem ganzen Gedränge nicht zu dir! Und als du raus bist, bin ich dir hinterher.«

Das war doch die Stimme von Hennslin von Heudorf!

Sie wäre ihm beinahe um den Hals gefallen. »Das ist schön, Euch wiederzusehen!« Sie betrachtete ihn von oben bis unten. »Und dazu noch ganz unversehrt. Wie mir scheint, haben sie Euch auf dem Schlachtfeld nichts abgeschnitten. Oh, bin ich froh. Aber dünner seid Ihr geworden. Und seid Ihr nun ein Ritter, wie Ihr es Euch gewünscht habt?«

Hennslin war bei ihrem Redeschwall ein wenig errötet. Sie tat, als bemerke sie es nicht.

»Ähem. Dein Kreuz hab ich sicher verwahrt«, antwortete er schließlich. »Ich soll bald zum Ritter geschlagen werden, sagt mein Onkel. Vielleicht sogar vom König selbst.«

»Oh, das ist schön«, Ennlin strahlte ihn an. Gleich darauf verdüsterte sich ihr Gesicht wieder.

»Habt Ihr Benedikt gesehen?«

Hennslin runzelte die Stirn. »Benedikt? Wieso?«

»Keiner hier weiß, wo er ist. Wir glauben, er ist Euch hinterher in den Krieg gezogen. Seine Mutter macht sich Sorgen.«

»Braucht sie sicher nicht, Benedikt hat für den König gekämpft, wie es sich für einen Mann gehört«, meinte Hennslin großspurig. »Der dürfte bald heimkommen. Ist vor Feldkirch verwundet worden. Nicht schlimm, soweit ich weiß. Nur ein Stich in den Oberschenkel.«

»Wieso *soweit Ihr wisst*? Ist er denn nicht unser Freund? Habt Ihr ihn einfach im Stich gelassen? Und gefragt, was er überhaupt da macht?«

»Hab ich nicht!«, fuhr Hennslin auf. »Ich hab ihm sogar Vaters Leibarzt geschickt. Und der hat gesagt, es gebe keinen Grund zur Sorge. Sobald er wieder laufen kann, wird er kommen.«

»Warum habt Ihr ihn nicht einfach auf einen Wagen geladen und heimbringen lassen? Sagt, warum?«, fauchte Ennlin.

Hennslin betrachtete sie unsicher. »Und ich dachte, du freust dich. Jetzt, wo ich bald Ritter bin und du …« Er schlug sich mit der Hand auf den Mund. »Das darf ich ja nich verraten. Jedenfalls kannst du jetzt mein Weib werden.«

Ennlin war noch immer wütend. »Euer Weib? Nein, sicher nicht. Ich bin noch viel zu jung für so was. Und schon gar nicht, ehe nicht Benedikt gesund daheim ist.«

»Aber ich dachte …«

»Hennslin von Heudorf, lasst das Denken«, beschied sie in brüsk. Hinterher tat es ihr leid. Aber der Gedanke war zu schrecklich: Benedikt verletzt, irgendwo weit weg von daheim.

»Kommt mit«, befahl sie sodann ihrem ob der Entwicklung der Dinge verwirrten Freier.

»Wohin?«, erkundigte Hennslin sich vorsichtig. Ennlin begriff, er wollte sie nicht weiter verärgern.

»Wohin wohl? Zu Benedikts Mutter. Sie muss ja wissen, was mit ihrem Sohn ist. Und ehe ich es vergesse: Gebt mir mein Kreuz wieder. Braucht es ja jetzt nicht mehr.«

Hennslin war anzusehen, dass ihm beides nicht gefiel, weder der Weg zur Pfisterin, noch die Herausgabe des Kreuzes.

»Lieber Hauen und Stechen auf dem Schlachtfeld als …«, murmelte er in sich hinein.

»Wie bitte?«, erkundigte sich Ennlin spitz.

»Ach nichts«, meinte Hennslin, nahm das Kreuz ab und gab es ihr. Dann trottete er hinter ihr her.

Fida schickte sofort einen Mann mit einem Wagen nach Feldkirch.

Am dritten Tag des Verhörs gegen den Magister aus Böhmen kam Meister Richental spät nach Hause. Dieses Mal aber nicht empört, sondern bedrückt. Ennlin und Anna konnten sich schon denken, was geschehen war. Sie fragten nicht weiter.

Ennlin sank das Herz. Immer wieder in den letzten Monaten hatte sie gehofft, Jan Hus werde freikommen. Doch mit dieser Hoffnung war es nun vorbei. Das schien auch Meister Ulrich zu belasten, obwohl er als guter Untertan mit Ketzern und Rebellen wie dem Magister nichts am Hut hatte. Er rührte seinen Hirsebrei mit getrockneten Zwetschgen kaum an, den Anna eigens mit ein wenig Honig gesüßt hatte, genau, wie er ihn liebte.

»Wollt Ihr Euch heute nicht mehr zum Schreiben niedersetzen, lieber Mann?«, fragte Anna schließlich.

Meister Richental schüttelte den Kopf. »Muss erst einmal über all das nachsinnen. Mir schwirrt der Schädel.«

»Manchmal denk ich mir, es ist besser, nicht zu denken. Denn wenn einer nun denkt, und andere halten das für Ketzerei, dann kann man schnell auf dem Scheiterhaufen landen«, meinte Ennlin mehr zu sich selbst. »Vielleicht ist es ja besser, nicht gelehrt zu sein oder von Stand und über zu viele Dinge nachzugrübeln.«

Meister Richental sah sie mit einem müden Lächeln an. »Nun, wir können es uns nicht aussuchen, wie und in welchen Stand wir hineingeboren werden.«

»Manchmal denken wir selbst darüber was Falsches«, antwortete Ennlin.

»Was willst du damit sagen?«, mischte sich Frau Anna ein.

»Wohin gehöre ich denn? Bis neulich wusste ich noch nicht einmal, dass ich einen anderen Vater habe als Jakob. Da ist bloß dieser Brief, aber ich kann ihn ja nicht lesen.«

Jetzt wurde auch Meister Ulrich aufmerksam. »Welchen Brief?«

»Meine Mutter gab ihn mir. Zusammen mit dem Ring. Den, den der englische Earl mir gestohlen hat. Jetzt kenne ich zwar die Buchstaben, aber ich kann die Sprache nicht, in der er geschrieben worden ist.«

»Bring ihn her«, meinte Ulrich Richental. »Dann wollen wir einmal sehen.«

»Seid Ihr denn nicht zu müde?«

»Ich bin zurzeit immer müde. Also kommt es darauf auch nicht mehr an. Weib, hast du noch Wein? Mir scheint, es könnte um wichtige Dinge gehen.«

Während Anna Wein nachschenkte, holte Ennlin schnell das zusammengefaltete Stück Papier. Es war einst versiegelt gewesen. Das Wachs mit dem Siegel selbst war aber nur noch in Resten vorhanden.

»Hoppla«, sagte Meister Ulrich. »Das scheint tatsächlich wichtig zu sein. Ein Petschaft wird meist nur verwendet, wenn es um etwas Bedeutendes geht. Wie sah das Siegel denn aus, Kind? Vielleicht können wir die Herkunft dann besser zuordnen.«

Ennlin zuckte hilflos mit den Schultern, »Das weiß ich nicht mehr. Ich war noch klein, etwa so alt wie Jakob jetzt oder ein wenig älter, als meine Mutter es mir auf dem Sterbebett gab. Da war es aber schon so wie jetzt.«

»Hm«, machte Richental. Und dann noch einmal: »Hm hm«, als er das abgegriffene Papier auseinandergefaltet hatte. Schließlich schaute er hoch und meinte: »Da brat mir doch einer 'nen Storch.«

»Was ist, was ist los?«, riefen Ennlin und Frau Anna wie aus einem Mund.

»Hier bezeugt ein Mensch, der sich Peter ob Eck nennt, dass eine Unfreie namens Agnes von Rorgenwies und ein

Mann namens Richard Ferrers den Bund der Ehe geschlossen haben.«

Ennlin war für einige Augenblicke sprachlos. »Was heißt das denn? Ich meine, ich dachte ...« Sie wusste nicht weiter. »Wer ist dieser Richard Ferrers?«

»Mir fällt in Anbetracht der Umstände nur einer ein, der das sein könnte«, sagte Meister Ulrich langsam. »Der Großvater von Richard Beauchamp, Earl of Warwick. Ich meine damit den Vater seiner Mutter Margarete. Er hieß William Ferrers.«

»Soll das etwa heißen, dieser Earl hat Ennlins Mutter unter falschem Namen geehelicht?«

»Möglich«, meinte Meister Richental. »Und ganz falsch wäre der Name auch nicht. Aber sag, Kind, kennst du diesen Peter ob Eck?«

Ennlin schaute ihn groß an. Sie war völlig niedergeschmettert. Und dabei hatte sie doch geglaubt, endlich ihre Wurzeln zu kennen. »Diesen Namen habe ich noch nie gehört.«

»Deine Mutter hat nichts dazu gesagt?«

»Nein. Nie.«

»Ach Kind«, seufzte Richental. »Ich fürchte, bevor du den Inhalt dieses Schreibens kanntest, warst du auch nicht schlechter dran.«

Frau Anna trat zu ihr und legte ihr tröstend den Arm um die Schultern. »Du musst nicht traurig sein, Ennlin. Uns ist egal, wer dein Vater ist. Bei uns hast du immer ein Heim.«

»Danke«, erwiderte diese. Ihre Stimme klang klein und mutlos. »Aber wenn ich das richtig verstanden habe – egal, wer mein Vater war, ich bin und bleibe eine Unfreie des Landgrafen Eberhard von Nellenburg.«

Richental schaute irritiert. »Was, ist von ihm immer noch keine Nachricht gekommen?«

»Welche Nachricht? Ich weiß von keiner«, erwiderte Anna mit gerunzelter Stirn. In ihrer Stimme schwang ein Vorwurf mit. »Du meinst doch nicht …?«

»Wir werden sehen«, antwortete ihr Mann mit einem warnenden Blick und einem kleinen Lächeln.

Ennlin verstand nicht, warum Frau Anna plötzlich so zufrieden aussah. Außerdem hatte sie das dringende Bedürfnis, allein zu sein und nachzudenken.

Und so sagte sie ›Gute Nacht‹ und ging in die Kammer, in der Jakob schon seit zwei Stunden selig schlief. Sie legte sich vorsichtig zu ihm, um ihn nicht zu wecken. Er schnaufte, murmelte etwas und drehte sich um. Ennlin legte den Arm um seinen sehnigen Jungenkörper. Herrje, was war er in die Höhe geschossen. Und er war immer noch so dünn. Die Ereignisse der letzten Monate hatten auch bei ihm Spuren hinterlassen.

Jakob. Es waren nicht mehr viele der Gewissheiten übrig geblieben, mit denen sie nach Konstanz gekommen war. Sie konnte sich an nichts mehr halten. Außer an ihn. Jakob. Egal, ob sie verschiedene Väter hatten. Er war und blieb ihr kleiner Bruder.

Am selben Abend kam der Bote, den Fida nach Feldkirch geschickt hatte, unverrichteter Dinge zurück. Ennlin erfuhr es tags darauf, als Fida einen Besuch bei den Richentals machte. Zunächst habe sich niemand an einen jungen Mann erinnert, auf den die Beschreibung Benedikts passte, berichtete sie. Dann hatte sich jedoch ein Bauer gefunden, der neben ihm gekämpft hatte und ebenfalls verletzt worden war. Allerdings hatte der mehr abbekommen als einen Stich in den Oberschenkel. Sie hatten ihm ein Bein abgeschnitten, deswegen lag er noch im Spittel und konnte Auskunft geben. Einer, der aussehe wie Benedikt, sei schon längst wieder gesund und weitergezogen, hatte er gesagt. Wohin, das wisse er nicht. Benedikt habe sich der Grünschnabel aber nicht genannt. An den Namen könne er sich nicht mehr erinnern.

Ennlin war am Boden zerstört.

Kapitel dreiundzwanzig

- Das Urteil -

SIE GABEN DEM KETZER noch einen Monat Bedenkzeit. Doch Hus widerrief nicht.

Und Benedikt kam nicht. Egal, wen von den Rückkehrern sie auch immer fragten, niemand wusste, wo er steckte. Die Pfisterin nutzte alle ihre Beziehungen, und das waren nicht wenige. Die Ravensburger Handelsgesellschaft hatte weitverzweigte Kontakte. Doch auch sie ergaben nichts.

Ennlin konnte sich des Gefühls nicht erwehren, dass es ihr Schicksal zu sein schien, auf Menschen zu warten, die sie liebte. Erst auf Jakob, nun auf Benedikt.

Liebte? Ja, liebte. Die Sehnsucht nach ihm und die Angst um ihn waren an manchen Tagen so übermächtig, dass sie kaum einen klaren Gedanken fassen und in manchen Nächten so schmerzhaft, dass sie kaum schlafen konnte.

Wenn Benedikts Verschwinden eine gute Seite hatte, dann

die, dass die Pfisterin immer öfter ihre Nähe suchte. Die Sorge um ihn verband die beiden mehr und mehr.

Mit dem Herrn von Chlum hatte sich Fida halbwegs ausgesöhnt, mehr schlecht als recht. Er hatte sich wortreich dafür entschuldigt, dass er seine Herbergswirtin im Unklaren gelassen hatte, und das Ganze mit einem ansehnlichen Sümmchen Schmerzensgeld garniert, was Fidas Groll jedoch kaum linderte. »Hättet Ihr mir rechtzeitig gesagt, was Ihr gesehen habt, wir hätten ihn noch aufhalten können«, hatte sie ihm grimmig vorgehalten. Ennlin, die dabei gewesen war, fand das ebenfalls.

Außerdem, was war mit *ihr*? Der feine Herr von Chlum hatte auch sie übel hinters Licht geführt. War *sie* keine Entschuldigung wert? Aber so war es eben, noble Herren wie von Chlum erinnerten sich an ihresgleichen nur, wenn sie sie brauchten. Er würde sich bei ihr ebenso wenig entschuldigen wie bei seinem Ross, wenn er ihm mit den Sporen die Weichen blutig gerissen hatte. Obwohl, wohl eher noch bei seinem Pferd als bei einer Unfreien.

Der Landgraf von Nellenburg ließ derweil landauf, landab verkünden, dass er die Ehre, die ihm durch den König zuteilgeworden war, mit seinen Untertanen feiern wolle. Deswegen werde er säumigen Schuldnern einen Teil ihrer Schulden erlassen. Unter denen war vermutlich auch der König.

Einige Tage nach dem Abschluss des Prozesses gegen den Ketzer polterte es an der Tür des Hauses zum Goldenen Bracken. Es war ein Bote des Landgrafen. Dieser erklärte, er habe einen Brief für Meister Richental. Das war nun nichts Besonderes. Ulrich Richental und sein Gönner hatten ein vertrauensvolles Verhältnis, das wusste jeder. Eberhard von Nellenburg ließ ihm außerdem immer mal wieder Neuigkeiten zukommen, die er für die geplante Chronik verwenden konnte. Oder er half Richental, der natürlich nicht überall zugelassen war, Wissenslücken zu schließen. Manchmal legte er ein gutes Wort bei denjenigen für ihn ein, die weiterhelfen konnten. Im Normalfall hielt Meister Richental es noch nicht einmal für nötig, den Inhalt solcher Botschaften seiner Hausfrau gegenüber überhaupt zu erwähnen. Doch mit dieser war das anders. »Ennlin, Jakob, Weib!«, brüllte er durchs Haus. »Kommt sofort in die Stube!«

Ennlin war gerade dabei, mit Frau Anna Wäsche zusammenzulegen, als sie vom Gebrüll des Hausherrn aufgeschreckt wurden. Beide schauten sich sorgenvoll an, ließen das Laken fallen und stürmten zu ihm.

Sie wurden von einem strahlenden Meister Ulrich empfangen. Jakob war auch schon da, wusste dem Gesichtsausdruck nach jedoch ebenfalls nicht, worum es ging.

»Ennlin, Jakob, es gibt wunderbare Neuigkeiten! Ihr könnt wirklich hier bleiben. Der Landgraf von Nellenburg hat sein Einverständnis gegeben. Hier, hier ist der Freibrief.«

Ennlin starrte mit offenem Mund. Freibrief?

Meister Ulrich musste über ihr verblüfftes Gesicht lachen. Er streckte ihr das Dokument entgegen. »Da lies selbst, mit Brief und Siegel. Du kannst doch lesen. Hab ohnehin schon darüber nachgedacht, ob du mir nicht beim Sortieren meiner Notizen helfen könntest ...«

»Mann, Richental, habt Ihr denn nichts anderes im Kopf als dieses Konzil«, unterbrach ihn seine Frau.

Meister Ulrich zog ein schuldbewusstes Gesicht. »Jaja, natürlich. Tut mir leid. Hier, Kind, lies selbst.«

Ennlin hatte noch etwas Mühe, die einzelnen Buchstaben zu entziffern. Es dauerte eine Weile, bis sie damit fertig war.

Ich Eberhard, von Gottes Gnaden Landgraf zu Nellenburg, bekenne und bezeuge hiermit vor meinen Erben: So wie es der gräflichen Würde zusteht, der Hochmütigen Trotz mit Macht niederzuhalten, so ziemt es sich auch der gräflichen Güte, der Demütigen Bedrückungen barmherzig zu erleichtern, der Getreuen Dienst abzuschätzen und jedem nach seinen je eigenen Verdiensten das Gebührende gnädig zukommen zu lassen. Deshalb erkläre ich hiermit, Ennlin, Tochter des Unfreien Bercht von Rorgenwies und der Agnes von Rorgenwies, sowie Jakob, Sohn des Bercht und der Agnes für frei und ihrer Pflichten mir gegenüber für ledig. Ihnen ist es erlaubt, sich auch außerhalb in Ländern und Städten niederzulassen, zu hantieren und Nahrung zu beschaffen sowie gleich anderen, freigeborenen Personen, in Ämtern, Gilden und Zünften aufgenommen zu werden. Diesen zur Kunde habe ich diesen Freibrief unterzeichnet und mit meiner Petschaft gesiegelt.

So geschehen zu Konstanz, am 30. Juni anno 1415

»Na, ich denke, musst schon noch besser lesen lernen, ehe du zu gebrauchen bist«, kommentierte Richental Ennlins Lesebemühungen.

»Mann! Wie könnt Ihr nur! In einem solchen Moment!«

Wieder schaute Meister Ulrich schuldbewusst. »Habt ja recht, Weib. Trotzdem ...«

Ennlin stand da, den Freibrief in der Hand. Dann ging sie zu ihrem Bruder und nahm ihn in den Arm. »Jakob, Jakob, wir sind frei! Nun kann uns niemand mehr verkaufen. Wir können gehen, wohin wir wollen.«

»Aber hier ist es doch schön! Ennlin, ich will nicht woanders hin!«, protestierte der Junge.

Meister Ulrich und seine Hausfrau strahlten. Richental strich dem Jungen über das widerborstige dunkelblonde Haar. »Nein, mein Junge, musst du auch nicht. Nun kannst du aber eine Lehre machen. Was willst du denn werden? Schuster? Bäcker? Was meinst du? Mit diesem Brief und meiner Empfehlung nimmt dich jeder Lehrherr auf.«

Jakob zuckte die Schultern. »So was wie Ihr würd ich gern werden, Meister Ulrich«, meinte er schließlich.

Der Mann lachte. »Kluges Kerlchen, dieser Junge, ist ein kluges Kerlchen. Was meint Ihr, liebes Weib, wäre er ein guter Nachfolger für meine Geschäfte als Schreiber?«

Frau Anna ging nicht darauf ein. Sie schmiedete ganz andere Pläne. »Wir werden Ennlin einen guten Ehemann suchen«, befand sie energisch. »Nun, da sie frei ist und ihre Nachkommen damit auch, wird es uns sicherlich möglich sein. Schaut sie an, Mann, dieses Mädchen ist eine Schönheit. Vielleicht können wir dem Landgrafen ja noch eine kleine Mitgift abschwatzen.«

Ennlin wiederum konnte endlich einen klaren Gedanken fassen. »Hier steht *Tochter des Bercht von Rorgenwies*. Aber das bin ich doch nicht, oder? Ich meine, da ist dieses Papier, das meine Mutter mir gab, was der Earl gesagt hat – und dann noch der Ring.«

Meister Ulrich winkte ab. »Kind, ab jetzt bist du es. Egal, was ein Mensch, der sich Mönch nennt, auch bestätigt haben mag: Deine Mutter ist tot, der Earl fort, der Landgraf sagt in diesem Freibrief, dass du die Tochter des Bercht von Rorgenwies bist. Du kannst nicht beides haben. Was willst du? Als Berchts Tochter die Freiheit oder als des Earls Tochter die Unfreiheit? Sollte die Eheschließung tatsächlich stattgefunden haben, und du der Spross dieser Ehe sein, dann bist du nicht die, die hier im Dokument erwähnt wird. Dann bleibt nur das sicher: Deine Mutter war eine Unfreie. Und deshalb wärst du das dann auch.«

»Der Earl wird dich niemals anerkennen, Kind, niemals«, bestätigte auch seine Hausfrau.

»Also hab ich jetzt nichts mehr? Der Earl hat mir den Ring gestohlen und der Landgraf meine Herkunft.«

»Schlag dir die Fürstentochter aus dem Kopf. Sind wir dir nicht gut genug?«, fragte Frau Anna scharf.

»Doch«, sagte Ennlin zögernd. »Aber das ist es nicht. Jeder Mensch sollte doch wissen, wo er herstammt.«

»Ach, Kind«, meinte Meister Ulrich. »Du bist frei zu tun und zu lassen, was du willst. Deine Kinder werden es auch sein. Richte dein Augenmerk lieber darauf als auf eine Vergangenheit, die du sowieso nicht mehr ändern kannst.«

Ennlin senkte den Kopf. Jetzt, wo ich frei bin, ist der nicht da, den ich gern zum Vater meiner Kinder hätte, dachte sie. Und falls er es wäre, die Pfisterin würde es nie erlauben. Nie.

Anfang Juli 1415 war Benedikt noch immer nicht heimgekehrt.

An einem gewitterschweren Tag, an dem die Luft auf die Brust drückte und das Atmen mühsam war, an dem sich dunkel und drohend die Wolken über dem See zusammenballten und das Wasser ganz still und ölglatt wurde, als wolle es Kraft sammeln, um im unweigerlich nahenden Sturm zu sausen und zu brausen und gegen die Ufer zu schlagen, kam der Herr von Chlum doch noch zu Ennlin, um sich zu entschuldigen. Sie begriff jedoch schnell, dass ihn nicht das schlechte Gewissen trieb, sondern die Angst um seinen Schützling Jan Hus. Dessen Lebensspanne neigte sich dem Ende zu.

»Er will und will nicht widerrufen, ist störrisch wie ein Esel. Dabei sind ihm seine Ankläger schon so weit wie möglich entgegengekommen, haben ihm immer wieder neue Vorschläge gemacht, was er unterschreiben könnte. Er weigert sich. Immer wieder haben ich und andere versucht, ihn zur Vernunft zu bringen. Doch nichts. Er will einfach nicht. Kannst du nicht mit ihm reden? Auf dich hört er vielleicht. Er mag dich, spricht oft von dir. Nun schau nicht so. Was hätte ich denn tun sollen? Ich wusste mir keinen anderen Ausweg, als dich zu …«

So, jetzt sollte sie also mit Magister Hus reden. Sie, ein unbedeutendes Mädchen. Sie wäre diesem Herrn am liebsten an die Gurgel gegangen. Auf der anderen Seite war da dieser Mann, den sie achten gelernt hatte wie wenige in diesen Wochen in Konstanz. Einer, der sich nicht verbiegen ließ, der zu dem stand, was er für wahr hielt. Einer, der bereit war, dafür einen schrecklichen Tod zu sterben. Für diesen Mann würde sie ihren verletzten Stolz gern hinunterschlucken. Außerdem wirkte der Baron ausgelaugt, wie ein Mensch, der weiterkämpft, obwohl er weiß, dass er verlieren wird und dennoch noch einmal all seine Kräfte bündelt für einen letzten Versuch. Er tat ihr leid. »Werden sie mich denn zu ihm lassen?«

»Sie lassen alles zu, von dem sie glauben, dass es ihn doch noch zur Einkehr bewegt. Ich denke, sie wollen keinen Märtyrer. Sie wollen aber sehr wohl ihre Macht beweisen und die Oberhand behalten. Damit so schnell niemand wieder auf den Gedanken kommt, sich gegen die überkommene Ordnung zu stellen. Hab dich schon angekündigt«, antwortete Baron von Chlum und lächelte müde.

Ennlin wollte protestieren, sagen, dass er sie wenigstens vorher hätte fragen können. Doch dann kam sie sich kleinlich vor angesichts des schweren Schicksals, das dem Magister bevorstand, und lächelte zurück. Ennlin fragte sich, wie ein Mensch das aushalten konnte. Den Tod vor Augen und doch so stark. »Also gut, ich werde es tun, auch wenn ich nicht glaube, dass er auf mich hört. Am besten gleich. Ich sage nur noch Frau Anna und Meister Ulrich Bescheid.«

Kurz darauf klopfte sie an die Pforte des Barfüßerklosters.

Hus erhob sich von einem Schemel, als sie in sein Gefängnis trat. Hier war er nicht ganz so schlimm untergebracht. Er sah Ennlins forschenden Blick und lachte. »Schön, dass du da bist, Kind. Ja, schau dich nur um. Sie wollen, dass ich gesund bin, wenn sie den Scheiterhaufen für mich aufschichten.«

Er sagte das leichthin. Doch Ennlin kannte ihn gut genug, um die Angst in seinen Augen zu erkennen.

»Zweifelt Ihr denn nie, Magister?«, fragte sie leise und schämte sich fast. Der Kampf, den dieser Mann in seinem Inneren ausfocht, musste schrecklich sein. »Ich meine, selbst Jesus hat gezweifelt, als er in die Wüste ging und der Teufel ihn versuchte.«

»Das ist ein guter Vergleich, Kind. Und jetzt haben sie also dich geschickt, um mich zu versuchen, nicht wahr?«

Ennlin senkte den Kopf. Sie kam sich schlecht vor, weil sie es ihm noch schwerer machte.

»Dachte ich mir's doch. Nein, ich bin nicht stark. Im Gegenteil, ich bin schwach. Aber wenn ich widerriefe, ich würde zum Verräter an allem, was ich glaube. Dann wäre ich wie die, die über mich zu Gericht sitzen. Ein Lügner, ein Heuchler, ein Sünder, ein Mann, den ich nur verachten könnte. Und einer, den sie für den Rest seines Lebens in einem stinkenden Verlies einsperren werden. Dann sterbe ich lieber. Und bete zum Herrn, dass er mir einen gnädigen Tod schenkt. Sag dem Herrn von Chlum, er kann nichts mehr tun.«

»Es ist nicht gerecht!« Jetzt schluchzte Ennlin. »Kann *ich* was tun, irgendwas?«

»Bete für mich, Kind. Und jetzt lass mich allein. Es gibt noch viel für mich zu bedenken in den letzten Tagen, die mir bleiben.«

»Aber wie kann ich ... bitte. Könnt Ihr nicht widerrufen, nur ein bisschen?«

»Nur ein bisschen? Nein, ganz sicher nicht. Und nun geh. Ich wünsche dir alles Gute, mein Kind. Du hast mit deiner Jugendfrische immer wieder ein wenig Sonne in die Düsternis eines Zweifelnden gebracht. Ich danke dir dafür.«

Ennlin stellte den Korb mit den Lebensmitteln auf einen kleinen Tisch. Sie wusste nicht, wie sie die wenigen Schritte zur Tür und hinaus in die gewittrige Trägheit dieses Tages hinter sich bringen sollte. Er würde also sterben. Sie war zutiefst traurig, weinte innerlich um ihn, um sich, um Benedikt, um – ja, um alles.

Er sah es. »Kind, Kind, nun mach es mir nicht so schwer«, meinte er tröstend. »Hier«, er griff in den Halsausschnitt seines Rocks. »Hier hab ich noch ein kleines Kreuz an einer Kette. Jemand, der mir sehr nahe stand, schenkte es mir einst. Und nun gebe ich es dir. Denk manchmal an den verrückten und starrköpfigen Magister aus Böhmen, den sie nun doch braten werden wie eine Gans. Und jetzt geh.«

Er klopfte an die Kerkertür. »Wache, Wache, mein Gast will gehen.«

Als Ennlin ins Haus zum Goldenen Bracken zurückkehrte,

war sie außer sich, traurig und zornig zugleich. »Warum können wir nichts tun? Meister Richental, sagt es mir?«
»Kind, jetzt beruhige dich erst einmal.«
»Ich will mich nicht beruhigen! Wie kann so was sein! Das ist nicht gerecht!«

Kapitel vierundzwanzig
- Feuer -

DER MORGENTAU LAG NOCH AUF DEN GRÄSERN, der Himmel war durchsichtig blau, dieser 6. Juli 1415 versprach ein heller, sonniger Tag zu werden. Ennlin stand ganz hinten im Münster inmitten der Frauen. Meister Richental hatte ihr nach langem Zögern einen der begehrten Plätze besorgt. Sie hatte so lang gedrängt, bis er es tat. Sie wollte wenigstens in der Nähe des Magisters sein in dieser schweren Stunde. Sie konnte nichts von dem abwenden, was nun geschah, aber wenn sie bei ihm war, ihm nah, dann kam sie sich nicht ganz so hilflos vor.

Ennlin fröstelte. Trotz der Sonne draußen war es kühl in dem hohen Kirchenraum. Vielleicht, dachte sie, strömte der Teufel ja auch Kälte aus und gar keine Hitze, wie es immer hieß. Vielleicht war die Hölle ja gar nicht heiß, sondern eine Eiswüste, in der alle Gefühle erfroren.

Ennlin kannte die meisten der Männer nicht, die an diesem Tag im Münster das Urteil über den Magister aus Böhmen sprachen und sein Schicksal besiegelten. Nur den König, den kannte sie. Sigismund saß auf dem Thronsessel in reichen Gewändern, rosig wie eh und je.

Und dann führten sie ihn herein, in einem schwarzen Kittel, schwer bewacht und in Ketten. Er kam ganz nah an ihr vorbei. »Magister Hus!«

»Sei still«, zischte die Frau neben ihr. »Hast du denn nicht gehört, dass jede Störung durch Zwischenrufe, egal ob Beifall oder Missfallen, streng geahndet wird?« Ennlin presste die Lippen zusammen.

Sie führten ihn auf ein Podium, das sie nicht weit vom Kirchenportal entfernt errichtet hatten, sodass jeder sehen konnte, wie er niederkniete und betete. Der Priesterornat des Magisters hing in seiner Nähe an einem Holzstock.

Einer der Männer, die über ihn zu Gericht saßen, sagte etwas auf Latein. Ennlin verstand es nicht, ebenso wenig wie das, was ein weiterer daraufhin erklärte. Sie sah nur, dass der Magister hochsprang, die Hände rang, etwas rief und sich dann wieder zum Gebet niederkniete. Als er zum zweiten Mal aufstehen und Einspruch erheben wollte, kamen die Wachen und drückten ihn mit Gewalt nieder. Ennlins Herz blutete für ihn.

Wieder gab es jede Menge Palaver. Sie erlebte das wie in einem Traum. Die Worte Wyclif und Ketzer fielen, sie bekam Wortfetzen mit wie »aus vergifteter Wurzel«, »pestilenzialische Söhne«, und konnte sich nicht vorstellen, was das alles mit dem Mann auf dem Podium zu tun haben sollte, der immer wieder versuchte, sich Gehör zu verschaffen. Und der immer wieder mit Gewalt zum Schweigen gebracht wurde.

Man bekleidete ihn mit dem Priesterornat. Wieder ein Wortwechsel. Der letzte Satz, den er auf dem Podium sprach, den verstand sie. Die Worte hallten durch den Kirchenraum, brachen sich an den Säulen. »Ich will nicht widerrufen!«

Da zerrten sie ihn vom Podium herab. Ennlin konnte nicht sehen, was sie mit ihm machten. Jemand rief etwas. Später übersetzte Meister Richental ihr den Satz: »Wir übergeben deine Seele dem Teufel.«

Es wurde mucksmäuschenstill. Alle hielten die Luft an.

Und so hörte Ennlin auch seine Antwort, und obwohl sie kein Latein sprach, verstand sie sie. Mit starker Stimme vorgetragen, hallte sie durch den Kirchenraum. »Ich übergebe sie der Gnade Christi.«

Nicht lange danach wurde Jan Hus erneut an ihr vorbeigeführt, wieder in Ketten. Jetzt konnte sie sehen, was sie mit ihm gemacht hatten. Sie hatten ihm sein Priestergewand wieder vom Leib gerissen. Er trug jetzt die hohe Ketzerkappe aus Papier, bemalt mit Teufeln und der Inschrift ›Ich bin ein Ketzer‹.

Er stolperte der schweren Ketten wegen. Die Kappe verrutschte, und einer der Bewacher schob sie wieder zurecht. Ennlin hatte jedoch in diesem kurzen Augenblick sehen können, dass ihm auch die Tonsur zerschnitten worden war.

Kaum hatte sich das Münsterportal hinter Jan Hus und seinen Bewachern geschlossen, wandte sich die Versammlung anderen Angelegenheiten zu.

»Was ist das jetzt, was passiert nun?«, fragte Ennlin ihre Nachbarin, dem Gewand nach eine Bauersfrau.

»Oh, das ist langweilig. Der Fall Petit. Ich werd jetzt gehen«, meinte die Frau und drängte sich rüde an Ennlin vorbei. »Am Nachmittag am Scheiterhaufen, da wird's wieder aufregender.«

Ennlin sah der Bäuerin nach, wie sie die Kirche verließ. Sie konnte es kaum fassen. Da wartete ein Mensch auf den Feuertod, und hier handelten sie das ab, als wäre es nichts Besonderes.

Dann verließ auch sie das Münster. Endlos scheinende Stunden des Wartens lagen vor ihr. Und vor dem Mann im Kerker. Sie ging zum See und setzte sich ans Ufer.

Die ganze Stadt, alles was laufen oder wenigstens krauchen konnte, sah zu, als der Ketzer aus Böhmen am Nachmittag desselben Tages zum Scheiterhaufen geführt wurde. Mütter mit Kleinkindern auf dem Arm, selbst Schwangere waren gekommen, obwohl doch die Gefahr bestand, das Ungeborene könne ein Feuermal bekommen, wenn die Mutter einer Verbrennung zuschaute. Überall am Weg, den Hus entlangziehen sollte, waren Soldaten postiert. Sie hatten alle Mühe, Ordnung zu halten.

Ennlin stand anfangs unweit des Oberen Marktes.

Hus trug auf seinem Weg zum Scheiterhaufen zwei gute Röcke, sogar aus gutem Tuch, wie sie unwillkürlich bemerkte. Er hatte einen Gürtel mit einer kleinen silbernen Schnalle und einer ledernen Börse umgelegt. Die Sachen würde sich vermutlich der Henker als Bezahlung nehmen. Ennlin hatte gehört, dass es kein Einheimischer war. Sie hatten einen von außerhalb holen müssen, weil der Henker von Konstanz gerade nicht in der Stadt weilte, ausgeliehen für eine Hinrichtung anderswo.

Sie beobachtete, dass der Magister hin und wieder anhielt, sogar mit den Leuten sprach, die ihn sterben sehen wollten. Er beteuerte seine Unschuld. Und sie konnte es kaum glauben: Hin und wieder lächelte er sogar. So, als sei er froh, dass er nun bald alles hinter sich haben würde.

Der Zug stockte immer wieder. Und immer wieder wurde

er weitergezerrt. Selbst das focht ihn nicht an. Er ging mit festem Schritt weiter, dann sang er eine Hymne.

Später hörte Ennlin, dass eine der Brücken, über die der Weg des Magisters zum Scheiterhaufen führte, unter dem Andrang der Schaulustigen beinahe eingestürzt wäre.

Als der Zug vorbei war, reihte sie sich in die Menschenmenge ein, die zur Richtstätte strömte. Auf dem Friedhof loderte schon ein Feuer. Dort hatten sie die Bücher des Ketzers aufgestapelt. Er musste das sehen, wenn er vorbeikam. Die Stätte seiner eigenen Hinrichtung lag auf dem Brühl, auch Paradies genannt. Als Ennlin dort eintraf, war der Ort bereits schwarz von Menschen. Sie bekam nur einen Platz weit hinten. Doch der Scheiterhaufen und der Pfahl darauf waren von überall her gut zu sehen. Er lag höher.

Von den Richtern aus dem Münster, die Jan Hus zum Tode verurteilt hatten, konnte sie keinen entdecken und auch nur wenige Adelige. Eines aus der Kinderbande des Lächelnden Ott zupfte sie kurz am Ärmel, grinste und verschwand in der Menge.

Ennlin wandte ihre Aufmerksamkeit wieder nach vorn. In der Nähe des Scheiterhaufens gab es erneut einen Tumult. Sie konnte Schreie hören, als die Soldaten auf die Leute einprügelten. Schließlich wurde es still.

Ennlin hielt den Atem an. Da war er. Mit der Ketzerkappe auf dem Kopf und nur noch im Büßerhemd. Mühsam erklomm er die Scheite. Sie nötigten ihn, auf einen Schemel zu steigen. Dann brachte einer von Wasser triefende Stricke. Damit banden sie ihn an den Pfahl. Um den Hals legten sie ihm eine Kette. Ennlin wusste, diese hatte rostig zu sein. Sie hatte keine Ahnung, warum. Vielleicht dachten sie, dass einem Todgeweihten keine anständige Kette zustand.

Protestrufe wurden laut. »Dreht ihn um!«

»So etwas schickt sich nicht für einen Ketzer! Er muss andersherum stehen«, kreischte eine weibliche Stimme.

Soweit Ennlin es weiter hinten mitbekam, ging es darum, dass Magister Hus mit dem Gesicht in Richtung Sonnenaufgang an den Pfahl gefesselt worden war. Er hätte aber in Richtung der untergehenden Sonne schauen müssen.

Schließlich kletterte der Henker wieder auf den Stapel, die Stricke des Todgeweihten wurden gelöst und er selbst herumgedreht. Erst als er mit dem Gesicht gen Westen stand, war die Menge zufrieden.

Ennlin wurde schlecht.

Da sprengte ein Mann auf den Scheiterhaufen zu, ohne auf die Gaffer Rücksicht zu nehmen. Schmerzensschreie ertönten, wer konnte, brachte sich schnellstens in Sicherheit. Der Mann brüllte etwas. So wie er aussah, forderte er den Verurteilten auf dem Scheiterhaufen noch einmal zum Widerruf auf.

Ennlin bangte und zitterte, betete zu allen Heiligen, die ihr einfielen, dass er doch widerrufen möge. Unwillkürlich versuchte sie, weiter nach vorn zu kommen. Ah, da waren auch Heinrich von Chlum und einige der Freunde, die bis zuletzt zu dem Mann aus Böhmen gehalten hatten. Auch sie riefen etwas.

Doch Hus schüttelte den Kopf. Er sagte einige Worte. Sie verstand sie nicht.

Der Henker näherte sich dem Scheiterhaufen mit einer brennenden Fackel. Ennlin stöhnte auf. Und mit ihr die Menge. Warum erdrosselten sie ihn nicht? Warum gaben sie ihm keinen Schlag auf die Schläfe? Hatte denn niemand dem Henker die übliche Handsalbe gegeben?

Die Flammen loderten zum Himmel. Jan Hus bewegte den Mund, Fetzen einer Hymne drangen bis zu ihr: »Christus erbarme dich meiner.«

Dann wurde der Mann am Pfahl von einer Wand aus Feuer verdeckt, ein Windstoß schlug ihm die Flammen ins Gesicht. Er verstummte.

Es war still geworden auf dem Platz.

Eine weitere Böe, die vom See her kam, blies den Geruch nach verbranntem Fleisch über die Menge. Die Menschen bekreuzigten sich. Viele beteten. Ennlin hatte das kleine Kreuz in der Hand, das er ihr zum Abschied geschenkt hatte. Sie merkte gar nicht, dass es ihr in die Handfläche schnitt und dass sie blutete. In ihren Schläfen pochte es. Der Schmerz zog einen Schleier vor ihre Sicht. Ihr war inzwischen sterbensübel. Doch sie harrte aus. Sie empfand es als einen letzten Dienst, den sie ihm erweisen konnte.

Schließlich sank das Feuer in sich zusammen und gab den Blick auf den verkohlten Leib frei, der noch vor kurzem ein lebendiger, atmender Mensch gewesen war und noch immer an der Kette am Pfahl hing.

Der Henker band die Kette los, und der Körper fiel. Da reichte ihm einer seiner Knechte einen Knüppel. Damit drosch er auf den Leichnam ein und zerschlug die Knochen. Anschließend warfen sie mindestens eine weitere Fuhre Holz auf die Überreste. Und darauf legten sie die Kleider und Schuhe, die Jan Hus auf seinem Weg zum Scheiterhaufen getragen hatte. Jemand musste sie dem Henker abgekauft haben, dem sie normalerweise zustanden.

Dann wurde der Stapel erneut angezündet.

Ennlin sah zu, wie auch dieser Stapel herunterbrannte, wie die Henkersknechte die verbliebene Asche auf einen

Schubkarren luden, an den Rhein karrten und ohne weitere Umstände ins Wasser kippten. Sie wollten nicht, dass auch nur das kleinste Stäubchen von ihm übrig blieb. Wollten alles vernichten, das an ihn erinnerte. Sodass niemals jemand zum Grab von Jan Hus würde pilgern können.

Sie stand da und zitterte am ganzen Leib. Sie bekam kaum Luft, so sehr schmerzte ihr Schädel. Sie musste würgen. Schließlich nahm der Brechreiz überhand. Sie übergab sich. Niemand achtete auf sie.

Diejenigen, die noch geblieben waren, besprachen die Einzelheiten der Verbrennung. Manche fanden sie gut gelungen, andere viel zu kurz.

Für Ennlin blieben das unzusammenhängende Wortfetzen.

Die Flammen des Scheiterhaufens, der Mann am Pfahl, sein singender Mund, den sie hatte sehen können, als ein Windstoß den lodernden Vorhang für einen Augenblick öffnete, hatten Bilder in ihren Kopf geätzt, die niemals wieder weggehen, die sie immer wieder aufs Neue quälen würden.

Eines tröstete sie jedoch. Egal, wie sehr sie auch versucht hatten, den Körper des Ketzers vom Erdboden zu tilgen, seinen Geist vermochten sie nicht auszulöschen. Das konnten sie nicht. In ihrer Erinnerung würde der Magister aus Böhmen lebendig bleiben. Sie würde ihren Kindern von ihm erzählen, falls sie jemals welche haben sollte.

Von diesem Tag an hatte Ennlin einen regelmäßig wiederkehrenden Albtraum. Sie wurde auf den Scheiterhaufen gezerrt und festgebunden, mit dem Gesicht der untergehenden Sonne zugewandt. Und der Henker senkte die brennende Fackel auf das Holz zu ihren Füßen. Das war der Moment, in dem sie schreiend und schweißgebadet erwachte.

Kapitel fünfundzwanzig
- Aufbruch -

ENNLIN STAND MORGENS AUF, verrichtete ihre Pflichten, als lebe sie in einem Traum. Manchmal verharrte sie einfach so, mit leeren Augen und unbewegtem Gesicht, hielt mitten in einer Bewegung inne und starrte vor sich hin. Sie lachte auch nicht mehr jenes fröhliche, unbeschwerte Lachen, das einfach aus ihr herausströmte und niemanden unberührt ließ, der es hörte.

Die Richentalerin machte sich große Sorgen um das Mädchen. Sie ließ sogar einen Medicus kommen, der sie untersuchen sollte. Der klopfte Ennlin gegen den Brustkorb, schaute in die Ohren, den Mund, konnte aber nichts finden. Sein Befund: Ennlin leide unter der übertriebenen Erregbarkeit, die das Erwachsenwerden bei jungen Menschen, insbesondere bei jungen Frauen, bekanntermaßen auslöse. Gegen diese unangemessenen Gemütswallungen und düsteren Gedanken helfe Johanniskraut, das helle die Stimmung auf. Für den ruhigen Nachtschlaf empfehle er Baldrian. Wenn sie in einer Woche dennoch weiter ein derart überspanntes Benehmen an den Tag lege, werde er sie zur Ader lassen.

Ennlin war zudem oft stundenweise verschwunden.

Meister Richental versuchte, seine Hausfrau zu beruhigen. Das werde sich schon alles wieder zurechtschütteln. Er beschäftigte sich derweil mit Jakob, denn er hatte sich vorgenommen, dem Jungen Lesen, Schreiben und Rechnen beizubringen. Egal, wie seine Zukunft einmal aussehen sollte, wer das konnte, hatte immer eine Möglichkeit, sich seinen Lebensunterhalt zu verdienen. Jakob war mit Feuereifer dabei. Doch was mit der Schwester war, vermochte auch er nicht zu sagen, als sein Lehrer ihn einmal danach fragte.

Ennlin zog es immer und immer wieder ins Paradies, an den Ort, an dem Jan Hus gestorben war. Sie hätte ihn noch so vieles fragen sollen. Doch sie war viel zu sehr in ihrem eigenen Schmerz und ihren eigenen Schwierigkeiten befangen gewesen.

Minutenlang stand sie still, lauschte mit schräg gelegtem Kopf auf eine Stimme, die längst verklungen war. Oft ging sie danach ans Ufer, dort, wo der See schmaler wurde, weil der Rhein aus ihm herausfloss und beobachtete, wie die Wellen gegen die großen Kiesel schlugen und zwischen den kleineren spielten. Sie lauschte dem plätschernden Lied, verfolgte mit den Augen den Flug der Möwen oder das Ziehen der Wolken über den Himmel. Sie ließ sich in all das hineinfallen, und manchmal gelang es ihr sogar loszulassen, sich selbst zu vergessen. Das waren die einzigen Momente, in denen sie so etwas wie Frieden empfand, in denen der Druck auf der Brust, der ihr die Luft abschnürte, etwas leichter wurde. Doch sogar in dieser Selbstvergessenheit wusste etwas in ihr, dass dieser Friede brüchig war.

Manchmal, wenn er Zeit hatte, kam auch der Lächelnde Ott. Er war der Einzige, den sie an sich heranlassen konnte. Er hatte selbst so viel Schmerz erfahren. Ihm musste sie nichts erklären.

Nicht wie Hennslin, der seit Tagen immer wieder an die Tür des Hauses zum Goldenen Bracken klopfte und verlangte, sie sehen zu können. Ennlin ließ ihm jedes Mal ausrichten, sie sei unpässlich. Sie fühlte sich einfach außerstande, sich mit Hennslins Werben auseinanderzusetzen.

Mit Ott war das anders. Er bedrängte sie nicht. Er wusste, dass manches Zeit benötigte, ehe man darüber reden konnte.

Und so saßen Ennlin und der Lächelnde Ott einfach nur stumm nebeneinander am Ufer, schwiegen und kamen einander auf diese Weise wieder näher.

Ennlin wusste, dass auch er hoffte, sie würde eines Tages sein stummes Flehen erhören. Sie konnte die Liebe in seinen Augen lesen. Doch er erwartete nichts, er nahm sie, wie sie war, ließ sie in Ruhe. Und sie war dankbar dafür. Auch wenn sie es ihm in ihrer derzeitigen Gemütsverfassung nicht zu sagen vermochte.

Constanzia, die Königin der Konstanzer Huren, schaffte es, den Panzer um Ennlins Herz wenigstens ein kleines Stück weit aufzubrechen. Eines Tages in der Dämmerung tauchte sie mit Rosalie im Haus zum Goldenen Bracken auf und wollte sie sprechen. Frau Anna war nicht glücklich über diesen Besuch, doch Constanzia ließ sich nicht abweisen. Es sei dringend, sehr dringend, gewissermaßen eine Sache von Leben und Tod, erklärte sie. Und nein, sie könne nicht warten, es müsse sofort sein. Denn sie werde die Stadt demnächst verlassen.

Frau Anna führte die Besucherin widerstrebend in die Stube, sie hatte kein gutes Gefühl dabei. Ennlin schaute groß, als sie sah, wer der abendliche Gast war.

»Ich dachte, Ihr wolltet nichts mehr mit mir zu tun haben«, meinte sie leise.

»Nein, Kind, das ist es nicht. Ich – also ich habe hier etwas für dich. Ich hätte es dir schon viel früher geben müssen. Der Earl of Warwick bat mich darum, bevor er abreiste. Aber ich – also es ging nicht eher.«

Ennlin stellte mit Verwunderung fest, dass die Frau, von der sie gedacht hatte, sie werde alle Schwierigkeiten meistern, etwas verunsichert wirkte.

»Oh Gott, Kind, was ist mit dir? Du wirkst ja, als habe dir jemand alles Leben ausgetrieben. Hoffentlich ist es nicht meine Schuld.«

»Nein, sicherlich nicht. Ihr habt mir oft geholfen. Ich danke Euch auch dafür.«

»Aber etwas stimmt hier doch nicht. Nun, vielleicht können meine guten Neuigkeiten helfen. Der Earl hat mir eine Nachricht zukommen lassen. Stell dir vor, er hat mich gefragt, ob ich nicht zu ihm in seine Heimat kommen wolle. Er werde auch gut für mich sorgen.«

Constanzia strahlte.

»Wie schön«, meinte Ennlin.

»Ach Kind! Ja, das ist wunderbar! Und er schrieb auch, er würde es sehr begrüßen, wenn du dich entscheiden könntest, mit mir zu reisen. Er habe da einen guten Ehemann für dich im Auge. Dein Bruder kann selbstverständlich ebenfalls mitkommen. Er hat mir sogar schon das Reisegeld für euch beide geschickt.«

Jetzt kehrte doch eine Spur von Leben in die kupferbraunen Augen zurück. »Ich? Wieso sollte ich? Der Earl – also ich denke, er ist mir nicht allzu gewogen.«

Jetzt konnte Frau Anna nicht mehr an sich halten. Sie hatte doch geahnt, dass der Besuch dieser Frau nichts Gutes bedeutete. »Ennlin, Kind, du wirst doch nicht etwa fort wollen! Mit dieser ...«

»Hure, sagt das Wort ruhig, Frau Anna«, ergänzte Constanzia. »Ja, ich bin eine Hure. Und ich bin stolz darauf.«

Dann wandte sie sich wieder Ennlin zu. »Kind, falls du

Angst hast, der Landgraf von Nellenburg könnte ärgerlich sein, wenn du mit mir gehst ... keine Sorge, er gibt dir durch mich sein Einverständnis.«

»Ich habe keine Sorge«, erklärte Ennlin gemessen. »Aber ich werde auch nicht mit Euch gehen.«

Frau Anna stieß einen erleichterten Stoßseufzer aus. »Da seht Ihr es«, meinte sie. »Ennlin ist ein vernünftiges Mädchen. Sie weiß, wer es gut mit ihr meint.«

Constanzia sah enttäuscht aus. »Bist du dir sicher, Kind? Du schlägst eine glänzende Zukunft aus.«

»Ich habe keine Zukunft beim Earl, er ist Teil meiner Vergangenheit«, meinte sie beherrscht. Doch etwas in ihr begann zu gären, als sie sich daran erinnerte, wie schnöde sie von diesem Mann bestohlen worden war, des einzigen Andenkens an ihre Mutter beraubt. Er wollte sie nicht zur Tochter haben. Und sie ihn nicht zum Vater. Sie wollte auch seine Almosen nicht.

Frau Anna nickte energisch und legte den Arm um Ennlins Schulter. »Hört Ihr nicht, was sie sagt? Geht jetzt und lasst uns in Ruhe«, fauchte sie.

Constanzia richtete sich auf, als wäre sie eine Königin. Zwischen ihren Brauen stand eine Falte. »Gut. Ich habe es versucht. Mehr kann ich nicht tun. Hier, das wollte ich dir noch geben.« Sie reichte Ennlin einen kleinen Beutel. Dann wanderten ihre Blicke zwischen Frau Anna und dem Mädchen hin und her. »Nun, ich denke, du hast vielleicht eine gute Entscheidung getroffen«, meinte sie schließlich überraschend sanft. »Ich wünsche dir Glück, Kind. Du hast es verdient.«

Mit einem leichten Nicken rauschte sie aus der Stube.

Frau Anna und Ennlin sahen ihr hinterher. Die Erstere

erleichtert, Constanzia gehen zu sehen, das Mädchen, weil in ihr ein Entschluss reifte, ausgelöst durch den Vorschlag Constanzias. Plötzlich war alles ganz klar. Doch, sie würde aufbrechen. Aber nicht mit Constanzia.

Ennlin öffnete den Beutel. Da war ihr Ring inmitten einiger goldener Münzen. Sie holte ihn heraus betrachtete ihn. Also hatte er ihn ihr doch zurückgegeben. Dann machte sie sich daran, das Siegel der Botschaft zu erbrechen, hielt aber plötzlich inne. Ihr Gesicht verschloss sich wieder.

»Kind, ich bin sehr froh, dass du nicht mit dieser ... Frau gezogen bist. Du weißt sicher, wie sehr ihr beide, Jakob und du, uns ans Herz gewachsen seid.«

»Ich danke Euch. Euch und Meister Richental. Ohne Euch hätten Jakob und ich die schlimmen Zeiten nicht überstanden«, flüsterte Ennlin.

Frau Anna wies auf das Papier mit dem Petschaft des Earls. »Willst du nicht lesen, was darin steht?«

Ennlin schaute darauf, dann steckte sie es energisch wieder in den Beutel. »Nein. Es ist nicht wichtig. Nicht mehr. Nun zählt nur noch die Zukunft.« Damit schob sie den Ring wieder an den Finger. Sie lächelte, zum ersten Mal seit vielen Tagen. »Ich bin so müde, Frau Anna. Aber es ist, wie ich sagte. Ich muss jetzt nach vorn schauen.«

Am darauffolgenden Tag besprach Ennlin sich mit dem Lächelnden Ott. Der fand den Plan gut. Am Abend des übernächsten Tages kam wieder einmal Hennslin im Haus zum Goldenen Bracken vorbei. Dieses Mal wies sie ihn nicht ab. Er war so glücklich darüber, dass er schon Anstalten machte, vor ihr auf die Knie zu sinken und sie um ihre Hand zu bitten, als sie den Raum betrat. Ennlin ahnte, was er vorhatte, und hielt ihn fest. »Ich muss mit Euch reden, Hennslin von Heudorf.«

Er schaute sie fragend an. »Verfügt über mich, holde Maid«, erklärte er salbungsvoll.

»Ich kann nicht Euer Weib werden«, sagte sie schlicht.

Er schaute zu Boden, sichtlich getroffen.

»Ritter Hennslin, bitte, ich will Euch keinen Schmerz bereiten. Aber es geht nicht. In mir herrscht so viel Durcheinander. Ich kann Euch nicht sagen, wie sehr. Ich weiß mir nicht mehr zu helfen. Ich denke mir mal, ich bin noch zu unreif, um eine Ehe einzugehen.«

»Aber dann später. Wir verloben uns jetzt. Und wenn du bereit bist, dann schließen wir den Bund.«

»Das geht nicht, tut mir leid«, erwiderte sie. »Ich werde fortgehen.«

»Nie und nimmer, das lasse ich nicht zu!«, fuhr er auf.

»Ich muss aber«, meinte sie leise. »Ich find keine Ruhe. Nicht, so lange ich nicht weiß, wo Benedikt ist. Ich hab schon mit Ott gesprochen. Er sagt auch, dass wir ihn suchen gehen sollten.«

Hennslin runzelte die Stirn, er schien angestrengt nachzudenken. »Suchen? Wo? Ott? Er kommt mit?«

»Ich weiß auch nicht, wo. Vielleicht fangen wir da an, wo er zuletzt gesehen worden ist. Ott sagt, er lässt mich nicht allein gehen. Aber bitte, Ihr dürft niemandem etwas verraten. Sonst versuchen Frau Anna und Meister Ulrich noch, mich zurückzuhalten. Ich habe ihnen aber aufgeschrieben, was ich tun muss und den Brief so hingelegt, dass sie ihn erst finden, wenn ich weg bin. Sie werden gut auf Jakob aufpassen, das weiß ich. Schwört, Hennslin von Heudorf, dass Ihr mich nicht verratet. Bei Eurer Ritterehre.«

Er hob die Schwurhand. »Bei meiner Ritterehre. Und du meinst, wenn wir Benedikt gefunden haben, herrscht in dir kein solches Durcheinander mehr?«

Ennlin sah ihn hilflos an. »Ich weiß nicht.«

Er nickte. »Wann willst du gehen?«

»Heute Nacht. Ich wollte von Euch nur noch Abschied nehmen. Wollte nicht einfach so verschwinden.«

Er schaute sie entschlossen an. »Gut. Ich werd warten. Ich meine, bis in dir kein Durcheinander mehr herrscht. Und ich komme mit. Ähm, wenn du mich lässt. Ich kenne Leute, die uns vielleicht weiterhelfen können. Ich hab Benedikt noch gesehen vor Feldkirch. Denke mal, da sollten wir mit der Suche anfangen. Außerdem brauchst du jemanden, der auf dich aufpasst.« Er wies auf sein Schwert.

Sie fiel ihm um den Hals. »Oh danke, Hennslin von Heudorf, darauf hatte ich gehofft. Aber ich dachte, vielleicht seid Ihr böse mit mir, weil ich doch nicht Euer Weib werden kann.«

Er machte sich verlegen los. »Das gehört sich nicht. Ähm. Nein, ich bin nicht böse. Aber ich werd dich auch nicht allein mit diesem Ott ziehen lassen. Ich komm also mit.«

In Ennlins Augen kehrte ein wenig von dem Strahlen zurück, das sie früher zum Leuchten gebracht hatte. »Hennslin von Heudorf, Ihr seid ein wahrer Ritter.«

»Linnie, so geht das nich«, erklärte in diesem Moment eine energische Jungenstimme von der Tür her. »Ich hab gehört, was du tun willst. Ich komm auch mit. Und versuch gar nich erst, mich abzuhalten.« Er streckte ihr die Handfläche hin, auf der einige Münzen lagen. »Ich hab gespart.«

»Jakob, ich find, du solltest hier bleiben. Hier bist du in Sicherheit und Meister Richental hat ja auch versprochen, Dir das Lesen und Schreiben beizubringen. Wir wissen nicht, wann wir wieder zurückkommen. Du bist doch gern hier. Das macht dir doch Spaß.

»Ich komm aber doch mit«, widersprach ein zu allem entschlossener kleiner Knirps. »Du darfst mich nich hier allein zurücklassen. Ich bin schon gern hier. Aber bei dir bin ich lieber. Wir gehören doch zusammen Linnie, wir ham doch nur uns. Und ich bin doch auch der Mann in der Familie, da muss ich doch auf dich aufpassen. Du kannst sagen, was du willst. Nein, guck nich so. Wenn du mich nich mitnimmst, dann lauf ich einfach hinterher.«

Ennlin kannte ihren kleinen sturköpfigen Bruder gut genug um zu wissen, wenn er so ein Gesicht machte, würde er sich durch nichts von seinem Entschluss abbringen lassen. Sie seufzte.

»Ach Jakob, meinte sie schließlich, »was mach ich nur mit dir?« Dann lächelte sie. »Na, wie's aussieht, hab ich jetzt noch einen Ritter.«

Nachwort

NICHT LANG NACH DEN HIER GESCHILDERTEN EREIGNISSEN erreichte eine Nachricht des bereits 90-jährigen römischen Papstes Gregor XII. die Konzilsversammlung, in der er seinen Rücktritt erklärte. Anders jedoch der avignonesische Papst Benedikt XIII., er blieb halsstarrig. Am 19. Juli 1415 verließ Sigismund Konstanz und reiste nach Aragon. Er wollte versuchen, die Probleme mit dem starrsinnigen Alten mit Hilfe von Ferdinand I. von Aragon-Sizilien zu lösen. Sie trafen sich im September. Vergeblich, Papst Benedikt klammerte sich weiter an sein Amt.

Im Herbst des Jahres 1415 forderte der 100-jährige Krieg erneut zahllose Tote. Der englische König Henry V. trug bei einer Invasion Frankreichs in der Schlacht von Azincourt am 25. Oktober 1415 einen Sieg davon. Doch die französische Krone brachte ihm diese Schlacht ebenfalls nicht. Denn dem französischen Königshaus erstand eine Helferin, die später ebenfalls auf dem Scheiterhaufen sterben sollte: Jeanne d'Arc.

Schon allein diese Beispiele zeigen: Das Konstanzer Konzil fiel in eine Zeit der Zerrissenheit des gesamten Abendlandes. Es ging um sehr viel mehr als um die Frage eines künftigen Papstes, nämlich um das Überleben der überkommenen Machtstrukturen.

Die Kirche war gespalten – in die griechisch-orthodoxe, die römisch-katholische und die französische mit dem Zentrum Avignon. Das Schisma rührte alle an, erschütterte die Welt der Klöster, erfasste die Stadtverwaltungen und Regierungen, bedrohte Personen und das Wirtschaftsleben ganzer Städte durch Bann und Interdikt. Dazu kamen die Allmachtsansprüche von zwei und schließlich sogar drei Päpsten, die sich mit schöner Regelmäßigkeit gegenseitig als Ketzer verdammten und exkommunizierten. Dieser Zustand dauerte nicht nur für wenige Jahre, sondern prägte das Leben mehrerer Generationen.

Und dazu kamen überall Kriege und blutige Auseinandersetzungen. Es hieß: jeder gegen jeden. Der 100-jährige Krieg zwischen Frankreich und England ging gerade in seine zweite Phase. Es herrschte Krieg in Italien, Krieg im Osten zwischen Polen und dem Deutschen Orden (und alle hofften, das Konzil für ihre Zwecke nutzen zu können), Krieg in Spanien und auf dem Balkan, wo die Türken vorrückten. Damit nicht genug, ein Aufstand folgte auf den nächsten: Aufstände der Bauern, Kampf der Zünfte gegen die Adligen, der Städte und Städtebünde gegen die Ritter. Viele hielten das für das Werk einer nie wirklich ausgerotteten Ketzerei.

Um die Verwirrung komplett zu machen, gab es zeitweise drei römisch-deutsche Könige. Nach dem Tod von Gegenkönig Ruprecht hielt der böhmische Wenzel an seinem Anspruch fest, einige Kurfürsten wählten dazu seinen Bruder Sigismund, andere seinen Vetter Jobst von Mähren. Nach dem Tod von Jobst und einem Wenzel, der sich mit der Rolle als Senior-König begnügte, blieb Sigismund. Und dieser ergriff die Gelegenheit, er sah sich als künftiger Kaiser in der Rolle des Schutzherrn der Kirche, berufen, die Spaltung endlich zu beenden. Das war für ihn die Gelegenheit, als großer Herrscher in die Geschichte einzugehen. Er erreichte es sogar, dass das Konzil nach Konstanz berufen wurde und damit auf dem Boden des Reichs stattfand, wo es unter Mitwirkung der Laienwelt, der Fürsten, Universitäten, der Doktoren und Juristen zum größten Völkerkongress des ausgehenden Mittelalters wurde.

Alle Welt schaute nach Konstanz. Die Scheiterhaufen brannten. Am Ende gab nur noch einen Papst. Das Konzil wählte im November 1417 Kardinal Oddo di Colonna. Er nannte sich fortan Martin V.

Doch die Spaltung der Staaten und Länder blieb bestehen, die hochmittelalterliche Idee vom Kaisertum als Universalmacht hatte ihre Kraft verloren. Und die viel beschworene Reform der Kirche an ›Haupt und Gliedern‹ wurde vertagt.

Was nicht wirklich verwundert. Denn bei diesem Kongress ging es keineswegs nur um den rechten Glauben, geschweige denn die Wahrheit oder was der jeweilige Protagonist darunter verstand. Wie so oft musste das Ringen darum herhalten, um bedrohte Machtstrukturen zu schützen. Plötzlich schien die Kirche ihre Oberhoheit über das Leben der Menschen, selbst der Nonnen und Mönche, der Geistlichen jedweden Standes zu verlieren.

Wegen des Frauenüberschusses konnten die Klöster den Zustrom nicht mehr fassen, es bildeten sich ›wilde‹ Gemeinschaften wie die Beginen. Laien meldeten sich zu Wort, forderten Reformen und einen direkten Zugang zu Gott, womöglich auch noch in ihrer eigenen Sprache. Aus den Wäldern Böhmens krochen die Grubenheimer, die so hießen, weil sie in Erdlöchern hausten, in abgerissenen Gewändern, von der Kirche verfolgt, verdammt, verbrannt, wenn man sie zu fassen bekam. Sie lehnten die Hinrichtung, jegliches Töten ab, verwarfen das Priestertum der Geweihten, erkannten weder Papst noch König noch Edelmann an, sondern nur das Leben von Gleichen unter Gleichen. Armut war ihr Credo, sie waren bedingungslos in der Nachfolge des Heilands. Besitz war für sie Sünde, denn daraus resultierte die Gier, die wiederum Totschlag und Krieg gebar.

Das waren oft keine organisierten Bewegungen wie die Waldenser oder die Katharer mehr und deshalb schwer zu greifen. Und das Schlimmste – sie wollten direkt mit Gott kommunizieren, oft auch noch unter Umgehung der Priester. Der Abendmahlkelch und damit die unmittelbare Begegnung mit dem Heiland war bisher dem Priester vorbehalten, für die Gläubigen blieben Brot und Hostie. Das wollten sie ändern.

Wer hatte denn nun den richtigen Schlüssel zum Tor ins Reich Gottes in der Hand? Wenn der Schlüssel nicht passte, blieb das Tor verschlossen. War der Antichrist wieder da, womöglich sogar in Person eines der Päpste?

Ja, wer war denn nun eigentlich die Kirche: das Kirchen*volk* oder die Kirchen*oberen*? Wie kam das Kirchenvolk dazu, beim Abendmahl ebenfalls nach dem Kelch zu verlangen? Und war der Heiland bei diesem Sakrament nun nur nominal, also dem Namen nach, oder real, gewissermaßen als Wesenseinheit anwesend? Diese Fragen sorgten für Erschütterungen in der Textur des sozialen Gefüges. Sie waren in der damaligen Zeit keineswegs theoretischer Natur, sondern griffen tief in das Lebensgefühl eines jeden Menschen ein, schürten Ängste, machten den einfachen Menschen aber auch Hoffnung auf eine Veränderung zum Besseren – auf Kosten der bisherigen Machthaber.

Und so belegten die konservativen Kräfte diesen Kampf um eine neue Gesellschaftsordnung, diese Revolution, in der es um Wirtschaftsstrukturen, Recht und politisches Bewusstsein ging, aber auch um das Anrecht des Einzelnen auf ein Leben in Würde und gerechte Verhältnisse, gern mit dem Oberbegriff ›Ketzerei‹. Nicht umsonst entwickelten die Gegner dieser Umwälzungen eine Ahnenreihe der Ketzer: Adam zeugte Seth, und Seth den Enos, und Enos den Kenan. Dann folgte der Teil des Stammbaumes, der in der Zeit des Konzils und danach weitergeschrieben wurde: Wyclif der Engländer zeugte den Böhmen Hus, und dieser den Deutschen Martin Luther.

Denn neue Kräfte forderten Gehör. Mit der Gründung der Universitäten gab es plötzlich auch eine Schicht der Intellektuellen, die zunehmend an Bedeutung gewann und deren Vertreter in erbitterten Wortgefechten, aber auch mit Waffen stritten. Unter ihnen fanden sich die geistigen Wegbereiter von Umwälzungen, die die nächsten zwei Jahrhunderte bestimmen sollten. John Wyclif, Doktor der Theologie und Professor in Oxford, gab der großen Ketzerbewegung vom Ende des 14. und Anfang des 15. Jahrhunderts den Namen. ›Wyclifisten‹ wurden im Volksmund auch lang nach dem Tod von Jan Hus die Hussiten genannt. Vielfach verdammt und trotz eines seit Jahren laufenden Verfahrens wurde der ›Erzketzer‹ jedoch zu Lebzeiten nicht verbrannt, erst postum. Radikal predigte er die Lehre von der Prädestination, nach der jeder von Gott zum Heil oder zur Verdammung bestimmt ist. Seine Kritik des Klerus war scharf: Es gehe mehr um Einfluss und Reichtum, auf der Jagd nach Pfründen würden die Kleriker die Seelsorgepflichten schmählich vernachlässigen, beziehungsweise sie in die Hände von unwissenden, kärglich entlohnten Stellvertretern geben. Herr sei überhaupt nur Gott selbst. Besitz und Herrschaft auf Erden seien deshalb nur geliehen, aufgrund seiner Gnade, und nicht vererbbar.

Männer wie der Magister Jan Hus und sein Freund Hieronymus von Prag waren derselben Ansicht und gerieten zwischen die Mühlsteine der widerstreitenden Interessen. Sie starben stellvertretend für viele andere, die mindestens ebenso ketzerische Thesen aufgestellt hatten. Und sie standen für all das, was die institutionalisierte Kirche als Bedrohung empfand und unter allen Umständen ausmerzen wollte.

Als Grundlage dafür diente das kanonische Recht, auf dessen Statuten auch die Steuern und Abgaben fußten, die die Kirche unbarmherzig eintrieb. Der ganze Kampf, den Hus ebenso wie sein Vorläufer Wyclif führte, war ein Kampf gegen dieses kanonische Recht. Für ihn war die Urkirche die wahre Zeit des Glaubens – und nicht diese zahllosen Verbote und Privilegien. Und dass Jan Hus nicht nur in Latein, sondern auch in der ›unwissenschaftlichen‹ Volkssprache predigte und schrieb, war einer der Haupteinwände seiner Gegner.

An der Universität Prag, an der Hus lehrte, waren Studenten und Dozenten nach Nationes geordnet – eine Bezeichnung, die sich später auch beim Konzil wiederfinden sollte. In Prag gab es die böhmische (inklusive der in Böhmen geborenen Deutschen, Ungarn, Kroaten, Dalmatiner), die polnische (Studenten aus den schlesischen Herzogtümern), eine sächsische (alles gen Norden bis nach Skandinavien) und eine bayerische (alles, was sich nach Westen erstreckte, bis zum Rheinland und Holland) Nation. Diese Nationes stellten mit einem komplizierten Wahlsystem die Verwaltung, die Dekane und Rektoren. Und nach diesem Muster wurden in Konstanz für den Völkerkongress die vier, später dann fünf Nationes gebildet, um dem bisher geltenden Übergewicht der Prälatenstimmen ein neues Abstimmungsprinzip entgegenzusetzen. Damit begann der Siegeszug des Wortes Nation.

Den lodernden Flammen des Scheiterhaufens von Hus in Konstanz folgten die Hussitenkriege, ein Brand, der ganz

Europa erfassen sollte und der Böhmen zum Ziel von Kreuzzügen werden ließ.

Hus schrieb zum Abschied als letzte Antwort an seine Ankläger:

»Ich, Johann Hus, in der Hoffnung ein Priester Christi: Aus Furcht, Gott zu beleidigen und in Meineid zu verfallen, bin ich nicht willens, die durch falsche Zeugen gegen mich vorgebrachten Artikel zu widerrufen, weder alle noch einzelne. Gott ist mein Zeuge, dass ich sie nicht gepredigt, vertreten oder verteidigt habe, wie jene von mir sagen.

Was die Sätze anbetrifft, die aus meinen Schriften ausgezogen sind, soweit korrekt wiedergegeben, erkläre ich: Falls einer davon einen fehlerhaften Sinn enthalten sollte, so verwerfe ich diesen Sinn. Da ich aber befürchten muss, gegen die Wahrheit zu verstoßen und die Ansichten der Heiligen, so bin ich nicht bereit, etwas davon zu widerrufen. Wenn aber meine Stimme jetzt in aller Welt gehört werden könnte, so wie beim Jüngsten Gericht jede meiner Lügen und Sünden sich offenbart, so wollte ich ganz freudig vor aller Welt abschwören, was ich je an Falschem oder Irrigem gedacht oder gesagt habe.

Dies sage und schreibe ich aus freien Stücken mit meiner eigenen Hand, am 1. Juli (1415)«

Auszug aus Richard Friedenthal: Ketzer und Rebell, Jan Hus und das Jahrhundert der Revolutionskriege, dtv München 1977, Seite 287.

Dank

KEIN SCHRIFTSTELLER SCHREIBT ein Buch allein. Mein Dank geht an all jene, die mir dabei geholfen haben, nicht zuletzt Meister Ulrich Richental, dessen Konzilschronik ich jedem ans Herz legen möchte, der sich für dieses Thema interessiert. Ich kann die von Thomas Martin Buck bearbeitete Ausgabe empfehlen. Sie ist gut zu lesen und verfügt im Anhang auch über ein Wortglossar. Herausgeber ist das Stadtarchiv Konstanz, erschienen ist sie im Thorbecke Verlag.

Danke sagen möchte ich auch Hans-Joachim Schuster vom Kreisarchiv- und Kulturamt des Landratsamtes Tuttlingen, der mir bezüglich des Landgrafen von Nellenburg, des Bodenseeadels oder des Ritterbunds des Sankt Jörgenschildes freundlicherweise zahlreiche Unterlagen kopiert und geduldig viele Fragen beantwortet hat.

Eine weitere interessante Quelle ist eine Arbeit über die Rechtsprechung dieser Zeit: Peter Schuster, Eine Stadt vor Gericht, Recht und Alltag im spätmittelalterlichen Konstanz, Schönigh, Paderborn 2000. Weitere Quellen habe ich an den entsprechenden Stellen im Anhang eingeflochten.

Natürlich ist auch in Konstanz viel Wissenswertes und Spannendes zum Thema erschienen. Wer sich intensiver mit der damaligen Zeit auseinandersetzen will, kann dies unter folgender Internetadresse: http://www.konstanzer-konzil.de

An dieser Stelle möchte ich es aber auch nicht versäumen, dem Team des Gmeiner Verlages zu danken, Armin Gmeiner für seine Bereitschaft, ein solches Projekt anzupacken, sowie Lektorin Claudia Senghaas. Liebe Claudia, danke für Deine einfühlsame Unterstützung und die Aufmerksamkeit, mit der Du diesen Roman lektoriert hast. Es tat gut zu wissen, dass da noch jemand ist, auf den ich mich verlassen kann.

Petra Gabriel, Frühjahr 2014

Anhang

Pfaffen, Bürger, Adelsleut

Die wichtigsten historisch belegten Persönlichkeiten, denen Sie in diesem Roman begegnen, werden im Folgenden kurz vorgestellt, alphabetisch nach ihren Vornamen geordnet. Ennlin und ihre Familie sowie ihr Freund Benedikt, der Lächelnde Ott, der Gelbe Hans und die Hure Constanzia hätten gelebt haben können – finde ich jedenfalls. Constanzia ist von der Lenk-Statue der Imperia inspiriert, die Schifffahrer am Konstanzer Hafen willkommen heißt. Soweit ich Geburts- und Todesdaten finden konnte, habe ich sie genannt. Da es damals noch keine Kirchenbücher gab, sind sie nicht immer bekannt. Für Leser, die sich weiter informieren wollen, habe ich einige Quellen beigefügt.

Barbara von Cilli wurde um 1390 geboren und entstammte dem reichen Adelsgeschlecht der Cillier. Sie war die zweite Frau von König Sigismund. Barbara von Cilli scheint eine Frau gewesen zu sein, die sich nicht unbedingt an Konventionen hielt, sie betätigte sich unter anderem als Astrologin und Alchimistin. Sie starb am 11. Juli 1451 in Melník an der Pest und wurde in der königlichen Gruft in Prag beigesetzt.

Eberhard IV. von Nellenburg war einer der Berater Sigismunds. Er begleitete ihn 1413 nach Cremona, um wegen Beseitigung des Schismas ›Drei Päpste-Regierung‹ mit Papst Johannes XXIII. zu beraten. Er regte dann bei einem Treffen in Lodi an, das Konzil nach Konstanz zu holen. Eberhard von Nellenburg war es auch, der über Hieronymus von

Prag, den Freund und Schüler von Jan Hus, das Todesurteil sprach. Hieronymus wurde am 13. Mai 1416 auf dem Scheiterhaufen verbrannt.

Die Nellenburg ist eine frühmittelalterliche Burgruine westlich von Stockach im Landkreis Konstanz, Baden-Württemberg. Die wissenschaftliche Erklärung des Wortes Nellenburg geht auf das mittelhochdeutsche ›nell oder nelle‹ zurück, was soviel wie Scheitel bedeutet.

Mit dem Tode Eberhards im Jahr 1422 erlosch das Haus Veringen-Nellenburg.

Quelle: Adel und Herrschaft am Bodensee, Fredy Meyer, 1986

Fida, die Pfisterin entstammte einer Patrizierfamilie. Ihr Bruder war Bürgermeister von Meersburg. Sie beherbergte Jan Hus in den ersten Wochen vor seiner Gefangennahme. Die gut gestellte Witwe galt als kluge Geschäftsfrau. Sie hatte mehrere Kinder und mehrte ihr Vermögen vorausschauend, unter anderem durch Hauskäufe.

Pfister ist eine alte, vor allem im süddeutschen Sprachraum vorkommende Bezeichnung für Bäcker. Der heutige Familienname wurde aus dieser Berufsbezeichnung gebildet. Die Pfister waren meist nicht nur Bäcker, sondern auch Mühlenbesitzer und Getreidehändler und somit zwei Zünften und einer Gilde zugeordnet.

Friedrich IV. von Habsburg wurde 1382 als Sohn von Herzog Leopold III. dem Gerechten und der Mailänder Herzogstochter Viridis Visconti geboren. Von 1402 an verwaltete er als Titularherzog von Österreich die österreichischen Vorlande. Organisatorischer Mittelpunkt war die habsburgische Stadt Schaffhausen, wichtigster städtischer Verbündeter des Herzogs wurde zunächst die Stadt Konstanz. Etwa vier Jahre später wurde er Graf von Tirol und damit Regent in Oberösterreich.

In den Jahren der kriegerischen Auseinandersetzungen mit den Appenzellern (1405 bis 1410) hatte Friedrich zusätzlich im Landesinneren gegen diverse Oppositionen des Adels (Elefantenbund im Jahre 1406, Falkenbund 1407) und revolutionäre Ideen im Süden (Trient) zu kämpfen. Seine Gegner gaben ihm den Spottnamen *mit der leeren Tasche*. Durch seine angebliche Unterstützung für Papst Johannes XXIII. bei dessen Flucht aus Konstanz fiel er beim König vollends in Ungnade, wurde mit der Reichsacht belegt und verlor bei den kriegerischen Auseinandersetzungen mit Sigismund große Teile seines Besitzes, ehe er sich schließlich ergab. Er starb am 24. Juni 1439 in Innsbruck, Tirol.

Hans von Heudorf war einer von mehreren Söhnen von Heinzen von Heudorf. Man weiß, dass König Sigismund ihn unter seine ›Familiares‹ aufgenommen hat. Die Familie derer von Heudorf stammt aus dem Hegau (Heudorf liegt bei Eigeltingen), hatte sich aber in Schaffhausen verburgrechtet und war zudem sowohl im Klettgau, als auch auf dem Schwarzwald reich begütert. Wie die Grafen von Nellenburg waren auch die Heudorfer lange Zeit Gefolgsleute der Habsburger.

Die Herren von Heudorf waren bereits um 1288 und 1291 laut Urkunden Ministeriale (Dienstmannen) des Grafen von Nellenburg, zwei Jahrzehnte später auch Dienstmannen des Konstanzer Bischofs Heinrich von Klingenberg. Nach dem Tod des Vaters um 1392 teilten Hans und seine Brüder Benz, Dietrich und Heinzen das Erbe unter sich auf.

Bilgeri von Heudorf, ein Spross der Familie, wurde in späteren Jahren zu einem der berüchtigtsten Raubritter der Region.

Heinrich und Johann von Chlum, Onkel und Neffe, stammten aus der Familie der Grafen Slatawa und gehörten zusammen mit Wenzel von Duba als Schutzherren zu der von König Sigismund bestellten Eskorte für Jan Hus auf seiner Reise nach Konstanz. Johann von Chlum hatte sich Sigismund als Teilnehmer des Feldzuges gegen Venedig empfohlen.

Heinrich von Ulm: Das Geschlecht derer von Ulm kommt aus der Bodenseegegend. Heinrich von Ulm war bis Ende 1414 Bürgermeister in Konstanz und wurde 1418 zum Ritter geschlagen. Sein Nachkomme Ludwig von Ulm sammelte Verdienste am Hof zu Prag bei Kaiser Rudolf II. und avancierte schließlich zum Reichsvizekanzler.

Hieronymus von Prag kam nach 1370 in Prag in Tschechien zur Welt. Er hat in Prag studiert, später auch in Oxford, wo er mit den Lehren des englischen Theologen John Wyclif in Berührung kam, die er fortan auch anderen zugänglich machte. Bei seiner Rückkehr nach Prag brachte er Abschriften von dessen Werken mit. Sie haben seinen Freund und Weggefährten Jan Hus stark beeinflusst.

Im Jahr 1412 gehörte er mit zu den Initiatoren der Prager Unruhen gegen den Ablasshandel, die schließlich zur offenen Konfrontation mit der katholischen Kirche führten.

Als Jan Hus vom Konzil von Konstanz verurteilt und inhaftiert wurde, kam er 1415 zu dessen Verteidigung nach Konstanz. Als er erfuhr, dass man auch ihn verurteilen werde,

versuchte er nach Prag zurückzukehren, wurde aber in Bayern festgenommen, nach Konstanz zurückgebracht und gefoltert, bis er seinem Glauben abschwor. Nach einem Jahr nahm er in einem erneuten öffentlichen Verhör seinen Widerruf zurück, bekannte sich wieder zu Wyclif und Hus, wurde daraufhin zum Feuertod verurteilt und am 30. Mai 1416 in Konstanz verbrannt.
Quellen: Biographisch-Bibliographisches Kirchenlexikon. Mehr: http://www.1902encyclopedia.com/J/JER/jerome-of-prague.html

Johannes Hus / Jan Hus ist um 1372 im tschechischen Husinec geboren worden. Nach dem Studium hielt er Vorlesungen in Theologie an der Prager Universität, wurde 1401 zum Dekan der Philosophischen Fakultät und dann zum Rektor der Universität ernannt. Daneben übernahm er Priestertätigkeiten an der Bethlehem-Kapelle, an der er in tschechischer Sprache anstatt dem traditionellen Latein predigte. Er berief sich immer wieder auf die Schriften des damals bereits verstorbenen Engländers John Wyclif. Tausende hörten ihm zu; seine Anhänger kamen vor allem aus der tschechischen Bevölkerung, während die Oberschicht sich weiter an die traditionelle katholische Kirche hielt.

1408 gingen Beschwerden über Hus' Predigten ein. Darauf wurde ihm die Ausübung seiner priesterlichen Funktionen untersagt.

Als Hus gebannt wurde, brachen in Prag schwere Unruhen aus. Da viele seiner einflussreichen Unterstützer ihre Stellungen verloren, flüchtete Jan Hus aus Prag. Im Schloss einer adeligen Familie schrieb er im Jahre 1413 sein Hauptwerk ›De Ecclesia – Über die Kirche‹.

Mit dem Versprechen des Königs Sigismund auf freies Geleit reiste er nach Konstanz. Er hoffte, seine Lehren erfolgreich verteidigen zu können, wurde jedoch inhaftiert und quälenden Verhören unterzogen. Er starb am 6. Juli 1415 in Konstanz auf dem Scheiterhaufen.

Nach Hus' Tod wurde die Rebellion in Böhmen zu einem Flächenbrand und mündete schließlich in die verheerenden Hussitenkriege.

Zum Auftakt des Heiligen Jahres 2000 würdigte Papst Johannes Paul II. den sittlichen Mut von Jan Hus und bat um Vergebung für die Leiden, die der Reformator und seine Anhänger erlitten hatten.

Quelle: http://www.heiligenlexikon.de/Biographien]/ Johannes_Jan_Hus.html

Lütfried II., der »Große Muntprat«, einflussreicher Kaufherr und Politiker, war zeitweise Wortführer der Konstanzer Patrizier. Er soll ein sehr gutes Verhältnis zu König Sigismund gehabt haben und war deshalb auch an weltlichen Beschlüssen des Konstanzer Konzils beteiligt. Seine Tochter Ursula war mit Marquart Brisacher verheiratet, einem Vertrauten Sigismunds. Der erste Muntprat, Heinrich, wird Mitte des 14. Jahrhunderts erstmals als Konstanzer Bürger erwähnt. Über die genaue Herkunft der Familie gehen die Meinungen auseinander, es scheint jedoch ziemlich sicher, dass sie aus Italien stammte.

Lütfried Muntprat war Mitbegründer der Großen Oberschwäbischen (Ravensburger) Handelsgesellschaft. Durch seine ausgedehnte Handelstätigkeit geriet er 1418 in die Hände von korsischen Piraten. Ein Jahr nach dem Konzil von Konstanz wurde er Bürgermeister von Konstanz. Als

Sprecher der Geschlechter errichtete er eine ›Handelsvormundschaft‹ in Konstanz, die schließlich wegen einer Auseinandersetzung mit den Zünften endete. Deren Sieg und damit verbunden ein Verbot der Handelsgesellschaften in Konstanz veranlassten den Kaufmann, aus der Stadt wegzuziehen, deren Bürger er auch war.

Lütfried wechselte mehrfach sein Bürgerrecht. 1411 wurde er Ravensburger Bürger, 1429, anlässlich der Zunftrevolution, war er kurz Bürger von Schaffhausen, ab 1432 wurde er für fünf Jahre Überlinger Bürger, saß aber von 1431-1447 im Kleinen Rat von Konstanz, war 1443 sogar wieder Bürgermeister, 1444 noch Stadtvogt.

Um 1430 galt Lütfried II. Muntprat als der reichste Kaufmann in ganz Süddeutschland und der Eidgenossenschaft. Die Familie, vor allem die reicheren Teile, wurde allmählich zum Großgrundbesitzer im Thurgau und Rheintal. Sie wandelte sich teilweise zum Landadel, während die ärmeren Zweige in Konstanz blieben.

Quelle: Warth, Werner: Die Muntprat und die Eidgenossenschaft, Bodenseehefte, 1/1991

Oswald von Wolkenstein, einer der berühmtesten Sänger, Dichter und Komponisten seiner Zeit, kam um 1377 vermutlich auf Burg Schöneck im Pustertal/Südtirol zur Welt als zweiter Sohn von Friedrich und Katharina von Wolkenstein. Der ältere Bruder hieß Michael/Michel, der jüngere Leonhard (Lienhard/Lienhart), nach diesem folgen die vier Schwestern Ursula, Martha, Anna und Barbara. Zwischen den Geschwistern gab es ständige Erbstreitigkeiten.

In einer Seminararbeit zum Seminar: ›Oswald von Wolkenstein‹ im Wintersemester 98/99 von Holger Schäfer an der Universität Konstanz heißt es: *Oswald von Wolkensteins Leben entwirft ein erstaunlich genaues Bild der politischen, wirtschaftlichen und kulturellen Wirrungen des späten Mittelalters (1270-1500),* was sicherlich zutrifft. Oswald von Wolkenstein kam demnach als Stiftshauptmann im Gefolge des Bischofs Ulrich von Brixen nach Konstanz. Er nutzte wohl die Gunst der Stunde, um aus seinen heftigen Auseinandersetzungen um die Burg Hauenstein und der Erinnerung an seine ehemalige Geliebte Sabina Jäger zu entfliehen. Da Sabina zur Buhlerin des Herzogs Friedrich mit den leeren Taschen geworden war, war Oswald wenigstens ab 1413 auf seinen Landesfürsten wohl nicht gut zu sprechen. 1416 lernt Oswald dann Margarete von Schwangau kennen, seine spätere Frau.

Oswald von Wolkenstein starb im August 1445 in Meran.

Quelle: Oswald von Wolkenstein: Die Dichtung unter dem Eindruck des Konzil um 1415, Universität Konstanz, Philosophische Fakultät, Fachgruppe Literaturwissenschaften (mit Dank an den Verfasser)

Otto III. von Hachberg hat früh in kirchlichen Diensten Karriere gemacht, wohl auch, weil sein Vater geschickt zwischen den verschiedenen Päpsten hin und her laviert hat. Bereits 1403 – Otto war gerade 15 Jahre alt – wird er zum Domherrn von Basel ernannt. Geboren worden ist er am 6. März 1388 auf der Burg Rötteln. Als das Konzil begann, war er bereits rund vier Jahre Bischof von Konstanz und blieb es – mit einer Unterbrechung von fünf Jahren – bis 1434.

Otto baute gern, was die Schulden des Bistums in die Höhe schnellen ließ, seine Kritiker im Domkapitel, mit dem er fast ständig im Streit lag, bekamen Oberwasser. So musste er, auch gesundheitlich angeschlagen, ab Ende 1424 erst einmal sein Amt ruhen lassen. Der Streit mit dem Domkapitel eskalierte vollends, als er drei Jahre später wieder an die Macht kam und hohe Diözesanbeamte handgreiflich absetzen wollte. Aus seiner Rückkehr ins Amt wurde erst einmal nichts. Auch später, als er wieder als Bischof amtete (ab 1429), ging der Streit weiter, Otto verlegte seinen Verwaltungssitz sogar kurzfristig nach Schaffhausen. Auch das Konzil zu Basel musste sich einige Jahre später mit dem Konflikt zwischen dem Bischof und dem Domkapitel befassen. Am 6. September 1434 wurde Otto schließlich als Bischof von Konstanz abgesetzt und Titularbischof von Caesarea. Er starb hochbetagt 1451 in Konstanz.

Richard de Beauchamp, 13. Earl of Warwick, kam Anfang 1382 in Salwarpe in Worcestershire auf die Welt und zwar als Sohn von Thomas de Beauchamp, 12. Earl of Warwick und Margaret, der Tochter von William Ferrers, dem dritten Baron Ferrers of Groby.

Richard wurde während der Krönungsfeierlichkeiten für Henry V. zum Ritter geschlagen und folgte seinem Vater 1401 als Earl of Warwick nach. Warwick galt als vorbildlicher Ritter. Es hieß, er weiche keinem Kampf aus. Als er 1408 als Pilger ins Heilige Land zog, soll er sich mehr als einmal im sportlichen Wettstreit mit anderen Rittern gemessen haben. Auf dem Rückweg reiste er durch Russland und Osteuropa und kam erst 1410 wieder nach England.

Besonders bekannt machte ihn G. B. Shaw mit seinem Stück ›Saint Joan‹ über den Tod der Johanna von Orleans. Richard de Beauchamp wurde als einer jener Engländer beschrieben, die die Jungfrau auf den Scheiterhaufen gebracht haben sollen.

Anfang 1414 gehörte er zu jenen, die den Aufstand der Lollards, der Rebellen in der Nachfolge von John Wyclif in England blutig unterdrückten.

Er war der Leiter der englischen Delegation beim Konzil von Konstanz. Laut englischer Quellen war seine Prachtentfaltung derart groß, dass sie Bewunderung und Erstaunen erregte. Er scheint Konstanz jedoch schon vor Mai 1415 verlassen zu haben, denn am 21. Mai hielt er sich bereits wieder in London auf. Er spielte eine wichtige Rolle beim Wiederaufflammen des 100-jährigen Krieges. Im August 1415 nahm er an der Belagerung von Hartfleur teil und begleitete den König später bei der Invasion in der Normandie.

1416 empfing er König Sigismund auf dessen Weg nach England. König Henrys Vertrauen in seine militärischen Fähigkeiten war derart groß, dass er die Befehlsgewalt über die englischen Truppen in der Normandie zwischen seinem Bruder Clarence und dem Earl of Warwick teilte.

Richard of Warwick starb am 30. April 1439. Seine Tochter Anne heiratete Richard Neville, der durch sie der nächste Earl of Warwick wurde.

Quelle: http://www.luminarium.org/encyclopedia/beauchamp.htm

Sigismund/Sigmund aus dem Hause Luxemburg war Kurfürst von Brandenburg von 1378 bis 1388 und von 1411 bis 1415, König von Ungarn und Kroatien seit 1387, römisch-deutscher König seit 1411, König von Böhmen seit 1419 und römisch-deutscher Kaiser von 1433 bis zu seinem Tode Ende 1437 in Znaim in Mähren. Geboren worden ist er 1368 in Nürnberg. Er initiierte das Konzil von Konstanz und hatte in den nachfolgenden Hussitenkriegen (1419–1436) zu kämpfen.

Sigismund sprach fünf Sprachen fließend. Er wurde von seinen Zeitgenossen als hervorragender Diplomat gerühmt, war unermüdlich unterwegs, knüpfte Kontakte, pflegte Beziehungen. So schaffte er es auch, das Konzil zustande zu bringen. Er erreichte sogar die unerhörte Neuerung, dass es auf dem Boden des Reichs stattfand und durch die unter Mitwirkung der Laienwelt, der Fürsten, Universitäten, der Doktoren und Juristen zum größten Völkerkongress des ausgehenden Mittelalters wurde.

Ulrich Richental wurde um 1360 geboren und starb 1437. Er war ein Bürger der Stadt Konstanz und hat sich als Chronist des Konzils einen Namen gemacht. Ihm haben wir viele der wichtigsten Informationen über diesen Völkerkongress zu verdanken. Er schrieb die umfangreiche, mit Illustrationen versehene Chronik um 1420 herum, erzählte akribisch, wer wann in die Stadt kam, wer welches Wappen hatte, wer zu welcher Delegation gehörte, was es zu essen, zu trinken und zu kaufen gab – und natürlich vom Konzil, den Teilnehmern und ihren Sessionen. Über ihn selbst gibt es nur wenige Notizen. Wir wissen aus der Chronik, wo er wohnte, dass er mit dem bei ihm einquartierten Bischof ein Fass mitgebrachtes Bier trank und dass er wohl einer der Ersten war, den der Graf Eberhard von Nellenburg im Dezember 1413 davon benachrichtigt hat, dass das Konzil in Konstanz einberufen werden würde. Er beschreibt in der Chronik auch, wie er sich im Vorfeld mit einigen Kundschaftern im Umland der Stadt nach Unterbringungsmöglichkeiten umgesehen hat.

Ein Stadtschreiber namens Johannes Richental ist für Konstanz in der zweiten Hälfte des 14. Jahrhunderts urkundlich gleich mehrfach erwähnt. Er besaß 1373 dasselbe Gut ›an dem Hard‹, das später laut Chronik Ulrich Richental gehörte. Ulrich Richental war also vermutlich dessen Erbe, vielleicht dessen Sohn.

Ulrich Richental war wahrscheinlich kein Geistlicher und auch nicht von Adel. Im Geschlechterverzeichnis seiner Vaterstadt erscheint sein Name jedenfalls nicht. Richental heißt ein Ort im Kanton Luzern. Das von erscheint ab und an vor seinem Namen, könnte sich also auch darauf beziehen. Das Prädikat von ist in dieser Zeit keine eigentliche Adelsbezeichnung. Ich habe ihn deshalb nur Ulrich Richental genannt.

Es gibt mehrere überlieferte Handschriften der Chronik. Den ältesten noch erhaltenen und 1431 redigierten Text überliefert ein Aulendorfer Codex (mit 119 Bildern und 804 fertigen, 31 angefangenen Wappen; Lichtdruckausgabe durch Dr. H. Sevin, Karlsruhe 1881). Die Konstanzer Handschrift von Ulrich Richental beinhaltet einen nach 1433 überarbeiteten Text, der von Richental nur in der dritten Person spricht und seine persönlichen Bemerkungen fast durchwegs weglässt. Sie enthält noch mehr Bilder als die Aulendorfer Chronik (fotografische Ausgabe Stuttgart 1869).

Quelle: Richental, Ulrich (v.) von Eduard Heyck in: Allgemeine Deutsche Biographie, herausgegeben von der Historischen Kommission bei der Bayerischen Akademie der Wissenschaften, Band 28 (1889), S. 433–435.

Digitale Volltext-Ausgabe in Wikisource, URL: http://de.wikisource.org / w / index.php?title=ADB:Richental,_Ulrich_von&oldid=1521153 (Version vom 24. August 2011, 14:39 Uhr UTC)

Die Päpste zur Zeit des Konzils

Pedro de Luna – Benedikt XIII. war von 1394 bis 1423 Papst avignonesischer Obödienz (Gehorsamspflicht der Kleriker und Ordensangehörigen gegenüber ihren geistlichen Oberen). Er kam um 1342/43 in Aragon zur Welt und starb rund 80 Jahre später (1423). Er wurde von vielen auch Papa Luna genannt. Der Professor des Kirchenrechts in Montpellier wurde zunächst durch Papst Gregor XI. zum Kardinal von Santa Maria in Cosmedin erhoben und nahm nach dessen Tod an verschiedenen, teilweise sehr strittigen Papstwahlen teil: zunächst von Urban VI. und 1378 an der Wahl Clemens' VII., weil er Urbans Wahl inzwischen für unrechtmäßig hielt. Doch Urban wollte nicht zurücktreten. Damit gab es zwei Päpste. Clemens VII. musste schließlich nach Avignon fliehen und konnte mit Hilfe von Pedro de Luna alle vier hispanischen Königreiche auf seine Seite ziehen.

Nach Clemens' Tod 1394 folgte ihm de Luna nach einstimmiger Wahl als Benedikt XIII. nach. Er sollte von allen Gegenpäpsten am längsten regieren, da er sich beharrlich weigerte, zurückzutreten. Auch noch, nachdem die Konzilsversammlung 1417 Kardinal Oddo die Colonna zum Papst gewählt hatte. Er starb – isoliert und vergessen – in einer Festung am Golf von Valencia.

Angelo Correr – Papst Gregor XII. erwies sich als einsichtiger bezüglich der Beendigung des Schismas als sein ›Mitpapst‹ Pedro de Luna. Er trat am 4. Juli 1415, also zwei Tage vor der Verbrennung von Jan Hus, auf Druck von König Sigismund und der Konzilsversammlung zurück. Ebenso wie Pedro de Luna war auch der ›römische‹ Papst nicht in Konstanz zum

Konzil erschienen. Er starb nur wenige Monate später, nämlich am 18. Oktober 1417.

Das Konzil zu Pisa 1409 hatte im Übrigen die beiden Päpste Gregor und Benedikt bereits für abgesetzt erklärt. Daraufhin wurde der Erzbischof von Mailand, Petros Philargis de Candia, zum Papst gewählt, der sich fortan Papst Alexander V. nannte. Die beiden anderen weigerten sich jedoch, zurückzutreten. Damit hatte die Christenheit drei Päpste.

Johannes XXIII. – Baldassare Cossa wird in den Kirchenchroniken überhaupt nicht als Papst gezählt. Der Sohn des Grafen von Troia (geboren um 1370 in Neapel) war eigentlich Offizier und ein Laie. Als solcher wurde er auch Kardinal, die geistlichen Weihen erhielt er erst später.

Cossa wurde 1410 als Nachfolger von Papst Alexander V. gewählt. Bis heute hält sich das Gerücht, dass er dessen Mörder gewesen sei. Das Volk taufte ihn später Papa Boldrino nach einem bekannten Kriegsunternehmer.

Johannes XXIII. ernannte viele neue Kardinäle, alles einflussreiche Männer wie den Rufer nach einem Reformkonzil d'Ailly, Bischof von Cambrai oder den großen italienischen Juristen Zabarella. Alle wurden sie dann in Konstanz seine Gegner.

König Sigismund traf sich 1413 mit Johannes in Lodi und zwang diesen zur Einberufung des Konzils von Konstanz. Er hatte sich den Bedrängtesten herausgepickt. Denn wenigstens einer der drei Päpste musste nach kanonischem Recht die Einberufung des Konzils legitimieren. Cossa war außerdem seinem Lebenslauf und Ruf nach so stark beschädigt, dass er sich rehabilitieren musste: Er war durch Ladislaus von Neapel aus Rom verjagt worden und aus Bologna durch die Bürger, die ihm sein Schreckensregiment nicht vergessen hatten.

Johannes reiste mit großem Gefolge nach Konstanz, wo er hoffte, sich als Einheitspapst zu empfehlen. Doch diese Rechnung ging nicht auf. Im Gegenteil, er hatte sich auch in Konstanz schnell unbeliebt gemacht und fühlte sich bedroht. Er floh am 20. März 1415 aus Konstanz und wurde am 29. Mai 1415 vom Konzil für abgesetzt erklärt. Nach seiner baldigen Gefangennahme in Freiburg verschwand er als Ketzer im Kerker, kam 1418 aber wieder frei. Papst Martin V. setzte ihn nach seiner Unterwerfung zum Bischof und Dekan des Kardinalskollegiums ein. Er starb nur wenige Monate später am 22. November 1419.

Quelle: Katholische Enzyklopädie (englisch), http://www.newadvent.org/cathen/08434a.htm

Vom Leben zur Konzilszeit
- Eine kurze Geschichte des Geldes -

DER ZAHLUNGSVERKEHR VON damals ist für uns Heutige eine verwirrende Angelegenheit, denn der Wert der Münzen und die ›Wechselkurse‹ haben sich immer wieder verändert. Deswegen zunächst einmal ein kurzer Überblick:

Neben dem Gewichtssystem hat Karl der Große auch das Münzsystem neu geordnet. Er ging von der Gold- zur Silberwährung über. In der Folge gab es den Silberpfennig (denarius, Abkürzung d) und manchmal seine Teilwerte. Die vom 8. bis 14. Jahrhundert währende Epoche nennt man daher ›Pfennigzeit‹. Der Konstanzer Pfennig taucht im 12. Jahrhundert in den Urkunden auf. Er kursierte damals im gesamten Bodenseegebiet und weiten Teilen Oberschwabens bis hin zur Donau. Ähnliches galt für die Konstanzer Mark. Sie wurde in Silberbarren gehandelt. Als der im 13. Jahrhundert zunehmende Großhandel mit dem Ausland ein größeres Zahlgeld verlangte, trat wieder das Goldgeld auf. Das Gold war ebenso wie das Silber nach Gewicht eingeteilt und hinsichtlich des Feingehaltes in 24 Grade (Karat).

Kleinere Geldbeträge wurden abgezählt, größere abgewogen. So konnte eine Rechnung durchaus auf ›ein Pfund Pfennige‹ lauten. Wobei das Pfund in Konstanz keineswegs identisch war mit dem Pfund in Hessen oder Bayern. Um wenigstens etwas Übersicht und Wertsicherheit zu schaffen, taten sich Städte zu Münzverträgen zusammen. Dazu zählt zum Beispiel der Konstanz-Schaffhauser Münzvertrag, der 1400 geschlossen worden ist.

Das Konzil brachte erneute Veränderungen. Das Geldwesen der Stadt explodierte. Schon vorher hatten allerdings auswärtige Händler immer wieder fremdes Geld in die Stadt gebracht. Außerdem waren veraltete Geldstücke in Umlauf. Um Umrechnungswerte zu bekommen, wurden von den häufigsten Sorten bezüglich Gewicht und Feingehalt an Edelmetall Proben genommen, das Resultat wurde den Kaufleuten mitgeteilt.

Ein solcher ›Probierzettel‹ im Münzbuch der Stadt weist zwölf Sorten von Silbermünzen aus und gibt bei jeder einzelnen Münze an, wie viel Heller eine Gewichtsmark und ein Gewichtslot derselben wert ist. Vermutlich ist die Auflistung zwischen 1410 und 1415 entstanden. Darunter sind neben dem Konstanzer Pfennig auch Berner, Ravensburger und Mailänder Münzen sowie ein Böhmischer Groschen, ein Kreuzblaphart, ein Badischer Pfennig, ein Württembergischer Pfennig und wahrscheinlich ein ›Fünfer‹ aus einer Schweizer Münzstätte. Gebräuchlichste Goldmünze im Rheingebiet war der Rheinische Gulden (fl, von florenus Rheni). Er war im 14. und 15. Jahrhundert auch die am weitesten verbreitete Fernhandelsmünze in Böhmen, Ungarn, Deutschland, der Schweiz, Mähren, den Niederlanden, Spanien und Frankreich. Der Blaphart/Blappart (Silbermünze) war neben dem Schilling (ß) eine der frühesten Groschenmünzen in Süddeutschland und ursprünglich den zwanzigsten Teil eines Pfundes Pfennige oder auch eines Pfundes Heller wert.

Für die Einkäufe des täglichen Bedarfs wurden meist Schillinge und Pfennige verwendet. Nur bei ganz kleinen Werten kam der Heller zum Einsatz. Ein Ei kostete zum Beispiel einen Heller. Wertvollere Lebensmittel wie Geflügel und Wildbret wurden auch schon mal mit Blaphart bezahlt. Wenn es ganz teuer wurde, zum Beispiel beim Safran, dann wurde mit Rheinischen Gulden gerechnet.

Für die Dauer des Konzils verkündete der Rat außerdem Handels- und Zollfreiheit, um die Teuerung zu deckeln, was auch teilweise gelang. Weil das Kleingeld knapp wurde, ließ der Rat von 1414 an in Absprache mit zehn Städten rund um den See wieder Pfennige schlagen.

Wer sich genauer informieren will, hier noch zwei Quellen: *Abhandlung zum Münz- und Geldwesen in Band eins des Landkreises Konstanz, erschienen im Thorbecke Verlag 1968. Ebenfalls im Konstanzer Stadtarchiv zu haben: Cahn, Münz- und Geldgeschichte von Konstanz und des Bodenseegebietes im Mittelalter, Heidelberg 1911, Carl Winters Universitätsbuchhandlung*
   Heinrich Poinsignon, Kurze Münzgeschichte von Konstanz in Verbindung mit der der benachbarten Städte, Gebiete und Länder, Stadtarchiv Konstanz

Wem das noch nicht reicht, und wer auch nicht ins Konstanzer Stadtarchiv kommt, dem sei die Abhandlung von Benedikt Zäch für das Münzkabinett Winterthur unter dieser Internetadresse empfohlen: *http://muenzkabinett.academia.edu/BenediktZaech/Talks/52036/Plappart_und_Schilling_Die_fruhesten_Groschenmunzen_im_Sudwesten_des_mittelalterlichen_Reichs*

- Von Essen, Unterkunft und Preisen -

SELBST ZUR FASTENZEIT kam während des Konzils nicht nur Fisch, sondern auch jede Menge Fleisch auf die Teller, zum Beispiel von Tieren, die im Wasser lebten, wie Otter und Biber, ebenso Vögel. Damit retteten sich die Menschen über die immerhin bis zu 130 Fastentage pro Jahr. Es wurde also kräftig geschummelt. Schwäbische Maultaschen heißen nicht umsonst auch ›Herrgottsb'scheißerle‹.

Ulrich Richental hat sich in seiner Chronik zum Konzil eingehend mit den Lebensumständen im damaligen Konstanz beschäftigt. Allgemein ist zu sagen, dass der Anteil der Ausgaben für Lebensmittel an den Kosten für den täglichen Bedarf damals sehr viel höher lag als heute.

Brot / Backwaren

Wer ein gutes Weißbrot wollte, musste einen Pfennig hinlegen, für 15 Brote einen Schilling Pfennig. Das Brot wurde auf Wägen, Karren und Schiffen nach Konstanz gebracht.

Es gab auch fremde fahrende Bäcker, die täglich nach Konstanz auf den Markt kamen. Sie hatten fahrende Öfen (auf Karren) für ringförmiges Brot und Brezeln. Dazu boten sie Hühner- und Fleischpasteten an.

Fisch

Der Fisch wurde entweder abgewogen oder nach Größe verkauft.

Frischer Hecht oder Schnetzly (junger Hecht) kostete das Pfund 17 Pfennige, Karpfen um 18, Schleien um 18 Pfennige, ein Pfund Brasse um 20, Felchen um einen Schilling Pfennig, ein Pfund Gründel (Gründling) 27 Pfennig, Gewellfisch

(Aalraupe) 20 Pfennig, Groppe (Koppe Kaulkopf) 18 Pfennig, Hürling (Barsch) 3 Schilling Pfennig.

Teurer war gesalzener und geräucherter Fisch. Ein ganzer gesalzener Husen (Stör) wurde für 2 bis 3 Blaphart angeboten, ein normal großer Micheln (Stecken) Stockfisch um 3 Schilling Pfennig, ein kleiner um 2. Ein Viertelpfund Salzhering kostete um 3 Schilling Pfennig, später dann um 2 Blaparth herum. Aus Bern, aus Italien (Lamparten, Lombardei) und auch vom Gardasee kam gebackener Fisch in Öl (bömöl) in die Stadt. Der kostete um 4 Pfennig, manchmal auch 6.

Fleisch
gab es ›von allem genug‹: Wildbret, Vögel, Schwein, Rind, Lamm. Ein Libra (Pfund) Rind war für 3 Pfennig zu bekommen, Lamm für 4 Heller (abgewogen), ein Stück (nicht abgewogen) für 18 Pfennig. Gutes vom ›jungen Schwein‹ kostete 4 Pfennig, ein Pfund Wildschwein gab es für 7 Pfennig, Reh für 5, Hirsch für 4 Pfennig. Dachs, Otter, Biber wurden das Pfund um 8 Pfennig angeboten, Hasen zwischen 6 und 8 Blaphart, Ulrich Richental schreibt, er habe aber auch welchen für 4 bekommen.

Geflügel
Eine Singdrossel kostete um die 3 Heller, ein Krammetsvogel (Wachholderdrossel) um 5 bis 6 Heller, ein altes Huhn 2 alte Blaphart, ein besseres um 3. Ein Ei durfte nicht teurer als 1 Heller sein, das hatte der Rat der Stadt angeordnet.

Gemüse, Feldfrüchte
Bohnen, Linsen, Gerste und anderes ›Zugemüse‹ gab es laut Richental ebenfalls genug und zu fairen Preisen. Ein Vier-

tel gute rote Erbsen war für 4 Schilling Pfennig zu haben, ebenso wie gute weiße Erbsen. Ein Viertel Zwiebeln kosteten 2 Schilling Pfennig oder ca.20 Pfennig, Rüben kosteten um 8 bis 10 Pfennig und ein großer Kohlkopf ca. 2 Pfennig, ein kleinerer 1 Pfennig.

Getränke

An Wein herrschte kein Mangel, ›auch welchen man wollte‹. Bei Malvasier (italienischer, griechischer oder spanischer Süßwein) kostete ein gutes Maß 3 Schilling Pfennig. Ein Maß Römnyer (Süßwein, wahrscheinlich ursprünglich aus der Romagna) gab es für 3 Schilling Pfennig. Ein Maß Elsässer um 6, um 5 und um 4 Pfennig; das Maß guter Landwein war für 4 und 3 Pfennig zu haben, ein guter ›Knechtwein‹ um 2 Pfennig.

Getreideprodukte

Korn wurde im allgemeinen Handel angeboten. Dinkel und Weizen waren vergleichsweise teuer. Ein Mut der besten Qualität kostete 18 Schilling Pfennig. ›Gemeines Korn‹ ein Mut 16 Schilling Pfennig. Später kostete ein Mut enthülster Dinkel oder Weizen nur noch um 15, dann 14 und schließlich 13 Schilling Pfennig.

Am teuersten war Hafer, den Malter Hafer gab es anfangs für 30 Schilling Pfennig. Danach wurde er ebenfalls billiger, der Preis sank zunächst auf 18 Schilling Pfennig, denn es kam viel Hafer von fremden Kaufleuten in die Stadt, und schließlich kostete ein Malter 1 Rheinischen Gulden.

Gewürze

Ein Pfund Pfeffer kostete um die 9 Schilling Pfennig, Ingwer um 12 bis 14 Schilling Pfennig, ein Pfund Safran um 5

Rheinische Gulden. Laut Richental kam sogar so viel Safran nach Konstanz, dass der Preis nachgab.

Zubehör & Allerlei

Heu wurde auf Schiffen und Karren in die Stadt transportiert. Einmal, schreibt Richental, waren es so viele, dass an einem Tag an der Konstanzer Brücke 25 große Schiffe (Michler Schiffe) mit Heu aus dem Rheintal und viele Karren mit Heu aus dem Thurgau und dem Hegau ankamen.

Eine Traglast inklusive Traglohn vom besten Heu kostete um 32 Pfennig, nicht so gutes Heu um 28 Pfennig.

Stroh: Eine Traglast, die von Frauen aus Wolmatingen und aus dem Thurgau herangeschleppt wurde, kostete 6 Pfennig.

Holz kam rheinaufwärts über den See in Lastschiffen (Lädinen) oder auf Karren aus dem Thurgau. Es wurde zum Beispiel am Oberen Markt und an Sankt Paul verkauft und zwar für etwa 2 Schilling Pfennig (je nach dem, wie groß der Karren war).

Ein gutes Fenstertuch zur Bespannung der Fensteröffnungen (denn damals gab es noch lang nicht an allen Fenstern Verglasung, auch nicht an denen der Patrizier) kostete 8 Pfennige.

Unterkunft

Papst Johannes XXIII. bezahlte anfangs 2 Rheinische Gulden monatlich für die Unterbringung. Der Hauswirt sollte seinen Gästen dazu noch Tisch, Tischtuch, Leintücher (Linnen, Laken), Kopfkissen, Federkissen, Häfen, Kessel, Kannen und ›all solche Gebrauchsgegenstände‹ geben, dazu die Tisch- und Betttücher waschen und alle 14 Tage neue Wäsche. Für das Unterstellen eines Pferdes pro Nacht wurden 8 Pfennig verlangt.

Gegen Ende Dezember 1414 wurde die Herbergsordnung wegen des großen Zustroms an Gästen geändert. Künftig sollten in einem Bett mindestens zwei Leute schlafen, dann aber zu 1,5 Rheinischen Gulden im Monat pro Person. Eine Nacht pro Pferd kostete nur noch 2 Pfennig. Doch es war durchaus möglich, zu handeln. Innerhalb Jahresfrist kostete ein Bett 1 Rheinischen Gulden im Monat und ein Pferd 3 Heller und 1 Pfennig, schreibt Richental. Er merkt außerdem an: Alles in allem herrschte Eintracht zwischen den Fremden und den Einheimischen, es gab auch während des ganzen Konzils keine Klage vor Gericht.

Begriffe

Bauern: Als hörig wurden Bauern bezeichnet, die sich in Abhängigkeit von einem Grundherrn befanden. Die Hörigkeit wurde an die Kinder vererbt und konnte ganz verschieden aussehen. Hörige konnten bewegliches Eigentum besitzen, jedoch keinen Grundbesitz erwerben. Ihre Aufgabe war es, Land zu bearbeiten sowie andere Verpflichtungen zu erfüllen, wie unterschiedliche Abgaben und Frondienste für den Grundherrn. Dieser musste sich im Gegenzug um sie kümmern und sie beschützen. Die Hörigkeit wurde durch die Bauernbefreiung im 19. Jahrhundert (1848) aufgehoben. In der Folge wurden viele Hörige zu Pächtern, konnten aber auch selbst das Land in Eigenbesitz erwerben.

Als Leibeigene wurden Diener des Grundherrn bezeichnet, die dessen Land und Gut bewirtschafteten und auch mit ihm veräußert werden konnten. Während Leibeigene personenbezogene Abgaben an ihre Herren zahlen mussten, waren die Abgaben der hörigen Bauern gutsbezogen.

Eegraben / Wustgraben: Alles, was nicht ›auf die Gasse‹ gehörte – auf dem Papier wenigstens – hatten im Konstanz der Konzilszeit die sogenannten Eegräben aufzunehmen. Das waren schmale Gräben, die zwischen zwei Gassen parallel zu diesen verliefen. Sie mussten infolge der dichten Bebauung der Altstadt und dem vielerorts fehlenden Hofraum so viel schlucken, dass die Gräben keiner einzigen Aufgabe wirklich genügen konnten. Der Name kommt vom ursprünglichen Wort Ê-pfad für Grenze. In dem ›*Buoch der wuostgraben und thollen und profatten (Aborte)*‹ (im Stadtarchiv einzusehen) sind einige dieser Gräben aufgeführt. Derjenige, der am Haus der Pfisterin vorbeiging, hatte demnach sechs Anrainer inklusive des Pfarrhofs von Sankt Paul.

Infel / Inful: Mit Infeln waren ursprünglich die Bänder an der Bischofsmütze gemeint. Im Mittelalter wurde aber auch die Bischofsmütze selbst und später die Mütze der Äbte als Infel bezeichnet.

Kurtisan (oder Courtisan): Angehöriger des (päpstlichen) Hofes

Laetare / Rosensonntag: Der Sonntag Laetare liegt in der Mitte der Fastenzeit (›Mitfasten‹). In der römisch-katholischen Kirche wird Laetare auch ›Rosensonntag‹ genannt, da an diesem Tag vom 11. bis zum 19. Jahrhundert die Goldene Rose (Tugendrose) gesegnet wurde, die der Papst einer Person oder Institution verlieh, die sich um die Kirche besonders verdient gemacht hatte. Im Südwesten Deutschlands wird in vielen Orten am Sonntag Laetare der Brauch der Winterverbrennung gefeiert.

Leutepriester: ein vom Bischof bestellter Pfarrer

Nationen / Nationes: Beim Konzil gab es die ›Nation‹ der Engländer, der Franzosen, der Spanier, der Italiener und der Deutschen, wobei die Aufteilungen mit den heutigen Nationalstaaten nichts zu tun haben.

Die Nationes tagten getrennt, die Italiener tagen im Refektorium der Prediger (Dominikaner), die Franzosen im Kapitelhaus der Prediger, die Deutschen im Kapitelhaus der Barfüßer (Franziskaner), die Engländer im Refektorium der

Barfüßer und die Spanier im Refektorium der Augustiner. Die Kardinäle der Päpste Benedikt und Gregor saßen anfangs im Kapitelhaus der Augustiner zusammen, gesellten sich aber später zu den anderen Kardinälen. Das Kardinalskollegium tagte dann im Hof des Domdekans Albrecht von Beutelsbach. Die große Konzilsversammlung, zu der sich alle trafen, fand im Münster statt.

Nominalismus kontra Realismus oder das Universalienproblem: Dabei geht es um die Frage, ob meist philosophisch benutzte Allgemeinbegriffe wie beispielsweise das Wort ›Menschheit‹ rein menschliche Konstruktionen sind, oder ob es das, was sie bezeichnen, wirklich gibt. Damit hing (und hängt) eng der Begriff der Transsubstantiation (lat.: Wesensverwandlung) zusammen. So wird in der christlichen Theologie der römisch-katholischen Kirche die Wandlung von Brot und Wein in den Leib und das Blut Jesu Christi in der Heiligen Messe bezeichnet. Also: Verwandelt sich das Brot bei der Feier der Eucharistie wirklich in den Leib Christi oder nur im übertragenen Sinn?

Die Ravensburger Handelsgesellschaft und damit verbunden die Namen der Familien Mötteli, Humpiss und Muntprat, war im 15. Jahrhundert lange vor den Fuggern mit weitgespannten Handelsbeziehungen und einer riesigen Palette an Handelsprodukten führend im europäischen Fernhandel. Das Handelsnetz, teils mit eigenen ›Geliegern‹ (Zweigniederlassungen) oder Kontoren, teils nur mit Geschäftsverbindungen, zog sich von Italien (Venedig, Mailand, die Lombardei, Genua und Savona) nach Spanien (Valencia, Alicante, Mallorca, Saragossa, Tortosa, Bilbao, Fuenterrabia,

Bayonne, Barcelona) ins Roussillon (Perpignan), hin zu den Rhonelandschaften (Lyon, Genf, Avignon, Marseille, Toulouse, Aigues-Mortes, Bouc-l'île-de Martigue) bis nach den Niederlanden (Brügge, Antwerpen, Maastricht). In Deutschland war die Gesellschaft vertreten in Köln, Mainz, Frankfurt, Nürnberg, Nördlingen, Ulm und Memmingen. Dazu kamen in Österreich Wien, Ofen und Linz. Die Heimat aber blieb Oberschwaben mit Ravensburg als Firmensitz sowie den übrigen Reichs- und Landesstädten wie Überlingen, Isny, Wangen, Kempten, Konstanz und anderen.

Handelsgüter waren Stoffe wie Leinwand, Barchent, Wolle, Damast, Samt und Seide, Farbstoffe wie Safran und Purpur, Spezereien wie Pomeranzenöl, Gewürze wie Anis, Kümmel und Pfeffer, aber auch Kurzwaren wie Hüte, Stricke, Draht, Reitsporen und so weiter – bis hin zu Luxuswaren wie Korallen oder Perlen. Kurz: Die Ravensburger Handelsgesellschaft handelte mit allem, was Gewinn versprach.

Quelle: Die Große Ravensburger Handelsgesellschaft in Europa von 1380 bis 1530. http://www.vonhumpis. de/GesellschaftFrame3.htm

Schisma kommt aus dem Griechischen und bedeutet übersetzt Trennung. Geschichtlich wird damit unter anderem die Zeitspanne zwischen 1378 und 1417 bezeichnet, als zwei – später drei – Päpste in der westlichen Kirche gleichzeitig Anspruch darauf erhoben, das legitime Oberhaupt der katholischen Kirche zu sein.

Sankt Jörgen-Ritterschaft / Ritterschaft mit Sankt Jörgenschild / Sankt Georgenbund war ein Zusammenschluss des Adels ›zur Rettung und Bewahrung jener zugleich menschlichen und göttlichen Ortung der Grundherrschaft‹, in der es ›den Herrn und den armen Mann‹ gibt. Schutzherr war der Heilige Georg, den der Adel als seinen Fürsprecher bei Gott betrachtete.

Die erste nachweisbare Erwähnung des Sankt Jörgen- oder Georgenschildes finden wir im Jahr 1401, als sich die Appenzeller Landsleute gegen den Abt von Sankt Gallen auflehnten. Der wollte alte Gesetze wieder aufleben lassen und löste damit einen Flächenbrand des Protestes aus, der sich bis weit nach Süddeutschland hinein zog. Die Appenzeller Bauern hatten es satt, immer mehr Steuern an Lehnsherren und Adel zu zahlen. Von dem Feuer der Revolte gepackt, wollten auch die Bauern des Hegaus und vieler Ortschaften Süddeutschland plötzlich ›Appenzeller sein‹ und hofften, durch die Eidgenossen, die sich das Gebiet Süddeutschlands einverleiben wollten, auf bessere Herrscher. 1408 erklären die Adligen zum Beispiel in einem Bündnisbrief: Man sei zusammengekommen, ›um mit Gottes Hilfe zu verhindern, von den eigenen Bauern vertrieben zu werden‹.

Quellen http://www.hegauritter.net/Ritterschaft.html
http://de.wikipedia.org/wiki/Benutzer:Wuselig/Sankt_J%C3%B6rgenschild
Der Jakobuskult in Süddeutschland: Kultgeschichte in regionaler und europäischer Perspektive, Klaus Herbers, Dieter R. Bauer, Gunter Narr Verlag, 1995

Straßen im damaligen Konstanz: Die Hauptverkehrsadern der Stadt waren die Sankt Paulsgasse (heute Hussenstraße), die Sankt Lorenzstraße und die Plattenstraße (›Auf den Blatten‹, wo Meister Richental schrieb und lebte, heute Wessenbergstraße). Letztere führte in ihrer südlichen Fortsetzung durch Stadelhofen und Emmishofen, weiter zur Hochstraße nach Tägerwylen, Frauenfeld, Winterthur und Zürich und von dort über die Alpenpässe nach Italien. Der Kaufmann Muntprat und seine Berufskollegen dürften sie gut gekannt haben. Die Plattenstraße ist vermutlich der älteste Teil und unterschied sich offenbar vorteilhaft von den anderen Straßen durch die Platten darauf. Sie hatte also schon früh eine Art Pflasterung.

Straßenbeleuchtung: Es gab nur wenige Laternen. Bei besonderen Ereignissen hatte jeder Bürger vor seinem Haus ein Licht aufzuhängen. Außerdem durfte niemand ohne gut sichtbares Licht auf die Straße gehen. Wer dagegen verstieß, musste laut einer Verordnung (vom 1. Juli 1388) 5 Schilling Pfund Buße zahlen. Wer nicht so viel besaß, kam in Turmhaft.
Quelle: Konstanzer Häuserbuch, Stadtarchiv Konstanz

Rota: Päpstlicher Gerichtshof, die Richter wurden Auditores genannt.

Zeittafel

1368
15. Februar: Sigismund von Luxemburg wird in Nürnberg geboren.

ca. 1370 / 71
In dem südböhmischen Flecken Husinec kommt Jan Hus zur Welt.

1376 oder 1377
Der Minnesänger und Politiker Oswald/Oswalt von Wolkenstein wird geboren.

ca. 1380
Gründung der Großen Oberschwäbischen (Ravensburger) Handelsgesellschaft, der ersten Warenhandelsgesellschaft Europas, unter maßgeblicher Beteiligung des Konstanzer Großkaufmanns Lütfried Muntprat.

1389
Schlacht auf dem Amselfeld, Sieg der Osmanen über die Serben.

1394
28. September: Pedro Martínez de Luna y Gotor oder Pedro de Luna wird als Nachfolger von Papst Clemens zu Papst Benedikt XIII.

1396
Niederlage des Kreuzfahrerheeres bei Nikopolis, Vorrücken der Türken bis zur ungarischen Grenze.

Hus legt an der Prager Universität seine Magisterprüfung als Zehnter unter 16 Kandidaten ab. Danach muss er als Gegenleistung für die Ausbildung mindestens zwei Jahre selbst unterrichten.

1398
Jan Hus lernt durch Hieronymus von Prag die Schriften des englischen Reformators John Wyclif kennen und beginnt sein Theologiestudium an der Prager Universität.

Um 1400
Hus wird zum Priester geweiht und tut neben seiner Dozententätigkeit an der Universität nun auch Dienst an der Prager Stadtkirche Sankt Michael.
Absetzung Wenzels (Halbbruder von Sigismund von Luxemburg) als deutscher König durch rheinische Kurfürsten; Gegenkönig Ruprecht von der Pfalz (gestorben 1420) wird aber nur im Westen anerkannt.

ab 1401
Appenzeller Kriege zwischen dem Fürstabt von Sankt Gallen und den Appenzellern. Die Auseinandersetzungen münden in den Konstanzer Frieden vom April 1408.
Jan Hus wird Dekan der Philosophischen Fakultät der Universität Prag.

1402
Magister Jan Hus wird Professor der Universität und Prediger der Bethlehemskapelle in Prag. Das Gotteshaus ist ausschließlich Predigten in tschechischer Sprache vorbehalten.

1403

Sigismund wehrt eine Invasion des Königs von Neapel ab, der alte Thronansprüche geltend macht und amnestiert auf dem Reichstag von Ofen seine Gegner.

1406

30. November: Der 70-jährige Venezianer Angelo Correr wird als Gregor XII. Papst.

1407

Ermordung des Herzogs von Orléans durch Johann von Burgund, Bürgerkrieg in Frankreich.

Die Sankt Jörgenschild Ritter erneuern den Schutzbund mit den Konstanzern.

1408

Um seine Macht weiter zu festigen, gründet Sigismund den Drachenorden, in den auch vereinzelt Deutsche aufgenommen werden.

Der Prager Erzbischof erfährt von den ketzerischen Predigten des Jan Hus, enthebt ihn seiner Stellung als Synodalprediger und verbietet ihm das Lesen der Messe sowie das Predigen. Hus hält sich nicht daran.

1409

25. März treffen sich sieben Kardinäle von Papst Gregor und 17 von Papst Benedikt in Pisa zu einem Konzil. Sie setzen die Päpste von Rom und von Avignon ab und wählen den Erzbischof von Mailand zum Papst. Dieser nennt sich fortan Alexander V.. Da sich aber die beiden anderen Päpste weigern, zurückzutreten, hat die Christenheit nun drei Päpste.

Die Sankt Jörgenschild Ritter in Schwaben verlängern am Sankt Georgstag ihren Bund mit der Stadt Konstanz bis zum 23. April 1412, unter den Unterzeichnern ist auch Graf Eberhard von Nellenburg. Die Ritter versprechen, Konstanz zu beschützen – unter anderem vor den marodierenden Horden, die noch aus dem Appenzellerkrieg übrig geblieben sind und auch sonst ›gegen alles Übel‹ sowie alle Feinde des Heiligen Römischen Reiches.

1410

Wintersemester 09 / 10: Hus ist Rektor der Prager Universität und unterrichtet Theologie und Philosophie.

9. März: Veröffentlichung einer Bulle von Papst Alexander V., einem der damaligen drei Päpste auf Drängen des Erzbischofs von Prag. Die Bulle forderte die Auslieferung der Schriften Wyclifs und den Widerruf seiner Lehren. Das Predigen außerhalb von Kirchen war danach fortan verboten. Der Erzbischof hoffte, damit die Reformbestrebungen unterdrücken zu können.

17. Mai: Der Pisaner Papst Alexander V., der hauptsächlich in Bologna regiert hat, ist am 3. Mai gestorben. Als Nachfolger wird Baldassare Cossa gewählt, der den Namen Johannes XXIII. annimmt.

16. Juli: Bücherverbrennung zu Prag und Studentendemonstration, 200 Bände der Schriften von John Wyclif werden auf Befehl des Prager Erzbischofs verbrannt, der Hus auch in Rom verklagt und ihn zudem exkommuniziert. Die Angelegenheit erregt internationales Aufsehen. Kardinal Oddo Colonna, der spätere Konzilspapst Martin V., verfolgt für die Kurie die Ermittlungen gegen Hus. Dieser sendet seinen Freund, den Juristen Jesenitz, nach Rom, denn Colonna

hat den Bann bestätigt und Hus vorgeladen. Wegen Nichterscheinens vor der Kurie wird der Bannspruch der Kirche gegen Hus schließlich endgültig. Er predigt dennoch.

20. September: Bei der Königswahl kann Sigismund die Stimmen von drei Kurfürsten (Kurtrier, Kurpfalz und Kurbrandenburg) für sich gewinnen.

1. Oktober: Die Gegenpartei wählt Sigismunds Kontrahenten und Cousin Jobst von Mähren mit vier Stimmen zum König.

1411

Februar: Auch Papst Johannes XXIII. bannt Jan Hus. Dieser wird aus Prag ausgewiesen. Unruhen in Prag sind die Folge. Er lehrt jedoch weiter.

In der Folge: Es gibt Aufruhr um einen Ablass von Papst Johannes XXIII., mit dem er die Mittel für einen ›Kreuzzug‹ gegen den König von Neapel aufbringen will.

Verhängung des Interdiktes gegen das ›ketzerische‹ Prag.

Michael de Causis betreibt in Rom den Prozess gegen Hus weiter.

Abfall von Stephan von Palec von seinem einstigen Freund Hus. Beim Konstanzer Konzil ist er eifrig gegen Jan Hus tätig und trägt als einer der heftigsten Gegenspieler von Hus maßgeblich zu dessen Verurteilung bei. Nach dessen Tod zählt er indessen zu den vornehmsten Mitgliedern der reformfreudigen Richtung am Konzil.

21. Juli: Nach dem Tod von Gegenkönig Jobst von Mähren, der am 18. Januar 1411 unter ungeklärten Umständen verstorben war, wird Sigismund von Luxemburg zum alleinigen römisch-deutschen König gewählt.

1412

Im Sommer leitet Hus selbst mit der öffentlichen Verteidigung Wyclif'scher Sätze die letzte Phase seines Kampfes ein. Zu dieser Zeit forcieren die Husgegner Michael de Causis und Mauritius Rvacka den inzwischen an Kardinal Pietro degli Stephaneschi übertragenen Prozess gegen Hus in Rom. Dieser spricht schließlich die verschärfte Exkommunikation aus.

Ab Ende des Jahres 1412 (bis 1414) befindet sich Hus im Exil in Südböhmen.

Er lebt unter anderem auf der Ziegenburg in Südböhmen und auf der Burg Krakovec in Mittelböhmen. In dieser Zeit verfasst er mehrere Werke und leistet damit einen wesentlichen Beitrag zur Schaffung der tschechischen Schriftsprache.

1413

Hus schreibt ›De Ecclesia‹ (Über die Kirche). Darin vertritt er die Ansicht, dass die Kirche eine hierarchiefreie Gemeinschaft sei, in der nur Christus das Oberhaupt sein könne. Ausgehend vom augustinischen Kirchenbegriff definiert er die Kirche als Gemeinschaft der Prädestinierten, also aller von Gott erwählten Menschen. In der sichtbaren Kirche gebe es zudem auch die nicht erwählten Menschen, die den corpus diaboli bilden, zu denen für Hus auch viele Häupter der Kirche gehören.

Sommer: König Sigismund beruft ein Treffen in Chur ein und versucht, sich durch Belehnungen Verbündete gegen Herzog Friedrich IV. von Habsburg zu schaffen. Als Herr über Vorderösterreich kann Friedrich dem Luxemburger den Zugang zu Schwaben versperren. Zu diesem Treffen finden sich auch Gefolgsleute des Herzogs ein, die bis dahin in dessen Dienst Karriere gemacht haben und später seine erbitterten Feinde werden: Graf Hans von Lupfen und Graf Eberhard von Nellenburg. Sigismund bestätigt Eberhard von Nellenburg alle Privilegien.

Im selben Jahr gibt Sigismund dem Grafen Wilhelm von Montfort-Bregenz die Erlaubnis, seine Hälfte von Bregenz an seine Tochter vererben zu können, die mit dem Grafen Eberhard von Nellenburg verheiratet ist.

25. November: Treffen von König Sigismund und Papst Johannes XXIII. in Lodi. Dort wird entschieden, dass in Konstanz ein Konzil stattfinden soll.

Dezember in den österreichischen Vorlanden: Schutzbündnis auf zwölf Jahre zwischen Friedrich IV. von Habsburg, dem Kölner Erzbischof Johann von Nassau und Papst Johannes XXIII.

Friedrich will verhindern, dass Sigismund durch Erfolge beim Konzil weiter erstarkt.

1414

Im Frühjahr wird die Nachricht nach Böhmen übermittelt, dass König Sigismund die Anwesenheit des böhmischen Magisters Jan Hus auf dem Konzil in Konstanz wünscht.

Juli: Nach seiner Rückkehr aus Italien besucht Sigismund Bern und verhandelt über Unterstützung bei einem möglichen Feldzug gegen Friedrich IV. von Habsburg, mit dem die Eidgenossen erst 1412 den 50-jährigen Frieden geschlossen haben.

Etwa Mitte August teilt Hus König Sigismund durch seinen Boten Stephan Harnsmeister mit, er habe sich freiwillig zum Weg nach Konstanz entschieden und sei bereit, sich unter den Schutz des Geleits dem Konzil zu stellen.

15. Oktober, Meran: Bündnis zwischen Friedrich IV. von

Habsburg und Papst Johannes XXIII. Friedrich wird zum Generalkapitän der Kirche ernannt.

27. Oktober: Vor Sankt Simon und Judas Abend, am 27. Tag im dritten Herbstmonat kommt Johannes XXIII. ins Kloster Kreuzlingen und übernachtet dort.

28. Oktober: Johannes XXIII. reitet mit viel Gefolge in Konstanz ein.

2. November: Geschenke für Johannes XXIII. von den Bürgern der Stadt Konstanz: ein vergoldetes Trinkgefäß aus Silber, vier kleinere Fässchen welschen Weins, vier große Fässer Elsässer Weins, acht Fässer mit Landwein, 40 Malter Hafer.

3. November: Hus erreicht Konstanz, wo er zunächst drei Wochen bei der Pfisterin Fida unterkommt und predigt.

5. November: Feierliche Eröffnung des Konzils, die erste Sessio Generalis kommt am 16. November zusammen.

8. November: Krönung Sigismunds in Aachen. Danach zieht er gen Konstanz, kommt aber wegen Geldmangels nur langsam voran.

Friedrich IV. von Habsburg bereitet sich derweil im Elsass auf eine bewaffnete Auseinandersetzung vor. Er verhandelt mit seiner Schwägerin Katharina von Burgund (die beim König gegen ihn Unterstützung gesucht hatte) über eine Abtretung von Festungen in ihrem Gebiet.

28. November: Angeblich um seine Flucht zu verhindern, wird Jan Hus verhaftet.

Acht Tage vor Sankt Niklaus wird in Konstanz Johann Schwartzbach als Nachfolger von Heinrich von Ulm zum Bürgermeister gewählt.

24/25. Dezember: König Sigismund trifft in Konstanz ein.

1415

Januar: Des Königs Vertrauter Konrad von Weinsberg verhandelt mit Herzogin Katharina von Burgund über Maßnahmen gegen Herzog Friedrich IV. von Habsburg;

ein Gesandter aus Frankfurt berichtet von Beschwerden über Friedrich IV;

Sigismund verpfändet dem Grafen Eberhard von Nellenburg für treue Dienste in Deutschland und der Lombardei die jährliche Stadtsteuer zu Ulm und das Ammannsgeld.

Februar: Die Heiligsprechung Birgittas von Schweden, die bereits 1393 durch Papst Bonifaz IX. erfolgt war, wird in Konstanz noch einmal bestätigt.

Sigismund belehnt Hans von Lupfen mit der Landgrafschaft Stühlingen, der Herrschaft Hewen, der Stadt Engen und der Feste Hewenegg, um ihn im Kampf gegen Friedrich von Habsburg für sich zu gewinnen.

Die Konzilsversammlung beschließt, dass Johannes XXIII. der Einhelligkeit der Christenheit wegen als Papst abtreten müsse. Die Kardinäle von Papst Gregor haben nämlich unter der Hand verlauten lassen, dass er schon bereit sei, abzutreten. Johannes erbittet sich 14 Tage Bedenkzeit. Er fordert außerdem die offizielle Zusicherung der beiden anderen Päpste, von Benedikt und Gregor, dass sie tatsächlich zurücktreten würden.

Herzog Friedrich IV. von Österreich trifft in Konstanz ein, quartiert sich im Kloster Kreuzlingen ein. In seinem Gefolge Oswald von Wolkenstein, den Sigismund für 300 Gulden jährlich als »Possenspieler, Kundschafter & Dolmetscher« in seinen Dienst nimmt.

März: Papst Johannes XXIII. erklärt am 1. März seine Abdankung.

In Konstanz trifft nur wenige Tage später die Botschaft von Papst Gregor ein, dass er sein Papsttum auch abtreten wolle, falls das Konzil dies so beschließe. Das Konzil erklärt ihn samt der von ihm entsandten Bischöfe und Kardinäle für abgesetzt. Gleich darauf werden Letztere vom Konzil wieder in ihre Ämter und Pfründen eingesetzt. Die Bischöfe Benedikts erklärten ebenfalls ihren Gehorsam gegenüber dem Konzil, auch sie bekommen von der Versammlung ihre Ämter zurück.

20. März: Flucht des Papstes Johannes XXIII. bei Nacht und Nebel. Zunächst begibt er sich ins Haus des Leutepriesters nach Ermatingen, von da aus weiter per Schiff nach Schaffhausen und später über Laufenburg bis Breisach. Johannes widerruft während dieser Zeit sein Rücktrittsversprechen mit der Begründung, es sei erzwungen gewesen und deshalb ungültig. Er erklärt das Konzil für aufgelöst und fordert seine Kardinäle auf, zu ihm zu kommen.

21. März: König Sigismund hält das Konzil mit starker Hand zusammen und erklärt, es werde auch ohne Papst weiterarbeiten. Er ruft die Botschafter aller geistlichen und weltlichen Kurfürsten im Münster zusammen und beschuldigt Friedrich von Habsburg, er habe Johannes trotz seiner Bitte, dies nicht zu tun, ›hinweggeführt‹. Die Antwort der Versammlung: Der König solle Friedrich vorladen und über ihn zu Gericht sitzen. Doch der ist bereits geflohen. Fast der gesamte Bodenseeadel läuft zu Sigismund über.

König Sigismund, der Herzog Friedrich IV. daraufhin aufgefordert hat, wegen Verrates an Kirche und Reich in Konstanz zu erscheinen und Rechenschaft abzulegen, verhängt schließlich die Reichsacht über den Habsburger. Graf Friedrich VII. von Toggenburg erhält den Befehl zum Angriff auf Feldkirch. Bischof Hartmann von Chur wird mit der Eroberung der habsburgischen Besitzungen in Vorarlberg beauftragt.

Sigismunds energisches Vorgehen bedeutet auch das Ende der Hoffnung für Hus, der glaubt, er komme möglicherweise frei, da die von Papst Johannes XXIII. eingesetzte Untersuchungskommission durch dessen Absetzung und Flucht hinfällig geworden ist. Sogar seine Wärter sind verschwunden, Sigismunds Hauptsorge ist es jedoch, den Kongress zusammenzuhalten. Er gibt dem Bischof von Konstanz den Befehl, Hus zu übernehmen. Der lässt ihn nach anfänglicher Weigerung unter schwerer Bewachung in Ketten abführen und auf Schloss Gottlieben einkerkern.

Sigismund setzt den Prozess gegen Jan Hus wieder in Gang. Kardinal d'Ailly übernimmt den Vorsitz der Kommission für den Fall Hus. Einige Vernehmungen werden noch in Gottlieben durchgeführt, dann bringt man den Gefangenen nach Konstanz zurück ins Kloster der Barfüßer.

30. März: Herzog Friedrich rechtfertigt sich von Waldshut aus: Er habe wegen des feindlichen Verhaltens des Herzogs von Burgund aufbrechen müssen. Er erklärt sich unter Zusicherung freien Geleites bereit, zu einem Fürstengericht zu erscheinen.

3. April: Die Eidgenossen formulieren Bedingungen für ihre militärische Unterstützung des Königs. Im folgenden ›Reichskrieg‹ verliert Friedrich mit der leeren Tasche seine Besitzungen in den österreichischen Vorlanden, vor allem durch den militärischen Einsatz der Eidgenossen. Die eidgenössischen Truppen (unter Führung Berns) belagern und erobern auch die Feste Baden, wo sich das habsburgische Archiv für die Vorlande befindet, was den Verlust der Rechtstitel bedeutet.

6. April: Die Konzilsversammlung erlässt das Dekret Haec Sancta. Darin erklärt sich die Synode zur rechtmäßigen Vertretung der Gesamtkirche, der auch der Papst Gehorsam schuldet.

7. April: Friedrich von Habsburg bietet dem König von Ensisheim aus an, vor einem Fürstengericht zu erscheinen.

30. April: Sigmund belehnt den Burggrafen Friedrich VI. von Nürnberg mit der Würde eines Kurfürsten und Markgrafen von Brandenburg sowie dem damit verbundenen Rang eines Reichserzkämmerers. Damit beginnt der Aufstieg der Dynastie Hohenzollern. Friedrich von Hohenzollern gehörte zu den Jägern des geflohenen Papstes Johannes XXIII.

Kurz darauf ernennt der König Eberhard von Nellenburg zum Landvogt in Feldkirch, Rheineck sowie Altstätten im Rheintal.

Am 4. Mai verdammt das Konzil Wyclif und seine Lehre posthum. Da Wyclif zum Zeitpunkt der Verurteilung jedoch bereits 30 Jahre tot ist, wird die Verbrennung seiner Gebeine angeordnet und 1428 tatsächlich durchgeführt. Hus hofft trotzdem noch, da Sigmund ihm zugesichert hat, er dürfe vor dem Konzil erscheinen und werde ›das große Gehör‹ finden.

6. Mai: Unterwerfung des Habsburgers Herzog Friedrichs IV.

20. Mai, Pfingstmontag: Gefangennahme des Papstes Johannes XXIII.

22. Mai: Sigmund belehnt Graf Eberhard zu Nellenburg mit der Landgrafschaft im Hegau und Madach und ernennt ihn zum Reichsvogt.

Vom 5. bis 8. Juni wird Hus, teilweise im Beisein des Königs, verhört. Das Konzil verlangt von ihm den öffentlichen Widerruf und die Abschwörung seiner Lehren. Hus lehnte dies ab und wird zum Tod auf dem Scheiterhaufen verurteilt. Bis Ende Juni gibt es noch mehrfache vergebliche Versuche, ihn zum Widerruf zu bewegen.

6. Juli: Verbrennung von Jan Hus.

Sigismund verspricht den Grafen Hug von Heiligenberg, Eberhard von Nellenburg und Hans von Lupfen sowie Konrad von Weinsberg und Erkinger von Seinsheim Schadloshaltung. Die Herren haben sich bei Johann Truchsess von Waldburg für 3000 Gulden verbürgt, die sich der König geliehen hat.

Der bereits hochbetagte ›römische‹ Papst Gregor XII. tritt zurück, nicht jedoch Benedikt XIII.

19. Juli: König Sigismund verlässt das Konzil und reist nach Aragon, um die Abdankung Benedikts zu erreichen.

19. September: Treffen Sigismunds mit König Ferdinand I. von Aragon-Sizilien und Benedikt XIII. in Perpignan, Benedikt will noch immer nicht abdanken.

4. Oktober: Friedrich von Habsburg schreibt an die Besatzungen der Burgen Schattenburg, Neu-Montfort und anderen, er werde Leib und Gut daran setzen, sie von der Belagerung zu befreien. Wahrscheinlich sind bereits gegen Ende des Jahres 1415 die Belagerer abgezogen; die festen Schlösser bleiben vorerst in der Hand des Herzogs.

25. Oktober, 100-jähriger Krieg: englische Invasion in Frankreich, Schlacht von Azincourt. Die Schlacht endet für Frankreich in einer Katastrophe.

13. Dezember: Aragon, Navarra und Kastilien treten dem Konzil bei.

1416

30. Mai: Verbrennung des Hieronymus von Prag in Konstanz als Ketzer.

Reise König Sigismunds nach Frankreich und England zur Beilegung des englisch-französischen Konflikts.

In Böhmen weitere Ausbreitung der hussitischen Lehren; Proteste gegen die Urteile von Konstanz; Beginn der nationalen Revolte.

1417

9. Oktober: Dekret Frequens in Konstanz, die Versammlung hat sich auf die Verschiebung der Reform der Kirche geeinigt.

8.–11. November: Konklave im Kaufhaus; Wahl von Oddo Colonna zu Papst Martin V.

1418

22. April: Auflösung des Konzils.

Papst Martin V. verkündet einen Kreuzzug gegen das aufrührerische Böhmen.

1419

Beginn der hussitischen Revolution und der nachfolgenden Hussitenkriege: Sturm auf das Prager Rathaus und Fenstersturz der Magistratsherren.

*Weitere historische Romane finden Sie auf den
folgenden Seiten und im Internet:
www.gmeiner-verlag.de*

Cornelia Wusowski
Die Leidenschaft der Hugenottin
978-3-8392-1503-6

»In der Bartholomäusnacht«

Pau, 1572: Die Hugenottin Margot reist im Gefolge der Königin von Navarra nach Paris, um sich dort eine gut bezahlte Stelle zu suchen. Sie bemerkt rasch die unterschwelligen Spannungen zwischen Katholiken und Hugenotten. Um Pöbeleien zu entgehen, trägt sie die farbigen Kleider ihrer verstorbenen katholischen Mutter.

Eines Tages begegnet sie dem Herzog von Guise. Seine Liaison mit der Prinzessin Margarete wurde von der königlichen Familie gegen seinen Willen beendet. Zu Margots Verderben könnte sie als Zwillingsschwester Margaretes durchgehen, was auch de Guise bemerkt. Die junge Hugenottin gerät in ein gefährliches Spiel aus Leidenschaft und Begierde ...

Wir machen's spannend

Rita Maria Fust
Der Kaufmann von Lippstadt
978-3-8392-1493-0

»Was verbindet einen Studenten, der im Jahr 2010 lebt, mit einem finsteren Geheimnis des Jahres 1764?«

1764. Auch nach Ende des Siebenjährigen Krieges kommt das westfälische Lippstadt nicht zur Ruhe: Eine gewaltige Explosion macht die Stadt beinahe dem Erdboden gleich. Ein Unfall? Menschen verschwinden. Zufall? Eine Zunge wird gefunden. Ein Zeichen?

2010. Das Schicksal des Lippstädter Kaufmanns Ferdinand Overkamp beschäftigt einen jungen Studenten, Oliver Thielsen. Dieser stößt nicht nur auf ein lang gehütetes, finsteres Geheimnis, sondern findet auch seine große Liebe …

Wir machen's spannend

Franziska Steinhauer
Die Stunde des Medicus
978-3-8392-1501-2

»Atemberaubende Spannung am Vorabend der Völkerschlacht!«

Im Herbst 1813 wird von Anglern eine geschundene Frauenleiche gefunden. Gerüchte über ein riesiges wildes Tier kursieren, das sein Unwesen in der Gegend treiben soll. Der Medicus Dr. Prätorius hingegen hält einen Menschen für den Schuldigen. Während sich in Leipzig eine Typhusepidemie ankündigt und Truppenbewegungen die Bevölkerung verängstigen, wird eine weitere Leiche entdeckt. Unruhe macht sich breit. Da wird Dr. Prätorius ins Lager der Franzosen gerufen, um einen Kranken zu behandeln …

Wir machen's spannend

M. Rhein; D. Beckmann
Der Werwolf von Münster
978-3-8392-1492-3

»Ein längst vergessenes Kapitel preußischer Geschichte – der Kulturkampf in Münster.«

1874: Das katholische, vom Kulturkampf zerrissene Münster wird Schauplatz bestialischer Morde. Die preußische Geheimpolizei wittert ihre Chance, den seit Langem verhassten Bischof Brinkmann loszuwerden, da die Verbrechen einen religiösen Hintergrund haben. Der in Münster geborene Geheimpolizist Heinrich Maler wird in seine Heimatstadt zurückgeschickt, um Beweise für eine Beteiligung Brinkmanns »zu finden«. Die Spuren führen zu einer spiritistischen Gesellschaft. Während die preußische Regierung sich einen erbitterten Kampf mit der Kirche liefert, gerät Maler schließlich selbst ins Visier des Serienmörders.

Wir machen's spannend

Siegmund Kopitzki; W. Liebl
Die Gans ist noch nicht gebraten
978-3-8392-1496-1

»Ein Lesebuch zum Konstanzer Konzil von 1414 –1418.«

Von 1414 bis 1418 war Konstanz Schauplatz des Konzils. Drei Päpste wurden abgesetzt, einer wurde gewählt, Jan Hus und Hieronymus von Prag wurden als Ketzer verbrannt. Diese und andere Ereignisse wurden von Augenzeugen überliefert. Aber auch in den Jahrhunderten danach beschäftigte das Konzil Historiker und Schriftsteller. Das Lesebuch zum 600-jährigen Jubiläum versammelt – in Auszügen – Quellen und frühe Chroniken ebenso wie die folgenden literarischen Zeugnisse bis in die Gegenwart.

Cornelia Naumann
Die Portraitmalerin
978-3-8392-1498-5

»Die Geschichte der berühmten Malweiber«

Berlin 1733. Anna ist erst zwölf Jahre alt, als ihre Mutter stirbt. Sie muss nun den großen Künstlerhaushalt allein stemmen, dabei hat sie nur ein Ziel: Maler zu werden wie ihr Vater. Aber eine solche Karriere ist in ihrem Jahrhundert für eine Frau nicht vorgesehen. Intrigen und sogar Gewalt sollen der jungen Frau ihren Willen nehmen. Aber Anna gibt nicht auf und reist gegen alle Widerstände nach Paris …

Wir machen's spannend

Antonie Magen
Die Pfarrerstochter
978-3-8392-1497-8

»Ein ungleiches Duo im Kampf gegen Unrecht und Verleumdung.«

1632. Nach dem Abzug der Schweden ist auf Usedom wieder Frieden eingekehrt. Doch die Ruhe trügt. Während der Abwesenheit des Herzogs regiert sein Stellvertreter das Land, und seltsame Ereignisse häufen sich: Eine Mühle steht im Ruf, ein Spukhaus zu sein, der Müller wird als Hexer verbrannt. Ein fahrender Buchhändler kommt ums Leben, und die junge Pfarrerstochter Irene Schweigerin wird als Mörderin angeklagt. Ein Rechtsgelehrter ist sich sicher, dass das nicht mit rechten Dingen zugehen kann …

Wir machen's spannend

Armin Öhri
Der Bund der Okkultisten
978-3-8392-1500-5

»Atmosphärische, spannende Ermittlungen der Sonderklasse!«

Silvester 1865: Im Landschloss Buckow feiert man den Ausgang des Jahres mit einer Séance. Der Zufall will es, dass dreizehn Gäste anwesend sind – eine Unglückszahl! Prompt liegt am nächsten Morgen eine Leiche im Schlosspark. Da die Berliner Presse reißerisch von einem Fluch spricht, gründet Albrecht Krosick spaßeshalber einen der Okkultisten, der bewusst aus dreizehn Leuten besteht. Wider Erwarten gibt es weitere Tote. Albrecht und sein Freund, der Tatortzeichner Julius Benthelm, ermitteln.

Wir machen's spannend

Unser Lesermagazin
2 x jährlich das Neueste aus der Gmeiner-Bibliothek

24 x 35 cm, 40 S., farbig; inkl. Büchermagazin »nicht nur« für Frauen und HistoJournal

Das KrimiJournal erhalten Sie in Ihrer Buchhandlung oder unter www.gmeiner-verlag.de

GmeinerNewsletter
Neues aus der Welt der Gmeiner-Romane

Haben Sie schon unsere GmeinerNewsletter abonniert?

Monatlich erhalten Sie per E-Mail aktuelle Informationen aus der Welt der Krimis, der historischen Romane und der Frauenromane: Buchtipps, Berichte über Autoren und ihre Arbeit, Veranstaltungshinweise, neue Literaturseiten im Internet und interessante Neuigkeiten.

Die Anmeldung zu den GmeinerNewslettern ist ganz einfach. Direkt auf der Homepage des Gmeiner-Verlags (www.gmeiner-verlag.de) finden Sie das entsprechende Anmeldeformular.

Ihre Meinung ist gefragt!
Mitmachen und gewinnen

Wir möchten Ihnen mit unseren Romanen immer beste Unterhaltung bieten. Sie können uns dabei unterstützen, indem Sie uns Ihre Meinung zu den Gmeiner-Romanen sagen! Senden Sie eine E-Mail an gewinnspiel@gmeiner-verlag.de und teilen Sie uns mit, welches Buch Sie gelesen haben und wie es Ihnen gefallen hat. Alle Einsendungen nehmen automatisch am großen Jahresgewinnspiel mit attraktiven Buchpreisen teil.

Wir machen's spannend